仙庾岭

曹光辉◎著

XIAN YU LING

这是一部书写"忠孝圣人"李慈惠之大忠大孝大德大美的长篇传奇小说，又相当于株洲市荷塘区仙庾岭风景区的民俗风情旅游指南，道家、儒家、山光、湖色、采药、制药、行医、抗灾、慈善和感恩等诸多意象贯穿于文本当中，彰显出"忠孝荷塘"独特的人文风情和深厚的文化底蕴。

新华出版社

图书在版编目(CIP)数据

仙庾岭 / 曹光辉著. -- 北京：新华出版社，2016.10（2024.1重印）
ISBN 978-7-5166-2878-2

Ⅰ.①仙… Ⅱ.①曹… Ⅲ.①长篇小说–中国–当代 Ⅳ.①I247.5

中国版本图书馆 CIP 数据核字(2016)第 251847 号

仙庾岭

著　　者	曹光辉		
责任编辑	蒋小云	封面设计	力宝工作室
责任印制	李玉富	责任校对	张立云

出版发行：新华出版社
地　　址：北京石景山区京原路 8 号　　　邮　编：100040
网　　址：http://www.xinhuapub.com　　http://press.xinhuanet.com
经　　销：新华书店
购书热线：010-63077122　　　中国新闻书店购书热线：010-63072012
照　　排：力宝工作室
印　　刷：湖南鑫成印刷有限公司
成品尺寸：172mm×240mm
印　　张：16　　　　　　　　　　字　　数：350 千字
版　　次：2016年10月第一版　　印　　次：2024年1月第三次印刷
书　　号：ISBN 978-7-5166-2878-2
定　　价：56.00 元

序一

·阳卫国·

中国是一个非常注重"忠""孝"的国度。《仙庾岭》是由作家曹光辉书写和还原"忠孝圣人"李慈惠大忠大孝大善大美之精神圣境的长篇小说。

这部长达35万字的《仙庾岭》，颇见作者的笔力厚重，书写的经验丰富。他不但揭示了小说中李慈惠及其各色人物的生活及其命运，也将忠魂孝道这一人类生存永远的主题以及爱恨情仇交织在一起，19个章节既各自独立又环环相扣，叙述了以李慈惠为代表的仁爱众生扎根大地波澜壮阔的生活画面。那么作品中的主人公李慈惠究竟何许人也？据历代有关资料考证：李慈惠系苏州美女药师，其父沈家仁就是当地乡村著名大药师，其独生女沈珍珠少小跟父学医，集采药、制药和组合穴位带功排毒按摩祖传绝艺于一身。父女声名惊世。因珍珠长得美丽、才貌双全，被送入皇宫成为唐玄宗李隆基孙子李豫之妻，并封为"广平王妃"，且生有一子名为李适。因沈珍珠进宫须从夫家姓氏，故取修行法名李慈惠。慈惠成为宫廷真正珍珠了，为皇亲国戚疗病治伤有功，深得皇祖和夫君宠爱赞赏。然好景不长，公元755年安禄山与史思明合谋造反，李隆基便携皇室西逃，李慈惠被安扣留，欲加残害。幸有安部将冯立有感于唐朝恩德便暗加保护。谁知又有杨贵妃之妹韩国夫人欲配其女崔芙蓉为李豫东宫，使用权术阴谋暗算而横加迫害，致使李慈惠身经百难，幸得有身携皇祖玄宗所赐"如联亲临"御牌，九死一生出走苏杭。其间夫君李豫闻讯追救，曾两次相见，告之安平，劝其返朝。慈惠坚决拒返，继续偕两伴女辗转南行，隐姓埋名隐居于善化东南仙女岭半峰，即今日株洲荷塘区仙庾镇仙庾岭，饮恨出家，带发修行，并捐出金银首饰修庙立塔，重修道观，建"慈善堂"，办"讲学堂"（学校），立"诊病房"，采药发功，斗疫抗瘟，开荒种粮，施救灾民，均一生济世爱民，博得众人爱戴，"仙娘"誉满民间，百姓乡亲感恩慈惠忠孝两全而铭心传世。仙庾岭也因此名闻遐迩了。

《仙庾岭》长篇小说样书现摆于我的案头，读后感觉这是一部不可多得的具有深厚道教文化和"忠""孝"之美，有着强烈株洲荷塘地域特色的文学著作。其突出的艺术特征就是创作表现手法新：全书结构严谨，采用书名与景点串联书写的扇面构架，小说由几条平行线的脉络展开，展现了书中人物各自的命运，道家、儒家、山光、湖色、采药、制药、行医、抗灾、慈善和感恩，是贯穿文本的诸多意象，引发出一个又一个苍凉悲情的故事。读来不松散、不板结、不拖沓，经纬分明，就是说既撒得开，又合得拢，好悦读，好品咂。第二个特征是文本语言新且雅俗共赏：用今日话道过去传奇，不古奥，不生僻，其间穿插地方俚语尤显生动，不少辞章佳句悦目入心。尤其人物对话颇具个性,心性各异,情境相融。文本不故用悬念开头,也不古用诗词结尾,自自然然娓娓道来,叙生死之交,述命运之变,多元多色语言,说道是道,讲佛是佛,均可触可感,很本色,质感强,由于文本坚持叙述的平淡和自然,舒展着忠孝和仁爱,也透视着人生的苍凉。一种内在的静穆,一种朴实的光芒,一种沉重的忧伤,从中看出小说家的书写都是全身心的忠实参与,也就是说,小说家既要在过去时生活中的合理想象,还要在想象中寻求文本的可靠性和真实性。我深知小说家在面临众多纷纭的民间传说故事,面临历史资料匮乏时,要用怎样的心力脑力以及体力来完成一部完整的文学作品的艺术再创造,这是对小说家毅力的考验。所以,作者为文本作了十年的创作准备还嫌不够,笔耕了6年仍感觉难以杀青,文本字里行间,处处浸染着作者对创作的执着,对创作的虔诚,对生命的尊重,对"忠""孝"的膜拜。既刻画出李慈惠忠孝深情的立体形象,也描画出神奇的土地传奇人生的鲜活群象。

《仙庾岭》为"忠孝荷塘,崇德向善""讲好荷塘故事,传播荷塘声音,挖掘荷塘文化,塑造荷塘形象"带了个好头,是传播正能量,彰显核心价值观的精品力作,书的出版发行对荷塘旅游文化的推介乃至其他社会事业的发展必将带来积极推动作用。

是为序。

(序作者系中共株洲市委副书记、市长)

序二

·顾　峰·

　　党的十七届六中全会全面推出了文化强国的战略目标，我市与荷塘区历届领导把搜集整理仙庾岭的民间传说故事和写好关于仙庾岭的长篇小说作为文化强市、强区的一大文化工程建设任务来抓，并将此创作任务交给了我市荷塘区文化馆退休干部曹光辉同志。他历时十年搜集整理了七十多个民间故事传说，为写好长篇小说《仙庾岭》做好了准备，并于2009年始。在区政府办和区文体局的大力协助支持下，我们一致要求作者在创作这部作品时，每个章节均要与仙庾岭的景点结合起来创作，并强调要以习近平总书记在文艺工作座谈会上的重要讲话精神为指导，坚持以社会主义核心价值观为引领，该小说的创作也要锐意改革创新，为宣传株洲的旅游事业进一步繁荣和发展做出贡献。现在样书《仙庾岭》就摆在我的案头上，一展市和区文化建设新成果。

长篇小说《仙庾岭》主要描写了唐朝时期,诞生于苏州并从父学医,生活于朝庭皇室,因安史之乱出逃南行,活动于株洲仙庾岭修道行善的大忠大德大美李慈惠真人传奇的一生。作品始终贯穿了老子思想的精髓,强调人与自然和谐,尊重客观规律,这是中华传统文化不可缺少的重要部分。老子所撰写的《道德经》可是一部人类道德论的开山之作。与此同时,作品也描述了老莱子来到株洲仙庾岭,始终保持他"戏彩娱亲"的大孝大爱的孝道形象。中国是一个最讲"孝道"的国家,尤其是荷塘区近年来大力倡导"忠孝荷塘,崇德向善"的宣传导向,这是全市人民在改革开放中向"三文明"建设进军的伟大号角。我希望全市广大读者,在株洲掀起一轮又一轮的读书热活动中,读好书做好人,做文明人创文明城,不愧为我们是全国文明城市里的出彩公民。我记得曹光辉同志也曾为我市纪检战线书写了长篇报告文学《党的真诚卫士贺秀连》,建议读者们不妨将这两部书一起翻翻读读,总会有点点滴滴的补益的。好,我啰啰嗦嗦就谈到这里,感谢荷塘区历届领导同志和区政府办及区文体局,为我们送来了一部值得一阅的《仙庾岭》。我将会高兴地看到株洲的广大文艺工作者,创作出更多更好的精神食粮,送到全市人民的手里。

是为序。

(系作者系株洲市人民政府副秘书长)

2016 年 9 月 16 日

目录

CONTENTS

第 **1** 章 仙女岭

一

公元755年间,湘东株洲地区之东部,有座神山仙岭。

神山,真可谓一山连一山,一岭接一岭,数十里山山岭岭,层林叠翠,起伏延绵。观其形态,山似一条巨龙,披青鳞翠甲,张金龙五爪,四脚蠕动,从不歇息。再细腑其状貌,那龙之头,既像牛之首,又似蛇之头,而且头上有像鹿一样的角,有像牛一样的耳朵,有像虎一样呈暴突镜面般的两只眼睛。传言,此龙,阳光下静卧,雨水里爬行,雾气里腾跃,冰雪里沉睡。它姿态威风,头卧于云田(如今的龙头铺一带),后左脚踩于荷塘(如今的荷叶塘一带);后右脚踏于镇头(如今浏阳跃龙一带);龙尾巴甩向塔湖(如今的浏阳大围山一带)。至于龙身之重心,则落于蝶屏(现如今仙庾岭一带)。巨龙从天而降,是带来吉祥? 还是降临灾害? 是福?

是祸? 山民乡党,不得而知。不知从何日始,众乡亲跪拜神山仙岭,叩求神仙下凡,祛病消灾。

仙岭,仙在古木参天,奇石显圣。古树满岭,挺拔宽蓬,一棵大松树,有两人怀抱之粗;一棵大樟树,则有三人怀抱之壮。每棵树绿阴如盖,密不透风,一线阳光也挤不进来。俯看树下,像斑竹般大小树根冲出土层乱石,盘根错节,千肠百绕,苍劲古朴,胜似一座环形的根雕戏台,野兔奔来跳舞,松鼠梭来叫唱,百鸟聚集枝头既当演员又似观众,叽叽喳喳,热闹非凡。然而热闹短暂,山雾袭来,它们拼命逃跑,松兔进洞躲藏,百鸟远飞而去。这山雾,为什么这么可怕呢? 令人费解。

苍郁的古树下,这里那里,灌木横生竖长。远处近处,小片的茅草,大多伏地枯黄。山林里少有日照,树下显然阴凉潮湿,满山厚厚的落叶形成松软的植被,散发出缕缕酸涩腐质气味,山风无能力将之驱散。

林木森森,山里静得出奇,偶尔有山泉流淌之声穿越清冷与寂寥,也顺便带来几声鸟啼。还有那些蝉虫,躲到哪里去了呢? 不见身影,也不见鸣唱。

树阴下不长草木的地方,从地面凸出一丛丛的花岗岩石,大小不一,形状各异,越看越生动,有的像牛,有的像马,有的则像大象和虎豹,或立,或卧,或散步,或啃草,令人浮想联翩。更有些石头像人,有的探出头来了,有的伸出半截身子,有的则完全出土而立。这些石像,逼真得像文官,头载高冠,手执朝笏,宽衣大袖,或双手连袖,半坐休息,或静坐待客,显得文质彬彬,知书达理。更有些石头,生动得像武官了,身披甲胄,举刀执剑,或在练习武艺,或在站岗放哨,不得而知,都一律表情严肃,似有战事在身。特别是一些武士石像,或骑马欲奔驰,或骑象在散步,像模像样,只是英勇不足,威风有余。不知是经过能工巧匠的雕琢,还是本来就是天成,无人能说出来龙去脉。甚至连山中的雾霾,说来就来,说去就去。雾来了,人就迷糊。雾去了,人还有几分昏沉,欲要清醒不易。山民们纷纷搬下山去,少数种山为猎的人家,才会居住山中,生养繁殖他们的后代。或许那些石像,就是他们的先人祖宗形象,寄托着添丁赐福祈求平安的希望,不知他们用什么工具,能把这些坚硬的石头,雕成多种造型且性格各异的石像,有的讲究逼真,有的眼耳鼻仅用阴线刻出线条,虽则有点扁平,有点符号化,但一根根雕刻的粗线条里,流畅着神韵,传达着力量。显然,任何山雾也不能迷糊石像的朝向,他们面对东方,叩拜日出,遥望吉祥。然而祈求哪路神仙能把妖气的山雾,永远地收走,却成为山民们的奢望。

山雾又弥漫而来了,像白色的云烟,随风而到,一股股翻滚飘飞,缠住了树,罩住了林。任谁把眼睛睁得老大,也看不清四周的林木和树下的石像。还有一股生涩之味,扑入鼻孔,格外湿冷。浓雾中,走来三个人物。走到石像丛旁边,停下了脚步。遇上了大雾,自然迷路了。

山雾中的来客,是三位天仙般的美女。都身着桃子领、长水袖、拖地拥足的罗裙。穿素白罗裙的美女,个儿高挑,弯眉杏眼,未施粉黛,面善慈和,比其他两个美女显得年长。她左手提个布袋,右手挽个竹织的腰篮,布袋鼓鼓,腰篮满满,里面盛些什么物件?一眼看不明白。包的包住,盖的盖住,倒显得有几分神秘。

身着水红色罗裙的美女,比身穿素白罗裙的美女矮一点点,同样身材苗秀,罗裙抖波,眉青目秀,丽质照人。她显然有些力气,背上背着个大包袱,左手提个花布袋子,右手再提个精致的小木桶,全身没一处地能空着闲着。雾中无法继续赶路,在石像旁停步,也没取下颇有重量的包袱,等待着穿素白罗裙的美女吩咐就地坐下,歇一歇气。

身穿浅蓝色罗裙的美女,与身着水红罗裙的美女身材一般高,但比其他两个美女长得壮实一些,大眼黑眉,像个男孩架势,自然她的力气不小,挑着两个木箱,一闪一闪的,脚步生风。她见素白罗裙美女刹住脚步,环顾什么也看不清的白雾,便机灵地猜测,脚前有石像堆,附近一定有人家。何不自己主动去寻找,难为了娘娘。她便放下了挑箱,拿出丝织手绢,抹一抹脸上的汗珠子,再用手绢摇一摇,煽着风,说:

"师傅,我去……"

"你去什么地方?"

素白罗裙美女轻声问道。

浅蓝色罗裙美女,举起一只手在空中划了个半弧,示意去向的范围。

水红色罗裙美女不明就里,她眨巴着一双丹凤眼,追问道:

"你要爬到大树上头去?"

浅蓝色罗裙美女见师傅和师姐似乎有些明知故问,心想:我跟师傅从京城出发,来到这人生地不熟的地方,能离开你们去很远的地方吗?我又不是猴子,爬到树上去干什么呀?师姐,你别在师傅面前,端我的嫩哩。她心中不悦,口里却礼貌地说:

"雾朦看不清山路,你们不妨坐到石头上歇歇气,让我去找一找山里人家。"

"好是好。"素白罗裙美女说,"一路上山,看不见屋,碰不到人,人烟稀少山路险,你单枪匹马去找,迷路了怎么办?"这话等于是在表态:徒弟雾中行,师傅不放心。

水红色罗裙美女也插话帮腔说:"山大人稀,雾多路奇,也说不定还有野兽出没……"

"去!"浅蓝色罗裙美女气得脚一蹬,跟水红色罗裙美女抬杠说:"怕死就不来,来了就不怕死。遇上老虎也怕,老子跟它打一架!"

水红色罗裙美女也不示弱，一只手朝浓雾一指，提高了尖亮的嗓音，回击说："这不是老虎，这是瘟疫，你拿出本事来，怎么打？"

"好了，好了。"素白罗裙美女抬起水袖，挽一挽，制止她们的争嘴，说："天快断黑了，要找住宿人家，一起去找。"说完了她的决定，马上车转身，问浅蓝色罗裙美女："这里有不有山里人家，你心中有数吗？"

"有！"浅蓝色罗裙美女把胸脯一拍，又补一句道："师傅，你也有。"

"是吗？"素白罗裙美女，很喜欢她的机灵劲儿，也挺欣赏她的勇敢劲儿，像位考官要考考小徒弟出行后的长进，便轻言细语地问道："哎，你怎么知道我心中有数呢？"

浅蓝色罗裙美女最不畏怯别人的盘问，干脆来个竹筒倒豆子，噼哩哗啦说开了："师傅你见到石菩萨就停步。这石头人，当然是山里人雕刻的哦。这周围肯定有屋，有屋就有人住。"

素白罗裙美女满意地点了点头，心里说：我带人上山下乡，没带错人呢，一个心细，一个胆大。心细的耐得烦，胆大的不畏难。你俩是我的逃生路上，救己又救人的左手和右手。一路走来，多亏了两个好帮手呢。想到这里，把手一挥："上路。"

二

三个美女，就围绕着人雕石像群，在树中穿行，踩在地面厚厚的树叶上，发出沙沙的响声。她们记着穿过树木的数目，控制着不足半里路的圆圈。走着，攀爬着，终于在一个斜坡上，发现了一座小小的木屋。小木屋是用山石砌的墙基，用杉木条排列钉制的墙体，用杉木皮盖的屋顶，屋顶上爬满了青藤，也落满了树叶。最快发现小木屋的是水红色罗裙美女，她尖声叫道：

"一座木屋。师傅，我们可不可以进去看看？"

素白罗裙美女摇了摇手，立在小木屋柴门旁，看着浓雾暗山，天快断黑的光景，捉摸着如何去敲门。然而，浅蓝色罗裙美女不待师傅发话，她就自告奋勇地上前擂门了，一边拍门一边喊道：

"喂喂，屋里住了人吗？"

她喊了两遍，屋里没有回应，也听不到里面有任何响动。

水红色罗裙美女上前，轻轻敲着门，柔声嗲气地喊道：

"伯伯婶婶们，请你们开开门。"

三个美女张耳听了一会，仍然没有答应声。她们透过门缝，看到里面没有点灯，也不见有人做事和说话。这是为什么呢？

"是鬼谷子先生的神仙屋!"浅蓝色罗裙美女很扫兴,不由噘起了嘴巴。

"莫乱讲。"水红色罗裙美女说。她小心翼翼嘱咐小师妹嘴巴要放紧一些:"人出身在外,一要身稳,二要嘴稳嘛。"

浅蓝色罗裙美女小师妹听了不以为然,不由在鼻子里哼了一声。

素白罗裙美女上前,侧身贴耳在门边听了听,屋里确实静得出奇。再看柴门,外边没挂锁,里面是拴着的。既然外关内拴,自然是住了人的,那为何又不见人影呢?难道是良民,害怕夜来客敲门吗?难道是山匪,不出声地潜伏在门外某个暗处,等待旅人进屋后再冲进门谋财害命吗? 美女们同时想到了这个意思,不由你望望我,我看看你,一个个后怕的神色浮上脸来。

天开始黑下来了,连山中之雾也看不见,摸不着。寒风阵阵袭来,吹拂得三位美女的罗裙窸窸窣窣地抖动。她们又冷又饥。浅蓝色罗裙美女不满小木屋对她们不理不睬,一股无名火升上来,连忙分开两人,再次走到柴门旁,捡根树棍子,插进门缝去,欲把那门拴挑开。

"师妹,使不得。"水红色罗裙美女迅急上前制止她的行动,去抢小师妹手里的小树棍子。

"我就要挑开门!"

"不能这样。"

"我偏要!"

"师傅!"水红色罗裙美女向素白罗裙美女求助。

素白罗裙美女叹一声气,说:"强行去开别人家的门,不妥哩。都莫性急嘛,心急喝不得热开水。来,再等等。我们先吃吃晚饭。"她说罢,将手里挽的那只腰篮放下来,揭开一块白布,拿出米包子,分发到两个徒弟手里。

三个人刚吃了几口,都觉口干,想喝水咽下这餐无菜的饭。可是,她们上山备的水,都喝光了,这刻天不下雨,哪来的水呢?

浅蓝色罗裙美女有办法,她偏不起身,嘴角露出几丝狡黠的微笑,仰起脑壳向天,把口张开,似乎是等着天老爷掉雨喂水了。

水红色罗裙美女,看着小师妹这个傲慢样子,心里明白她仍在生自己的气,不该阻挡她挑门拴开门进屋。现在只能画梅止渴,望天要水了吗?师妹,你这个神态,是不应该的。水红色罗裙美女向小师妹瞟一眼,站起身来,走到小木屋的后边。刚抬脚走了几步,遇到一股臭味袭来,她不由缩了缩鼻子,估摸出这是一个粪坑,也就顺便走进去小解。她看到粪坑边,靠墙摆着丛杉木皮,摆着三双烂布鞋,判断是这木屋里的人,有男,有女,有小孩。只是,不理解他们为何不开门。她小解之后,再向木屋后面摸索,碰着了一根粗粗的楠竹杆,横着从岩壁破墙伸向屋里。哟,这肯定是泉水管哩。她兴奋异常，用手朝岩壁一摸，果然被漏下的泉水打湿了手，凉沁沁的。她立即回转身来，寻到自己那个精致的小木桶，从里面拿出三个旅行用的小木碗，又不声不响地走到木屋后边去，先自己接水喝了一碗，尔后再把透凉的两碗水端到师傅和小师妹跟前，谁都没说一句感谢她的话，然她心里依然乐滋滋的。

吃完了米包子，喝完了水，三个人默默地坐了一会。夜色渐深，感觉树上有露珠掉下来，寒意越来越重。各自从自己的包袱里取出衣物，或穿，或披，以防着凉害病。看来，只能在小木屋门口的地坪里熬过一夜了。素白罗裙美女正安排着露宿山林，忽听远处传来一声野物的咆哮，惊吓得水红色罗裙美女尖叫一声，一把扑进素白的罗裙美女的怀抱，叫道："师傅，这是什么东西叫？吓死我了！"

"莫怕。莫怕。"

素白罗裙美女安慰着大徒弟，又看着小徒弟也受惊不小地快步走过来。她立即抓住小徒弟浅蓝色罗裙美女的手，抓得紧紧地生痛，暗示她也不要怕，反正那野物还距离我们很远，不会发生什么意外的。有师傅在，你们就会平安，不要慌哩。

三

过了一会儿，又有山中野兽的咆哮声传来，这会连素白罗裙美女也担心是善者不来，来者不善了。她口里说着不怕，自己牙齿却碰响个不停。

"师傅，是什么野物在叫？"浅蓝色罗裙美女问师傅，她是又怕又好奇。

素白罗裙美女判断着，没有马上回答。

"是狮子？是豹子？都说不定的。"水红色罗裙美女见师傅没回音，便帮她答腔。

素白罗裙美女一听摆摆手。不知她是能听懂野兽声音，还是有些顾虑不敢直说是什么野物，怕吓着自己的两个徒弟，便听到她有些结结巴巴地说："好像是……有人在吹……牛角号。"

"什么牛角号？"浅蓝色罗裙美女不明就里，仰起漂亮又顽皮的脸蛋来："那是把牛的角挖空，安上玄子去吹的吗？"

这可把素白罗裙美女问住了。她从来不会吹牛皮，只会讲真话。至于牛角号要不要安玄子，她也没听说过，可不能乱抱琵琶瞎弹琴哦。

"师傅，这牛角号吹得吓死人的，那吹了又有什么用呢？"水红色美女心头还有虎哮的悸动，她最不爱听这样的"音乐"了："再听到吹牛角号，我会睡觉做恶梦的。"

素白罗裙美女听到徒弟们对吹牛角号的提问和看法，甚觉自己太孤陋寡闻。究其实，乡下比城里丰富，林木比街头美丽。住在海边的人吹海螺，住在山里的人吹牛角，都是就地取材，吹号传音，表达各自的心声和信号。鼓起腮帮使劲吹，很实在。

"比如说吧？"素白罗裙美女再不沉默了，解释说："吹牛角，不是悲，就是乐。祭祀场所，红白喜事，这里的人都要吹牛角号的。"

素白罗裙美女正说在兴致上，忽又从远处传来一声咆哮声，那声音似乎近了些距离，恐怖气氛更浓烈了，这令她不安，连忙起身，向着寂黑的森林打望，只见两道绿光，在林木间一明一灭，她脑袋一紧，不由屏住气叫道：

"不好！老虫来了！"

水红罗裙美女和浅蓝色罗裙美女听到素白罗裙美女叫声不好，她俩立即跳了起来，往远处一望，同时叫道："是绿眼睛发光。跟猫眼睛差不多。"

"是老虫！不是猫。"

"人还怕虫么？"

"老虫就是老虎！"

"哇！快跑呀！"

"来不及了。"

"那怎么办？"

"快点火把！"素白罗裙美女命令。

"哪来的火把？"浅蓝色罗裙美女问。

"粪坑边有杉木皮。"水红色罗裙美女赶紧答。

"要得，快点！虎是怕火的。"

素白罗裙美女调兵遣将，水红色罗裙美女抱来了杉木皮，浅蓝色罗裙美女从她挑的一担木箱子里拿出了打火星的石头，可是只见火花溅，不见杉木皮燃。虎啸声一声声近了，素白罗裙美女看到两粒绿光，径直朝她们跑来，跑来……

水红罗裙美女也看到了绿光一明一灭来得快，不由压腔尖叫：

"师傅，我们赶快藏到刺蓬里去。"

"不行！"素白罗裙美女也压腔细声叫道："虎闻到人气，就会把尾巴一夹跳过来吃人咧！"

"啊呀……"水红罗裙美女吓得全身发抖了。

说话间，浅蓝色罗裙美女见打火石头点不燃杉木皮，她万般无奈，捡起一根小树枝条向柴门缝里插去，三下五除二，就把里面门栓子拨开了。也正在这时，那只眼睛闪绿光的老虎跑过来了，它大概发现了寻找到的"美味"了，威风了得，忍不住

"呜——哇——"吼叫,惊得大树上的鸟儿扑扑惊飞,震得篱笆上的葛藤在摇晃不停,水红罗裙美女吓得晕过去了,她浑然不知是倒在别人怀里还是进了虎口,全身骨头散了架。这当儿,真个是说时迟那时快,素白罗裙美女和水红罗裙美女感觉被别人推了一把,双双倒进小木屋,只听嘭一声,门关了,又听得木拴响。老虎在门外的土坪里咆哮,尖利的蹄爪在地面上抓出了一个个洞,扬起的泥沙,啪哒啪哒打在小木屋的墙壁上。老虎咆哮了好一阵,终于精疲力竭了,也许它由于一无所获饥饿了,才停息吼叫,蹄爪收起,夹着尾巴而去。那刺鼻酸腥的气味,仍久久弥漫在地坪里,飘进了木屋。

木屋里,漆黑得伸手不见五指。三位美女都不敢说话。她们或被老虎惊吓之后仍心存余悸,或怕打扰这家屋里人的睡觉安宁。素白罗裙美女的一只手,还依然紧紧地搂抱着水红罗裙美女的腰,另一只手紧紧地握住浅蓝色罗裙美女的手。她暗暗使劲,传递着力量,以慰藉两位徒弟:我们都活着,没被老虎吃掉,这叫大难不死,吉祥高照,必有后福。

时间在一秒一秒地走着,三个美女都相互听得见心跳。她们靠着柴门的里面站着,腿有些发酸,人感到困盹。也不知要继续站下去,还是走出门外睡在阶基边上,如何才好呢?素白罗裙美女在心里推敲着,确实有些进出两难。她是师傅,就应该在此刻作出决断选择:住下来,会有风险吗? 走出去,还能逢凶化吉吗?

"是空屋么?"

"肯定没得人住。"

两个徒弟,大起胆子小声说着话儿,这可把师傅素白罗裙美女惊呆了。她小声地分别贴近两人的耳朵说:

"情况不明,不要作声。"

两个徒弟不敢作声了,各人心里敲着一面鼓。水红罗裙美女心里在感激:我这条命,是师妹帮我捡回来的哩。娘肚子出世,从来没有受过惊吓,这回下乡上山,差点进到老虎口里了。我怎的就不像师妹那样勇敢呢,那样机灵呢? 今后,师傅一定最喜欢她,能得到真传。

浅蓝色罗裙美女此时此刻,哪会想到要得到师傅的真传之事,她一门心思要摸清里面的情况,究竟是空屋,还是有人住,为何进来了外人也不见主人来过问? 她便把手从师傅的手里抽出来,像瞎子摸象一般,麻起胆子满屋摸起来了。她摸着摸着,碰翻了一把靠背木椅子,只听得啪哒一声响,可把她的师傅和师姐吓得不轻。水红罗裙美女忍不住尖叫一声:"我的个妈耶,心都跳到口里来了!"浅蓝色罗裙美女自己把自己的魂惊了一下,又赶忙镇定下来,深深地吐了口气,把眼睛鼓得蛋黄那么大,可是,仍旧什么都看不清,只能接着摸下去。要摸出个水落石出!她心想。她摸到了灶台,有铁锅,有木锅盖;她摸到了灶弯,有干柴,也有茅草;她摸到木桌,四四方方,光溜又油滑;她摸到了一张木床,有被子铺开来,再往被子里一摸,一双脚冰凉冰凉的,吓得她全身弹起好高,赶紧拖住师傅和师姐往门外跑。那个快,不亚于在争分夺秒。

素白罗裙美女问:"发现了什么东西,快讲!"

水红罗裙美女问:"是只怪物?还是个鬼?"

浅蓝色罗裙美女喘着粗气,老半天都说不出话来。她用一只手压着自己起伏的胸脯,一只手扶住门前的一棵小树,只觉脑袋里一阵发麻,两条腿也一阵发酸变软,快站不稳了。这是怎么回事呢?她就是讲不出话来呀……

四

称得上是下乡上山"探险家"的浅蓝色罗裙美女,碰上那只咆哮吃人的老虎,都没把她吓倒,却被木屋里木床上的一双人脚,吓懵了,全身冒出了一身冷汗,心在剧烈跳动,张开要说话的嘴巴,许久也合不拢嘴来。

素白罗裙美女,虽则看不清她受惊吓的神色,却感觉到人吓人,吓失魂的严重性,她忙从自己的布袋里,取出一个陶瓷小瓶子,倒一点水状的东西,送到浅蓝色罗裙美女口里,然后伸出一只拇指,在她额头正中央向上刮三下,口里念念有词:"火勇冲天,百病消除。"然后又按按两边的太阳穴,再拍拍肩,拍拍背,细语柔声地问道:

"你心里,好受些了么?"

浅蓝色罗裙美女点点头。

"讲得出话了么?"

浅蓝色罗裙美女又点点头。

水红色罗裙美女看不见师妹在向师傅点头,不由补一句催她道:

"讲呀!你在木屋里摸到什么东西了……是一条蛇么?"

浅蓝色罗裙美女摇摇头,接着一字一句地回答道:"是一双脚。"

"是人脚,有什么可怕的呢?"

"八成人已死了。"

"那是小木屋发生了命案咯?"

"是命案,那我就是跳进黄河也洗不清了。"

"如果谁冤枉你,办案的县官也脱不了干系。"水红色罗裙美女思量着,望一眼素白罗裙美女,话里有话。她知道她怀里有一块金铸的御牌:"如联亲临",可挽危为安。

歇息了个多时辰,浅蓝色罗裙美女剧烈的心跳才渐渐平静下来。她对素白罗裙美女说:

"师傅,换一个地方吧?"

素白罗裙美女听了,以商量的口气反问道:

"换一个什么地方好呢?"

换个什么地方过夜?浅蓝色罗裙美女并没想好。她只是建议师傅带领她和师姐赶快离开这个鬼木屋。说不定还有更吓人的东西,她们会招架不住的。只是自己再说出害怕的话来,会让师傅多一分担心。自己的心性和任务,是保护师傅一路平安,不能反过来连累师傅来保护自己。哎,这回答要怎样才妥帖呢?浅蓝色罗裙美女真的有些犯难了。

水红色罗裙美女听到师傅和师妹的对话,没有结果,她便晓得她们各有各的想法,一个要赶紧离开这个地方,一个要搞清楚情况才离开。搞清楚,知己知彼,少些风险,多些平安。再说,师傅既然从师妹口里知道小木屋死了人,就不能避而不问,走而不管。师傅一路叮嘱她俩,找一个长期能落脚的地方,住下来,带发修行,建"慈善堂",施救苦难,教化苍生;要晨昏祈祷,望天下太平,盼风调雨顺,人丁康泰,五谷丰登。如果此刻离开小木屋,或见"鬼"不捉,或见"死"不救,师傅的良心会终身不安。师傅又是个不善于表白自己心迹的人,自然不好用一套道理劝说小师妹,要如何路见有难,坚持施救;遭遇不明,坚持考究。此为上策。师傅所言所行,中规中矩,绝无下策。

水红色罗裙美女,她跟着着师傅经风历险,千辛万苦,来到这个奇山异乡,真是不易。自己等于就是师傅肚子里的"蛔虫",师傅心里的所有想法,能猜出个八九不离谱。这阵儿,师傅问小师妹换个什么地方好?小师妹当然一时答不出,她以为走也险,不走更险,马车碰见了两股道,不好走哪条了。她真想帮小师妹回答师傅,似觉有些不妥;又想帮师傅说服小师妹,更觉不雅,这不是在代人作揖,自作聪明嘛。她想到这里,认定不说为佳。这时甚觉寒意加重,她取下自己背着的大包袱,解开带子,展开包单,取出师傅的袄裙,去披在师傅的肩背上;又取出师妹的腰裙,去披在师妹的肩背上。她什么也没说,用行动告诉她们,安下心来熬夜吧,深更半夜,无处可投宿哩。

究其实,水红色罗裙美女给别人披衣挡寒之举,是无声胜有声,素白罗裙美女和浅蓝色罗裙美女都意会了,所以,都不说冷,都不道走了,三人坐在一处,安心熬夜,寂静无声。瞌睡袭来了,三个人不约而同地勾下头,双手肘靠左膝盖上,两掌捧着脸腮,朦朦胧胧,似睡非睡。这是她们的"逃生"路上,最难熬的露宿之夜,谁敢睡熟呢,想起小木屋里有一双冰冷的人脚;谁又敢换一个地方呢,想起山中那只咆哮的老虎。

一更寒,二更暖,三更见天火。时间在夜色中行进。忽有一缕淡淡的光线罩下来,她们不由机敏地睁开了睡意蒙眬的眼睛,下意识地仰起脑壳来,仔细地分辨,这不是天蒙蒙亮了,是月光。原来这座小木屋,建在岩石溪流边,没完全被树林罩住,白天可见日光上房,夜里可见月光上床。月光如乳,温和,湿润,一如天老爷打翻了牛奶盆,一注注,一丝丝,从树枝间穿过,倾泻下来。只要缩缩鼻子,就能闻到奶香。

瞧,这山中的雾被谁收走了? 甚觉还有股暖气,从山中地壳里钻出来,看来山雾也将寒气带走了。一些蝉虫,东一声西一声地鸣叫了。一些小动物,睁着警惕眼睛出动了。

三更之夜,参天大树密植的山林,有如此良辰美景,令三位身穿罗裙的美女惊讶不已。她们仰首遥望着月光如丝如缕照进小木屋坪地,感觉自己身上披着一层轻纱,一扫心里的惊怕和苦涩。水红色罗裙美女高兴地站了起来,活动着手足。此刻,她忽听到坪地的侧边,有一阵唏唏嗦嗦的响声传来,不由警惕地辨别和寻找。不一会,只见一截有五尺长又有茶杯般粗的东西,正径直地梭到坪地边来了,还抬起那三角形的脑袋,向左右两边瞭望着,似乎已发现三个美女,急速地爬过来。向着她们可缠可咬了! 说时迟,那时快,水红罗裙美女尖叫一声"不好了! 蛇!"素白罗裙美女和浅蓝色罗裙美女同时听到水红罗裙美女的叫声,睁眼一看,心里一紧,倏地跳了起来,都抓起了墙边的干树枝丫,自卫以待。浅蓝色罗裙美女的胆子又大了起来,她正挥起手中粗硬的干树枝丫,就要朝蛇身上打去,不料被身旁的素白罗裙美女挡住了,说:"打不得。人不伤蛇,蛇不咬人。看仔细点,这是一条菜花蛇,它三更出洞寻老鼠吃哩。"

"师傅,你怎晓得是条菜花蛇?"

"看,蛇皮一圈黑花,一圈雪白。头卧起三寸高,那就是在观察老鼠的行踪。"

"你住在京城,怎会见到蛇呢?"

"这是我小时候,在吴兴老家,跟家父爬山采药学的咧。"

水红色罗裙美女听师傅和师妹的对话,无意中在异地他乡泄露着身世的秘密,不由用劲咳嗽了一声,大声道:"师傅,快看蛇溜走了!"

她们三人相视一笑。这个见蛇护蛇谈蛇的小小插曲,把大家的睡顿全赶跑了。水红色罗裙美女的一个提醒,又将三人带入了警醒和不安。她们或立或坐,无声无息,让时间慢步移动,等待天明,一定要弄清楚,那双冰冷的人脚,究竟是谁?

五

天亮了。山林一片翠郁。灌木丛的叶片上,挂满了晶亮的露珠。各类鸟叫声,散散落落,并没有组合好欢愉的晨曲。这里那里,点缀着不知名的山花,也未见有蝴蝶扑花剪翅。依然见不到阳光,也许殷红的朝阳还在睡梦之中,正欲起床爬上山岗。

三个天仙般的美女,伸伸懒腰,打着哈欠,驱赶着露宿山野的疲劳。尔后,她们同时地注视着这座小木屋。阶基边那头,摆着两副石磨,比较新色,证明着这木屋的主人就是一位石匠。石匠已经死了么?为何没人安葬?

素白罗裙美女说:"我们进去看看。"

水红罗裙美女和浅蓝色罗裙美女同时点点头。自然又是小师妹捡根树棍子把门拴挑开了。三人推门进屋,迎面有个"天地君师"的神龛摆在房间正中央的香案上,香案的底座是周正的麻石片叠成。右挡头是灶屋,灶脚弯里堆着枯柴和冬茅。放着三口铁锅的柴火灶,一律盖着杉木大淘盆。房间左挡头则摆着一张木床铺,床上确实睡了人,并盖着多床棉絮,显然怕冷,却又伸出一双失血的赤脚来。这就是浅蓝色罗裙美女昨夜被惊吓的那双"死脚"。床上这个人,是男是女?究竟死了没有?假若没死,为何叫门不开,又为何两只脚那么冰冷?这疑团,仍是三个美女的心结。

素白罗裙美女做了个叫大家镇定的手势,身先一步一步走向木床,躬身看了看,原来床上人的脑袋拱在被子里。她便伸出一只手来,轻轻地揭着被头,只见一头黑油油的长发披散在枕头上,人向里侧卧,满脸灰色,没见有呼吸的迹象。素白罗裙美女眼尖,看到木床靠墙的板墙上,挂了个竹筒,竹筒里放着一把灯芯。这灯芯素白,轻巧,是主人用来点松油灯或点桐油灯的。这刻,她轻轻地抽出一根,又轻轻地放在这卧床女人鼻孔前,试看灯芯是否有丝丝抖动。果真,素白的灯芯有小小地抖动了。"有气,人活着",素白罗裙美女下着定论。她再掀起被沿,握住卧床女人的一只手,探着脉,说:"脉弱,差点感觉不到。"她虽是自言自语。两个徒弟听了心头一喜,垂手待命欲救人了。接着,素白罗裙美女把盖着的被子,一床接一床地揭开,将那欲死的女人,轻轻扳向仰躺的姿势。尔后,她伸出右手的拇指和食指,捻压着床上女人的大姆手指和食指之间的"虎口"。水红罗裙美女看着这,记得师傅带来的御医书上,说这个位置叫"合谷穴"。接下来,素白罗裙美女,又去捻起床上女人鼻下嘴唇边,用点劲儿搓压着。浅蓝色罗裙美女看着这,也记得师傅带来的御医书上,也说这个位置叫"人中穴"。说也怪,两个徒弟见师傅朝"死女人"的两个穴位上这么一捻一搓一按压,她那既灰色又寡白的脸上,居然渐渐地显现了点点血色。这阵儿,师傅朝两个徒弟伸出一只手,示意拿来药物。两个小美女争相跑向她们挑来的一个木箱旁,取出一个瓶子,递到师傅手里,只见师傅从里面倒出一粒药丸,送到卧床女人的口里。然后,又见水红罗裙美女从大木桶盛着的泉水里,端来一碗水,帮病人把药丸吞下去。然而喂水过程比较难,卧床女人抿紧了嘴巴,把药丸含在口里,不说话,也不睁开眼睛。好久好久,她终于蠕动嘴唇了,含糊地说了一声:"水。"水红罗裙美女立即喂着水,也顺势将药丸喂了进去。又过了煮一餐饭的功夫,这个卧床女人挣扎着自己无力地坐起来,慢慢睁开了眼睛,环顾着房间里,站立着三个亭亭玉立的美女,不由流露出讶异的神色。她也许在运神,是这三位美女救了自己的命哩!她还没来得及说感激救命恩人的话,便着急地指着另一间房,上气不接下气,句不成声地说:"快……石娃……子……"。三位美女明白了她的意思,她是说,里面还有个小孩子,要她们再救一条命。三个美女便飞快地走了进去。房间里有一张床,床上却没有人,石娃子在哪里呢? 没踪没影啊! 倒是浅蓝色罗裙美女眼快脚快,在房间的一个暗弯里,发现了一个红薯窖的小门,已被打开。仔细朝里面打量,果真有人卧着,也盖着小小被子。自然,在红薯窖里施救人,不好施展开手脚,师傅仅只说声"抱出去",话一出口,两个徒弟争相把石娃子抱了出来,放到他的小床上。素白罗裙美女又急切地挽起水袖,用抢救卧床女人同样的手法,再次把石娃子救活过来。石娃子他接受了按摩,喝了水,吃了药丸,仅只睡了半顿饭时辰,他便能下床了,并跑出来,扑进他妈妈的怀里。起床的卧床女人亲切地摸着他的脑袋,对孩子说:

"崽也,这三个仙女,是我们的救命恩人咧。"

石娃子睁开好奇的眼睛,认真地听着,点点头。

"跪下,向恩人作揖,道谢。"

石娃子顶多六岁,剃着小光头。脸面由灰白转桃红了。他眨巴着眼睛,心里在想:救我和妈妈命的,为甚不是郎中,而是仙女呢?哎呀,这三位仙女是哪里拱出来的? 是从天上飞下来的吗?

"快跪呀,谢谢仙女大神!"

石娃子扑通一声跪下了,两只小手合十,像鸡啄米,稚气地说:

"谢谢天上飞来的仙女大神。"

咯咯咯! 把三位美女逗笑了。

快嘴快舌的浅蓝色罗裙美女说:

"我们一不是仙女,二不是大神,是路过此地的凡人。"

水红色罗裙美女也笑说道:

"凡人里也有不凡之人，我师傅就是个厉害郎中，"她指了指素白罗裙美女，"她能诊病救人，我们还不太会。"

"会，都会。"石娃娘去门弯里系起一条腰围巾，不由分说地下着结论："不管是凡人，还是神仙，我石嫂子不忘恩。先留你们吃餐早饭。"

三个美女做了好事，又怕别人感谢，找着借口欲走，提脚出门上路。

石娃娘一把拦在门口，半生气半认真地说：

"你们不吃饭，不沾五谷杂粮，证明你仍就是神仙。既然是不吃不喝的神仙，那我就马上要烧香瞌头了。"她真的朝石娃子喊："石娃子，快跟娘拿钱纸香烛来！"

石娃娘可把三个美女难住了。

六

盛情难却，石娃娘麻利地又烧火，又煮饭，又炒菜，满屋升烟也满屋飘香。辣椒味格外刺鼻，三个美女呛得打起喷嚏来。石娃娘连声说对不住。三个美女说，没关系，我们也爱吃辣椒，闻得辣味的。摆在桌子上的，是辣椒炒腊肉，是大蒜炒薰鱼，还有香葱煎荷包蛋，笋子蒸鹅肉，再加两个新鲜菜。六大碗，摆在石桌上，蛮丰富。石娃娘伸出筷子，夹上肉和鱼，一一敬到三个美女的碗里。她看见她们真的在扒饭，真的在嚼菜，心里想：你们不是神仙，就是排客。凡是走江湖的排客，都有把死人救活的本事。那排客，个个吃凡间饭，救凡间人。只是，为甚是女排客呢？以前只听说，只有男排客哩。而且，为甚长得这样漂亮呢？以前听说只有天上仙女才这样美丽哩。石娃娘想着心事，目光定定地注视着三个美女，不知该说些什么感激的话才好。半晌，才说：

"你们从哪里来？"

"苏州吴兴。"浅蓝色罗裙美女冲口就说。一时间，她又泄露了师傅的秘密，这可把水红色罗裙美女急坏了，连忙把饭碗一搁，佯装生气地打断师妹的话，机灵地别开"苏州吴兴"地名，说："梳头也辣，不梳头也辣，吃饭越发辣。以后梳头无兴趣吃辣椒了。"

石娃娘又连声说对不住，"你们以后就住在我家里，炒菜时节再也不放辣椒了。"

浅蓝色罗裙美女埋头扒饭不作声，她不满意师姐过于小心，说话拐弯抹角，东腔不对西腔，你累不累呵，山里人又不是探子，你怕个甚呀！

素白罗裙美女抹着嘴巴表示谢意说：

"真是麻烦你了。"

石娃娘打来了洗脸水，又端来了热茶，恭恭敬敬地问道：

"请问仙女郎中，我们娘崽得的是什么病呢？"

"是……"素白罗裙美女欲说又止，轻声询问道："你是不是一时冷，一时热。冷时加盖三床被子，热时汗水直流？"

"是呀。"石娃娘说："时冷时热，冷起来发战，热起来出汗。还头晕得云里雾里的。"

"是瘟疫流行，"素白罗裙美女说："病名还不好确定。"

"是瘟病！"石娃娘说："岭上死了几百人，"说到这里，她把大家带出禾场，手朝远远近近一指："看呀！这里，那里，还有那里，几个人抬着一付棺木去埋人，都是得瘟病死的哩。"

三个美女环顾四周的山岭上，果真是抬的抬尸，挖的挖洞，不时传来高高低低的哭泣声，山林一片悲凉景象。三个美女顿时感觉自己的脑袋在阵阵发紧，手心冰凉。她们看着，听着，自己的两只眼睛模糊起来了。

石娃娘心里酸酸的，后悔不该带她们出门看埋人，又连忙把大家请进屋，说："真的对不住，害得你们心里蛮难过。"

"没关系"，素白罗裙美女说："你帮我们带带路，赶快把我们带来的丸子发下去。"

"是诊瘟病吧？"

素白罗裙美女点点头，又跑到石娃子跟前："乖乖，你不出门好吗？我邀你妈妈翻山爬岭去了。"

石娃子答应一声好，听到禾场边断断续续传来山蛙鸣叫，他便连跑带蹦去捕捉去了。

素白罗裙美女叫两个徒弟不带任何行李，只背着放药丸的包袱上路。

山路上的台阶，有的是铺着麻石，有的则是直接在山体上开凿的，盘山绕岭，山路石级连着所有山里人家。她们一家家进屋，一户户查诊，甚至连路上抬尸的棺材也不放过，看是否还有活气？也不忘朝他们的口里，丢一粒捻碎的药丸。就这样，从早晨忙到太阳下山，她们为八十多个"得瘟疫"的人喂了药，也看到20多付抬着的棺材，正在山里埋人。三个仙女救活了这么多人，把山民们感动了，你一句，我一句，说开了："我们龙王岭发瘟病，搭帮仙女下凡救了人，改个地名吧，就叫仙女岭。"

"要得！"石娃娘说得最响亮，"明天我上文昌阁去，要石老倌把石碑刻出来。"她又迅急地车转身，问三个美女，"请问三位仙女，你们叫什么名字嘞？"

此时水红罗裙美女和浅蓝色罗裙美女，根本没听石娃娘在问名字，她俩脸也不抹,澡也不洗,饭也不吃,打着哈欠,睁不开眼睛,便往石娃娘床上一倒,先是呼噜呼噜,之后睡得鸦雀无声了。唯有素白罗裙美女,尽管也是睏顿袭来,仍然坚持头脑保持清醒状态,既诚实又机智地回答石娃娘说:"我姓李,名慈惠。"又指了指穿水红罗裙美女,她的名字,叫小红,再指了指穿浅蓝色罗裙美女:"她叫小兰。"显然,她在为两个徒弟埋名隐姓。她自己也未说出从夫成家之姓氏,而只说出修行的法名。因为世事难料,她已是身轻百难九死一生了,决不把生于苏州吴兴的真实姓名沈珍珠说出来,以防后患无穷。说罢,她如释重负,再也抵不住过度劳顿和瞌睡,便走到里间,倒在石娃子的小木床上睡着了。

这边,石娃娘从衣柜子里,寻出干净的秋凉棉被,一一盖在李慈惠和小红小兰身上,心里在一遍遍地唸叨:"三位仙女,你们是降伏天妖的仙人哩,辛苦了,好好地睡觉吧。我上文昌阁去了。"

石娃娘到底是山里人,几百级的上山台阶,如履平地。她气喘吁吁地找到石老倌,把自己和石娃如何被三位仙女救了,再又如何送药救了全岭上得瘟病的人。大伙一致要求,要把龙王岭,改名为"仙女岭",所以要我上山请你刻一块大石碑,立在山岭上。这石老倌一听,很受感动,但他在文昌阁做事,也听了不少文昌帝君讲经,学习文化,懂得不少天文地理医学与道教知识,他不由运运神,觉得这个仙女岭名称要修改一下,便请教文昌帝君,还要不要推敲?文昌帝君建议改名为"仙庚岭",他解释说:"仙,仙人,仙女也;庚,囤积粮食之地也。意谓仙人能除伏天妖,使五谷丰登。"并挥手写在纸上。石老倌向文昌帝君道声"无量天尊",就拿起锤子、凿子等工具,随石娃娘走下文昌阁山岭之最高峰了,在石雕群周围团团转,找到一块耸立的巨石,叮叮当当,先凿下"仙女岭"碑,再在一山岩上凿下"仙庚岭"三个大字,既符民意,又尊帝君,他要石娃娘提来草物熬成的红颜料,刷在字面上,醒目闪光。当这一切忙呼完,石老倌随同石娃娘拜见李慈惠和小红小兰三位仙女时,他们呼喊着,怎么也喊不醒三位仙女了。这是为什么呢?石娃娘慌了手脚,赶快跑出去,叫来小木屋左右的乡亲们。石老倌越发不解突发怪事,他连忙登峰文昌阁,去找文昌阁帝君请教个究竟来。

第 2 章 文昌阁
● Wen Chang Ge

一

文昌阁,立于仙庾岭最高的主峰之巅。此峰山高林密,古木婆娑,草香泉涌。阁有三层,成塔状,呈八面,由麻石加砖木结构的楼式阁。每面有游廊,有栏杆,可凭栏远眺,极目楚天:望长沙于日下,风帆点点;眺南岳于云间,层峦峻翠;指庐山于吴越,若隐若现;挽雪峰于湘黔,连绵起伏。又可回眸仰望,阁的每面之边翘檐飞脊,盖的琉璃金瓦于阳光里闪亮夺目。阁楼通体简约,无甚金碧辉煌,仅有鸟雀花草饰物和仙女壁雕,点染出大唐虽则盛世却显风雨无期之景象。文昌阁虽不与世隔绝,然自古便是道教活动之场所,历代都有道家、隐士在此结庐隐居。他们往返的上阁之路,有数百级石磴,曲折盘山而上,一路可赏林木之苍翠,山洞石泉之丁当。在道家隐士们听来,犹如一曲曲水乐,与树木上鸟啼唱和,醉韵了仙阁。仙阁已是目下文昌帝君的讲经之所,也是藏书的地方。文昌帝君年近九十有余,身高五尺,满头白发,长发且朝头顶上梳,打了个圆圆的结。他戴着一幅老花眼镜,且在下巴上蓄着一缕山羊胡须。年事已高,却依然双目炯炯,声如铜钟般响亮,他常常登上高层阁顶,或凝视万物绽绿吐香,心旷神怡;或环顾四周十景,宠辱皆忘。此刻,他东望"白毛聚雪","磐石腾蛟";南观"白马奔驰","石塘映月";西览"湘江水涨","凤凰来朝";北赏"仙人造石","跳马跃关";朝闻"圭峰击鼓",暮听"婆岭钟声"。他一日不听不看,便一日不食不喝,总总,善乐与大自然和谐相处,这已成为他之行为准则。自然,也培养了他与山岭子民友善和悦的处世心态。他讲经还把道教从单纯的学问修行引入道德修行,更广泛地与周围山上山下的百姓心相映而息相通了,这便把道教虔诚所至传播于子民心地了。然而十个指头总不一般齐,仍有言古佬一些人不听劝告,凡遇天灾瘟祸,便宰牛祭神。须知,牛是农家之宝,宰了一头又一头,何来宝物耕田种谷?文昌帝君在观景之余,不免也有几分忧心。就在他的丝丝忧心未消之时,只见那位石老倌,火急火烧地奔上文昌阁来,抱拳作揖地说:

"道长道长,不好了,有三位诊好我们岭上得瘟病人的仙女,通通累倒在石娃娘的床上,怎么也喊不醒,也摇不醒来,那中了什么邪呢? 这可怎么办呀! "

文昌地君一听到这种情况,便知道深山密林来了有过人之处的神医,但自己又不小心被传染而害病。世事难料,救世的人难于救己。当然,文昌帝君不能见死不救,就尽点绵薄之力吧。于是乎,他把手里端着的盖碗茶,往桌子上一搁,声高音重地说:

"快! 把三位仙女抬上文昌阁! "

"是! "

"上山峰时要小心甩出人来! "

"是! "

石老倌如听到皇旨一般,双手抱拳,把身子一躬,把头一点,车转身,就疾步出门了,朝峰下跑去,一路的脚步声,恰似急捶擂鼓。石老倌办事麻利,他指挥大家,只花了煮半餐饭的工夫,就见山民们分头把三把竹睡椅,绑在三付竹杠上,再轻手轻脚地将李慈惠、小红和小兰三位仙女,抬进三把竹睡椅里,就朝着陡峻的山峰,踩着石磴盘山而上。到了文昌阁,他们把竹睡椅摆在文昌阁门外,再把三位仙女抬到文昌阁的讲经堂里的长条木凳上。这时文昌帝君神情严峻,仔细打量着仙女的神色,尔后,伸出右手的拇指,一一翻开她们的眼皮,看了又看,沉吟半响,蠕动着嘴吧,什么也没说,便从自己的短褂长袍的衣口袋里,拿出一瓶药水,先后慢慢地倒在三个人的口里。一会儿,素白罗裙仙女李慈惠睁开了睡意蒙眬的眼睛,见有这么多乡亲们围着她们看,尤其跟前还站立一个白胡须白头发的老人,甚觉诧异。这是怎么回事呢? 发生了什么事吗? 她不由再看着身旁的小红和小兰,仍旧昏睡未醒。她立即按压自己的太阳穴,后脑窝,这便缓过神来,知道自己和两个徒弟在小木屋"中邪"了。那座小木屋里的石娃和石娃娘,当时也是这么昏睡不醒,她们就在她的禾场里熬过了一夜。她仨已经疲倦以极,听石娃娘讲山岭上流传瘟病,死了不少人,吃了早餐又去山岭人家里赶瘟神救人诊病。回来之后就倒床便睡。她此刻清晰的回忆,仿如历历在目。她马上感觉到自己口里有股药味,心想,也许是在昏睡中,老人的药水沁进喉管的。昏睡中,药水含在口里良久,能流进喉管当然是不顺畅的。她不由连忙起身,迅急地端起小红和小兰的脑袋,一部分药水吞了下去。一部分药水渐渐地从嘴角流了出来。正如自己所料,小红和小兰在昏睡中,渐渐有了动弹的初醒动作,接下来,她便朝两个徒弟的"人中"和"合谷"按压和推拿,果真,她俩很快就醒过来了。

小红和小兰仿佛从长梦中醒来,眨巴眨巴着布满几缕红丝的眼睛,环顾四周,看看文昌阁的讲经堂,又看看堂内慈惠师傅和文昌帝君及一些围观的人们,不由运运神,似觉明白了自己身上发生了什么事儿,两人不约而同地对李慈惠说:

"师傅,这里是……"

"这里是文昌阁,"李慈惠说,马上起身,也对小红小兰做了个起身的手势,打断了她俩的再提问话,抢先对徒弟说:

"是这位老翁和乡亲们救了我们三人,记住,你们两人记住:道家追求人与自然的和谐之法,儒家倡导人与人之间的仁德之爱。我们之所以被乡亲们送上文昌阁来,就是被这满屋子人,伸出仁爱之手,救了我们。来,我们三人同时向老翁和大伙拜谢! "

李慈惠带领两个徒弟,一一向文昌帝君和众人抱拳作揖。众人也以抱拳躬身回礼。

文昌帝君向李慈惠三位仙女自我介绍道:"老者是文昌帝君,修行文昌阁。"他笑呵呵地荡满脸春风,又极其高兴地欣赏众人之举,便想趁众人到来,授一堂课讲经传道。他说:"今天红日高照,紫气东来。文昌阁来了三仙女,来了道家,也来了禅宗。都聚合在讲经堂里。君子常怀仁爱之心,圣贤常固帮国之志。假若君臣及各教互不沟通,天下离异便难成帮国……"

众人向文昌帝君投去尊敬的目光,一个个脸上流露出如饥似渴的听课热情神色,听他讲经论道。文昌帝君一时兴起,讲罢"知人者智,自知者明。"又讲"万物各自静定,保持大和之气,方才祥和有益。"谁料,刚说到这里时,信奉禅宗的言古佬一些人,哗啦一声,拔腿就走。出了文昌阁,气嘟嘟奔下峰去。

文昌帝君不由尴尬起来，他也难专心继续讲下去了，便倒抽了一口气，连连咳嗽几声。接着，他大步走出讲经堂，向着言古佬一些人下山的背影，抱拳拱手，大声道：

"慈悲！慈悲！"

李慈惠见状连忙出门，将文昌帝君请进讲经堂。本来，她该问问，为甚言古佬那些人，身进讲经堂，却忽又绝圣弃智，不辞而别，生气下山峰呢？可话到嘴边，却这样说：

"生什么气呀？"

"瘴气。"文昌地君似乎在答非所问地说。

"混涨气？"

"都是因为瘴气太重了……"

瘴气？李慈惠和大家都不明就里，一个个面面相觑，你看着我，我看着你……

二

瘴气是什么东西？谁能讲得清楚又听得明白呢？要知道，文昌帝君讲了数年，他的诸多弟子中，唯有石老倌和刘寿仁，才有亲身经历，能真正领悟所谓瘴气其表、其内、其状、其疑、其惑。从此，他俩在文昌帝君眼里，是难得的人才。也就长久地被圣贤看重，且盛情挽留两人，居住在文昌阁的旁边的庙宇里，与其日月相伴，风雨相随，学道修行。石老倌身材高大，粗眉大眼，是个手艺精的勤快人，文昌阁石柱上的双龙戏珠，是他的经典作品，雕刻得龙腾珠跳，活龙活现。而且，石老倌还是位怪才，他明明是个石匠，却又能干木匠活。那文昌阁里的讲经堂，八面都开了半圆拱形的窗户。窗格上，浮雕出的小鸟和花花草草，也出自石匠石老倌之手。那草，自由自在地伸展，其中偶有卷叶，也似被风吹拂所致；那花，有的含苞待放，有的怒放播香；那鸟，有的展翅飞翔，有的在叽叽喳喳鸣唱。至于他錾的石磨，齿槽匀整，深浅得当，磨缝里磨出来的豆浆，细嫩得像牛奶一样，瞄之好看，闻之颇香。还有那位刘寿仁，既是位推匠，又是位篾匠咧。他只要把竹林的楠竹或斑竹子砍回来，一一破成青篾和黄篾，编织成像箩筐一般做推子的筐，再筑进去黏性强的黄泥巴，尔后把一片片刨得很光滑很坚固的杂木小木片，按照磨盘齿排列形状，嵌进去，再敲击打平，待月余内泥巴干固，于是一架新推子便诞生了。刘寿仁打的新推子，推磨出来的大米圆正，碎米少，谷头子就更少了。所以，岭上岭下的乡亲们，都请他去打推子，而且他的工价又低，只收别人的两斗米。乡亲们都说，刘推匠是真牛皮，打得推子，织得筛子，编得簸箕，他只要把竹子一破，把篾片条一刮，竹子在他的手里变戏法那般，织个小竹腰篮子，只须半天工夫。平日里，刘寿仁有个捕捉蝴蝶的爱好，每每看到山林里飞着各种花色翅膀的蝴蝶，他便挥起自己织的小竹篓子，挽进来，罩住，玩一玩，跟它说会儿话，再放生，让其飞走。他喜欢蝴蝶，亲近蝴蝶，已经到了痴迷的程度。

仙庾岭上，这两位匠人石老倌和刘寿仁，都有一个共同的朋友，他叫石起强，别人都叫他石砌匠，这深山密林里的小石屋、小木屋，都出自他手里的砌刀工夫。谁要砌新屋了，都请他去看风水，去放线下基脚，再把屋砌起来，上梁，盖瓦。往往他操持砌屋时，就把他的好朋友石老倌喊来，用木头做窗户，雕花绣格，再錾石墩，立伞柱，并在伞柱上雕些龙与凤，弄得主家笑得合不拢嘴巴。新屋砌好之后，石砌匠又把另一个好朋友刘寿仁请来，要他打推子，织箩筐，摆在他为主人砌的小谷仓跟前，放一挂鞭炮，他便大声赞唱道："新屋新房也，坐北朝南也，靠山面水也，百事吉祥也；谷库开张也，囤积余粮也；人丁兴旺也！恭喜发财也；长辈高寿也，子孙后福也……"每唱完十句，他便停了下来，等待主家送来一升米的"包封"。石砌匠有时唱到十段，主家就得打一斗米的"包封"。自然，他的口才好，备受乡亲们赞赏，如果配上一把拉工尺调的二胡，那他就唱得更加有板有韵，其声腔能男能女，比唱地花鼓好听，与岭下的张三花旦比也不差到哪里去，只是没得那套登台的行头。有一天，石起强这位石砌匠，邀了好朋友石匠石老倌和推匠刘寿仁，三人一起到自己的小木屋喝谷酒，并要自己的堂客石嫂子带了儿子小石娃，回岭下的娘家去住几天，这半年来，他为别人砌了几栋屋，多亏有石老倌和刘寿仁帮忙，他要和好朋友痛痛快快喝两天酒，打两天跑夫子，以谢朋友为他出门造屋助阵有功。石老倌应约而来，包袱里不忘放着锉子和锤子，他要在石砌匠小木屋靠背岩上，弄一块他想之已久的石头背回去。于是，他进门就说：

"咳，老弟，见面我不说久仰了，只说句久想咧。"

石砌匠回笑道："久仰不必，久想那就可惜。我不是个女人，只是个带把的男的哩。"

石老倌故意环顾了灶屋房内，也玩笑道："难怪你可惜，你喊我们来，就把嫂子打发回娘家了，提防了我的'久想'是吧？你小气哦！"

石砌匠便趁机起劲打趣道："你老打光棍，我就生怕你向我借堂客：一来，借堂客就如同老虫借猪，有去无回。二来，我慢慢发现了一个秘密，我堂客真的有点喜欢你哩，她帮你补过衣服，她帮你纳鞋底做鞋子。"

石老倌越听越脸发热。虽则是两个好朋友在开玩笑，然玩笑里面夹点真事，老实本分的石老倌就想，我从来就有个信条：朋友妻，不可欺！你堂客帮我补衣做鞋子，这是帮一把单身汉忙的人之常情喽。有天作保，有山作证，我石老倌一直口稳、身稳、心稳，一丁点儿都没打过你堂客的主意也。他想到这里，本要说句，"朋友你在冤枉我!"可话到嘴边又临时修改成:"你拿我开心不打紧,莫伤了贤妻良母的嫂子哩。"

石老倌一句实心实意的回敬话,倒真把石砌匠的笑口堵住了,连忙说:"今天免谈嫂子,只喝酒。"他进房里提出一把酒壶来,在桌子上摆上三只大碗,把酒水一一筛了出来。此时,正好推匠刘寿仁进得门来,故意地缩一缩鼻子,咧开嘴色,说道:"香,好香。难得有这样的陈年老酒,我的口福不浅。"他便不客气地坐了下来,端起一碗,送到嘴边抿了一口,然后伸出手招呼石砌匠和石老倌坐下,有点儿反宾为主的得意神色。大伙儿正而八板地喝着酒,说着话,忽见刘寿仁迅速起身跑出门,在一朵野花上,捕捉了一只花蝴蝶,捧在手板中,走进门来,乐得像个孩子似的。他坐下,酒也忘记喝了。

石砌匠说:"刘推匠,你捉来花蝴蝶,是不是要当下酒菜呢?"

石老倌也说:"你看见蝴蝶就捉,碰到蝴蝶就追,你是不是不吃斋了,把蝴蝶当婆娘娶了。"

刘寿仁仍是一脸的笑,说:"哎呀呀,你们就莫攻击我了。真菩萨面前不烧假香,我一不当下酒菜,二不当作婆娘看,我从极细起,看见蝴蝶就喜欢。让我边喝酒,边跟蝴蝶讲讲话,好啵?"

刘寿仁接下来,真的称花蝴蝶为细妹子,花姑娘了。在他的眼里,蝴蝶一律是女性,是柔弱可爱之物。他不停地自言自语,跟蝴蝶对着话哩。这自然影响了石砌匠和石老倌的酒兴,他俩干脆不理会他了,只好双双不断地对饮,喝了一碗又一碗,两个人醉得红虾子一样。后来,石起强的脸色煞白起来,当他还要再喝时,被石老倌挡住了,劝他再莫赌海量,喝酒不要伤身。此时,刘寿仁起身捧着蝴蝶,朝门外放生。待他回来时,发现砌匠石起强倒在桌子下面了。刘寿仁和石老倌将他抬放到床铺上。都以为他醉了,可是过了老半天,就是没醒过来。两人这才慌了神,一个去接石娃娘回家来,一个去文昌阁找文昌帝君,看能不能下药解酒救救他。

文昌帝君随石老倌来了。他捉捉石起强的脉,又翻开石起强的眼皮看看,不由叹着气,摇摇头,什么也没说,一幅沉重地思量的面色,再走出门,在禾场里张望。

石老倌和刘寿仁追出门,齐问:"道长,这是什么原因,人还有救吗?"

"咳!"文昌帝君一字一句地说:"他会给别人看风水,却把自己的小木屋,砌在瘴气……风口上。他家的门,要转个方向开。"

石老倌和刘寿仁,从此捉摸瘴气,究竟是什么东西了。

三位仙女,也历生死知道瘴气的厉害了。

三

文昌帝君讲完老子的《道德经》第三节,已临近中午时分。听功课的人们,三三两两地走下峰去,且是径直朝峰下那个叫"大戏台"的岭上大地坪里走去。这块地坪因宽阔,凡仙女岭上有什么祭祀活动,就在这里搭大戏台,演祭神戏,还杀牛头,祭天神,盼神仙下凡降妖驱鬼,除瘟病,抗天灾。

讲经堂下课时,文昌帝君特意挽留李慈惠和她的伴女小红和小兰,在这里吃中饭。中饭,是由石老倌和刘寿仁两人做的。文昌阁有一条小石经,通向十余丈远的地方,那里有座道观小庙,庙的正厅有座石雕人像,身穿袈裟,头戴道帽,右手抬起,左手垂直,身向前倾,面目慈和。庙的两侧和后屋,约数十间,有的空着,有的住了人,是三个道士。小庙小屋砌的红墙盖的绿瓦,进出都有内外月门通行,是个小小规模的寺庙。究其实,正厅前只有一个香炉,香火不断,香烟飘袅!这里仅是文昌帝君和他的弟子们,吃喝拉撒的屋宇,也是他们练功修行的居所。

文昌帝君邀李慈惠、小红和小兰走进小小餐厅。石老倌和刘寿仁,立即把一碗碗的鸡、鱼、鹅、鸭、蛋和青菜,端上了桌子,热气腾腾,满屋飘香。

李慈惠打拱道:"文昌帝君老师,您老太客气了。我们几个弱女子,不知该如何感谢。"

文昌帝君也拱手说:"客人远道而来,无亲无故路过此岭,救人如救火,灵丹妙药,医道高明,难得,难得。我向你们道声感谢还远远不够。哪轮到你们感谢我呵。"

他们相互客气之后,便入席就坐。文昌帝君又呼来石老倌和刘寿仁,一起向客人敬菜。

小兰吃了一口刘寿仁特意敬来的鸡肉,嚼了几下,颇觉味道不对,忙说:"这不是鸡肉,是豆腐做的哦!"

小红也吃了石老倌敬来的鱼片肉,情不自禁地说:"味道真好,但不是鱼肉味。嗯,确实像豆腐的味道。"

李慈惠吃了文昌帝君敬来的鹅肉,放进口里,才知道也是由豆腐制作的鹅。她不由赞赏道:"两位师傅手艺蛮不错的哩,把斋菜做得这样逼真,百里挑一哦。"

文昌帝君笑道:"老生修行,一直是吃斋。今天忘了嘱咐厨房,给你们另搞饭菜了。"

李慈惠马上接话道:"随缘顺性,我们吃得高兴,也吃了新鲜。这也难为两位师傅,弄出这许多花色的菜来,不容易。"说到这里,她起身夹了菜,一一回敬到文昌帝君、石老倌和刘寿仁的碗里,又道:"我借花献佛,不成敬意。"

小红和小兰，见师傅起身敬菜，也便不失礼节，相继向文昌帝君三人回敬了一番，说："小辈谢谢长辈的款待，小辈如有失礼之处，敬请多多包涵。"

"不必客气。"文昌帝君说罢，停了停，注视了一下李慈惠，用征询的口气，又问道："人的一生是一个修炼的道场。请问，你们从何而来，又往何处去?老家有何人?他们知道你们各自的行踪吗?"

李慈惠听后，知道文昌帝君，要了解她们三人的来龙去脉了。实际上，他是在打听，你们是出家人，还是江湖人?来到此地诊病救人，有不凡的善举。你们，能接受道教吗?或者，你们就是"道"中人么?愿不愿意结交老者文昌帝君?如果三位仙女不嫌弃，就留住在仙女岭，带发修行，施救苦难，教化苍生，共盼风调雨顺，共祝天下太平。还可共同探究瘟病的发生，是否与瘴气有关联，至于，你们的作为，乡亲们用感恩的方式，让后人去品读石碑"仙女岭"之恩名与价值。哎哎，李慈惠三位仙女哦，听我说呀，我们站立在高耸云端的文昌阁，仰首面对星辰和云天，我们能否以诚相见?你们的经历，能告之一二给老者听么?……就这样，这位思维敏捷的李慈惠，想了一连串。她猜测文昌帝君的询问内容，不会外乎这些。因自己有难言之隐，她就半晌没有回音，只是说："我来自苏州吴兴，家父叫沈芳，是位郎中。"便不作声了。便用满脸的微笑，以示对对方的尊重。

文昌帝君，是个十分有耐性的人，他没有催促，也不言及其他来打破她心灵的宁静，用一只手，轻轻地抚摸着自己的山羊胡须。

小兰看见师傅回答文昌帝君的问话欲答不答，她倒有些着急了，刚喊了一声"师傅"，没想到一只手就被小红掐了一下，掐得好重好痛，后面要说的话，就被"掐"掉了。机灵的小红，马上插进来提议说："文昌帝君老，我师傅每次吃完饭，就口渴，要喝水，才讲得出话的。"

石老倌和刘寿仁听到三位仙女说口干，连忙起身端来了香喷喷的茶。刘寿仁把热茶端到小兰仙女面前，不由被她头发上蝴蝶发夹吸引了，且看得出神，手情不自禁地抖了一下，把热茶淌了出来，烫了自己的手指。待递完茶，他连忙把手指含进口里，想以此来降温和止痛。

文昌帝君说："来，我们到茶室去坐坐，品品茶，聊聊天，好么?"

"好。"李慈惠点点头。她随文昌帝君来到茶室。小红和小兰没有跟着来，她俩就与石老倌和刘寿仁继续在餐厅里聊天。

文昌帝君的茶室很别致，一对细瓷盖碗茶杯，摆在茶几上，茶几两侧是竹椅;雪白的墙上，挂着一幅竹子雕刻的书法，那是老子的名言："道可道，非常道;名可名，非常名。/无，名天地之始;有，名万物之母。/故常无，欲以观其妙;常有，欲以观其徼。/此两者，同出而异名，同谓之玄。/玄之又玄，众妙之门。"李慈惠琢磨着其中的意思,领悟老子之"道"。文昌帝君接着解释说:"这是指太空之宇宙,其本源,其规律,其法则。如果是可以进行言说的'道',那就不是修行意义领悟的真正永恒之道了。用同样的道理,如果可以用言语讲出来的'名',那也不是永恒的'名'之真相。只有那'无',才是天之初,地之始;只有那'有',才是万物之根与源。老子金言五千之开篇,就提醒世人:你如果经常从'无'中去认识'道'之奥妙;又经常能从'有'中去观察'道'之边际,那么,'无'和'有'之两者,明了来源相同却具有不同的名称,它们都可以说是极其幽深的。至于说到那个极远极深,当然,那就是指出一切变化的总源头了。"文昌帝君讲解到这里,便停了停,端起盖碗茶杯,一只手提碗盖,再轻轻吹了吹,便抿了一口茶。他悄悄地观其李慈惠的面色,察其内心里的动静。真的,他感觉似乎捕捉到她的所悟所思了。瞧,她一指点着太阳穴,欠了欠身子,想说句什么,然话到嘴边又压下去了。这分明看出她内心里这不正在提出疑惑:哟,仙女岭是不是我诊病救人的久留之地呢?文昌阁是不是我修道修行的久居之所呢?文昌帝君是不是我们要修炼内丹真正的合作之人呢?何去何从我再不能优柔寡断了。但是,文昌帝君老师呵,请谅解,我不会把我的过去和盘托出向你相告哦……

四

文昌帝君料事如神。李慈惠这会脑子里乱糟糟的,没法迅速敲定自己的去与留的问题。这一切都因为来得太快,自己救了别人,别人也救了自己。自己生命遭遇到威胁时,就是那个看不见说不清道不明的瘴气吗?也许文昌帝君讲的对,石娃娘的小木屋,犯了风水刹哩。看来,文昌帝君,真的值得我和小红与小兰信任他。我当然应该留下来,带发修行,与文昌帝君志同道合,攻瘴气,建慈善堂,救民济世,采药医病,开山种田,等等,等等。但是,这里会不会发生京城和吴兴那样的不幸吗?想到这里,她又举棋不定了。呼吸也急促起来,口也干渴起来,不由端起茶几上的盖碗茶杯,揭开盖,先抿一口,后喝起来,咕哝咕哝,三两口,喝了个底朝天。文昌帝君见状,又给她添了水,也顺便仔细瞄了瞄李慈惠的神色。他是个求贤若渴的老人,看到李慈惠仍旧在犹豫,下不了决心,于是,他决定此时来一个灯里添油,趁热打铁,不由清了清喉咙,提高嗓门说:

"哎哎,我带你去看一个地方。"

"什么地方?"李慈惠问。

"文昌阁。"文昌帝君说。

"哎哟,你这儿不就是文昌阁吗!"李慈惠笑了。

"我带你去参观一下地宫。"文昌帝君指了指门外,又指了指地上。

"文昌阁还有地宫么?"李慈惠想,地宫一般只在高塔下才会有的。这是阁,只三层又不高,挖砌个地宫干什么呢? 她不由自顾自地又笑了。

"有。"文昌帝君看见李慈惠在笑,猜测她是不相信文昌阁的底下有地宫。他不跟着她笑,却认真地说:"当然有的。"

"那,"李慈惠仍在疑惑中,仍在微笑中,"那外表上,一点也看不出来呀!"

"嗨!"文昌帝君说,"那看得出来,就不叫地宫喽。"

文昌帝君说得神秘兮兮,近似于在诱惑着李慈惠犯迷糊。李慈惠也以为老人个性开朗又风趣,开一开玩笑来融洽主人与客人之间的关系。谁知,文昌帝君真的站了起来,摊开了一只右手。

"请!"文昌帝君礼让三先地说。

李慈惠也就站立起来,步履轻盈地走出茶室,走近文昌阁,仰起脸块,细细地张望。哦,她发现文昌阁虽不是寺庙,却比寺庙的建筑更加讲究,除了有美观大气的雕龙石柱和雕花木窗,原来这阁的八面上方,都有复杂好看的斗拱,粗大美气的爪楞,还有漂亮的镂花檐边。而在文昌阁正门檐下,挂着一块木刻"文昌阁"的三个大金字,闪亮夺目。李慈惠欣然地欣赏到这里,便拿目光盯在文昌阁的墙基边地上,想发现至地宫的门。她转了一圈,怎么也找不到地宫的入口。这就奇怪了,文昌帝君明明说有,怎么发现不了蛛丝马迹?李慈惠不由转身抬头望着文昌帝君,等待他的释疑。

文昌帝君口里没说话,做了个跟我来的手势,他仍旧把她领到那座离文昌阁十多丈远的小小寺庙兼住宿的地方,走进一间小房间,再打开一间小斗室,然后点上一盏小桐油灯,领着李慈惠走进往下行的踏道,再走过长长的甬道,然后走到宫门边。这时,只见文昌帝君把桐油灯,放在门框边的一块灯座上,从口袋里掏出像耙齿一样的钥匙来,开了钥,打开宫门,又把桐油灯取下来,端在手上,高高举起。两人走进门,果然,让李慈惠看到整洁宽大的宫室了。宫里分为三个部分。第一部分是八面靠宫壁有八个大书柜,书柜通通油的黑红之漆。文昌帝君一一把柜门打开,里面码着整整齐齐的书。全是线装书,很厚实。李慈惠拿出几本来,读封面,上面分别写着《论语》《道德经》《阴符经》《西升经》《度人经》《心印经》《清静经》《玉皇经》《太平经》《黄庭经》《起经》《金刚经》《佛经》《易筋经》《开元道藏》《宝文统录》《三洞》《四辅》《大学》《孟子》《太极》《道法心传》《列仙传》《神仙传》《读仙传》《洞仙传》《玄品录》《悟真篇》《翠虚篇》《金丹大要》《人药镜》《中和集》《修真十书》《金丹要诀》《性命圭旨》等。文昌帝君说,还有关乎各种药草的书,探脉看病的书。文昌帝君告诉她,文昌阁藏书有两万多册。这可让李慈惠惊讶不已,这不亚于走进了智慧之门。她仅仅只看了这部分,感叹文昌阁有着这么丰富珍藏,这么丰富的秘籍,心里就下定了决心,一定要留下来,就在仙女岭扎根,在文昌阁带发修行。当文昌帝君热情地介绍地窖里的第二部分,是有许多的铁盒子,一排码在地宫中央,文昌帝君说,里面盛着各个朝代的钱币。他打开了其中的一个盒子,看见里面有许多枚"唐开元通宝"铜钱。她无心多看,更无法细听文昌帝君的讲解了。因为她喜读圣贤书尤其是研读医书和药书。还有第三部分,究竟是什么? 她便视而不见了,隐隐约约感觉到那是铜器,那是瓷器,那是陶器,那是蚌器,那是玉石器,那是琉璃,五花八门,她人在似听非听,因为金银财宝对她并不重要,也吸引不了她。她因避难而为,她为修行而来,她为采药而来,她为理病而来,她为济世而来,心里只装着慈善二字,心中所有其他的欲望,已望书而逃。哦,文昌阁是座读圣贤书的宝地,这里可以修炼内丹,这里可以找到什么才是生命生生不息的动力呢!

让我的生命沾有石头的特性,顺应自然的本性,虎从风龙从云,人与天地对话吧。李兹惠想。

文昌帝君已经发现李慈惠对第三部分的瓷器等文物,不太有兴趣,他便端起一个瓷碗,郑重地说:"你看,这只瓷碗,刻画的人物虽小,却眉目清楚,形貌生动。这可是当今皇帝看重的宝贝。文昌阁珍藏它,交给历史,以后就具有很高的研究价值了。研究它的气质吧,庄子曰:'世间万物因气质而生'。可不是,文昌阁一直寻找人与万物相通的契机。发现万物的气质。有形无形。天人合一。"文昌帝君说得语重心长,从一只瓷碗引伸开来,他侃侃而谈,如行云流水,使李慈惠听出了味道,提升了兴趣,且渐渐地有顿开茅塞之感。她越发感觉文昌帝君是教导她修炼的好老师。原来,他带她来看文昌阁地宫,既开启着她的智慧之门,又不失时机地治疗了她的心病。文昌帝君老师啊,你就是我眼里有形无形的神仙。神仙出自道家。我将随着每天太阳东升之际,祈拜文昌阁!

李慈惠和文昌帝君从文昌阁地宫出来,刚刚出了甬道走上踏道并锁好小斗室的门,已是太阳偏西只有两丈多高的时候了。恰在这时,有石老倌跑来报告不祥的消息。

"道长,那妖雾,那瘴气,又回头了!"

五

瘴气就是妖雾?妖雾就是瘴气?这是将近在一天的时间里,李慈惠第十次听到关于"瘴气"二字了。

石老倌说:"瘴气妖雾这样霸道,这样横冲直撞,今年超过往年,看来,第二轮瘟疫又要来了! 我们仙女岭,难道就找不到法子对它斩草除根吗?!"

文昌帝君说:"法子不是没有。而我们未找到厉害法子之前,还只能头痛医头,脚痛医脚。"

石老倌说:"眼下,只能这样吗?"

文昌帝君摇了摇头。他从口袋里拿出一个小本本,戴上眼镜,用右手食指点着本子里记录的数字,说:"我统计了二十多年,几乎是每隔五年左右,就有妖雾呈凶,瘟病流传。不同的地方,只是早些年份,瘟病范围小些,瘟死的人数少些。近些年份,已发展到类似像发鸡瘟了。"

李慈惠在一旁,听到这里像发鸡瘟一样发人瘟,心里不由打了个寒禁,这太可怕了!难道仙女岭上,人人都要瘟一遍吗?顿时,她感受到自己的责任重大,来到这里不同寻常了。一定要同文昌帝君老师,把这道生死难关攻破!对,我要赶快把这个斩草除根法子找到。依照文昌帝君长期的实地考察统计数据分析,这个瘟死人的家伙,是来得快,杀伤力也大,这与山中瘴气有关?它是从哪里拱出来的呢?怎么会是来了一趟又一趟?生命关天,事不宜迟,要立即行动!李慈惠想到这里,她立即去喊来小红和小兰,再将文昌帝君请到授经堂的木椅上坐下,然后三位仙女同时双脚跪下,双手打拱,祈诚地同场说道:

"敬拜文昌帝君道长,请接纳我们在文昌阁带发修行。"

文昌帝君见了她们志在高山,自然心里十分高兴,然他的脸色,依然是那样庄重,肃穆得像个将军,他又连忙起身,两只手掌向上托起,一迭连声地说:

"三位仙女请起!请起!请起!"

李慈惠和小红及小兰站了起来,继续作揖打拱道:

"请道长恩准!"

文昌帝君也抱拳揖手,大声道:

"文昌阁接受你们三人在此带发修行。"

三位仙女喜滋滋地回答道:

"谢谢道长,无量寿!"

文昌帝君又受礼,又作答,开门见山地讲出修行规矩,说:

"第一,三人的长发,要在头顶上打成高髻。"

"是!"三人齐声答道。

"第二,在太阳升起的时候,要做功课。"文昌帝君又道。

"是!"

"注意:修行,都是在早上,在晚上。"

"是!"三个新弟子连连点头。

"第三,医字下面是个'巫'字,(古体毉字),这跟道教很有关系。"文昌帝君一字一句地说:"修行修道,还要修医。"

"是!"三人此刻不约而同地把这个"是"字答得特别响。

"哎哎,从今天起,你们就住宿在文昌阁楼上。"文昌帝君慢条斯理般地一一吩咐:"三楼住宿,二要读书,一楼听经。大家记住了?"

"记住了,谢谢道长。"三位仙女又拱手道谢了。

"免礼。"文昌帝君抱起了拳。

文昌帝君走出讲经堂,欲喊来福、禄、寿三星道士与三位仙女见个面,然事不凑巧,三星正忙于道务去长沙城里未归。他接着走到小寺庙旁的那片小竹林里,对正在练功与打太极拳的石老倌和刘寿仁说:

"你们两位,去岭上一趟。"

"做什么?"两人同声问道。

文昌帝君极力掩饰自己收了高徒的喜悦心情,尽量不在脸上流露出笑模乐样,但他话一出口,声调里满是喜气洋洋的味道:

"去石砌匠家。"

"老石砌匠家?"两人顿觉有点莫名其妙。心想:石起强那次醉酒以后,染上了瘟病,人事不知。接着,就失踪了。石嫂子寻找他寻找了一年,也悲悲切切哭了一年,仍旧找不到人,见不到影。我们俩作为朋友相交,也花了不少精力,四方打听,八方走访,也没有找到其人。究竟是死是活,至今仍是个谜。老道长是不是关心着孤儿寡母生活艰难,又挺不过重来的妖雾瘟病,要我们两人去将她接上山来,住进文昌阁,躲过瘴气之灾呢?对,八成是这个意思。所以,他俩没留心老道长眉宇间写着什么语言,只依照自己的想法,便实心实意地说:"老道长哇,是不是把石嫂子和石娃子,接到文昌阁楼上,住些日子,躲过瘴气妖瘟?然后再要我们送回去?"

文昌帝君说:"也好。把那俩娘崽接到文昌阁来住。哎哎……我是说,你们两人把三位仙女放在石砌匠家的行李,接回来,送到文昌阁楼上。今后,仙女李慈惠她们就住在那里。石嫂子和石娃子,就住在小庙四合院里,你俩要多多关照关照。"文昌帝君一口气说到这里,停了停,想了想,还想要说什么,忽又把嗡动的嘴唇抿住了,只挥了挥手,示意快些去,早点把人和行李接来。

石老倌和刘寿仁,腿快手快,飞快地跑下山峰,穿过大戏台的大草坪,绕过石雕群,径直奔向石嫂子家。石嫂子听到文昌帝君要把她和石娃子接到文昌阁的小庙里住一响,石娃子乐得蹦起来,石嫂子喜得落泪了。她也知道自己的小木屋风水不好,撞了瘟刹!但又怎么办呢?一个女人家带一个孩子,没得谷米钱再重砌门躲子改变朝向。可是遇上发"人瘟",这里总是先出事,人在白天云里雾里,到了晚上晕天黑地,就像做梦一样,慢慢去见阎王佬子。那些身体强壮的,就发冷发热,把一条命,慢慢地往火坑里拉,往水窖里拖,最后就不省人事了。

石嫂子说:"石老倌、刘寿仁哇,你们也像三位仙女一样,千方百计在救我们母子俩人,是救命恩人哩!"

石老倌和刘寿仁说:"这回是文昌帝君老道长在救你们,不是我们两个人。"

石嫂子说:"你们都是我的恩人。"

他们四个人,边说着话,边扛起三位仙女的行李,雷急火急就锁好了小木屋的门,疾步爬上坡道,七弯八拐,很快地就蹬上文昌阁的石板石磴路。

六

山里人蹬山从来不空手,不停脚步的,一身都是力气,石老倌、刘寿仁、石嫂子和石娃子,他们挑的挑,背的背,搂的搂,提的提,如走平地。石娃子手里提的就是李慈惠的小腰篮子,腰篮子里盛的是什么东西呢?他好奇,忍不住去揭开那块干净的白布,看了看,发现里面有半篮子米包子,溜溜圆,嫩嫩白,蛮好看。他拿起一只就送到嘴边去,真不巧,被眼疾手快的石嫂子发现了,她一把将米包子夺过来,又放进了小腰篮子里,还气嘟嘟用手打了一下小石娃的小手,教训他道:"小时节偷针,大时节就偷金! 你要记住:别人家的东西,不要随便顺手牵羊。别人是别人的,自家是自家的。别人不在的时节,你去拿,就像是偷东西。何况这些米包子,是救我们命的三位仙女的粮食,你何解吃得下口?做人,首要的,要知恩图报。忘恩负义的人,都是贱骨头,没得良心的。"石嫂子一路滔滔不绝地教训着儿子,她没有注意石娃子眼睛里含着泪,小小年纪的他,虽则只有六岁,却比某些大人还要懂事。尽管妈妈打得不轻,手指生痛,他想这是训子成器的家教。错了,就承认,不要哭。手指打痛了,也不要哭出声来。妈妈没有丈夫,我没有爸爸,我哭,妈妈越发会伤心的。

一路上,石老倌护着石娃子,回头看见他眼泪巴沙,不由心里一酸说:"石娃子,是好伢崽。石嫂子,你就不要打他骂他了。他看到米包子,当然好奇,他没吃一口,你打他骂他,我心里都痛。"

石嫂子听到石老倌说这句话,不由心里头一热。石老倌一个好人喃,一位好父亲喃,可惜他不是石娃子的爸爸。石老倌也姓石,倘若他是石娃子的爸爸,那有多好。他比石娃子的亲爸爸,还要细腻,还要体贴人。他一直对石娃子像自己的亲骨肉一样,看得他重。石老倌,你是个有情有义的人。可是,你仍是个红花崽汉子,我是生过崽的堂客们,怎的配得上你呢?我一直巴不得你心疼石娃子。假如……假如你真的做了石娃子的爸爸,那又有多好哇,我真的就出青天了。石嫂子越想越激动,心里像个小兔子在跳,脸上也一阵阵热起来。妈吔,这就是当年我和石起强相亲时的那个感觉咧,那时,我们刚刚见面,他就抓住我的手,他见我不反对,他越发胆子大,把我抱起来,寻到我的嘴巴,放肆吻。那个味,像把我悬在空中,好久好久也落不下来。石嫂子想着那时的情境,不由自顾自悄悄地笑了。她抬头看石老倌挑着三个仙女的两个木箱,闪着扁担嘶嘶地响,她就像在听山歌子节拍。又看他蹬石磴上山的脚步,那样稳扎,那样有力气,瞧,真像条牛牯子,就是一丘石板田,他都能犁!总总看他挑担子的姿势,真的蛮好看咧。

石嫂子一边爬坡上山峰,一边欣赏着石老倌挑担子,还没看足瘾时,他们一行就到了文昌阁。

文昌帝君笑咧咧地站在讲经堂门口,双手抱拳,迎接着石嫂子避瘟躲难而来,又指挥他们把三位仙女的行李送到文昌阁三楼去。

三位仙女正在忙碌着清扫房间,还商量着简单布置的摆法,没想到石老倌和刘寿仁一行来得真快,马上就在门口接过他们搬来的行李。李慈惠接过石娃子手里提着的腰篮子,伸出一只手,在他蓄着月亮粑粑的头顶上摸了摸,慈和又爱怜地说:"小石娃吔,我们走空路爬上来,都累得气口哈天,你还提着篮子爬上来,那吃奶水的力气都用光了吧?"

小石娃稚气地回答说:"仙女姑姑,我不累的。"停了停,他又接着说:"仙女姑姑,我没有呷(吃)你的米包子,真的,没有呷一口你的米包子。"

李慈惠听了,连忙把那篮子上的白布揭开,拿出两个米包子,往小石娃手上塞:"拿着,吃呀。"

小石娃说:"我不要,我不要。"

李慈惠说:"为甚不要?是嫌弃不干净?你放一百个心,盖着布的,没落灰尘,也没发馊,吃得。"

小石娃当然想吃,他看了妈妈一眼,说:"米包子是你们在路上,肚子饿起来的饭饭。我吃了,就……"

"就什么呀?"

"就没得良心。"

小石娃子把大伙逗笑了。李慈惠一把将他抱起来,贴着他的小脸蛋说:"真乖。真乖。"她几乎是在喃喃自语般地告诉他:"小石娃,以后我们不走了,就住在文昌阁,天天跟你见面。这篮子里的米包子,全部送给你吃。可以蒸着吃,也可以烤着吃。最好,是要石叔叔和刘叔叔,放到饭上帮你蒸热吃。你讲一句,行不行?你讲一句,好不好?"

小石娃又抬头看一看妈妈,意思是:妈妈同意了,我就拿;妈妈不做声,那就是不同意拿。

石娃娘终于说了："仙女姑姑喜欢你，送包子给你吃，一片圣意。哎，石娃子，你接过来，谢谢仙女姑姑。"

小石娃先行个礼："谢谢仙女姑姑。"然后，才去提起递过来的腰篮子，一溜风跑下楼去了。

李慈惠开心地乐了："小石娃虽则是山里的一粒嫩石头，却硬是那个一是一二是二的真石头味道。蛮不错咧，蛮不简单的咧。"

大伙说着笑着，下了三楼，走进讲经堂里。这是他们习惯性地聚会的地方。

文昌帝君今日是双喜一愁，一喜收了高徒，二喜救了母女，三愁却是听到瘟病重降的消息。由于喜多于祸，所以他两只眼睛，俨然像年轻人那样有神光，眼角的笑纹也挤得很密集。但他说话的声音，分明有些沉重。他说："请大家坐一坐，我们商量个事儿。且是事不宜迟。"

李慈惠靠近文昌帝君坐下，小红和小兰像当年的贴身丫环，就坐在她的两边。坐在后边的是石老倌，刘寿仁和石嫂子。只有小石娃，到小庙旁边的小竹林里玩去了。

文昌帝君说："瘴气人瘟又重来，不少人家又倒在床上打摆子了，我们不能袖手旁观。"

李慈惠说："老道长，我带来的药丸子，在诊治第一轮瘟病的时节，就发送完了。缺药，要寻草药子重做。您老，是不是有这方面的特效药？我们尽快地送上门去打扫瘟病。"

文昌帝君说："我那药的配方，没有你那种药丸子厉害，见效不快。"

李慈惠问："这山上草药多不多？"

"多。"文昌帝君说："有四百多种。你只要在中庭的周围团转，就可以寻得到两百多种。这里的草药多，药性又好。中庭这一块的自然之气好，是个天然的药材宝库。"

李慈惠听了极高兴，说："我们吃了晚饭，做完功课，趁天还看得见，去采药好吗？"

石老倌说："山里比墺里黑得早些。"

刘寿仁说："大戏台日照多，会黑得晚些。"

石娃娘说："就下山去，吃晚饭还早哩。"

小红小兰同声说："要得。走！"

文昌帝君综合大家的意见，拿目光瞄了瞄李慈惠。李慈惠马上点了点头。于是他大声指挥道：

"向中庭出发！"

第 3 章 大戏台
● Da Xi Tai

一

　　大戏台，又称中庭的。"中庭"则是出自文昌帝君之口，听来有些文雅，有点咬文嚼字，这里的作田人喊不习惯，仍不改口，继续称这个大石块台子叫大戏台。

　　大戏台所处的位置非常好，坐西朝东，背靠文昌阁峰下，壁立千仞，左右由山腰起伏如浪的徒岭作半个合抱，排列如拱，远看像一张大龙椅，近看那如拱的绿色屏障倒像个绕半个圈的戏台围子。实则那个大石块台子，只摆得十张八仙桌那么大，如果要登台唱戏了，还得在大石块台子周围，挖洞，打桩子，垫板子，竖杆子，再围些晒谷的筬垫子，方成为像模像样的大戏台。大戏台前面的大地坪，可比大户人家的十个禾场还要大。地坪全是岩石板底子，不长树木，只长稀稀拉拉的茅草。到扮禾季节，就有不少小户人家,在地坪里铺下楠竹篾织的晒垫,倒下一担担新谷子,然后用齿耙梳,用板耙翻,把谷子晒干后,撮到风斗里,把谷壳子车出来,再把干净壮谷挑进仓去。可见,这里是仙女岭这个大山密林唯一的空旷之地,可晒谷进仓,也可搞祭祀活动。谓之大戏台,自然要登台唱戏。每当祭祀活动时节,那唱戏的,看戏的,祭神的,岭上香火不断,锣鼓喧天,热闹非凡。

大戏台的风水好,那个像大龙椅又像戏围子的连绵山岭上,就生长着数百种药材,无论谁,只要提一下步脚,就踩到了一棵药草,一如文昌帝君道长所言,大戏台的周围团转,是个天然的药材宝库,应有尽有。而此时此刻,仙女岭又遭遇了第二轮的瘟疫流行,李慈惠三位仙女,顾不上很快就要吃晚饭了,抓紧太阳下山的时间,去采药,去熬制药丸,送到发瘟病的人们手里,救人如救火呀,她们就领着文昌阁里的小队人马,挽的挽篮子,拿的拿篓子,提的提袋子,端的端筛子,背的背锄头,纷纷走下文昌阁,来到大戏台。他们来到大戏台后,又分为两路采药。一路由文昌帝君领头,他虽则年事已高,仍不服老,采药大事决不缺席,便和石老倌、刘寿仁一起,到北岭边去采。二路由李慈惠领头,石嫂子做向导,带上小红和小兰,到南岭边去采。南岭边杉树多,自然之气好,雨水阳光充足,最适宜各种药材生长。李慈惠一边采药,一边教会石嫂子和她的助手小红、小兰,认识药草形状,解释药性价值作用。不一会,她挖出一支牛蒡来,说:"牛蒡根可以当菜吃,牛蒡子可以入药,可以怯寒止咳。还可以配入十味药方中,扫瘟疫。"

石嫂子听得一句一点头,俨然像个学药问医的好学生。

小红和小兰,同时发现了好药材枳壳,高兴地喊:

"师傅,快来看!"

李慈惠走过来,瞄了瞄,告诉她俩:"这号皮青、色白、肉厚、味道浓香的枳壳,是各地向皇上进贡的贡品。"

"皇帝吃了就长生不老吗?"石嫂子听了,赶紧插嘴问道。

"吃了长寿那是肯定的。"小兰显得有点内行地抢着回答说,"咳喘带血,冷热多痰,通通诊得好。"

"没有那样大的威力。"小红瞟了小兰一眼,纠正她的话说,"你讲的镇咳那是牛蒡子。"

小兰有点尴尬,脸蛋绯红起来。

她们采药走到了一条小溪边,只听泉水潺潺响,又不见有水在流动,不由仔细一看,原来水沟里长着许多水草。这时,李慈惠看到了一丛绿油油的宽叶条状草药,并有香味扑鼻而来。她便弯下腰,扯了一把又一把,放进篓子里,喜滋滋自言自语地说:

"药丸里正差着你哩!"

石嫂子好奇地问：

"仙女娘娘,这是一味什么药呢?"

李慈惠说:"菖蒲。"

石嫂子说:"这号菖蒲,塅里水沟边多,我们山岭上就难得有的。你真是神,一来就发现了。"

小兰说:"我师傅有福气。"

小红说:"这叫心想事成。"

李慈惠说:"这要谢谢文昌帝君老师的指点和你这位石嫂子的带路咧。"

石嫂子格外好奇,又特别好学,她忍不住又问道:

"请问仙女娘娘,这菖蒲能诊好什么病呢?"

李慈惠:"是一味救命特效药草。尤其退烧飞灵的。"

小红和小兰也是第一次看到这种药草,她们也到水沟里扯了一把,洗干净泥巴! 甩掉水珠,便端到鼻子跟前闻一闻,兴奋地尖声道:

"哟! 不看不知道,一闻吓一跳! 怪怪的香,蛮刺鼻子的哩。"

石嫂子说:"五月端阳节,我们都到塅里去扯菖蒲回来,挂在门边和窗边,驱瘟除邪! 如果不刺鼻子,那就逼不走瘟邪鬼气。"

"有道理。"小兰赞成说。

"不见得。"小红一边就地采药,一边注意纠正小兰说错的话说:"它的主要作用,不是以气逼气,是……"

"是什么?"石嫂子和小兰同声催促道。小兰抓住了一个机会,要反驳小红。小红转脸看了看李慈惠的脸色,意思是:师傅,这药方、药性、药功,都是跟你学的。让我来开口讲出来,有点充理手哩,你不会笑话我吧? 师傅,还是由你来告诉石嫂子和小兰子吧。我不一定讲得死火,讲得明白。她见师傅没有接话,只好简单地回答石嫂子和小兰子:

"这是一味诊脑膜炎的药。"

李慈惠听了小红的回话,过于简单,不利于识药医病,甚觉有些不妥。她把刚刚采到的白芍药放进篓子里,然后轻言细语地解释道:

"菖蒲,是脑膜炎救命特效药单方中,其中的一味重要的药。而脑膜炎,是一种发烧头痛的怪病,属于难诊之症,发起高烧来,可以烧得全身烫手,嘴巴皮都烧得发青(乌),而且,手和脚,一阵阵发紧,一阵阵发抖,流行也快……"

"就像山上流行瘟病这样的快吗?"喜欢听话插嘴的石嫂子,急忙切住李慈惠的话问道。

"嗯。"李慈惠点了点头,向石嫂子微笑了一下,接着说道:"当然没有瘴气瘟病流行得这样快,但是与死亡数相比,那是相同的。因为……"

"流行一回死多少人呢?"石嫂子要打烂沙锅问到底,又插进来说。

李慈惠说:"瘟疫,是山民的大害。我们抓紧把药采齐。还要洗、切、烧、泡,依方炼采成药丸。明日一定要把药丸一家家送上门去。"

大家再不七嘴八舌了,在李慈惠悉心指点下,忙着采药。正在此刻,忽见山中跑进来十多个手拿柴刀的山民,他们要干什么呢?

二

十来个手拿柴刀的山民,他们跑到李慈惠刚刚采完药的地方,不约而同地抬头张望着一棵棵杉树。那杉树树干挺得笔直,周身挂满了绿色的鞭炮,山岭上的风,吹得它闪闪抖动,连鸟儿也不敢飞落枝叶间,担心那排列整齐的鞭炮齿尖,会把肚皮儿刺痛。

拿柴刀的山民们,一个个挥起刀来,朝杉树的蔸子砍去。他们每挥一刀,都令采药的仙女们惊吓一下,不由无奈地望着那些生龙活虎的杉树,在一声声咚咚砍伐响声中,飘飞着白色的木片木屑般的泪雨,很快就被砍断了,然上端树与树枝丫相挨,又很难倒伏下来。这些伐木者,便脚步零乱地在地面上乱踩,甚至把一些长势好的优质药材,踩踏得一如遭遇了冰灾,伤筋断骨,五分四裂,这景象最让李慈惠心疼。她叹着气,运着神,抱拳打拱说:

"砍树的师傅,你们能不能莫踩那些药材呢?"

伐木者中,有的听了一只耳朵进,一只耳朵出,照样在乱伐乱踩着青枝绿叶的药材;有的则觉得李慈惠仙女爱管闲事,又说得有点儿好笑,我们踩茅柴杂草就跟得踩了你的肉一样?不由带点讥讽的口气,回答道:

"我们踩的都是茅柴子,只能放到灶火里炒菜煮饭。哎,你是神仙么?有一双神仙眼睛,能从茅柴子肚里发现药材?"

打鼓听音,对方答话出口挺冲。但李慈惠听了,并不意怪,她的眼睛眉毛和嘴角,依然挂着微笑。她虽则轻言细语,然又神色凝重地说道:

"这山这岭,是一块福地。不是说长沙'药墟'上的许多药材,就是从这里采去的吗?有圣明人作过统计,这里的药材诊好了几多人的病哩。如果把药材当柴烧,那就太可惜了。"

"值不值得可惜?我不清楚。"有个年纪轻轻嘴巴上就留着一小撮胡须的伐木人,见李慈惠既大度又和善,也跟着微笑起来,他慢性子慢语气地说:"我听过文昌帝君讲经,他讲道教'三十六洞天,七十二福地,说这个山,这个岭,应该是位列第七十个仙山福地了。这个，我信。"

"慈悲,慈悲。"李慈惠两手打拱说。

"你是个大慈悲!"年轻的小胡须也打拱回礼说:"你们三位仙女把药丸子送上门,救了我们仙女岭上好多条命咧。"

小兰看到这个砍木条子的后生,明大义、懂礼节,忍不住多看了他几眼,也忍不住大咧咧地对他说:

"救了这个岭上一些人的命不假,那是吃了我师傅带来的药丸子。偏偏全部用完了,又偏偏瘟疫还没扫走。碰巧这岭上也有这样的药材哦。你们乱踩下去,不爱护药材,那就……"

"那就不对。"小红生怕小兰说出"那就犯罪"的话,连忙接上来补充道:"俗话说,隔行如隔山,你们看见的是茅柴,我们看见的是药材。能够救命的药材,我们都要爱护它,心疼它。当柴烧就越发不对了。"

小胡子后生不知是被仙女们的话打动了,还是被她们的美貌吸引而羞怯了,他把两只眼睛望着地上,好像是在对山说话:"我以前只认识文昌帝君,今天又认识了你们,都说仙女岭是块福地。你们都是一边修道炼丹,一边采药行医。你们在为山民赶瘟病,我能帮得上忙吗?"

"那帮得上。"小兰冲口就说。

"要我做什么事呢?"小后生问。

"洗药啰。"小兰想了想,指挥道。

小红看看两人的表情,没有作声。

小后生也就按照小兰的意见,去搂起药材来。

天渐渐地暗下来,快要断黑了,鸟雀也格外的欢了,鸣叫着归巢了。小红忽然想起这山里,有老虫,有蛇,若是相遇了,那就麻烦了,不由心里有些害怕,又不好意思说出口来,只是快步走到李慈惠跟前,小声催促着说:

"娘娘,断黑就看不见洗药了。"

"喊师傅,不要喊娘娘。"李慈惠也小声地嘱咐她。

小红点了点头。

李慈惠也爱怜地用一根手指头,轻轻地刮一下她的鼻子。

小红看了远去的石嫂子,正背着药材走过来,便主动问道:

"石娃娘,这里有不有洗药的地方哟?"

"有。"石娃娘说:"在大戏台旁边,有一眼'天圣泉'。我带路,你们跟我来。"

石娃娘说走就走,小红喊了声师傅快点走,她跟石嫂子跟得紧,走得快。生怕老虫和蛇在后边追。

李慈惠也嘱咐小兰快点走。

小兰就朝小后生喊道:"小胡子,快点走哇。"

小后生自动离开那些砍木条的人,主动去帮仙女们背起药篓子,放慢脚步,跟在小兰的身后走。他有点儿亲近她,也许是喜欢她开朗活泼的性格。这会儿,他听小兰喊他小胡子,就忍不住加快了步伐,与小兰并着肩儿走,在她耳边,小声儿地说:

"请你,以后,再莫喊我小胡子。一来,不好听;二来,把我喊老了。究其实,我的本名,就叫胡才,姓胡的胡,才学的才。"

"胡才?好听。"

"要慢点声喊,莫把胡才喊成胡来。"

"我看,你就有一点点胡来。"

小后生胡才,顿时瞪大了眼睛,吓了一大跳!他这个慢性子说慢话的人,也沉不住气了,一迭连声地说:

"你千万莫误会,莫误会。究其实,我是一个蛮讲规矩的人,一点儿也不胡来的。"

小兰不由扑哧一声笑了。

"你就是有一点点胡来嘛。"

然而胡才不知是有点憨,还是有点痴,他小声地发出一连串问话来,没完没了地说:

"哎哒,我什么地方胡来了?是讲错了话么?是多看了你一眼么?是缺一点男子汉的味道么?"

小兰已经走在前面了,却又忍不住回头看看这个中等身材眉清目秀的后生哥,说不清道不明地心动了一下。此刻,她看到胡才那个憨相公模样,心里不由又乐了,这回,只好使劲儿忍住笑了。她觉得,他既老实本分,憨得可爱,又爱花点儿小小心思,跟漂亮的小小女人套套近乎。他确实像读了几句老夫子书的人,有点文绉绉的味道,但没太多的酸溜溜。只是,特别注重自己的言谈举止,是这山岭上难得的土秀才。小兰想到这里,故意不回答一连串问话,有意把他的思绪岔开,问道:

"胡才,我问你一句话,你跟那些人一起砍木条子,作什么用场呢?"

"搭戏台呀!"

小兰听得云里雾里,有些莫名其妙了。

三

夜幕降临了,一盘月亮,铜镜似的嵌在夜空中,清辉洒遍山林。月色格外亲昵大戏台,大把大把地照进来,豪爽、慷慨,为在夜色里忙碌的人们,举起了一盏灯。

李慈惠和文昌帝君,不约而同地到天圣泉来洗药。天圣泉便成为了文昌阁采药后的洗药池了。

文昌帝君和大戏台旁边的天圣泉,已有四十年的感情了。当年,他看到各种药方为皇家专享。皇家要服仙丹长生不老。但炼这仙丹,要采到一百零八味药,这些药不能由人工栽培,要靠自然之气,要吸天然之水,顺应自然本性。配方时要依据天时、地利、人和,一如人与天地一次完美的"对话"。然而,医家没有炼出真正的仙丹来,只炼出了硫磺丹和雄黄丹。这个唐朝,就先后有七位皇帝死于服丹。文昌帝君是位身肩官职的御医,他看到服仙丹的惨重结局,不能使人青春永驻,反而中毒身亡。所以,他弃官修道,寻找仙山福地,来到这个山岭上来采药炼丹,研制解毒为其特色。他为山民医好许多病了,就是攻不下瘟疫之灾。

如今幸遇李慈惠和她的两个徒弟到来,他便兴奋不已,一定要和她们齐心围剿瘟疫。而又救人之急,须争抢时间在夜色里洗药,他和李慈惠一起干得汗水淋漓。洗完药草后,李慈惠要他先登峰而去,她与石嫂子走在后面。

李慈惠和石嫂子路过大戏台的大草坪时,真是冤家路窄,看见那群砍杉木条的人,又在石板大戏台的周围,挖洞打桩,竖起一根根木条,尔后就围起了晒谷的竹篾晒垫。这刻正在大石块戏台子上铺下平平整整的木板子,一个像模像样的木板大戏台,就在月光底下搭成器了。

李慈惠问道:"他们要干什么?"

石嫂子答道:"肯定是演戏啰。"

李慈惠又问道:"演什么戏呢?"

石嫂子又答道:"八成是花鼓戏。"

李慈惠再问道:"天灾人瘟来了,还有兴致演戏,那看戏的人有不有呵?他们就不怕病毒流行互相传染吗?"

石嫂子再答道:"我也不晓得他们哪根肠子快活,连死活都不顾了,太乱弹琴了。"

石嫂子正在骂骂咧咧间,李慈惠又发现大戏台的大草坪对面,也有几个人在搭台子。夜色里,月光下,他们干得有条不紊的。

"看,对面也在搭戏台子?"李慈惠伸出手来,指给石嫂子看。

"那不应该是搭戏台子。"石嫂子肯定地说。

"那又是在干什么呢?"

"走,过去看看。"

"夜里黑灯瞎火的,我们是女人家哩……"

"男人能吃了我们?"

李慈惠只好依从石嫂子,一起向对面走去。

石嫂子眼尖,在这朦朦胧胧的月光下,她居然认出了一个人来。她人还未走拢去,声音就先到了:

"喂,是言古佬吗?"

言古佬听到有人喊他,而且是女人的声音,不由朝远处打量。然而,朦朦胧胧的月光里,只见人影晃动,看不清来人的面貌,他就生怕有人男变女声捉弄他,所以不轻易随便答腔的。那是因为,他是家里的孝子,母亲两只眼睛里,长了层白膜,双目失明,花了很多谷米钱,都未诊治好。他一直未婚娶,曾有媒婆领着妹子上门来相亲,看家境,看了菜园说他勤快,看了猪栏说他会当家,但是看了一个空牛栏,嫌弃他不会作田;再到他母亲房里,看见了娘是个瞎子,就小声告之媒婆:她不在他家吃"见面饭"了,人不舒服,要回去。以后,言古佬找不到红花亲,就把相亲的级别降低,不找红花妹子,只娶寡妇。他看上了石嫂子,知道她的丈夫多年未归,不知是死是活,她一直守活寡。他就认定了石起强做功夫死在外边了。自己一定要多花些功夫,到她家里去坐坐。真是不凑巧,他每次去,都遇上了老光棍石老倌,在她家里的阶基边上打磨子,有一锉子,没一锉子,没完没了地鏨。石嫂子就坐在他的旁边,看得聚精会神,好像当了石老倌的徒弟,她一会儿端茶来,一会儿拿洗脸手巾帮他擦擦汗。那个热乎劲,看得他心里纠酸的。他想,石老倌一边做上门功夫,一边跟文昌帝君在修道修行,不会讨堂客了。所以,他一直等待和石嫂子搭讪的机会,然总是没有。他便耐性子等待他打完一付磨子,可是石老倌依旧不走,还打起第二副新磨子来。要打两付磨子干什么呢?没有必要嘛!难道是,石老倌借多打磨子就多些与石嫂子在一起的时间?又看来,石老倌的表情很木讷的。再说,他怎不把磨子搬到屋里去打,关上门,两个人唱磨子戏,哪个又不晓得的?你石老倌,偏偏要在阶基边上打,连我言古佬也不好进得门。哎哎,今朝子,我言古佬是来了桃花运么,大戏台的月光底下,居然有女人喊他的名字。要是石嫂子喊他就是好事来了!要知道,在梦里都梦见她几回了。言古佬想到这里,看到那个喊他名字的女人,走到他的跟前来了,他鼓起眼睛一看,果然想到岸了,是她,我未来的娘子——石嫂子哇!不不,言嫂子哇!

"言古佬!"石嫂子走近来喊他。

"哎。"言古佬答应蛮热乎。

"你好大的架子!"

"我是在搭架子呀。"

言古佬回话很机智:一来,用幽默,调侃了对方喊人不应,招来小小的不满的情绪;二来,一语双关地告诉对方,我在做什么事。

李慈惠站在远远的地方不拢来,言古佬也不打问还有一个人是谁?反正,女人胆子小,走夜路,总要找个人做伴的。

"你搭架子做什么呢?"石嫂子又问道。

"哎。哎。"言古佬避而不答,以"哎"来堂塞。

言古佬,中等身材,四十多点年纪。他虽则人到中年,看上去仍不显老。尤其,他热心于岭上的祭祀活动,又热心于帮别人办红白喜事。哪个讨堂客,别人拜堂,他喊礼;哪个到了百年,别人拜孝,他做道场。他在这方圆十里之地,是一位颇见影响的人物。不过,他也吃过不少亏的。后来,凡是为乡里乡亲办事,虽仍贴心,却多加了个小心,人老练了,城府深了。他见石嫂子一再追问搭架子干什么?他只笑了又笑,不回答。

他那诡秘的笑,让月光下的大戏台,越发神秘兮兮了。

四

仙岭福地,药灵天下。

仙女们制作抗瘟疫的药丸,大令文昌帝君抹着山羊胡子赞叹:

"药不过仙女不灵!"

李慈惠带领小红和小兰,深夜突击炮制药丸,忙而不乱,干得得心应手。她们首先将不同的药材,切成斜片、直片、圆片、骨牌片,其刀功了得!一寸长的白芍,可以切出三百片来,薄如蝉翼,轻如羽毛。尔后,须烧的烧,须煎的煎,须炼的炼,须炒的炒,除去某些毒副作用。接着,称量准确,气味得当,进行捻、搅、拌和,使之干湿得当,圆润相宜,药香扑鼻。她们数一数,足有三百多粒药丸,可供百余人诊治瘟病。仙女们忙至深夜,甚觉又口渴,又饥饿了,仍手不停地用洗刷干净的宽竹叶,一粒一包扎,用白线系紧,再放进小药桶里和腰篮子里,以备分头巡查诊治瘟病。

三位仙女精湛的药材泡制技术,令文昌帝君道长大开眼界,他高兴得不住地默默点头赞许,差点把抖动的山羊胡须抹光了。他又招呼着送来夜点,实则都忘记了时辰,已是鸡叫三遍天亮了。此时,只见石老倌、刘寿仁和石嫂子,各人手里端着一碗热气腾腾的甜酒冲鸡蛋,还有几个米包子,恭恭敬敬地送到仙女们的手里。

仙女们吃了早餐,向文昌帝君道了早安,就邀了石嫂子做向导,翻山爬岭,穿林过巷,脚步不住点地到各家各户,巡诊送药。她们忙活了大半天,巡诊了四十来户人家,发现又有50多人新感染了瘟病,个个都是持续交替地发冷发热,且一律感觉头重脚轻,心慌神乱,头晕头痛。然他们只要吞下仙女们送来的药丸,只须半餐饭功夫后,就百病消除,全身清爽。一个个打拱作揖感激不尽,纷纷拿出铜钱打包封,又拿出鱼肉鸡蛋作谢物。李慈惠恳切地表示不能收,我们是修道修行之人,以慈悲为怀,不取任何钱物拿回文昌阁去。

山民们依依不舍李慈惠三个仙女离去。许多人还不晓得她们就住在文昌阁,一边在那里修道讲学，一边采药行医。他们见仙女们拒礼不收。不少人心里就想：她们肯定就是从天上下凡来的仙女了，不求凡间报恩，只为天下带来平安。大家这样地想着，不由争相跑来，送仙女贵客上路回家。

李慈惠没有想到，山民们这么重情义，成群结队来送行。而且，队伍不断有人加入进来，越走越长，只向前，不回头，俨然像一支去南岳"还愿"的朝拜队伍，很壮观。李慈惠面对大家热情送客，一再拱手道别，请各位打转身回家去，以免再次遭遇流行瘟疫的传染，保重贵体平安，比什么都重要。然而，山民们盛情难却，一直把李慈惠三位仙女和石嫂子送到了大戏台，方才止步。

山民们大半天不见大戏台，方知大戏台已经变成了大热闹。大草坪上，一片人头攒动，锣鼓喧天，鞭炮鸣响，司仪之礼声高喊，演唱之戏腔飞扬。大戏台的台柱子上，披红挂彩，戏台子上有演员在演唱《赶瘟疫》的花古折子戏。那个男扮女装的演员，就是远近闻名的张三花旦了。看戏的人们，有的从自己家里搬来了高凳，或站或坐；有的爬到了大草坪周边的树枝上，或骑或立；绝大多数人都是头戴着斗笠，仰脸望着戏台，或看得聚精会神，或与人谈笑聊天。而在大戏台正面，是一个大祭坛。祭坛正面挂了幅布画的大神像，大神像的两边，是布画的小神像。每个神像下的祭桌上，摆着个大香炉。香炉里，烧着打了孔的纸钱，燃着流红油的大蜡烛，尤其檀香飘绕着一柱柱、一缕缕香云烟雾。神像祭桌边，有成群的乡野人士，手里击打着木鱼，口里唸叨着没完没了的经文。他们有时在唸，有时在唱，韵口一致，经文调子动听，好像这些乡党人氏，人人都满腹经纶，个个都能出口成章。那些围观的人们，根本听不懂他们的经文内容，只觉得一句句都在牛腔马调，一声声都在含糊其辞，唯有哒哒哒哒的木鱼声，这才真正地在表达着半人半仙的肃穆境界。

李慈惠和乡亲们，还看到一排由大方桌子摆列的祭桌上，用大土红纸书写的墨笔字：天地君师亲，粘在用小竹签支起的"牌位"上，不但醒目，而且庄严，使人浮想联翩。那就是他们主祭的神位吗？李慈惠想。她问石嫂子，石嫂子也摇摇头，表示不清楚。小红和小兰，看到草坪周围团转，有许多做小生意的货郎担，有卖针头线脑里的，有卖丝袜布袜的，有卖家织夏机布的，有卖头发夹子的，有卖芝麻豆子的，有卖甜酒冲蛋的，有卖米包子的。小红看见了米包子，喉头痒痒的，她就掏出铜钱去买了四个，一一送到李慈惠、小兰和石嫂子的手里。她们就当作中餐，吃得有慈有味。一位机灵的卖茶大嫂，立即端来了四碗茶水，以润润吃米包子的吞咽之干涩，小红付茶水费时，被卖茶大嫂拒收，一送连声地说："喝我一碗茶水，是你们看得起我。你们治病救人，仁义值千金噢。"三位仙女连忙同时向她打拱表示谢意。小兰吃完米包子，看到货郎担子上的花蝴蝶头发夹子了，忙走上去挑选。她挑选了两只，将一只夹在头发高髻的左边，与右边那只花蝴蝶相对衬。又将另一只放进了罗裙水袖筒内。小红却在旁边挑刺了："太花了,只有刘寿仁感兴趣。"小兰一听,脸顿时羞涩得绯红了,不由反击道:"刘寿仁喜欢红蝴蝶的!"因为小红头上盘的高髻发夹正是红色的。这里,只有李慈惠头发夹是金蚕和银叉。这两支高贵饰物已深深地埋进了修行的头顶高髻里。忽然间,大戏台的大草坪里,不知谁牵来了一头大黄牛,向着神坛的方位走去。小兰见了挺诧异,忙问:

"牵牛来做什么呢?"

石嫂子忙答道:

"祭神明呀!"

小红更觉奇怪:

"这是一头活牛怎祭?"

石嫂子无奈地笑了笑,不作声。

李慈惠眨巴眨巴着眼睛,说:

"牛是农家耕田宝物,不要当祭品,是谁在当祭神周管呢?"

"言古佬。"

五

大戏台的祭祀仪礼,场面热烈,气氛肃穆,两相渗透得朴实酣畅。敬神明、唱经文、祭先祖,求平安,召神劫鬼,祈福免灾去病,凸显天地之大要,探寻历史之阔远。足见你言古佬,有驾驭大祭祀的不凡能力。李慈惠想。然而,你为甚要牵来一头为人类鞠躬尽瘁的牛,作为祈敬神明的祭物呢?这万万使不得,万万使不得呵。

李慈惠在小红和小兰的左右相拥中,由石嫂子开路,在拥挤的人群中穿梭,寻找言古佬的踪影,她以便去说服他祭祀里不要杀生,尤其不要斩牛。

她们终于寻找到言古佬了。他穿一身青布衣服,青布鞋,腰间系一根三寸宽的天蓝色腰带,人显得格外精神。不断有人找他问事,他也不住停地大声答腔。虽则声音都有点点沙哑了,但他仍旧把说话音量喊得充足,出口厚重,能将他的呼风唤雨之声,洞穿嘈杂的喧声闹市,传长送远。然而,那相隔几十丈远的大戏台,又怎样能听到他的高呼喊礼祭神之声,以达指挥效果呢?他真有办法,在腰上的两侧,插了两面分别写了红黄"祭"字的三角形旗帜,成了无声命令。此时,言古佬,忽将嘴巴紧闭,把两只眼睛,鼓得鸡蛋般大,眼里放射出火辣辣的光波,整个的人,就在忽然之间变得威严了。

石嫂子看到言古佬非同往日的神态,不由暗暗吃了一惊,不敢近前跟他说话,便小声对李慈惠说:

"瞧,一脸的牛肉相!"

"一脸煮蚕豆!"小兰心直口快地插嘴打趣道。

"讲话注意场合。"小红提醒小兰。

李慈惠坚持说:"不管他什么脸色,有什么脾气,我总得要劝说他几句的。"

李慈惠见石嫂子不愿喊言古佬拢来,她就抢一步站在石嫂子前面,正欲打拱呼喊之时,石嫂子忽觉得应由自己先开口向言古佬打招呼,又马上再抢先一步站在李慈惠前面,放声喊了一句:

"言古佬!"

"哎——!"

言古佬答应得很亲和,这让石嫂子大感意外,她看到他那张脸上布满的是热情和微笑,"牛肉相"不见了。

"有人找你。"

"哪个哦?"

"李慈惠仙女娘娘。"

言古佬跨出几步,走到石嫂子和李慈惠跟前,两手打拱说:

"仙女娘娘有何赐教?"

李慈惠双手打拱回礼道:

"请教言君,以何祭品,向神灵表示诚敬?"

"牛。"言古佬回答得简单扼要。

"牛?"李慈惠委婉地劝说道:"牛乃农事之灵,农家之宝呀!"

"召神劫瘟,就得祭牛血牛头。"言古佬说得斩钉截铁,告白此事,没有商量的余地。

"能善待牛而修善……"

李慈惠还没有把话说完,言古佬就打断了她的话语:

"我就是个修善的人,但是今日例外。"

"修善的人,"李慈惠一字一句地说:"修善的人,今月也善,今日也善,今时也善,不得好杀物命,不得杀生淫祀……"

显然,言古佬很反感,还没把李慈惠的劝说之辞听完,就将两道浓眉挤成了个"川"字,他不想听下去,则两人近在咫尺,却拒人于千里。他心里道:仙女娘娘,我言古佬修行修善,从不杀生,可这里是在祭神斩瘟,岂非平日里的小神小祭了,又何待百忙之时,来领教你的圣贤之言?这是个大祭祀,大礼仪的大祭品,决不可更改,也决不会更改的。

言古佬心里在想些什么?李慈惠并不清楚,但从他的表情,能读出他心里有些烦，有些躁，有些反感的。看来，这场劝说，没有指望的结果，也不能持续下去了。

果不其然，言古佬的面色面容徒然威严如先，只听到嗖一声，他扯出插在腰带上的，那面写着黄色祭字的三角旗，猛然地高高一举，向远处大戏台指挥着既定的祭祀程序。他视而不见李慈惠三位仙女和石嫂子了，两目射出威严的目光，神气地专注着大戏台。大戏台上司仪人见到他的指令旗，立刻鞭炮齐鸣，鼓点冬冬，铜钹汪汪，响锣昌昌，琐喇呀呀，三眼铳响得震耳欲聋，把大戏台的祭祀推向高潮。

戏台上，在锣鼓声中，四个人同时迈开台步，走上台来。他们分别为黑面、红面、绿面、黄面，嘴巴上虬须，身穿如面色色彩样的大官袍，一律足瞪皂靴，手持利剑，一个个怒视台角上穿"瘟"字袍的小鬼，声张地大作捕杀状。这阵子的观众群里，有人在大声介绍着戏台上的四个戏剧人物，说那绿面绿袍是春瘟神张元伯，那红面红袍是夏瘟神刘元达，那黄面黄袍是秋瘟神赵公明，那黑面黑袍是冬瘟神钟士贵。如果请动了四季瘟神巡行仙女山，就能捉鬼驱瘟，人丁兴旺，五谷丰登。千百双眼睛，仰望着大戏台，是道不尽的热望和虔诚。当然，他们祭拜神明，也心拜仙女娘娘李慈惠，是她在仙女岭下了及时雨，才没让山民们瘟死在瘟疫里。不少人看到李慈惠就站在人群中，都默默地向她行注目礼，心里默记着救命之恩。所以，他们才能从卧床不起至走出家门，到这大戏台看大祭祀的热闹了。

山民们回首唸叨时，忽见石古佬他又举起了那面写着红色祭字的三角旗。这面旗令，当是指"牛祭"了。这刻，祭坛这边也有一套锣鼓响起来，几挂鞭炮点燃起来，十盏灯笼亮起来，多杆三眼铳响炮连声，观大戏台的观众齐刷刷向后转，眺望着大祭坛了，然而，很难看清楚祭神斩牛的场景。

有一个牛高马大的山民，用一块大黑布，包在牛头上，遮住了它的两只眼睛，接着，又有四个壮年男子，各人手里握着一根麻绳，迅速地锁住了四条牛腿，合并在前后两个套节上。尔后，四个壮汉高挽袖筒，站稳二马桩子，只听言古佬高呼一声"拉倒！"又见他速将高举的三角形祭旗往下一指！说时迟，那时快，四个壮汉同时猛将麻绳使劲一拉，牛的四条腿就分别被拉向前后两处，牛蹄无力足点了，只听砰地一声响，这头金黄油亮的牛便侧倒下来，然牛它没有嘶叫一声疼痛，浑然不知何人要将它斩首处置。憨厚直诚的牛啊，人畜一般通人性的牛，坚韧的腿弯抖动起来……一个手握雪亮大长刀的汉子，向倒在地上的牛头部位走来。

许多人不忍看。看到的人们，眼里满含眼泪……

六

血淋淋的牛头，摆在神像前的祭桌上。牛的两只眼睛，依旧没有闭合。然牛的眼角,依然向上翘出漂亮的线条来,有点像丹凤眼。也有点像张三花旦,在男扮女装之时,用小绷带将两只眼睛的眼角,扯翘缠紧,使之丹凤俊俏,使之慧目柔美,使之盈满了离秋别绪的眼睛,拒绝睡眠,永久苏醒。

牛头被刀之利刃切下来那一瞬,李慈惠顿觉眼睛发黑,双腿发软,眼看快要一屁股坐到地上去了,小红和小兰眼疾手快,立即搀扶着她,来一个向后转,又由石嫂子开路,挤出一条人巷子,三个仙女便趔趔趄趄地走向大戏台那头。

大戏台上,花古班子,依然在演唱着大祭神之戏。唱主角的张三花旦,亮出了不同凡响的行头,放开了不同凡响的嗓门,无论从服饰、表演、念白、唱腔都有不同于往日的地方。他把握女性角色,极其真切真情,使人们看戏看得如醉如痴。

石嫂子领着三位仙女,终于走出拥挤的观众群,靠近大戏台一侧,然而此刻,戏台上的鼓乐声戛然而止,全由几把胡琴在演奏了。而他们拉的是工尺曲谱,飞扬的花古戏调,由“硬”转“软”了,一如李慈惠家乡的吴语,那么柔和,那么软嫩,那么韵致。张三花旦随剧情喜怒哀乐的表演,准确地把握了人物的内心活动,无论眼神、水袖、身段、面部表情都是他的绝活了。李慈惠由于看到牛祭,心情难过,看戏没有看得那么上心。然而,小红、小兰和石嫂子,完全被张三花旦的表演艺术所吸引。

小红边看边评价说:“这个女孩,还是豆蔻年华年龄,为甚唱得这么好哩?”

石嫂子一听,不由嘻嘻哈哈地在小红肩膀上拍一下,笑道:

“等到张三花旦下台上茅坑,你陪他去。”

小红一脸的茫然了,反问道:

“要我陪着去干什么?”

“屙尿哦。”石嫂子答道。

小兰明白了,笑了笑,点拨小红说:

“你蹲着。他站着。”

小红也恍过神来,不由脸色绯红起来。她感叹道:

“他是个男的? 真的看不出来。”

石嫂子一直把张三花旦,引为仙女岭的骄傲。一提到张三花旦,她就有说不完的话。她告诉仙女们,张三排行第三,也为本人字号。他的曾祖列祖,都是唱“地花古”的花旦名角。这张三上有两兄,下有一妹,且两兄嗓门嘶哑,一肚子折子戏本倒不出来,却会玩锣鼓响器。其父唱老生,挂长须颇有气派。其妹与张三倒过来女扮男妆,搭配演小生。一个自发的家班花鼓,逢年过节走乡串户演出。演出时节,在各家门前搭几块门板,拼作戏台,又在后台摆上一张四方桌子,面向观众从方桌上吊下一块飞龙走凤的彩布,尔后再摆出一条高凳,为演员或坐或站作道具。桌旁,鼓乐手弄得锣鼓唢呐齐鸣,尤其那开台锣鼓,足足要闹个把时辰,方才见张三花旦,披红挂彩,背对观众，退踩着碎步至台前，再猛一转身，悠悠地甩两下水袖，再又双手一举，伸出食指和中指，往两眼旁一示，只见那一双丹凤眼，左闪右射。加上他身材苗条轻巧，嗓子嫩，声音柔，吸引得一些后生哥，忘记他是男旦，看不够，想不够，跟着他转，只想讨他做妻室内人。张三花旦每到一处登台，就是连演三天三晚，还抽不动身，总总要连演加码。他们的家庭班子，农忙时节挖土盘泥，个个是作田里手；农闲时节，便随排随演，招之即来。若谁家有红白喜事，定要不请自来，凑个悲喜热闹。谁家送包封打发他，他也不收。他蛮讲情义的，他蛮有人缘。他小名虽叫张三花旦，其实他真名叫张其三。他生、旦、须、丑诸角能扮，吹、打、弹、唱样样会作。他扮演的剧目：贪官枉法，杀富济贫，驱妖捉鬼，祭神灭瘟，男婚女嫁，敬老尊贤，备受乡亲客主欢迎。乡下许多漂亮女子，晓得他是男身女艺，爱死他了，他戏唱到哪里，姑娘嫂子们就跟到哪里。他还热心带徒弟，一些美貌女弟子，明唱戏，暗恋他，他也是铁打的圝心，不动心。

"那他是个阴阳人啰？"小兰打断了石嫂子的长篇大论，插话问她。

"哈哈！"石嫂子笑了，"他艺高胆大，也自然眼高心大哟。"

小红忙问道："他眼光很高吗？"

"当然喽。"石嫂子说，"山女村姑，配不上他。"

"那有什么人，才适合他呢？"小红很关心这个问题，又问道。

"只有……"石嫂子看着小红的表情欲言又止，停了停，才接着说："看来，只有找个仙女，才能匹配。"

不知是小红机敏地听出了石嫂子话里有话，还是石嫂子有意要做红娘，要把小仙女的心事掏出来，好去两边撮合撮合，把媒做成。其实，石嫂子已经击中了小红的心事。她觉得自己跟师傅来仙女岭，虽则时日短，但她分明看到小兰很打眼，有人追，仙女道观里有刘寿仁追她，采药时有胡才追她。小红有点委屈，她甚觉自己的美貌，胜过小兰；自己的采炼药物技术，也超过了小兰。而自己哩，爱听歌，喜看戏，会弹琴，心里一直喜欢的就是张三花旦这样的人，有德有才，能文能武。就只有一点点不放心，他男扮女装好看，脱下那身装扮还好看吗？

石嫂子像看透了小红的心事儿，这时，她压低声音，套住小红的耳朵，说道："张三花旦下台卸妆了，你快到后台去看看他的真实面貌吧。"

小红最爱红脸，这会又像被石嫂子泼来了红颜料似的，满脸飞红，亮丽动人。她抿紧嘴巴，瞟了一眼小兰，跟她一起走到戏台的后台去。小兰马上跟着小红走，两人轻提慢踏，刚刚站在后台的化妆室门口，就看见一堆人，惊慌失措地围着那个张三花旦。那个张三花旦人眉清目秀，但全身汗水淋漓，嘴唇发白，仰躺在一张木凳上，大口大口地喘息着，表情十分难受……

大戏台的祭日里，究竟又发生了什么事呢？

第 4 章 天圣泉
Tian Sheng Quan

一

　　小红和小兰，还没仔细看清楚张三花旦究竟发生了什么状况，马上就听到那群既束手无策又手忙脚乱的人，一迭连声地呼喊："快！快快！把花旦抬到洗药池去扎痧！"这喊声一落，就见三五个人，妆也没卸，抬起张三花旦斜斜仰躺着的那把躺椅，往洗药池跑去。小红和小兰，彻底忘记自己是来"偷看"张三花旦长相的，也不管三七二十一，跟着这群唱戏人的后边跑。而且这边也惊动了李慈惠和石嫂子，她俩看到戏班子人马的慌乱景况，又有小红和小兰紧跟在后面的追赶，不知那边发生了什么事情，很不放心，也便快步赶往洗药池。

　　洗药池，位于文昌阁主峰之下。实则断壁残垣，在仙女岭山腰之间。这山腰处有座悬崖峭壁，像是被哪位巨神挥斧砍削而成。奇妙的是，这座悬崖峭壁，像位劳累的巨人，全身都在流汗。石壁上有水珠细流，一滴滴，一串串，于不经意间，悄然默默地往下流淌，无休无止地汗爬水流，流进一个石洞里。流进石洞里的水，清亮见底，清晰可见印石是那般地安福与泰然。印石卧在洞底，还向上冒出水泡，这似乎成了它在洞底下呼吸的真实景观。往往那些采药人，来石洞里洗药材，生怕惊动了石头吐气，总总先要又看又等待良久的水泡上升，方才动手去洗药材。这个洗药池并不很大，并排摆也就只能放得下八张扮禾的扮捅，却有无穷无尽地洗去邋遢的能力，因此在洞底从不沉积淤泥，那些脏东西，不断地被洞边的一条小溪流带走，带不走的，是一些人在洗药材时不小心掉下的钱币和首饰，沉入了印石间，在水中闪光耀彩，也不见有人捡回家去，也无贪财之人捞上来据为己有。这些洗药材的人，也把自己的心灵，洗得清亮清亮的，不愿沾上一点点尘世污垢。洗药池还有一个更加奇妙的现象，石洞里的水，虽然来自峭壁和洞底鼓出的"泡泡"，然而汇入的池水总在暖暖地发热，即便到了落雪的冬天，水面总不结冰，升腾着一股暖暖的白雾。山民们纷纷到洗药池来挑水，储进家里的大水缸，或饮用，或煮饭，甚觉是健康长寿的温汤。后来，山下的人家也登上山来挑水回去。挑水的人多了，要分个先来后到，后到的人就得排排队了，便有人出钱出米在这里修建了一个石亭，为后到的人一赏风光二歇脚。这刻，抬着张三花旦来洗药池扯痧的人，正把他放在石亭子里的石凳上。一个动作麻利的后生哥，手拿一个杯子去池里挽了水，放在石桌上，再掀了张三花旦的衣褛，袒露出背肉来，他便往杯里掬一点水在花旦的背肉上，弯曲着食指和中间，使劲儿夹起皮肉来，扯得啪啪地响。一直追跑上来的小红和小兰，看见扯痧的情景，既觉新鲜，又觉不妥，尤其看到张三花旦的背肉，被扯出两道紫红的印迹，很不赞成这种伤皮痛肉的土法子。尤其是小红，她看到了那一声声的扯啥动作，就像扯住了自己的背部皮肉，格外生痛，但又碍着什么心情，一时不好说出口来去阻止。真急死人哟，我该怎样出面，在众目睽睽之下，去救治张三花旦呢？小红不由踢踏着脚步搓起她的纤纤十指来，琢磨着开口的言辞。而直性子小兰，她看到那个给张三花旦扯痧人的身影，甚觉有点儿熟悉，不由从扯痧人的后面，悄悄地绕到侧面去，她终于看清，这个扯痧的人就是胡才。这个平素挺斯文的角色，也有个三急两缓，救人出手，该急就急，因此动作显得麻利，还真让小兰一时半会儿没认出来。小兰这会儿又是挺感动，又是不满意，她便巷子里赶猪——直来直去，喊道：

"胡才，这法子行吗？"

胡才听到有人喊他，转脸一看，才知是小兰仙女。他忙用袖子揩了一把额头上的汗水，睁圆着眼睛，又眨巴了几下，又急又认真地说道：

"小兰郎中，你来得正好。哎，我也不晓得这办法好不好。我们这地方，不管谁得了什么急病,都是用扯痧拉筋来救人的。"

小兰看着张三花旦背上的皮肉,被扯出两道黑红黑红的"痧印",而且带血色,而且弹起来,像剥了皮,不由令小兰半信半疑其效果,是诊治疾病的好方法。可是自己也没有好法子,能帮上一把,她替张三花旦担心,也替胡才着急,万般无奈地瞟一眼身边的小红,还嘴巴,意思是在说:小红师姐哦,你是师傅的得意弟子,师傅急救人的招数,你也应学了不少哇,把十八般武艺使出来吧,人命关天哟!而这个小红仙女,她根本就没注意小兰投来的目光,却将自己的视线集中在张三花旦身上。她一会儿看看他失血发白的脸色,一会儿看看他背上扯痧扯得发紫发腫的痧印子,心里在自言自语:哎哎,扯痧扯到这个程度,还没把他救过来,我小红上去,能把张三花旦救过来吗?怕莫也难呀,做不到呀,且而耽误了时间就更不好呀……分分秒秒间,使小红柔肠寸断,不知如何是好。又想,我不能贸然动手,一定要扳救兵,这个救兵就是我的师傅。于是,她转过身来,就要往大戏台跑去,可没料想到,她差点与站在她身后的李慈惠碰了个鼻子,立刻又焦虑又惊喜地喊了声:

"师傅,你也来了?"

李慈惠点了点头,没有答腔。她是同石嫂子一路来的。刚才,胡才为张三花旦扯痧急救的方法,她也看了个仔细。这种民间急救人的扯痧拉筋,她也在吴兴看到过,认为没有郎中在场的时节,也不失为一种急救人的乡村土医术。对付憋痧和中暑,是能起到作用的。但是家父告诉她,扯痧不能经常扯的。成了习惯,就常发"痧"。若常扯痧,就变成了病体。

小兰听到小红喊师傅,她迅疾转身走过来,拉起李慈惠的手,一边亲昵地把她师傅牵过来,一边说:

"师傅,胡才给张三花旦扯痧,还没有把花旦扯醒过来,这病来得陡……"

李慈惠点点头,没作声。

"请仙女娘娘手到病除。"胡才礼貌地说。

胡才马上让出位置来,请李慈惠站在花旦裸露着的背之背后。

洗药池旁所有的人,都用目光在说:

"仙女娘娘,就看你的啦!"

二

李慈惠微笑着,两手抱拳,环顾四周向各位道安问好。自始至终,她没有说一句话。她向胡才努了努嘴,示意讲张三花旦扶至面向东方坐着。张三花旦仍在昏迷中,口吐白沫,唇皮发白,脸色仍旧没有血色。李慈惠走到张三花旦的前面,挽起素白罗裙水袖,伸出右手拇指和食指,分别翻起张三花旦的上下眼皮儿,仔细看着眼睑,接着又扯了扯他的耳朵根儿,再用手指压着他的后胫窝儿。到此,她才停止了在张三花旦这儿那儿的按压。她从左手水袖筒内,取出一个小小的竹筒,去洗药池里挽了满满一筒水,放在张三花旦背后的石桌上。她坐在石凳上,将两腿盘起来,两掌对着盛水的竹筒,微微闭上双目了……

胡才甚觉稀奇,甚至有点玄奥,不由靠近小兰,用嘴巴套住她耳朵,小声儿问道:

"这是干什么呀?"

"入静。"

"入静做什么呢?"

"布气。"

"不气?"他听错了小兰回答,把"布"听成"不"了,就小声儿说,"谁也没惹她生气啊!"

"布气!"小兰不由大点声儿补一句道:"不是不气。"她见他眨巴着眼睛还是没听懂,便只好耐烦地小声儿解释说:"这是把采气、发放外气为人治病,称为布气。"

胡才听了个半懂。因是他见李慈惠把"外气"发在竹筒子里,而不是直接发在张三花旦的身上。这怎么能治病呢?胡才就是胡才,生性是个认真的主儿,绝不会不懂装懂,也不会弄个一知半解就罢手的。

胡才对向竹筒发气有狐疑,也被小红看在眼里,本想大点声向他道个明白,因怕说话影响了师傅发气的功力。她知道,无论任何人练功和发动,都需要"寂静无声"。她只好走进胡才,叮嘱他要安静。

只一会儿工夫,李慈惠慢慢地睁开眼睛,将盘起的两腿松开,踩在地上,再端起竹筒水,走到了张三花旦前面,送到他的嘴巴边一滴滴喂到他口里去。大家看到张三花旦渐渐地喉结在动弹,嘴角也有了蠕动。再后来,观他面色转红润,两目睁开,像没完全睡醒一样,他不明就里地看着大家。这时,大家见他被救过来了,就争相告诉他:花旦,你来了陡病,胡才给你扯痧,都没把你扯醒过来。搭帮来了仙女娘娘,她搞了一竹筒子水去发气,再把你喝了之后就有救了啊!

张三花旦知道自己得救的原委了,迅速地在脑海里整了一下思绪,尔后向李慈惠投去感恩的目光。他起身来,就朝李慈惠下跪,双手合十地说:

"你是喊得应叫得灵的菩萨!"

李慈惠见张三花旦向她下跪谢恩,不由感到既觉受之礼重,又觉修行治病本是自己的本分,这采气布气也于己动手不难。再说,主要还是这洗药池里的水,不是小塘小坝之流。她昨天来这里洗药材之时,就发觉了山岩的体温,和人体一致,而且池底，又有仙气上升。她就想，这仙气，这自然之气，在太空万物产生以前，就真正的有元气存在，而且其本体长存不灭。即使天地沦坏，也丝毫不受影响的。那道经就说："元者，本也。始者，初也，先天之气也。此气化为开辟世界之人，即为盘古；化为主持天界之祖，即为元始。"哦，这池，这水，这气，就合并为天圣灵泉了。我们发现了，就取来为你对症治病。张三花旦哦，你要感恩就感恩这天圣灵泉吧。李慈惠想到这里，连忙弯腰将张三花旦扶起，谦和地说：

"快起来。这喊得应叫得灵的不是我……"

"是哪个？"

"是……"

"是你。你莫客气哦。"

"不是我，是洗药池。"

"是洗药池？"

"洗药池里的天圣灵泉。"

"天圣灵泉救了我？"

"嗯。"

张三花旦一会儿抬头望望洗药池，一会儿又痴痴地望着李慈惠。李慈惠慈和地肯定地告诉他："仙女岭是福地，洗药池里有灵泉。"

张三花旦说："那我得借仙女娘娘的吉言。再拜谢洗药池的灵泉了。"他说罢，非常虔诚地将双膝跪在洗药池边，双手合十，让自己的额头低向地面，口里喃喃地念叨着道谢之辞。但是，他说得很小声细气的，还情不自禁地流露出戏腔韵调来，且有板有眼，似乎让每一声，都落在从大戏台传来的锣鼓点子上，听得格外有趣，这令小兰和小红，差点要笑出声来。而花旦的朋友胡才与花旦的徒弟，因为敬重花旦，也学着他一脸的虔诚，向洗药池下跪，一起叩拜起来。这样心仪花旦的小红，看到他们集体磕头，弄得她一时间措手不及，不知该拜，还是不拜？她赶紧迅疾地瞟一眼小兰，看到她纹丝不动，便立即稳定了一下自己的情绪，仅只原地挪动了一下脚步，就没有跟着他们一块儿跪下去了。

张三花旦他们正在拜谢洗药池的时候，忽见言古佬气冲冲地从大戏台那边跑过来。他看到这个磕头场面，顿感讶异：你们为什么离开大祭祀，在这洗药池搞小祭拜呢？戏台上只有生须丑角演，名旦溜之大吉不见脸。看戏的人看得没劲了，要散场。把唱戏祭神，搞得冷火青烟。你们一是对神明不敬，二是对人瘟不痛。紫大爷花了这样多的谷米，花了不少铜钱和银花饼，才把这个大祭祀搞起来，他也是为了仙女岭的乡亲们，拜大神赶瘟驱鬼呀！你们为甚当作儿戏，不领人家的大德大情呢？若不是紫大爷的公子紫友发看见，你们被几个美貌女子，吸引到洗药池来了。

我还浑然不知,一直忙得一塌糊涂。言古佬越想越气,就张口带讽刺地吼道:

"花旦呀花旦,你神也不祭了,戏也不唱了,原来在这里拜天地!"

张三花旦们,都连忙从池边起身,拍拍膝盖上的泥土。他们把言古佬的话,当作朋友之间的玩笑话。立刻提步往大戏台那边走。可是言古佬气仍未消,还要挖苦一句道:

"看见仙女就拜堂,何苦呢?"

胡才一听,言古佬在胡说八道,不由大声斥他道:

"你讲话带屎渣,三朝没有洗干净牙!"

三

胡才对张三花旦的讽刺话十分反感,立即进行反击,这是以往不曾有过的。

胡才,其实,既是张三花旦的朋友,也是言古佬的朋友。张三花旦,到外边唱戏,总要喊来胡才,做做帮手:帮前台鼓乐队打打锣,帮后台化妆打打杂,还帮登台演戏的提提词。有时候,张三花旦自编自演写了折子戏台本,还恭恭敬敬走上门去找胡才互相切磋,修改完善。他俩交友才华互补,绝非是酒肉朋友。而言古佬,是胡才打隔壁的邻居,两人靠屁股长大的。言古佬比胡才大几岁,小时候,有谁欺负小胡才,小言古佬便走上前来保护他。言古佬爱爬树捉鸟蛋,喜欢到塘里坝里摸鱼,他总要把一半的蛋和鱼给小胡才拿回家去吃。后来,胡才读书了,比贪玩的言古佬有长进。胡才既喜欢吟诗作对联,又爱读经书,通晓各教派礼仪,所以,往往言古佬到外边搞一点儿祭祀场面,他总要喊来胡才协助司仪,主持"喊礼"。凡事胡才认正理,走正道,该帮忙的他去帮,不该帮的他绝不胡来。这次大戏台的祭祀,言古佬分配他拿一块大黑布,去罩住牛的眼睛,配合刀斧手斩牛祭神。因为胡才不赞成斩牛,两人争吵了两句。胡才说:"牛善良,看见有人对它举起刀,它就流出眼泪来。"言古佬说:"所以要用黑布盖住,不让它看见嘛。"胡才说:"盖黑布是欺骗,是谋杀。"言古佬说:"它不是人是畜生咧!"胡才说:"人畜一般嘛。"言古佬说:"我俩是老朋友,你总要帮我做事哦!"胡才说:"亲兄弟明算账,好朋友不瞎帮。你要我做什么呢?"言古佬说:"我牛祭,你就去管戏祭。我是大祭祀二指挥,这个场面大,你就看我举三角旗开锣。"胡才说:"那个一指挥是哪个?"言古佬说:"当然是财大气粗的柴大爷啊。"胡才仍有不明白的地方,眨巴几下眼睛又问道:"祭台和戏台上,我都没看见他呀!"言古佬叹一声气说:"你真有蛮啰嗦,你总看见他家里的周管了吗?"胡才再不打问了。但是他的脑壳里,并没有停止想事儿。他总总觉得,你柴大爷出钱盘米举办大祭祀,岭上岭下周围团转十多里,谁个不晓,哪个不知?你又是大场面总周管的一指挥,为甚自己不抛头露面,躲开瘟病流行,这管家,他懂得祭祀吗?他只会干烂事,不会干好事的。顶个屁用啊。胡才总觉得这大祭祀里有玄机有蹊跷,又碍于朋友言古佬的面子,不好摆谈出大祭祀的利与弊来,只好自己跑到戏台上协助言古佬,指挥戏祭礼仪了。这"戏祭"配合"牛祭"还没完毕,张三花旦就倒在了戏台上。张三花旦的徒弟仓促之间来补台,继续接戏唱下去,自然没有张三花旦唱得好,被一些内行观众看出破绽来,就向言古佬提意见发牢骚。胡才来不及报告言古佬,这个关头,救人要紧。他料定是张三花旦发了痧。胡才正是个最会扯痧的乡里土郎中,掌握了不少乡下小土方医术。譬如,他看谁家里有人发高烧又几天不退烧,他有办法,去这家人家的大水缸边,抓一把湿泥巴,在两只手掌里搓几搓,直接敷在病人的胸口上,果真不到一餐饭工夫,便退烧了;他看到谁家里有人吃鱼时,不小心被鱼刺卡了喉嗓,他就在这家人的碗柜里拿出一个饭碗,到水缸里挽满一碗凉水,面对东方站着,口里念念有词,再用食指在碗里水面上画着什么圈和符号,尔后,将水递给卡了鱼刺的人,也要他面向东方站着,分七口把凉水吞下去。不一会儿,果见卡鱼刺的人,吞得下饭,咽得下菜了。这时往往旁观者感觉神奇,问他:那根卡在喉咙里的鱼刺,是化作了水?还是被凉水硬生生地吞下去了?胡才笑而不答,且笑得玄妙、机巧、神秘。又有人问:"你画的这碗卡水,为甚这么灵?"他这个慢性子人,终于慢答腔了:"嘿嘿,这卡水由阳气生发,点化成法水了。卡水是不需添加药物的。"他说得虚虚实实,神神秘秘。停了停,他怕别人听不懂,又进一步解释道:"这是一种功夫,叫'中黄直透',是先了性后了命的顿法。功夫到虚极静笃时,精自然化气,气自然化神,神自然化虚。"他越说越玄妙了,听者如坠入五里雾中。这时,他才刹住腔,不由皱了皱眉头,心想,学问是实实在在的东西,通过自己的理解和讲述,为甚别人听不明白呢? 足见,自己对经书吃得不透,尤其听文昌帝君讲授道教方术之时,也还是一知半解啊。自此以后,胡才钻研所有方术为山民诊治小疾小病,绝不搞一知半解就满足。凡事穷追细究,不弄个水落石出决不罢手。这会儿,他把言古佬斥走,又见张三花旦他们也赶到戏台上去救台了,他打定主意这阵子不跟着他们去了,他对洗药池的水,是不是能真正诊得好病?仍尚存疑虑,既不会去轻言否定,但也绝不搞盲从。他就站在这洗药池旁,心里这刻并没往小兰身上去,但向小兰走去,找她商量商量,他要把这阵儿正在大戏台"听戏"的言古氏,牵到洗药池来。

言古氏,就是言古佬的瞎子娘。她本人姓古,丈夫姓言,按仙女岭的规矩,凡女子嫁人了要随夫姓,故称之为言古氏。言古氏年近七十了,人仍不显老,口里牙没掉,脸上皱纹少,口里乐呵呵的,也许是天生是个笑婆婆,说三句话里总有一句是笑声,从外表看去,顶多只有五十五岁年纪。胡才跟言古氏是隔壁邻居,从小,胡才妈缺奶,吃猪脚都发不出奶,言古氏就把小胡才抱过来,从自己小女儿口中分一把奶给小胡才吃。胡才长大后,把言古氏视为自己的亲妈。由于言古氏的小女儿不幸得了瘟病夭折,而胡才的妹妹胡蝶,见她很伤心,便得到自己母亲的支持,也认言古氏为自己的干妈。这两兄妹十分孝顺老人,平素别人家给了什么小零食,俩兄妹则放进口袋带回给老人;这回大戏台唱祭祀大戏,俩兄妹也想起,瞎子虽然看不见,但是可以去听听热闹。就这样,胡蝶牵着她,胡才提椅子,把言古氏安排在戏台一侧听祭戏。今日里,胡才还想再孝顺老人一回,想请李慈惠仙女娘娘,像救治张三花旦那样,把言古氏老人重见光明。

四

洗药池的石亭子旁边,长着几株高大的树木,有樟树,也有枫树,像撑开的几把绿伞。那重重叠叠又挤挤密密的树叶,枫红樟翠,一缕缕斜阳,穿透过枝枝叶叶,洒向洗药池边石板缝里的萋萋芳草上,似如点燃了一丛丛绿焰。当斑斓的阳光洒向池水水面上,洗药池便成了一面清丽的水镜了,谁若掬水洗面,镜面便会一圈圈荡漾开来,神似池底小气泡冲上来抖出的清波。这时不知名的小鸟嘤鸣声,一粒粒掉进池里。池面同时映进去三个仙女及石嫂子的倒影。啊!太动人了,这一池丽人,这一池鸟声,这一池雅洁,组合出一幅人间仙境来。胡才欣赏着这个景致,说不出的兴奋起来,在他轻提慢踏的脚步间,诗兴大发了,不由望景生情,心里跳出一首五言诗。他情不自禁地朗朗吟韵道:

"绿伞石亭撑,
　清池仙气开;
　鸟声镜底出,
　丽人水中来。"

胡才的触景生情之试,被他极具音乐感的自作自吟之声韵,传送到芳心寂寞的小红小兰的耳朵里,她俩先是相互惊喜地对望了一眼,马上又不约而同地将视线,投向胡才那英俊的面庞,且良久地不挪移开来。她俩究竟是在品诗?还是在欣赏相貌啊?这一刻,她俩都想走上前去,要胡才再朗诵一遍,但在师傅和石嫂子面前欣赏胡才,不免有些羞怯了。小红只在心里说:胡才,你这首诗色彩斑斓,就像一幅由绘画师绘出的风景画啊,你能不能再吟诵一遍呢?而平素爱弹奏琴弦的小兰,也在心里说:胡才,你这首诗,是为我的心,造的一间新房吧?新房里的音乐,就是我的郎君啊，你再演奏一遍吧！让我陶醉呀！然而，胡才并不知晓小红和小兰，在心眼里品赏着他的小诗作。吟诗作对是他的业余爱好，当兴致短暂而过，他又回到他灵魂的苦修与对洗药池是否是圣泉的叩问上头来了。哎哎，李慈惠仙女娘娘，你究竟是用洗药池的圣泉，还是全靠你的布气，才把张三花旦的急症诊好的呢？仙女娘娘，你能把我干妈言古氏的眼睛诊好吗？我知道，你为诊治仙女岭上的瘟病，差点也丢掉了自己的一条命。你救了那样多乡亲，今天我又人心不足哦，请你救治我干妈的眼睛了。我蛮不好当着你的面开口咧，只好摆脱小兰恭请圣仙啊。胡才心里运着神，脚就朝石嫂子走去。因为石嫂子拉着小兰的手，这会儿正在说着悄悄话。小红则陪在李慈惠的身边。李慈惠感到很累，很疲倦，她坐在石亭子里的石凳上歇歇气。小兰见胡才走过来，心里估计是来找她说话的，于是就从石嫂子握着的手掌里抽出自己手来，主动向胡才迎上去。她有假小子性格，因此没有小红那么多笑不露齿的规矩和羞怯。而这位喜欢亲近小兰的石嫂子，看见小兰走开，她也跟着小兰后面走去。小兰没往后面看，就感觉到石嫂子做了自己的"尾巴"，真是有点莫名其妙哩，年轻人一块说说话，你都要来参加，这多没趣了呀！至于石嫂子，她并非不知趣，她认定三个仙女是她的恩人，一旦她们外出，她就有保护和招抚她们的职责的。这会李慈惠娘娘要歇歇气，你小兰要和胡才玩，那也是放不下心的。胡才虽是正经人，不是所有的正经人，想的干的都正经嘞！你扯得几下痧，你哼得几句四六句子，就想找仙女做堂客？那是半天空里吹唢呐——"胡才，捡了几吊钱哦？"石嫂子挡住路问他。

"没……没见到咧……"胡才顿感惶惑，不由回答得结结巴巴。

小兰听到这话，也眨巴着眼睛，不明就里。

石嫂子不卖关子了，朗声笑道："我看你一路走一路笑，我以为你捡了几十吊钱哩。"

胡才和小兰听了石嫂子的玩笑话，各有心事，都没笑起来。只有石嫂子，自己一个人仰起脑壳在"呵呵呵"了。

胡才倒是盯着石嫂子的脚杆子，作古正经问道："哎吔，你的脚杆子，是不是有点痒吧？"

"是的。"石嫂子答得很爽快。

"厉不厉害？"

"不蛮厉害。"

"捋起裤筒看看。"

"你又不是郎中。"

"皮肤痒不限定找郎中看。"

"让你看了起什么作用呢？"

"要是厉害帮你请郎中。"

"若是不厉害呢？"

"那就……那就用这里的天圣灵泉洗洗,泡一泡脚……"

"要得！"

石嫂子想,真是一个人,还要人提醒。我脚杆子上有烂疤子,怕麻烦李慈惠大郎中,一直没有告诉她。好吧,就听胡才的,到洗药池泡泡脚看。石嫂子弯腰把绣了花的大裤脚筒挽起来,顿时,胡才和小兰看到两只脚杆上长了红疤印,有的被石嫂子抓痒抓破了皮,在溃烂。小兰忙把师傅李慈惠请来,问她:"师傅,石嫂子脚杆上是铜钱癣吗?"李慈惠仔细看了看说:"铜钱癣是圆的,这些疤印都不圆。"胡才补充说:"是闹疮子吧?"李慈惠说:"对,是疥疮。"她要石嫂子把两只脚伸进洗药池的往外溢流走的池边溪口上,然后拿出她的小竹筒,挽上清亮温热的池水,往石嫂子的脚杆上淋。小兰和小红同时说:"师傅,竹筒不如手快。"她俩就马上双手捧着水,淋石嫂子的脚杆子。胡才睁圆着眼睛,看着一串串水珠,冲洗着石嫂子脚杆上的疥疮,那烂疤子由溃红变淡紫,又由淡紫变浅灰了,尔后看到那有些炎症的皮肤也消退了浮肿。这洗药池的水果真是圣灵之水,能治病。而且,他亲眼看到仙女娘娘并没有布气在池水里。但是,天圣灵泉啊,你能不能诊好一位天下好母亲的眼睛呢?这位天下好母亲,她双目失明多年了,把每天的痛苦变成笑活着哩……

五

石嫂子的脚,还没从洗药池的溪口水里抽出来,就看见石匠石老倌和推匠刘寿仁,双双挑着水桶,来到洗药池旁。刘寿仁先喊道:"石嫂子,你在玩水哦?"石嫂子还没来得及回答,那位石老倌接着喊道:"这水就是煎药灵水咧……"他本来还要说一句,你莫把水弄邋遢了,碍着两人有些私交好的关系,就没把后一句说出来。石嫂子看着石老倌的神色,心知肚明,她不由把热辣辣的眼光投过去,故意不把脚从水里抽出来,让被洗药池圣水治好的,已变得像牛奶般白的皮肤,给石老倌多看几眼。我还不到四十,只三十几里,跟得水蜜桃一样可口,你看水嫩不水嫩?而且心地又跟你一样的好。再说,石娃子已长大了些,放心,不会成为你的拖累的。哎哎,石老倌,难道,你还要去找红花亲,我就不般配么? 我,肯定般配你的。我相信,我也知道,你定会接受我和小石娃子的。这不,她果然看到了,石老倌在众目睽睽注视之下,他那双眼睛非常大胆而锐利,充满了压抑的光芒。是的,我理解他,他强烈而热切的注视,没有丝毫的轻佻与玩弄。自己寻找的,就是一个这样的男人,来

填房。石嫂子,忽然感觉自己的眼睛发热了,她那幸福的大眼睛里,盈满了泪水。良久,石嫂子才小声儿地问道:

"你们到洗药池来挑水,是……"

"煮正气汤。"石老倌答道。

"大戏台草坪晕倒了几个人了。"刘寿仁补充道。

"你们晓得配药?"石嫂子问。

"是文昌帝君道长配的。"石老倌说:"我们已经煮好一锅,送到大戏台来了。"

"这两担水,是作煮药熬汤备用的。"刘寿仁又补充说。他说罢,拿眼角睃了一眼蹲在溪边的小兰,看见她在与胡才谈着话,就没有走拢去打扰他们。究其实,刘寿仁仅只有大半天,没有见到小兰,他就感觉自己心里积了许多话,要跟她讲的。然而,又不知该从哪一桩、哪一件说起。他要告诉她,以前凡是搞大祭祀,不知是神明的惩罚,还是鬼怪的捣蛋,每次,总要倒下几个人,离阳发阴的。发阴时节,人事不知,口吐白沫,甚至还有脚抽筋的;甚至还有讲阴间话的:说什么,说什么阳世间的谁谁谁,八字不好,运中不行,不是失财,就是戴孝;还指名道姓,又说谁谁谁,夜里做桃花梦,日里走磨角运,背时一世,行时一春,东南角不讨好,西北角来灾星。发阴的人讲得有根有据,记住这些阴话日后去兑现看,倒还蛮灵。总总,所有发阴乱说乱道的人,只要喝上了文昌帝君送来的正气水,人就马上离阴还阳了,五魂六魄都附体了,人就清白了。这时你去问他说的那些阴间话内容是什么?他便说那是做个梦,醒来就记不清了。今日大戏台,又倒下两个人,石老倌及时送去了正气水,他们发阴没发成。小兰哎,你们发完药,在洗药池边玩,注意莫搞邋遢水吔,道长说过这时天圣水,灵泉汤。喝了它消灾,灭病,走阴的能还阳。我的娘,差点病故了,就是喝了洗药池的水熬文昌帝君配的药,她才活过来的。娘要报答文昌帝君,派我到他身边来修行。文昌帝君说,带发修行可以婚配的,我当然要讨堂客,要讨一个像我一样喜欢蝴蝶的女人,心地善良的女人,做一世好事的女人,像小兰这样的女人,这只有你最合我的八字。你同李慈惠娘娘到文昌阁修行,这是天意,就是皇帝老子都想不到的天意啊。刘寿仁一边想入非非,一边在洗药池里挽水盛进水桶里。他起肩正欲离去时,不由得去回看她,回看小兰那双长得好看的眼睛,回看她头顶高髻上那对美丽的蝴蝶发夹,当然也回看到了胡才蹲在溪边帮小兰洗小手帕的亲热劲儿,顿时他心里涌上一股说不清道不明的酸涩味儿来。

石老倌和刘寿仁刚刚从洗药池挑水而去,接着从大戏台那边,又来了两个人,一个小姑娘左手提把木椅子,右手牵着个老婆婆,向洗药池的小石板路上走来。

胡才的眼睛尖,马上眼睛一亮,向小兰介绍说:"那是我的干娘。"小兰俏皮地说:"路上来了两个人咧,你讲的是哪一个哟?"胡才把洗干净的小手帕丢到小兰的手里,甩了甩手上的水珠说:"干娘叫言古氏,跟我打邻居。小时候,我娘生了病,没得奶水,是她老人家心好,把我抱过去喂奶,给自己的孩子喂粥米汤。从此认她为干娘。就是……就是她的命不好。"说到这里,胡才叹了声气,"她的眼睛瞎了。"小兰问:"怎么瞎的,瞎了多久了?"胡才说:"她进六十岁那年的时候,眼睛里长了层白膜子,先是朦的,后来就看不见东西了。我想请李慈惠神仙郎中帮老人家诊好眼睛。请你帮我请请她,行不?"小兰没有马上回答行不行,她莞尔一笑:"我师傅就在这里,你为甚不直接当面请她呢?"胡才听小兰这么一逼,不由心里有点发虚,只得在真菩萨面前不烧假香,要承认自己不可自拔地喜欢上了小兰了。也好,不管结果如何,就向小兰表白自己的心迹吧。他未开口,脸就先热起来,不由用手摸了摸。他顿了顿,一字一句缓缓地说:"小兰,这个没法解释,反正我特别尊敬李慈惠仙女娘娘,又特别地喜欢你,打心眼儿里喜欢。于是就……找你帮忙。"说罢,他就情不自禁地去抓住小兰的手,握得紧紧的,小兰含蓄嫣然,却没劲把手儿抽出来,竟感到胡才手掌里的热流,一股股地流向她的手臂,潜入全身了,心儿抖战,不由闭上了那对大而亮的黑眼睛。双目羞闭的小兰,更加光彩照人,胡才顿感有一股热流在胸中涌动,真想一把抱住她,吻她,亲她,摸她,领到自己家里去,再不让她回文昌阁了。可是,他不敢,以后也不敢再碰她了。一碰这个美人儿,她就溶化了,以后哪里也找不到了啊……

　　胡才沉浸在幸福里,胡蝶牵着瞎子婆婆言古氏,来到了他和小兰的跟前,胡才这才把握着小兰的手松开,和小兰一起站起来。胡才介绍说:"干妈,这是我的好朋友小兰。您晓得的,那个诊瘟病救人命的仙女娘娘李慈惠,就是她的师傅。我托她再请她师傅为你老人家诊眼睛。"言古氏老人,听胡才这么一说,她的眼睛里就流泪了,忙撩起衣角往眼角擦拭,讷讷地说:"胡才,有你的这片孝心,我就领当不起了,还劳神你去请仙女娘娘,为我诊眼睛,我这辈子欠的,下辈子都还不起哦。"小兰听了,很感动,忙走上前去,拉着言古氏老人的一只手,也眼泪盈眶:"老人家,我听胡才说,他和他的一家人,都想报答你的恩哩。我应该帮忙,马上就去跟师傅讲。她一定会,一定会答应的。"言古氏老人,一迭连声地说着谢谢,眼眶里又涌出了泪花花。小兰的心肠最软,每每看见别人流泪,她常常悄悄陪着流泪,马上岔开话题,说:"胡才,这位姑娘是谁?为甚和你一个长相哦?"胡才这才记起自己粗心大意,忘记把妹妹介绍给小兰,连忙歉意地说:"这是我的妹妹胡蝶,她陪干妈在大戏台看戏。我也正想要她把干妈牵来诊眼睛,巧得很咧,说天神天神就到了。"小兰上前拉住胡蝶的手,用手指在她的手背上轻轻地抚弄了几下,笑微微地说:"你长得细皮嫩肉,还没十六吧?"胡蝶绯红着脸,也笑盈盈地回答说:"吃十八岁的饭了,过年就进十九了。"小兰风趣地说:"你是喝了洗药池的水吧?长不大,年年十六岁。"胡蝶说:"都讲洗药池的水是天圣灵泉,能诊得好许多的病。刚才又两个看戏的人,跑到戏台上发阴,讲鬼话。讨厌!我懒听得,就牵着干妈来找老兄了。没想到两兄妹想到一块了,都来找仙女娘娘帮我干妈诊眼睛。"胡才一听有人"发阴",就格外地敏感,马上问胡蝶:"发阴的人,在戏台上讲了什么鬼话呢?"胡蝶说:"他们两个人假装到了阴间,讲仙女岭如今阳世间的柴大爷,盘钱费米斩牛唱戏祭神,硬是把瘟神请动了,把瘟鬼捉住了,所以就再没发生瘟死人了。看,他们白日讲黑话,睁眼讲瞎话。仙女岭诊瘟病救人的,明明是仙女娘娘李慈惠嘛,怎么又变成了柴大爷呢?"

胡蝶说得愤愤不平,胡才一语道破告诉她:"发阴就是发假,颠倒黑白。背后,会有更不可告人的东西。不谈这些,诊眼睛罢。"

六

仙女娘娘李慈惠,带着自己的徒弟"贴身丫鬟"小红,用洗药池的水,冲洗石嫂子的脚杆上的疮疤子之后,便沿着洗药池的小溪沟往下走,尔后,又蹲下来,洗过小手巾,搭在头顶高髻上晾干。接着,便发现溪沟里有许多的药草,绿的绿,黄的黄,紫的紫,红的红,她对大多数的药草,能叫出名字,也知其药性。然而,她看到沟边有夏枯草,清浓翠郁,甚觉奇怪!这已是秋凉了,夏天已过。它本该在夏天就要枯萎的,为甚反而像春天那么翠绿?!于是她就扯了一把,漂洗干净,甩干,再将搭在头顶高髻上的小手巾拿下来,把夏枯草包好,要小红拿着,带回文昌阁去。她说:"反季节的药草,药性更强。"水沟里的草,除了菖蒲,还有夏枯草是味好药。仙女岭上所有的花花草草,能诊得好病吗?小红想,对于自己,仍是个谜。她佩服师傅,把散步也当作了采药的好机会。

小兰看见师傅和小红,沿着溪沟散步采药,她小跑步追上去,气喘吁吁地说:"师傅,胡才的干娘,眼睛里长了层白膜子,起先还朦朦胧胧看得见影子,如今什么也看不清了,他托我请你帮他干娘诊一诊眼睛。我担心你太累了……"李慈惠问:"她人来了没有?"小兰往洗药池的石亭子一指:"来啦,胡才的妹妹胡蝶,陪老人家坐在那里。"李慈惠转身往回走。小红和小兰跟在她的后面,走几步之后,两人又跨上几步一左一右并排而行。小兰马上把胡蝶看到戏台上有人"发阴"说的话,一五一十地转告给师傅听,末了,带点气愤味儿地说:"师傅,这简直太气人了!这明明你在舍死忘命的送药救人,'发阴'的人胡说八道讲是柴大爷祭神明诊好的!"李慈惠听了,不但不生气,反而伸出手轻轻地拍拍小兰的肩膀,笑微微地安慰她说:"积善修行,何须表白,也无须回报。忘去一切幻化假相,超凡入圣,就能修真得道。举事与道合,气也消了。"她停了停,看看小兰的脸色,仍像阴天,没有转晴,她便借老子的真言来启发她了："'天之道,利而不害;圣人之道,为而不争。'又借水性赞颂说:'上善若水,水善利万物而不争,处众人之所恶,故几于道。'认为圣人应效法天道,长育万物,自然无为,而不强求争功争利,如此才能'后其身而身先,外其身而身存'。"李慈惠一字一句的说到这里,再看了看小兰的情绪,已经淡了。她便再一次拍了拍小兰的肩膀,表示满意。小兰也转过脸来看着师傅,发自内心且尴尬而又歉意地一笑,那股气冲冲的神气,转眼就变得文静柔顺了。

李慈惠、小红、小兰三人,走到了石亭子里,这时胡才、胡蝶礼貌地起身让座,并代替双目不见的老人,向李慈惠双手抱拳施礼,毕恭毕敬地说:"言古氏拜见仙女娘娘!"言古氏听到"拜见仙女娘娘"立即也站了起来,朝着有脚步声响的方向,拱手作揖。

李慈惠忙拱手回礼。她又上前拉起言古氏的手,亲切地问她:"你老人家,多大年纪了?"

言古氏老人说:"哎,进甲子了,吃白衣几岁的饭了。"

李慈惠说:"你老人家的眼睛……是……"她看病诊病,是先要听、问、切、叩之后,才动手的。

言古氏老人说:"五十多岁的时节,我夜里还扎得鞋底,补得衣服,搓得麻线,纺得棉花。进了六十,不晓得碍了什么关煞,先是流巴酽的眼泪,早餐起来堆起的眼屎,都差点子睁不开眼睛。接下来,就看东西朦朦胧胧。我降火的凉茶也喝了,诊眼睛的'老鼠刺'草药子也熬了,就是不见效。一年后,双目失明,瞎了。"她说着说着就哭了。

胡蝶忙从自己口袋里,掏出小手帕,那是绣了花的小手帕,去擦拭言古氏老人流出眼眶的泪水。

李慈惠向胡蝶微笑着点点头,意思是说:谢谢了,我正要检查老人的眼睛哩。她果真伸出手来,翻开言古氏老人的眼皮,仔细地瞧了瞧。这阵儿,小红和小兰也悄悄地走过来,看到眼睑上,有一块浑浊的白色薄膜,完全把黑眼珠子罩住了。她俩不做声,不打扰师傅对诊断方术的思考。李慈惠也看了看两个爱徒的面部表情,也是微笑着向她俩点点头。徒弟完全明白了师傅的心意,她是想,抓住这个病例,打破常规,不敷草药,不喝药汤,不洗药水,就仅仅采洗药池的天圣灵泉,来诊治陈年眼疾。究竟行不行呢? 圣水会作回答的。

胡才在一旁,有点儿疑虑了,仙女娘娘左看右查,一直没有作声。是难治呢?是治不好呢?是根本没希望呢? 仙女娘娘,请你把个准信儿告诉我啊。胡才蠕动着嘴唇,却又没说出声来,那脚步儿不由自主地靠近了李慈惠。凑巧,这刻李慈惠正需要他帮忙。她指挥胡才,搂着言古氏老人,仰躺着放在四方石桌上。她又令小红和小兰,分别捉住言古氏老人的两只手;她再请石嫂子,抱住老人伸出桌面外的两只脚,托平。

李慈惠看看在场的人,都在各就各位各司其职,她便满意地点点头。尔后,她从自己的水袖里,取出那只精致的小竹筒,走到洗药池旁,挽进去泉水,摇一摇,倒在溪口水里。她反复地洗了三遍之后,再把她长长的手臂伸进洗药池远一点的地方,盛上满满的一筒水。

这一刻的洗药池,显得特别的静。从大戏台传来的锣鼓声,也忽然哑了,消失了。树叶在树枝上抖动,无声;小鸟在枝头,无语;哪怕是掉一根针在地上,都可以听到细微的撞击声。李慈惠步履轻盈,端着一竹筒水走过来,立即让自己进入一种静的状态。这个静之状态,像风一样飘逸,像花一样优美,像时光一样幽远。

心静,才手静。手法,万灵俱出。

手静,须欲念除去,去神交结,心气连成一片,化入了手动之圣泉。李慈惠的左手食指和拇指,将老人的眼皮分开,她右手握住盛满圣水的竹筒,渐渐地朝下倾斜,对准言古氏的眼眶内的眼睑,缓缓地倒出一条极细微的水线,轻柔地冲洗着眼里那层白色的薄膜。一线线,一注注的清流,又从老人的眼角流了出来,流过她的面庞,滴到石桌子上,再滴到印石地面上,绽放着小水珠,小水珠依然柔润晶亮,雅洁而清丽。这个静而轻、细而柔的冲洗手法,令胡才叹为观止!冰冻三尺非一日之寒呀,李慈惠的药功、气功、手功,让胡才大开了眼界!

他紧紧地盯着言古氏老人眼里的那层白膜,果真不见了!难道她老人家复明了吗?这刻李慈惠又叫胡才将言古氏搂起来,坐在石桌旁的石凳上。李慈惠便举起两根手指头,在老人眼前晃动,柔声细语地问道:"请看,我这里是几根指头?""两根。"言古氏脱口而出。李慈惠又伸出一根指头,又问她:"现在总共几根了?"言古氏老人对答如流:"三根!"李慈惠马上又缩回去两根指头,再问她:"还有几根呢?""一根。"言古氏老人答得快而果断。她的话音刚落,便激动地站起来,扑向也站着的李慈惠怀抱,泣泪声声地说:"仙女娘娘,你救了我的眼睛,我又看得见了!谢啊,拜啊,我一辈子都唸记你啊!我做牛做马都感谢不完啊。"她老人家说罢,就朝地上跪下去。李慈惠连忙将她扶起来,说:"你老人家要谢胡才的百善孝为先咧。"胡才看到干妈的双目见光了,无法抑制住自己的激动情绪,冲到小兰跟前,"小兰也孝啊!"一把将她抱起来了,鼻子碰着鼻子,差点就要亲嘴了。小兰挣扎着笑骂他,捶打他:"青天白日里,男女授受不亲,胡才你胡来!"胡才这才意识到有点不雅,红着面孔送了手,小兰脱出怀抱。石嫂子和小红自然为言古氏老人高兴,上前一个拉着她老人家的一只手,摇呀摇,齐声说:"眼睛复明,必有后福。"立即,她俩又把目光注视着胡才,只见胡才他,把两只手抄在背后,仰头望着蓝天,眨巴着眼睛运着神

儿,良久,他便吟咏一首,在现场创作的口头诗来:

> 水自峭崖流出暖,
> 气从池底过来香;
> 仙手洗目回春妙,
> 天圣灵泉光明汤。

胡才刚刚吟毕,小兰、小红和石嫂子口里喊着"好诗!"她们不由啪啦地鼓起掌来。一个个把自己的手掌拍红了,石嫂子大声宣布:"我马上就去找石老倌,把这几句诗刻在碑上,立在洗药池边。"她话语一停,开步就去文昌阁了。

文昌阁的寺观里,文昌帝君忽然病倒在床上了。口里不停地咕哝着:仙女参,仙女湖……

第 5 章　仙女湖

● Xian Nv Hu

一

　　文昌帝君平素是很健朗的。他一直在寻找长生不老的药方，要研制出八宝紫金锭来。他研制八宝紫金锭神丹，需要一百零八味药。这些珍贵药材，他发现仙女岭方圆十里的山上，几乎都能寻找到，而其中的灵芝和人参，就只有在石塘边山包上和老莱子墓四周的岩石缝和峭峰处才有。他每每发现之后，不马上采来，留着它让其继续生长，以供他炼制丹药时作大用。然而，文昌阁寺观里的福星、禄星和寿星，从长沙城办事回来，途径文昌阁下的石塘边，发现有人在塘边洗药材之时，丢掉一支人参在塘基上，福星马上弯腰捡起带回文昌阁来，交到文昌帝君的手里，文昌帝君拿起一看，大惊失色地喊道："这是仙女参，有人在偷盗珍贵药材了！"福禄寿三星听了不解，不由眨巴着眼睛你望着我，我望着你。少顷，福星上前问道："这人参就是人参，怎么又称仙女参？"文昌帝君把"仙女参"举起来，一一指点说："你看，它头顶有个高髻，全身穿的是罗裙，两只手操在水袖里，像不像仙女哦？"福星仔细瞧了瞧，越看这支人参越像个仙女，忍不住赞叹道："道长，你这么一讲，这人参，果真还蛮像仙女真形。"文昌帝君说："仙女参只有仙女湖的山上有。"福星说："你是说的石塘两边的那两座小山包吗？"福星说罢，文昌帝君马上点头。福星又紧接着道："你为甚，急成这样呢？"文昌帝君叹着气，把两道白眉毛挤成了一堆，伸出手去端那只盖碗茶杯，手却不听使唤不停地颤抖起来，碗盖碰得茶杯口瓷嚓嚓响。福星眼疾手快，马上接了过来，才没让碗盖掉在地上打碎。福星把茶盖子揭开，将茶杯送到文昌帝君口边，要他慢慢地喝了两口茶。福星最了解他：如果是口里不干，他是不喝茶的；如果是心里不躁，也是不喝茶的。他清楚，文昌帝君他，这回是石塘边山上的仙女参被盗，真正气病了。看，他这会儿头上渗出了细密的汗珠子，眼珠子因上火而泛黄起来。而且，他口里开始喘着粗气，不想讲话了，要讲，也只讲三字经：仙女参，仙女湖；仙女湖，仙女参。在他的心目中，早把这口大石塘，称之为仙女湖了。

福星把文昌帝君安顿在床上卧着，立即告诉了石老倌，要大家来看望老道长。石老倌脚步快，他首先就跑到洗药池，告诉了李慈惠和石嫂子他们。但大家一边赶去文昌阁，一边在想：文昌帝君今日正为大戏台祭祀，防止染毒中邪熬制正气汤，防止瘟疫流行，不至而"发瘟""发阴"，还得借助仙女娘娘。为甚忙着忙着，就这样快病倒了呢？而且，他口里神唸叨着仙女参和仙女湖做什么呢？

称仙女湖而不称石塘，说明石塘在文昌帝君他心中的分量。这石塘不是普通的石塘，塘之水面有几百担田大，很开阔的，往往有清风吹来，水面便闪现出白铁皮般的粼粼波光。也像是仙女漫步天庭之时，不小心遗失掉下的一块碧玉。四周的青山，都以这晶亮平静的水面为镜，默默地注视着自己亘古不变的容颜。塘边垂柳依依，常有黄牛、水牛，躺在柳阴下悠闲地反刍。牧童，却攀爬到树丫里，扯一片柳叶，含在口里，吹出了柳叶笛韵，与水面旋飞的小鸟，应声唱和。也许是水里游动的水鸭，听出柳笛的味道，不由伸长脖颈，拍着翅膀，表示欢迎。湖面塘角，时有人下水摸鱼，也偶尔见一老翁静静滴垂钓，此刻，野百合花，便悄然地在他身边开放。仙女湖，清香寂静。

这个大石塘，这个仙女湖，它的一处高堤大坝，连接着湖边一左一右的两座山包。山包上，一片青翠，长满着杉树和枞树。杉树一律笔挺，指向高空，枝枒不张扬，身段粗细匀称，亭亭玉立如仙女模样。看那枞树，就像一个个练功的道士，在缓缓地伸展手臂，拨开那湖面编织而来的纱雾，沉浸在太极的境界里。文昌帝君把这两座山包，视为宝贝，他多次叮嘱福星、禄星和寿星三人，要多去仙女湖边的两座山包看看，只说那里有炼丹的稀缺药材，不能被闲人无端地采挖和糟蹋。"三星"听了，一一点头。从此，他们采气，到这里来；他们练功，也到这里来；他们奉命去长沙药坊、药墟配备药材，同样不忘弯路到这里来看护。在有雾的日子里，"三星"来到这里，站在湖边，仰望着湖边堤坝上，那朦朦胧胧的白雾之中，忽见蝴蝶成群地飞闪，一只牛在吃草，一匹马在蹦蹄，几只鸡在奔跑。还见三个仙女，分别穿着洁白、水红和浅蓝色的罗裙，在堤坝上散步，缓缓地走向右侧那个山包。不一会儿，她们脱下罗裙，也脱下背篓，仅仅穿着一层薄薄的丝绸衣裤，就不声不响地溜进湖边的清水里，解开高髻，漂洗着柔柔的长发，尔后，她们像三朵朦朦胧胧里的彩云，在湖边浮游起来。她们游得那般的尽兴，那般的美丽，把福星、禄星和寿星三人的眼睛看呆了，怀疑自己在梦境里。当雾散去，太阳把金线丝线撒满山撒满湖了，仙女门倏然不见了，那牛、那马、那鸡、那蝴蝶，也一起消失了。这幅美图神景，就这样，深深地映在"三星"的眼睛里了。他们修行修道，看仙女戏水，当然不好意思作为逗乐打趣，他们只这样想：这三个仙女，从哪里来的？又到哪里去呢？是个要解开的谜结。就这样，三人不约而同地朝堤坝上走去。他们站在堤坝上，仔细看，从山包到湖面，始终不见仙女的踪影，但见高堤大坝之下，是一片无垠的荷塘，铺展得很开很大，极壮观，虽不是红荷盛开的季节，却见淡绿和淡黄的荷杆、荷叶，淡雅依然地伫立于浅水荷田中。福星、禄星和寿星看得很兴奋，真想步下高高的堤坝，到荷田中去抠莲藕吃，终究，只能想想而已，不忘去长沙药坊配采药材，三人这才罢手赶路，进城去。"三星"看仙女游湖洗澡，自觉不雅，从长沙回文昌阁，就没把这事儿讲给文昌帝君听。然而，他们在湖边捡到了"仙女参"，便猜测：是不是这三个仙女洗澡时，在山上发现了仙女参，洗药材时不小心丢下了一支呢？仙女们哪里知道，这可动了文昌帝君道长的心肝宝贝呀，他岂有不生气之理？非要追查个水落石出才罢休的。

李慈惠、小红、小兰和石嫂子，从洗药池赶来文昌阁，水也顾不上喝一口，就急急忙忙走进道观里的厢房，文昌帝君的卧室。大家一齐向道长拱手问安。文昌帝君欠了欠身子，表示感谢大家的盛意。李慈惠仔细看了看他的气象，还尚不碍大事，便问："帝君老，你有哪里不舒服？"文昌帝君先不说自己的病情，他喊来福星、禄星和寿星三人，与李慈惠三个仙女相见，并介绍说："哎哎，这是当年同我一道来仙女岭文昌阁，修行修道的三个大弟子，他们的真姓真名都不重要，都都不必记住了，就是文昌阁的福、禄、寿三星。"文昌帝君伸手指了指，那个笑模笑样的胖胖身材的汉子，接着说："他就是福星，他所言所行都是赐福的，给仙女岭造福，给文昌阁造福，给儿女和子孙造福。"文昌帝君说到这里，停了停手，又指着一位瘦高身材的汉子,说:"他是文昌阁里打理读经学习文化又练功夫之事的人,算个文官罢,既管账目,又理俸禄。"文昌帝君接着要向李慈惠介绍第三个弟子之时,不见人影了,他正待提高声音呼喊之时,这位弟子端来一碗热气腾腾的药汤,送到文昌帝君的手里,然后朝大家一一拱手相见,口里却没说一个字。文昌帝君喝一口药汤,向李慈惠介绍说:"他是寿星。他端来给我喝的,是他为我做的长寿药膳。他虽然是个哑巴,真正口残心慧,很有一套养生之道。他刚才要我喝的,是补气安神、养心健脾、滋阴润肺的药膳。我每回有病,喝了他的药膳,飞灵的,就没病了。"李慈惠听到这里,马上向三位星道士,拱拱手表达敬意。那"三星"也拱手一一回敬。到这时,文昌帝君向大家挥挥手,只把李慈惠留下,他要向她道出什么神秘之事呢?

二

文昌帝君见众人走了,他便从床上起来,两只脚刚刚落在床踏板上,就去打开一个床头柜的抽屉,取出一个木盒子,揭开盖子,拿出三支人参来,对李慈惠说道:"你看看。我是在仙女湖边的山包上采来的,本打算作炼丹的重要之药……"文昌帝君说着说着,就没有声音了。李慈惠甚觉有些诧异,看了看他的气色,已转红润了。心想,应该不是提不起说话的精神,一定有难言之隐,不好继续道明这三支人参的来历和奥秘。她便也很有耐心地保持沉默,等待文昌帝君缓过劲来,说出这三支人参的所以然。然而,良久,良久了,文昌帝君只看着李慈惠手里的三支人参,始终不讲下文了。他像在等待李慈惠开口说话。

李慈惠没有作声,她也神经专注地注视自己手里握着的三支人参。看着,看着,她忽然眼睛一亮心里一动,似乎明白了什么,就再也忍不住地开口了:"哎哟,这三支人参,怎么都有浅浅的颜色呢?"文昌帝君马上兴奋地接道:"对喽。"李慈惠又说:"一支人参是洁白,一支人参是浅红,一支人参是浅蓝,这,这……"这回,也轮到李慈惠难以说出下文了。她脸上,浮现出几分不解几分尴尬,手里,不停地轻轻转动着三支人参,看个没完没了。文昌帝君便把她欲说又止的下文,说了:"这三支人参,就如同你们三个仙女,穿的罗裙颜色。"李慈惠马上应声点头:"真的有这样巧。"文昌帝君又耸动他神秘的寿眉,郑重其事地告诉她道:"当时我到仙女湖山上采来,都是白色的,一直放在床头柜的抽屉里的木盒子里,从未动过它。今日,福星在仙女湖边捡到一支人参,我正要把它放进去,便去打开木盒子一看,奇怪,那原来的三支人参,变了三种浅浅的颜色。依我看……"文昌帝君万千感慨地看着李慈惠的面容,极其庄重地接着说出他的精辟之见:"凡美丽超凡的仙女,她们是超然物外的真人。是存养本性、悟得大道的人。庄子说:"有真人而后有真知。何谓真人? 古之真人,不逆寡,不雄成,不谟士。'就是说,真人不违逆失败,不追求成功,不钻营名利之事。在大神之下,在仙人之上。不是么,玄宗就称庄子为'南华真人',列子为'冲虚真人'。真人得道,仙气一身。这三支人参,得到了仙女的无形之气,气化为神,神化为虚明,这万物变化之途就通达无碍了。"李慈惠说:"这是巧合,道长老,你过奖了,领当不起。但你的道化之教,我铭记在心,受用终身。"文昌帝君摇摇手,表示不足挂齿,又抹抹白茸茸的长胡子,举起福星在仙女湖捡来的那支仙女参,思虑深沉地说:"仙女参,只有仙女湖边才有,任任何仙山福地都难见。这是炼丹的一味珍贵之药,比普通人参品性高十倍之多。它既不能移栽,也不能园种,只能靠自然之气野生。就是野生,也需阳光充足,雨水均匀,还必须是靠山面水,方能自生自长。自生自长,还要有个天然条件,在竹林不生,在密林不长,只能在松树和杉树之间的山地泥土里成形。哎哎,这仙女参,离开了仙女湖,就不是仙女参了。仙山有仙水,仙水伴仙山,才造就了仙女参,此是仙女岭山民的福气。我拿它作为一百零八味药中的珍贵药材来炼丹,也是为山民长生不老,不仅仅是为皇上进贡而为。可是哩,可是哩……有不肖子孙和凡夫俗子到仙女湖乱采乱挖,不知其珍贵,不知其稀缺,不知挖走了多少支仙女参呀,太痛心了……"文昌帝君老说到这儿,打住了,忙从袖口里,拿出一条小手巾,擦拭快要溢出眼眶的泪花。李慈惠这才发现,原来文昌帝君道长,是个情感丰富的老人。李慈惠见他倾吐肺腑之言,说了这么多话,起身给他倒来了一杯盖碗茶,压压焦虑,也润润嗓子。文昌帝君双手接过茶杯,口里说着"无量天尊"的道谢,就揭开碗盖,抿了几口茶,再轻轻地捻着碗盖蒂子,像玩响器打铜钞的人,将碗盖向杯口轻轻盖打了好几下。显然,他的倾吐完毕如释重负了,有一种轻松愉悦之感袭上心头,然而,这种状态,只维持了一瞬间,李慈惠分明看出,他的两道白寿眉,又挤出一个"川"字来,且沉思焦灼了半晌,才蠕动着嘴唇,尽量把他那有些"洪亮"的嗓音,压得很低很低,一字儿一句儿地说:"哎哎,如何来保护仙女湖天然的仙女参,比保护仙女岭祭祀斩耕牛还重要,还迫切。仙女娘娘,你说是不是呵?"李慈惠眨眨眼,运运神,从水袖口抽出小手帕捂了一下鼻子和嘴唇,然后又将小手帕摊在左手掌上,用右手的纤纤手指折叠成小方块,再纳进袖口。这一如她要把内心里的珍言玉语,打叠成精致的方块状,有棱有角地送到对方的心池里,可掂量,可商榷。她说:"敬重自然,敬重天地,敬重山民,敬重造化,始终是我必崇、必敬、必守、必行的天训。"

文昌帝君听了这几句有斤两的话,首先感到欣慰,但又不免觉得这话语,没有直接回答如何来保护仙女岭稀缺的仙女参,甚为满意又不满意了。于是,他眉间松开了的"川"字再次合拢来了。这回,他便接住了李慈惠的话语,要把灯越拨越明似的,音量也高了几分,说:"我们的心性同道,我们的天训同修。我敬重自然,我敬重天地,我也敬重仙女娘娘。我们为共同消除消灭瘴气袭来的人瘟,你们三位仙女都能舍生忘死送医送药上门救人。"文昌帝君说到这里,立即站起来,向李慈惠抱拳打拱了:"无量寿!"李慈惠见此赶紧也站起来打拱回礼:"你老无量寿!"尔后,两人重新坐下,各自端杯喝了口茶。文昌帝君将茶杯放下,身子向李慈惠倾了倾,近似于向朋求援似的,求助般地说:"老夫请仙女娘娘,到仙女湖走走,能发现糟蹋仙女参的蛛丝马迹,那我谢天谢地谢仙恩了。"李慈惠马上答应了文昌帝君的请求,但接着就提出了不同的意见来:"如果,有识草懂药的山民,采来一点仙女参配药治病,那我不会阻止的。这既不属于糟蹋,也非挖出盗卖进入私人的口袋。天地共存,万物共生。""当然,当然,"文昌帝君说:"我开了个单子,要'三星'拿些本地药材,去长沙药墟配兑换回十来味药材。他们告诉我一个情况,不知谁,在挖了仙女岭的好药材,去发个人财了。他们看到那些药材,只仙女岭才有嘞!哎哎,说不定是外地的生意人,在夜里,在有月亮的夜里,偷挖走的。这野生药材,挖去一苑,就会少一苑的。我们还未把瘟疫消除消灭,药材就被偷光了。那怎么对付瘴气呢?仙女岭虽则是个药材宝库,那是经不起乱采乱盗的嘞。"文昌帝君越说越伤感,无法从困扰中解脱出来,他恨不得及时发现和抓住那些不善、不孝、不良之徒,当面进行责问、痛斥!……

卧房窗外,传来蹬蹬、哐啷哐的声响,这是小石娃在滚石头弹子的顽皮劲和嬉闹声。接着,又听到石嫂子追跑上来,对儿子的低声呵斥:"石伢子,你再吵,老子要挖你几粒丁公!去,到竹林子力去玩,禄星伯伯正在那里练剑咧。""啊啊啊!看玩剑去啊……"小石娃一串疯跑的脚步声,渐渐地远去消失了。

文昌帝君的房间里,也渐渐地安静下来。李慈惠听到文昌帝君的气潓之辞,大度之怀,善恶之辨,方知他不因炼丹不可缺仙女参,而焦虑成一个狭隘的老头,而不许别人挖走珍稀妙药。不是,通通不是。他所有的焦虑之剑,对准的仍旧是瘴气!他护卫的是苦度众生!无论谁,见到仙女参被糟蹋到濒临绝种,就应该这样向瘴气之外的瘴气宣战!向瘴气宣战,让我们的生命沾有石头的特性。她想。

文昌帝君像爬完了一个长长的陡坡,已感觉疲惫万分了。他此刻闭上眼睛,也垂下了捻着下巴胡须的右手,想摆脱一会,仙女参之危,给他带来的思虑。他近乎沉溺于休憩的时刻里。

李慈惠看着文昌帝君进入了昏昏欲睡的状态,知道他为炼普度众生之丹,紧绷着神智,不让自己有丝毫的松懈,一直劳心劳力地滚动在急速衰老的滑道上。我们应该出力帮助他刹住滑轮。李慈惠想,便悄悄地站立起来,轻手轻脚地走出门。她出门后立即去找石嫂子、小红和小兰,然而小兰此刻正与刘寿仁说什么开心的话儿,小兰笑得格格地转不气来。李慈惠便佯装若无其事地停住了一下脚步,这才听出他们在竹林里散步,偶尔看见石嫂子和石老倌搂抱在一起。而此刻,她正要找的是石嫂子,今晚带夜路到仙女湖去。

<h1 style="text-align:center">三</h1>

几个仙女要夜逛仙女湖了。

她们刚刚在道观的内院里吃罢了晚餐,洗漱完毕,就脚步轻盈地蹬上了文昌阁的三楼。这是李慈惠、小红和小兰三位仙女的卧室。这会儿,卧室里,只多进来了个石嫂子。

石嫂子进门后,她看见她们的卧室比这仙女岭柴大爷的一个儿子和两个闺女的房间还要干净、整齐,且有股草叶般的清香,扑鼻而来。自然,她不敢随便乱坐。这让她感觉像确实进了大户人家大闺女的闺房,满房间里散发出少女青春般的气息。而自己,与这房间,格格不入,也不好意思随便去坐门槛。坐门槛是山民们的习惯,坐下后再站起来,拍拍屁股上的泥灰,决不回头去看拍干净没有,甩手就走。这也是山民的习惯。石嫂子跟着仙女们在一起,已改变了这些习惯。这会,她就有点文质彬彬地站立窗边,看着三个仙女梳妆打扮。究其实,她们青天白日是不打扮的,头上盘一个高髻,身上着一身罗裙,脸上不敷半点粉脂,嘴唇上也不涂红抹艳。李慈惠从她的箱子里,拿出了一个妆奁盒子。这奁盒很漂亮,有银雕仕女图案,银光四射,美丽至极。揭开奁盒盖子,一面铜镜映着人影物象,同样闪烁着清亮之光芒。拿开铜镜,便是摆布合理七种形状各异的颜面妆膏。这些东西,石嫂子从来没有见过,就是小红和小兰,也没有去动过师傅的宝贝。今日,师傅为何这般看重夜游仙女湖呢?

李慈惠对着铜镜照了照,她只为自己化了个简妆,却又精心地为两个弟子描眉扑粉,抹唇修鼻。经师傅这么一化妆,小红、小兰就显现出。出身高贵,姿容迷人了。此时此刻,如果走来的张三花旦看见了小红,马上就会抬来花轿,将她抢走。如果胡才走来,看见了小兰,小兰立即就在他的目光中战栗,喊花轿也来不及了,背着她回家去拜堂啊。这些个"如果",当然是石嫂子的想象,她比那当相公的人更加喜欢她们的天生丽质。李慈惠问石嫂子,愿意不愿意也化化妆?石嫂子听了,又摇头,又摆手,苦笑着,抿紧嘴巴,什么话也说不出来。这似若置身宫廷里被冷落的嫔妃,知道自己无人注目,也就不必垂青了。

石嫂子像在做梦。她又看见李慈惠、小红和小兰,都把自己的各色罗裙脱下了,换上一套黑色的罗裙。这黑色罗裙,黑得庄重又华丽,即丝质的黑底上,漂浮着若隐若现的暗红色图案,暗红色图案上绽放着一大朵一大朵的牡丹,给人一种神秘的美丽。这美丽着得坠重而优雅,怎么也看不够。

石嫂子被仙女们的美丽惊呆了,她惊呆于她们脱换罗裙之时,裸露出来的肌肤,像奶乳一样细软,像白玉一样闪光。她们的胸脯子,饱满柔软;她们的腰肢处,纤细婀娜。仙女们的娇媚,丽质,是仙女岭上所有的男人,都难以相匹配。然而,那个胡才,那个刘寿仁,那个张三花旦,居然,癞蛤蟆想吃天鹅肉喃。石嫂子暗暗愤愤不平起来。她喜悦美丽,也妒忌别人轻易俘获到美丽。

夜幕被谁拉开了,房间里也暗黑下来。三个仙女,没有去点亮油灯。因为她们的化妆,已进行到最后一个程序,就是,各人自己把挽在头顶上的高髻,松解开,梳理顺,披散在肩背上,或束上一个垂直的马尾松。石嫂子再仔细地朝她们上下打量,已认不清她们谁是谁了。戏台上张三花旦的登台光彩,也比她们逊色三分,她想。石嫂子没有亲眼见过仙女下凡,她想,这就是从天上下凡的真仙子了。和仙女们在一起,她总感到兴奋,来劲,连自己也似有小小的光彩照人了。瞬间,她不禁又感到羞愧了,我怎么能在仙女面前沾光呢?她们美丽,我很丑啊。

月亮升起来了,像一面铜镜,挂在夜空里。小兰走近窗子,发现了什么秘密似的,忙喊着师傅,你快来看看!李慈惠走了过去,顺着小兰手指的方向,看到文昌阁的主峰下,一块朦朦胧胧的镜面形状的东西,袒露在月光下。李慈惠轻声对石嫂子说:

"那是我们的梳妆镜,是吧?"

石嫂子一时没转过弯来,看了看,直统统地说:"不,那不是梳妆镜。"

"是什么呢?"

"仙女湖。"

"仙女湖? 有仙女住在湖里吗?"

"有月亮住在里面。"

"那为甚不叫月亮湖呢?"

"以前是口石塘,月亮住进来,就叫石塘映月哦。"

"石塘映月,好看吗?"

"当然好看。"

"你是个勤快人,事多,兴致也高是吧?"

"那倒不是。"

"哦?"

"我屋里石砌匠,常喊去柴大爷家里砌房子。"

"嗯,柴大爷家里房子多吗?"

"多。有百多间了,他还要砌。"

"他家里有那么多人住?"

"他家里人丁说多不多,说少不少。"

"这般笼统,究竟多少哇?"

"我算过,女二十五,男三十六。"

"为甚么男的多呢?"

"连总管一个,长工四个,轿工两个,家丁两个,都是男的。"

"家丁?"

"家丁就是打杂的。"

"都打些什么杂呢?"

"喂牛,养鱼,赶鸭,种菜,管狗。"

"还有人专门喂狗管狗,那不有几十条狗咧?"

"总共四条狗:黑、白、黄、杂毛狗。"

"狗都叫起来,烦不烦?"

"四条狗不在一起。一条守槽门,一条守粮仓,一条守菜园子。"

"还有一条呢?"

"那条杂毛狗,跟着柴大爷走。"

"有意思。当保镖啰?"

"可不,那次石塘闹事,柴大爷有狗命!"

"柴大爷有狗命?"

"杂毛狗救了他一条命。"

李慈惠和石嫂子,在窗边看月亮,在月光里看山下的仙女湖夜景。夜景没看多少,倒是两人聊天一问一答很投机缘的。其实,两人已是心相通的知己了,石嫂子常把芝麻豆子的陈年旧事,一股儿倒出来,叙叙叨叨的,都讲给知心朋友听。李慈惠也听得很投入,有问有答。然而,石嫂子她却又偏不爱打听李慈惠的往事,就是她看到了她的华贵晚服和金贵梳妆套盒,也分明猜测出她是大家闺秀,或者是皇室达官贵人,她也不向她打听什么的。她只认她是自己的救命恩人,放进心里,敬她,拜她,护她。她甚至还想把自己如何喜欢石老倌,如何去缠石老倌,如何想早一天两人同床共枕,等等,掏心窝窝里的秘密,都要讲给她听。只是碍着有小红和小兰在身边,就不好说出口来。她们两个,会不会把正儿八板的婚事,当作风流韵事看?我石嫂子,绝不喜悦风流韵事。这不男人丢了,自己也不走野。我要找李慈惠仙女娘娘,做个二嫁媒婆,我定要明媒正嫁石老倌。你小兰真是的,偷看,不,碰巧看见,我跟石老倌在竹林子里搂一搂,就大惊小怪的,笑什么笑,吃了笑猪子肉啵?我又不蛮老,正当恋上,不找个合意的男人搂一搂,以后的日子怎么过?你真是饱汉不知饿汉饥!我哩,总是上半夜替别人想,下半夜才替自己想的。哦哦,对啦,我一看到月亮,月光,就走神。刚才仙女娘娘李慈惠,问到石塘闹什么事,柴大爷又是怎样被狗救了一命的?这码事说起来话就长啦。当然,这也与我那个原先的丈夫石砌匠有关,与柴大爷的大小姐有关,是他们扯开了打架,散开了恶事,人与狗一起救了柴大爷大闺女柴秀的一条命。

四

仙女湖发生了什么打斗事件呢?石嫂子一边跟仙女们从文昌阁下山,一边津津有味地讲述着那个六年前的故事。

故事是从柴大爷的大小姐柴秀开始的。

柴秀,是个二十岁的姑娘家。她长得文秀,一对柳叶眉,一双丹凤眼,一张鹅蛋脸,肤色白净,脸上有两个小酒窝子,笑起来特别迷人。仙女岭有两个土生土长的小美人,一是柴秀,而是胡蝶。小时候,两个小美人玩在一起。那时的柴家没那么阔,也就是一头牛,一张耙,一张扮捅,几担田,十间砖瓦屋。插田扮禾,小忙请临工,大忙请月工,从不请长工的。柴大爷柴福田那时是正儿八板务农角色,犁耙推筛,样样里手;栽瓜种菜,项项精通。柴家人都起早摸黑干活,精打细算盘家。家里殷实了,有余钱剩米了,柴福田想富的心切,连续买了十担田,房子也新砌了几十间,辛苦致富的瘾越来越大。后来他慢慢发现,费死力气的不发财,发大财的不费力。这个发现,是由于那一日,他带着自己的宝贝女儿柴秀,去八十里远的长沙城市逛街,开开眼界。看到大街上车子多,小巷子铺子多,那些立招牌的,插黄色三角旗的,不是杂货铺子,就是水果摊子。他俩在一条街的拐角处,看到了一个收购药材和兑换药材的大药坊。药坊场面热闹,喧嚷声不断,铺台前面,围着一些从乡下来的药材贩子,他们把一包包、一袋袋药材,往铺台子上搁着的簸子里倒,接着就是称秤,接着就是打得算盘珠子,劈里啪啦地响,嘣嘎脆,再接着就是铺子里的老板,从钱盒里丢出一个个银花饼和一串串铜钱,还带点儿手劲,故意弄得叮叮当当响,吸引顾客。摊在簸子里的那些药材,大多是当归,党参,天麻,杜仲,牛膝,生地,山药,乌药,白术,柴胡,茯苓,何首乌,木香,枸杞子、黄芪,五味子,人参,灵芝。其中最卖得起价的是人参和灵芝了。这些药在仙女岭,遍山遍岭都有,只是野生的人参和灵芝,只有仙女湖和木鱼岭才有。野生的最是品质好的药材。逛长沙大药坊,柴福田做起了更大的发财梦,他先到长沙找药材老板学认药材,而后常常背个布袋子,握把一齿锄,到仙女岭山上四处游逛,看见了值钱的药材,挖出来装进袋子里。尔后,经过洗晒,或晾干,然后按着收购方要求,有的切成条,有的切成片,有的则依入药标准,保留根茎去其须,一株株如出土模样完好如初。他运去长沙,果然进子足,鼓足了腰包。但是,要弄到仙女湖的上等人参,并不易。仙女湖的山和塘,属石姓族派石家祠堂的祖业,往往外姓人,很少到此下湖打鱼,上山采药。唯对文昌帝君例外,看到他采药,为山民治病,总是抱拳拱手欢迎,有时接到各自家里款待。但若看见柴福田来采药贩卖,发个人财,损山民福,先劝后阻,不许登山。一天,柴福田,带上女儿柴秀,喊来看风水的石砌匠,还随后跟来那条杂毛狗。柴福田刚刚出现在仙女湖的那条横坝堤上,正欲走近湖边的山丘,立即就听到湖里一串水响,几个正在拉网打鱼的人,半截身子浸在水里,打着赤膊,冲堤上呼喊:

"喂喂,是哪位角色光临?还没放挂鞭炮接客咧。"

柴福田忙向湖里打渔人挤出笑声,拱手道:

"嘿嘿嘿,柴某人到此一游。"

打渔人说:"哦,是柴大爷驾到,有失远迎。"

柴福田听出来分明是讥讽带刺的话,但初次相见有意不往心里去,很大度地继续嘿嘿嘿笑道:

"不必讲客气。如有空,到我寒舍走走。"

打渔人说:"不敢。"

柴福田道:"为何不敢?"

打渔人说:"槽门、牌楼、天井,三进身大屋。"

"柴福田道:我在牌楼门口迎候。"

打渔人说:"你站在二道门口,槽门口那条恶狗,肯定会咬去了我的印子。"

柴福田又听到失礼的风凉话,心中不快,生气地来个顺水推舟,也嘣句反讽话道:

"咬起了印子留个碗大的疤,做不成男人,可做阴阳人咧。"

打渔人立即回击道:"要我跟你女儿的一样?"

柴秀一旁静立,她越听他们的话越不雅,就连忙去扯柴福田的马褂袖子,说:"爸,爸!你们的乱谈越扯越没得边了。还看不看山水哦?我和石师傅的两只脚,都站酸了。走吧,回去吧。"

柴福田听女儿催他走,他连忙用手摸了摸后胫窝,佯装忘记了件什么大事似的,继而又拍拍自己的脑壳说:"对啦,瞧我这记性,我把石砌匠请来,是来看风水的咧,看……"

打渔人没待柴福田把话说完，就截住问道："柴大爷，你住在木鱼岭，你看风水怎么看到我们的石塘来啦？为甚不去自家的坟山看呢？那都是你发财的风水宝地咧。"

石砌匠看到石家祠堂的大炮筒子石大毛，跟柴大爷针尖对麦芒了，便打着圆坊说："大毛，我们不看僧面看佛面，好歹我也是石家祠堂的人。我们跟柴大爷也是老邻居了，虽不是挨屋，一吹牛角号，全岭都听得到的，是啵？乡里乡亲，不要伤和气，是啵？"

石大毛不但是个炮筒子，也是个"对嘣子"，他一向主张有利走遍天下，无理寸步难行。他只怕软，不服硬。他听石砌匠这么一和事，口气也软和多了，但仍忍住有屁要放，有话要说。他拉着的网，正朝往这边走来，人近了，也不需高喉咙大嗓子了。他说："石砌匠，你帮柴大爷看风水，他是不是打算在石塘买地砌屋哦？"

石砌匠瞄了一下柴大爷的眼色，意思是你允许我说出来吗？柴大爷会意，他正要借石砌匠与石家祠堂同宗关系，把事弄成，便暗暗地使了个眼色，悄悄地点了点头。石砌匠得到暗示，便用打商量的口气说："大毛，你还不太了解柴大爷的心性是啵？他这几年是发了点家是啵？他虽不修道，却爱行善。他到这里看过了石塘印月。又听人说，看见仙女下凡到这里洗澡，石塘当然就是仙女湖是啵？湖边的小山上，只有花草树木，没有亭子供仙女脱换衣服。是啵？"

石大毛说："柴大爷要在这两个小山上砌亭子？"

石砌匠说："你是个蛮聪明的人，是啵？"他边说，边从口袋里拿出罗盘来。

石砌匠喂一把奉子菜给石大毛吃，石大毛并未领情，他转脸问柴福田："柴大爷，你要在这山上造花亭子？"

柴福田脸上挂笑，心里却在转小九九，所以没有马上回话。他想，我只是来看看风水，看看适不适合砌个小小亭子。砌小亭子，花不了多少铜板的，却可以证明我虽则卖了岭上的公众药材发了点财，却也为公众办了砌花亭的好事，有目共睹。再呢，我以后常到石亭子里走一走，坐一坐，回去就顺手牵羊，扯些上等人参放到口袋里，积少成多，到长沙药坊去兑大钱哩。出子小，进子大，砌个小亭子于己于人何乐不为？别人问来，还瞻前顾后怕什么呢？干脆爽快回答石大毛吧。他说："大毛，刚才石砌匠师傅，已讲得牛肉敬得神，话已讲得明，我私人出钱，为公众砌个亭子，你们石家祠堂肯定都会同意的，你说呢？"

石大毛忽然地笑不像笑，气不像气，大声道："做梦！"

石砌匠看清楚石大毛，跟他搞顺毛捋不行，跟他搞蛮的那也更不行，他便小声对柴福田说："今天开张不利，回去吧，以后再选个好日子来。"

柴福田运了运神，心想，知难则退，逢凶化吉，转弯再进，此为上策。并非我柴大爷畏怯你们。来日方长，慢慢来吧。柴福田想毕，便向闺女柴秀努努嘴，示意她打转身回家去。可是柴秀翘起了嘴巴，不高兴地说："不回去，你们回去吧，我要到山上玩一玩。"她说罢，就踩着细碎的脚步，径直向一小山包走去。她刚刚爬上山脚的无名小山道，就被石大毛喊住了。柴秀回头看了一下石大毛，人还是半截身子在水里，估计他不会跑上山来赶她走，继续上山。

"柴千金，你爬到山上干什么？"石大毛大声喊话。

"到山上玩一玩。"柴秀也大声爽快地回答："我极细的时节，就喜欢邀胡蝶一起到这山上玩。"

"你怕莫是醉翁之意不在酒吧？"石大毛又喊。

"你疑心多暗鬼！"柴秀尖声顶他。

"玩山扯人参，到长沙兑金子！"石大毛直统统喊。

柴秀一听生了大气，人秀嘴硬："扯人参又怎样？！"

"你敢！"

"我敢！"

石大毛马上从湖水里跃出来，屌胯令光，一丝不挂，迅急跑到湖边上，从一个篾篓子里，拿出一只弯弯的牛角号"呜哇——呜哇——呜哇哇呜哇——！"地叫。号声把湖边柳树上的小鸟，惊得噗噗飞逃，也把在湖边啃草的水牛黄牛，惊得抬起头来，张耳发呆。此时，头顶上的太阳，也钻进了云层。牛角号更加惊吓了柴大爷身边的这条杂毛狗，四只脚敲鼓点一样，跑到堤坝的左边，又从左边跑到右边，接着像一支箭一样，向山包上射去。它意识到什么不祥，要拼命去保护柴秀。

像一道命令，石家祠里的石姓人家，人人手里握着家伙，一下子冲上来八十多人，纷纷围住了小山包。这回真把柴秀吓哭了。她尖声秀气地朝山下喊："你们吹号要打人啵？我只到山上玩一玩，又没有扯一根草，也没有伤一棵树。"

谁料想，这号声也吹来了那个石猛子，他不问青红皂白，握根杂木棒就向山上冲去。石砌匠紧跑上去，拦在柴秀的前面。石猛子一棒下来，杂毛狗跃起人多高，咬住了石猛子的手，棒子重重打在石砌匠的手杆子上，顿时青肿起来……

五

夜阑人静，暮色又薄又凉，深山更显寂寥。然而，李慈惠、小红、小兰和石嫂子，来到仙女湖，看到一轮玉盘样的月亮，映在水中，像是天仙遗落凡间的一面大铜镜，令人如临仙境，疑在天庭。她们心想，这就如山民们所言的石塘印月么？小兰看着看着就呼喊起来："我们下水吧，把那个水中的月亮捞出来，品一品是个什么味道哟。"石嫂子趁机打趣说:"这个肯定是那个文绉绉的味道。"小兰一时间没反应过来,就说:"文绉绉又是个什么味道?"小红接过话来,凑趣道:"吟诗作对的味道。"小兰恍过神来,原来是讲胡才,不由白了小红一眼:"狗嘴里吐不出象牙来!"停了停,又丢一句带刺的话:"不是鸡蛋味道,是花旦的味道。"石嫂子听了哈哈大笑起来,笑罢,意犹未尽,自嘲自乐地说:"是石匠做出的磨盘的味道。"这一句倒也把李慈惠逗乐了,她笑吟吟作总结般地说:"三个女人一面鼓,四个女人一台戏。难得有这样清闲和热闹,遇上了嫦娥娘娘在仙女湖照镜子,你们都乐意把自己的心事亮出来。你们看石嫂子几多快乐,主动交待她和石老倌打……"李慈惠说到这里,刹住腔,不好意思把"打磨子"三个字说出口。也正是大家等待下文的时候,夜色深处传来悠扬的笛声。

"好听啵?"石嫂子问。

"好听。"小兰应声回答。

"你听得出是哪个吹的?"石嫂子又问。

"不是石老倌,就是刘寿仁。"小兰估摸着。

"他们只晓得吹柴火筒。"石嫂子作出否定。

"那就是——张三花旦吹的。"小兰又猜测道。

"胡才吹的。"小红心敏嘴快。

四个女人猜不出这笛声是谁吹的。这仙女岭吹笛子的,吹唢呐的,拉胡琴的,打小锣鼓的人太多了,石嫂子也拿不准是谁。胡才会吹,张三花旦会吹,石老倌会吹,刘寿仁会吹,福星、禄星、寿星也会吹。还有言古佬,还有石砌匠,还有石大毛和石猛子也会吹,只是石家祠堂吹出的笛子,不合"工尺谱"的符音,上不得台面,走不得四方。自然四时八节,红白喜事,祭祀求神,他们没法凑合的。今夜好月亮,笛声溅飞了月光。月光在仙女湖流淌出神秘的芳香。

笛声,渐渐消逝后,接着听到不知名的虫子,在"唧唧唧——唧唧唧唧——唧唧唧"地叫唤。这虫子叫起来,就叫个没完没了了。

李慈惠抬头看了天上的月亮,又低头看了看水中的月亮,心里由喜转忧,一股淡淡的忧虑涌上心头:我们几个女人,能守得住珍贵的仙女参吗? 万一遇上抢犯怎么办? 不怕一万,只怕万一哩!

仙女湖,在文昌阁峰底,是仙女岭位置最低的地方。但是小红,仍旧畏怯那只绿眼睛老虫,它会跑到湖边上来吗? 叼个把人走怎么办?!

仙女湖上,缓缓地飘升着缕缕薄雾,像白天看到山中清泉那样的薄薄水雾一般,悄悄飘升,微微流淌。小兰看着想着,有些狐疑,这该不是瘴气吧?! 一想到瘴气,小兰格外地警惕起来!

三个仙女各有心事。人沉静了，话也不多了。

李慈惠提议到湖边那棵大柳树下坐一坐。她有事要告知大家。这棵大柳树枝条浓密，垂下至湖水，像一丛绿色屏障，人坐在树下垂钓或聊天，就如隐身在绿蓬里。夜色里的柳蓬黑幽幽的，更显神秘。李慈惠叮嘱大家，注意到山上有人采药材配方，就走上去劝一劝，珍贵药材不要乱挖，它是治病救人极品之药，都来关注和爱护。

石嫂子听了李慈惠仙女娘娘的要求，闭紧嘴巴不说话，目光穿越薄雾轻飘的月色，抵达湖堤两端的两个小山包。小山包像酣睡着了的驼背老人，任微风从山上树枝桠间穿过，搅动着雾幔和月光。

仙女们和石嫂子都不说话。夜静得可以互相听得到心跳。一直到夜深之时，仍未发现有人来登山拔参。石嫂子想，人参买得起价，可是谁会晚上来呢？就是有月光，也分辨不清哪是草？哪是药？譬如当归开黄艳艳的花，晚上是看不出来的。仙女参长小碎绿树叶，常藏身在茅草里。终究，石嫂子是耐不住寂寞的。她挨着李慈惠坐着，就找她搭讪者悄悄话儿。"仙女娘娘，"石嫂子小声细气地说："两个山上，长的什么东西，你们都清白吗？"

李慈惠摇了摇头，没有吭声。

"我都晓得。"石嫂子说："右边的山上长仙女参，左边的山上是长野果子的。"

李慈惠小声问她："有些什么野果呢？"

石嫂子马上掰手指头，如数家珍了。她说，一山的毛桃子和石李子，毛桃子长不大，石李子酸脱牙。山上光是野草莓，就有几十种，有的红，有的青，有的蓝，有的黄；有的泡酒喝，白头发可以转青，有的摘了丢到口里，先麻口后中毒，窝得屁眼打镖枪。山上还有野葡萄，甜酸子酸，比沁水坛子里的藠头，好吃多了。我最喜欢吃的就是蛇包子野果，粒不大，红红色，放到口里去，乐口鲜融，以甜为主，只带一丝的小股酸味。蛇包子并不是蛇过身时留下了蛇气长出来的，它叫蛇包子，跟蛇没得一点关系。这山上还长了几棵板栗树，树上结的板栗有蛮大。不要到树上去摘，摘的未熟，不壮籽。要到树下去捡起掉下来的，然后敲碎那层硬壳，再把肉拿出来，去杀一只黑鸡婆，一起煮，又好吃又补体质的。哎哟，这山还有野山茶，一蔸茶树采得几斤茶，放到锅里拌干，放到灶上熏香，熏过不见烟味，只留茶香。这号天生的野山茶，我们石家祠堂称之为石塘月亮茶，说是出太阳时节它不长，出来月亮时节就长出叶子来。哎呀呀，你们不晓得，这山上的野果子多，来吃野果子的野物也就多，石猴子啦，野兔子啦，野猪子啦，豺狗子啦，狐狸子啦……石嫂子越说越来劲的时候，忽然听李慈惠喊了一句"不要作声了"，就见三个黑影子，正在湖堤坝上轻提慢踏的。大家抿紧嘴巴，屏住呼吸，也要看清这三个人是谁？他们来仙女湖，究竟要干什么？

湖堤上的三个黑影，走一走，站一站，还听得到他们在谈话的声音。他们走到了山脚下，并没有上山去，是要准备拔仙女参么？是首先要试探试探，有不有人看见么？还是在等人，等待更多的人来，要把很金贵的仙女参，一扫光么？

小红的耳朵特别尖，她小声地告诉李慈惠："师傅，那三个黑影子，有男的在讲话，有女的声音，那会是谁呢？"

李慈惠没有马上回答小兰。她在认真地观察判断，应不应该上前劝阻，如果劝阻，而不应该是居高临下开口，更不应该是武断地进行指责，以仁心换仁心吧。

三个黑影子，好像在向仙女湖水面张望，挥起手臂，似乎欲要呼喊谁，最终也没喊出口。这些一连串的动作身影，被小兰那双雪亮的眼睛看得清清白白，她感觉出那是谁谁谁，真想跑过湖岸，奔上堤坝，看个清楚。哎，你们来做什么呢？怎么会是你们呢？她沉不住气了，向李慈惠道一声，师傅，那三个黑影子，可能是……小兰的话还没说完，就从黑影子人的堤坝上，传鸡叫的声音。

"偷鸡贼！"石嫂子下着结论。

"不可能！"小兰坚决反对。

"看得清他们手上提了篮子。"石嫂子说。

"提篮子不一定就是贼。"小兰说。

"你们不要争了，"李慈惠说："石嫂子是本地人，熟人多。请你到堤坝上去看看。哎，你不要说我们三个人在这里，留一条后路，你遇到麻烦时，我们就好上来，帮一把。"

"好，我去。"石嫂子说罢就飞快地走了。

不一会儿，石嫂子就把那三个人，带到大柳树底下来了。

"抓来了！"石嫂子竟敢当众喊起来，一身立了功的兴奋劲儿，乐呵呵的。

抓来了谁呢？原来是言古氏老人。她在胡蝶和胡才的陪同下来的。她把竹篮子提到李慈惠眼前。"仙女娘娘，你看我的眼睛，能看见走夜路了。"她抱拳作揖："我喂了几只黑鸡婆，杀了一只煨在罐子里，又捉来两只活的来。给你补补体子。你是我们的客人，更是我们的恩人。你一定不要嫌弃，收下吧。我本来到文昌阁去看你，路上有人看见了你们，我们就寻到仙女湖来了。"

三个仙女的眼里，都滚动着泪花花。

六

盛情难却，李慈惠抱拳打拱，向言古氏老人道谢着"无量寿"之时，忽然，听到小红,不知是有些兴奋,还是有些害怕,她压低声音,然又有些尖叫的味道:"看呀,堤坝上又来人了!"小兰马上接腔道:"是两个黑影子。"石嫂子好像看出什么端倪来了,用手指向两个黑影子,肯定地说:"是两个女的,都穿着黑色罗裙。"一直站着没有说话的胡才,反问石嫂子:"何以见得是两个女的呢?"石嫂子说:"你仔细点看呀,都穿着黑色罗裙。罗裙只有女的才会穿的哩。"胡才又说:"你何以见得看出是黑色罗裙呢?"石嫂子说:"你看身边,三个仙女都是穿的黑色罗裙哩。""哦……"胡才哦了声,就再没作声了,将视线,久久地停留在堤坝上。渐渐地,他发现,两个黑影子,有些异常举动。有一个黑影子,像要跳下湖去洗澡,却不脱下长长的罗裙,被另一个黑影子拉住了手,不让她跳下湖去。而且,两个黑影子,确实都是穿的罗裙,一如石嫂子所言,真是两个女子吗?但是,越往细里看,便看出,两个黑影子身影与动作,差别很大的。矮一点的,文秀,高一点的,粗鲁。以至两个人在推推拉拉,似乎发生了什么矛盾,无人劝架。究竟是谁呢?隔水望堤,穿透雾看人,比较难看清楚,猜不准。胡才这才向三位仙女和石嫂子一一抱拳打拱问安,行完他敬人的礼节之后,便小声地向李慈惠道:

"仙女娘娘,我要请教老师了!"

"不必客气,你说吧。"李慈惠说。

胡才是一介书生,凡事,要转转脑筋,动动心思的。他想着,你们这群仙女,为何不去大戏台看看晚上烛火通明、锣鼓咚咚的热闹祭祀场面呢?偏偏要跑到仙女湖来,坐在树林子里,却没有去游泳。仙女到仙女湖不游泳,究竟有何贵干呢?哎吒,你们知道吗?这个仙女湖,据老班子讲,不但有池好清水,也有一盆好月亮灯。月亮,就是嫦娥点亮在水里的灯。早几年间,天庭上的七仙女,先后有六个下到凡间来,她们看到石塘水里亮着一盏灯,好高兴嘞,就忍不住解开身上的裙带,脱下洁白的罗裙,在清波里游来游去。而每个仙女的下湖游玩,总是不小心要被这里的一个青年后生看见,他便捡了她们的罗裙,向她们求婚。所以嘛,六个小仙女都在凡间成家了,再没有回到天庭去。近年间,第七个仙女也是在晚上走下天庭来,寻找六个姐姐们来玩。她看到石塘映月了,在水里亮了一盏灯,她也情不自禁地脱下了,那身绣满了彩色蝴蝶的罗裙,在水里一展游姿,玩了个尽兴。谁料,这时候,做推匠手艺的刘寿仁,归家,路过石塘,看见有个仙女裸露着玉体,游兴正浓。他又惊又喜,连忙捡起岸边那身美丽的蝴蝶罗裙,向仙女求婚。这位七仙女,特别害羞,她虽然喜欢这个青皮后生的憨实模样,却不敢一丝不挂地浮出水面,走上岸来。天上的嫦娥,也忘记把月亮灯放进云层里去。因为这位七仙女下凡时光过长,天庭向凡间刮起一阵风,风起云涌,将她接回天庭去了。她何时回到刘寿仁身边,遥遥无期。至此,刘寿仁看见蝴蝶就追,常常在梦中与蝴蝶相会。……就这样,胡才站在月光里讲述着仙女湖仙女下湖游泳的故事,也把李慈惠、小红和小兰打动了。她们想:哦,原来嫦娥举灯映月的仙女湖,正是天上人间,成功美满,收获幸福的地方。那么,今晚仙女湖堤坝上,两个黑影子,是一对情侣吗? 为什么一个要游泳,一个要反对呢? 他们究竟要闹到什么时候,才回家呢?

胡才讲罢仙女湖七仙女下凡的故事,眼睛虽则继续望两个黑影子在堤坝上的活动,然他两只脚,却不由自主地靠近了小兰,他悄悄地去拉起她的一只手,用耳语说:"下湖去,一起游。"小兰心里一热,真想和胡才一起,游个小仙女大闹水晶宫,然而,今夜记得是来守仙女参的,我不能依了胡才的玩兴,发生打草惊蛇,误了文昌帝君炼制丹药的大事。这,又不好向胡才明说,也不能让胡蝶知道。因为胡蝶,就是柴秀的好朋友哩。

胡蝶扶着言古氏老人的一只胳膊,细心照料着她,拜谢李慈惠,妙手回春为她治好了失明的眼睛。这会,她看到哥哥伸出手来,钻到小兰的水袖口里,去拉起她的手,小兰甜甜地回眸一笑。接着他俩又耳语地说着悄悄话,胡才脸上浮现着神秘愉悦的光彩。胡蝶看着,听着,蛮不好意思了,就贴近言古氏老人的耳朵,小声地说:"干妈,很晚了,我牵你回去吧。"言古氏老人点点头,她向李慈惠、小红和小兰道着"少陪了"。李慈惠提起她送来的礼物,递过去说:"这些鸡,你老人家拿回去补补身子吧。""那不行,"言古氏老人家又把鸡篮子推过去:"仙女娘娘,你就莫嫌弃哦,这点东西不成敬意,下回,我请你到我家里吃春饭,你们一定要来哦! "她说罢,在胡蝶的搀扶下,踩着溶溶月色,走上了回木鱼岭家里的山路。这时候,李慈惠要小兰追上去,把老人家提来的礼物,退回去。还要小兰替她向言古氏道声:"无量寿。"

片刻后,湖对面的堤坝上,穿黑色罗裙的黑影子,提提裙服,一屁股坐在堤上了。她不下水游湖,她不上山扯药,那么,她也不想回家了么? 忽然,那位个子高一点的黑影子人,用手将她抱起来,双双跳到水里去,弄得浪翻水响,溅起一圈水花。可是,水响声里,夹杂着女子的惊叫和骂语,她很快地又爬上岸来。两人上岸后,就看到那个男黑影子,把女黑影子往山上拖。女黑影子不同意,男黑影子,就把她又一次抱起来,往山上走去。还可听到两人争吵的声音。"看来,这是一对小冤家。"石嫂子想:"女方不愿意,男方何必强求呢? 要知道,强扭的瓜不甜喃。"石嫂子看着湖对面堤坝上,两个黑影子在纠缠不清,她就像在欣赏皮影戏,兴趣挺浓地看个没完没了,她暗暗地笑了。转而,她又想起石砌匠来,在他失踪多年的等待中黯然神伤。当年,她跟石砌匠,从相遇到婚配,是未经媒婆来合过八字的。那一天,石砌匠到仙女湖来,看见她生就一张鹅蛋脸,清清秀秀的,正蹲在清亮的石塘边,用两个手板捧水喝,她刚喝上两口,石砌匠走过来问她:"会玩水吗?"她摇了摇头。石砌匠说:"来,我教你玩水。"他不由分说,就一把将她搂起来,跳进了水里,惊吓得她一叠连身地尖叫。石砌匠,在水里,像个讲规矩的小伙子,作古正经教她划水,教她仰水,教她打浮秋,教她汆水。她打浮秋,两只脚扑打得水花四溅,两只手使劲儿地划,人果真浮起来,不沉下去。只可惜没有脱下衣服,玩起水来不利索,衣服浸水倒增添了重量,人就更容易累了。上得岸来,一身湿漉漉的衣服,贴皮巴肉沾着身子,让她格外地害羞,她赶紧转过身去,将背对着石砌匠。石砌匠却来一个大步上前,从侧面将她搂起来,一边使劲儿上山,一边气喘吁吁地说:"到山上换衣服去。"他把她放到厚厚的茅草上,自己躲到一棵大树后面,对她说:"你脱衣服把,扭干净水,再晒一晒。"她向四周看了看,真的没有人露头探脸,就迅速地将湿衣服脱下来,谁知,就在这当儿,石砌匠不守规矩了,他赤条条地从大树后走出来,看着她细肉白嫩的光身子,就霸蛮了。两人捶打滚成一堆,就这样,天作之合,她成了他的人了。"唉……"石嫂子回忆了这段她与石砌匠的"野合"之情,心里更加狐疑起来:哎哎,今夜这个男黑影子抱女黑影子下湖玩水,以及上岸强拉硬扯之后又抱她上山,这个情节这个姿势,太像石砌匠的一举一动了,一如当年石砌匠与她的重演啊!他他他,没良心的石砌匠,离家出走多年未归,杳无音讯。他若变鬼到了阴间,还可以回到阳间,跑来仙女湖,抱别个的女人下水吗?!石嫂子这么几年来,在梦里,虽然偶尔也会出现他的身影,然她已对石砌匠死心了,可是,今儿个偏偏再也忍耐不住了,就对李慈惠说声,到堤坝上去看看,心急火急跑上了堤,又跑上了山。果然,她看到那个男黑影扑向到女黑影的身上,遭到反抗。啊!就是她把他烧成灰,都认得出来的人。顿时,石嫂子埋在心底的苦痛和酸楚,一齐喷发出来:"没良心的石砌匠呀!"

两个黑影同时一惊,猛地爬起来,光着身子抓起一个包袱就跑。

石嫂子捡起地上那件湿漉漉的黑色罗裙,不由一怔:这,正是柴秀的那件丝质的黑色罗裙,这究竟是怎么一回事呢?她可是木鱼岭的大家闺秀……

第 **6** 章 木鱼岭
● Mu Yu Ling

一

　　仙庾道观对面的那座山,远看圆圆实实,尖尖溜溜,被满眼浓绿覆盖得有些深邃,有些神秘。从正面看,像杯米饭变绿的"贡饭";从侧面看,则像只漆了绿漆的"木鱼",故山民们既称之为敬神的"贡饭山",再称之为念经的"木鱼岭"。木鱼岭山林间,长着鲜鲜绿色的竹子,很密实,人无法从中穿行,最密之处还伸不进脚去,成为斑竹密居的天地。如果有风吹来,近看似有千万只蝴蝶在抖动翅膀;远看,好比一山嫩绿的锦缎,从山顶铺下来,清波绿浪,翻动不息。

　　竹浪翻腾的后山坡上,有一座恰似祠堂的大瓦屋,此刻,石嫂子望着大瓦屋的牌楼发呆,不由刹住了前行的脚步。月夜追踪的一幕浮现眼前:

昨夜,石嫂子和李慈惠、小红、小兰等人在仙女湖,遭遇两个黑影子人,偷走一包袱仙女参,逃跑了。石嫂弯腰捡起黑色丝质罗裙,来不及向李慈惠打一声招呼,便单枪匹马追踪而去。她一直追赶到木鱼岭,看到两个黑影子跑进了竹林子的盘山路,心里就断定了,这两个黑影子,一个是死鬼石砌匠,一个是柴老爷的掌上明珠柴秀。这两个人是如何走到一起的呢?石嫂子想,是死鬼贪财爱色?还是柴秀走野勾引男人?这都说不定,也猜不死火,原因是:死鬼四十挂零了,柴秀才十八九岁哩,是一个父女之间的年龄,会成为老少配夫妻吗?不可能、不可能啊。再说,一个泥瓦匠,一身邋遢一身墨黑的,那金枝玉叶的柴秀,怎么会看得上他呢?当然不会,当然不会的。哎,话又说回来,死鬼偷了仙女参,仍然是逃跑到你柴秀的家里去了。如果,你们两个没有感情,死鬼又怎样会不顾家,横下一条心,丢下妻子和儿子,三年不回家,就一直住到你柴家了。能住得这样久,人家凭什么给你吃,给你喝,给你睡。可你要睡红花闺女,看来没睡成没睡成呀。事实是:为甚你死鬼抱她到仙女湖去游水中月,遭到她的反对呢?又为甚你死鬼把她拖上山,霸蛮要干下流事,遭到她的反抗呢?是不是偷人的火候没到,火候没到么?……哎呀呀,石嫂子越想越乱,越乱越气,越气越伤心了,两只眼睛里的眼泪,断珠似的掉了下来。……

"一夜夫妻百夜恩,百日恩呀!"石嫂子忍耐不住地仰起脑壳,向着木鱼岭的竹林子,呼喊起来:"死鬼石砌匠,石砌匠啊!你听到了么?我以为你做工夫死在外边的荒山野岭上。原来,你就躲在柴家荣华富贵,丢下我们母子,讨吃无门。你怎能忍得下心,忍得下心呢?本来,你只要一提脚,就回家了,然而,你一缩脚,做了别人家的'倒插门'了。我的命好苦啊。"石嫂子的呼喊,哭泣,山听到了,林子也在抖动;一群白鸽,也惊吓地扑飞起来,盘旋一会儿,才降落万绿丛中。石嫂子感觉自己全身发软了,两只脚也酸痛起来,她不由盘腿坐在草地上,向天仰起脸盘,带着沙哑的声音,继续着她的呼喊:"石砌匠,石砌匠呀,你快回来,你快回来吧!我和小石头,在等你回家。我今天就去文昌阁,把小石头接回家来。我们等你回来,把小木屋的朝向,转一个小方向。文昌帝君说,原来的朝向,风水不对。你晓得吗?瘴气差点要了我们母子的命哩,是仙女娘娘李慈惠,救了我和小石头。你快回来吧,当面磕头感谢她啊!"

石嫂子哭泣得眼泪巴沙,她也不知哭泣了几多时辰了,连坐在草地上的劲儿也没有了,就勾着头,斜斜地歪在一棵小树旁,口里仍旧喃喃不休:"石砌匠,你回家吧,你回来呀,你回来呀……"

石嫂子的糍粑心,真是喊湿了,当阳光躲到云里去,雾气就轻轻地飘来了,雾中,正儿八板地站着石砌匠,笑着。他仍旧是喝醉了酒的那种海四三腔,那种播撒豪气的粗嗓门浪笑。他向她伸出粗大的手板:"起来,我跟你一起回家去。"石嫂子又惊又喜,破涕为笑了:"死鬼!"哇地一声,她猛地站起来,扑向石砌匠的怀抱了。

她在他温暖的怀抱里,抽动起来,哭得更加厉害了。石砌匠抚摸着她的肩膀,又轻轻地拍打着她的背脊,把粗嗓门喉音放低下来,柔和地说:"莫哭了,我回来了,你就莫哭了。"石嫂子仍然打着哭腔儿,又带笑声儿,说:"你把我和小石头丢开几年了,到底到什么九州外国去了?"石砌匠说:"我是吃手艺饭的人,汗珠子拌饭吃。给别人砌一栋房子,上木梁时,站在高处,等于就站在悬崖峭壁上,往下看,不头晕,就腿软,受不了了。所以嘛,做不下去,我就流浪。一时城里,一时乡里。还是想弄几串钱,养家糊口。"石嫂子抬头定定地注视着他,问道:"你这样辛苦,究竟弄没弄到工钱呢?"石砌匠连忙把背在肩膀上的包袱放下来,揭开布结,霎时,一堆黄灿灿的铜钱,闪光夺目。石嫂子问:"这一堆,有多少呢?"石砌匠答:"不多,八十多串。"石嫂子说:"三年多,就这么点点?"停了停,觉着话不妥,忙改口说:"三年多,赚这么点也不容易。我去街上,跟你和小石头制两套衣服。瞧,还要把剃头佬请来,看你嘴巴上胡子,像个刷锅的刷把了。"说着,说着,她情不自禁地伸出手,在石砌匠嘴巴上摸了摸,抚弄着他的胡须说:"快成红毛野人了……"石嫂子说话的热气,一口一口地喷在石砌匠的脸上,且越来越重。她让石砌匠也分明看出自己丰满的胸脯,在起伏着,起伏着,进入一种久别如新婚的状态。果然,石砌匠一把抱住了她,将胡子嘴巴往她的脸上,嘴巴上,扎来。石嫂子闭上了眼睛,享受着说不清道不明的怨与爱之疼,含含糊糊地说:"死……鬼……你轻……一点啰,你刷巴……胡子……刺得我……好……痛喃……"接着,石嫂子又看到他有进一步的进攻,招架不住了,用劲儿放肆推开他,说:"死鬼!死鬼!不规矩,你莫乱来哇!"石砌匠说:"我们是夫妻,还讲甚么规矩?"石嫂子说:"人都回来了,还怕没得……"她的嘴巴,又被石砌匠的胡子嘴巴堵住了,她挣扎着,偏转脸块说:"要死不!你看清呀,这不是在家里咧,是在木鱼岭的竹山边上……那怎么行?搞……不得!"正当石砌匠要把她放下去的时候,她用尽全身力气,将自己柔软的身子一缩,再往下一躬,迅疾地跑开几步,有点儿上气不接下气地说:"哎哎,死鬼,这是青天白日咧!"石砌匠又要扑过来抱她,边扑边说:"青天白日那有什么关系?来!"石嫂子马上又跳开一步,说:"不行!我又不是你的小老婆,你要,就回家去……"石砌匠缩回手,站住了,但情绪依旧激动:"怕什么?我们是夫妻,又不是在外边'走野'。"这回,石嫂子终于抓住了他的"话把",来一个就汤下面,反问他:"老实讲,你在外边,养了几个野老婆?"石砌匠见她很严肃,没有一点逗趣散寒的意思,那情绪,也就急转直下了,结结巴巴地说:"我在外边,心里只记得崽和你,哪有空闲勾引野老婆啰。"石嫂子不依不饶地反驳说:"你的花花肠子有丈把长,白日和夜里都有空闲的。"石砌匠俨然被冤枉了,脑壳摇得像拨浪鼓,说:"你不相信,我也没有办法的。"停了停,又补充说:"我们做手艺的,在外边,头一讲究斯文。"石嫂子一听到他谈仁义道德讲斯文,气就不打一处来。立马来一个竹筒倒豆子，劈里啪啦数落他："你斯文个屁，昨夜里，你在仙女湖，又偷仙女参，又偷人！"石砌匠顿时一惊，马上镇定了一下，像受了冤枉地骂道："你血口喷人！"石嫂子毫不示弱："你把柴秀喊来，三面对六面问她：你是不是霸蛮地把她压在下边？要她'走野'，哎哎，这斯文吗？你讲，这斯文吗?！"石砌匠见纸包不住火了，他恼羞成怒了，跨上前一步，想打石嫂子一记耳光，又不知什么原因，收回了手，大吼一声："我永世不回家了！"甩手就跑了。石嫂子见状，后悔自己太心直口快，连忙朝石砌匠的背影放肆喊道："石砌匠呀，你跟我回来！"

石嫂子喊着喊着，不知被谁摇醒了。

二

石嫂子的梦，是被谁摇醒的呢？

石嫂子睁开朦朦胧胧的眼睛，这才发现自己原来躺在茅草丛中，旁边一棵小枝条树也被她压弯了。哦，原来自己身边，站的不是石砌匠，而是在文昌阁帮我带崽崽小石头的石老倌，那个会錾石磨会雕目窗会做斋饭的老光棍石老倌啊。哦哦，憨里憨气的石老倌，他手里，正牵着宝贝儿子小石头。小石头看见了妈妈，起飞地扑过来，钻进了石嫂子的怀抱。石嫂子紧紧地抱着他，本来要对他说：妈妈正在寻找爸爸呢。但碍着石老倌站在身边，就不好意思说出口了。因为，她也喜欢这个男人，喜欢他勤快，喜欢他憨厚，喜欢他手艺好，又手艺多。自打石砌匠常年不回家，她就打压根儿地喜欢石老倌了，并且是主动去喜欢他，要一直喜欢到他愿意来"倒插门"。可是，可是今儿个为什么又梦见了死鬼男人呢？原来自己心里，装着两个男人。

小石头躺在妈妈怀里，感觉很温暖。他望着她，发现妈妈的眼睛里有泪花花，他就伸出小手手来，去揩掉巴在脸块上的泪痕。接着，他又发现妈妈的衣服上，有几只山蚂蚁子在爬，他马上，挣脱妈妈的怀抱，去捉蚂蚁子，去打掉沾在妈妈身上的草叶子。还童声稚气地讲着大人话：

"妈妈，莫困在地上啰，莫困在地上啰！"

石嫂子爱怜地逗他说：

"我是困在茅草上咧。没有困在地上。"

小石头眨巴眨巴着黑茄子样的眼珠儿，认真儿地说：

"茅草就是地上。地上有湿气的，还有——"

"还有什么呢？"石嫂子又逗着问。

"还有黑蚂蚁子在身上爬，还有打屁虫放臭屁，还有活辣子刺人，还有，还有，还有竹毛虫蛀竹粉子的。"小石头一口气儿地说了这么多的小虫子，会干出些什么坏事来。

石老倌站着看俩娘崽逗趣,蛮有意思的,也忍不住要拌嘴"考"小石头了,说:

"小石头,我考一考你,好不好?"

小石头连忙翻身坐起来,偏着头,问道:

"考天上的?还是考地上的?"

石老倌想了想,说:

"考地上的。"

小石头,眨巴着眼睛,又问道:

"考田里的,还是考山里的?"

石老倌故作神秘地一笑,说:

"考山里的。"

小石头又运了运神,再问道:

"考爬得动的,还是考飞得起的?"

石老倌忍住笑,伸出一只手,翘起食指,作描画状态地说:

"飞得起的。它不飞的世界,把脑壳藏起来,把尾巴露出来。那尾巴俨像一把竹叶子。"

石嫂子侧卧在茅草上,也插嘴催小石头:

"快些答,这是只什么鸟?"

小石头一弹脚跳起来,拍着手叫:

"我猜出来了,这不是鸟,是只鸡!"

石老倌马上追问小石头:

"鸡?鸡怎么飞得起来呢?"

小石头跳起双脚来,摊开手臂来,说:

"石匠叔叔,你讲过的,木鱼岭的竹山里,有蛮多竹鸡子。你答应过我,要捉一只竹鸡子鸟蛋给我吃的。你说吃了竹鸡子,走路走得快,长出翅膀来起得飞。你记得不?你记得不?你记得不?!"

石老倌连忙老老实实地,向小石头点点头:

"我记得。"

小石头乐得举起双手来,呼喊起来:

"啊唷!你们没考住我,我胜利了!我胜利了!"

石嫂子望着崽崽小石头,他跟石老倌这么亲热,真像一对父子的模样,顿时心里充满了悦意和甜蜜,又充满了对石老倌的感激和爱意。这么些天来,她一直陪伴着仙女娘娘李慈惠,为山民治病,为仙女参守夜,就把儿子全都托付给石老倌了。

看来,石老倌跟小石头情同父子,这不仅是缘分,那更是天意啊。我跟石砌匠的缘分,彻底尽了;我跟石老倌的情缘,真的来了……

小石头当然不知道妈妈在想什么,只见她望石匠叔叔望得久,只晓得她眼睛里含着泪水,偏不是哭脸,而是在高兴。小石头蹦到石老倌的跟前,捉住了他的一只大手板,摇秋千那样摇着说:

"石匠叔叔,你答应过的,带我去木鱼岭的竹山里,捉竹鸡子的。去吧,带我去吧。"

石老倌望了一眼石嫂子,那眼神的意思是:"你同意吗?你放心吗?"

石嫂子望着石老倌的眼睛,心领神会,便很高兴地说:

"小石头,这捉竹鸡子要在山里放卡子,要不就装笼子。空手是捉不到手里。"

石老倌也补充说:

"也可以在竹林子里,挂一些笼子网。像渔网一样,竹鸡子钻进去,就被网住了,就出不来的。"

小石头听着,有些着急了,说:

"那怎么办呀,我没有笼子,也没有网呀!"

石嫂子把小石头的话接过去,打发他走开,说:

"没有笼子和网子,就不去捉算了。你到竹林边边子上去玩一玩。我跟石匠叔叔,要谈谈话,号码?"

小石头喊一声"啊",像脱了疆的野马,向竹林子飞跑而去。

石嫂子仍坐在地上,神色骤然愁闷起来,长长地叹了一声气,勾起了脑壳,忽地沉默寡言了。这情绪,一时晴,一时阴,很让石老倌觉得奇怪。他本想也在她的旁边坐下来,聊聊天,然一看那说变就变的神色,就不敢坐下来了。他一直不接触女人,也就不了解女人的心性,女人的心里,像一碗水,有一点点不平,它就淌出来,水是水,泪是泪。

石嫂子仰起脸块,用一只手拍了一下茅草,说:

"你坐下来吧,站累了。"

石老倌却向她伸出粗壮的手把子,说:

"你站起来吧,坐疲了,会腰痛的。"

石嫂子没有站起来。石老倌也没有坐下去。两人的目光交织在一起,对望着,对望着代替了一切话语。

对望良久之后,石嫂子忽然变乖了,听话了,像个小姑娘似的,有些羞怯的模样。她伸出自己的右手,让石老倌紧紧地抓住了。石老倌顺势用劲一扎,这个"扎劲"用得过大了,不但把石嫂子扎起来了,而且也把石嫂子扎进了自己的怀抱。这是他意想不到的,发生得如此自然,又来得如此之迅速。两个人,石老倌和石嫂子,都没有说话,也来不及说话,两张嘴巴,就碰到一起了。也说不清,谁主动去吻对方,憨里憨气的石老倌,猛一下,就把石嫂子的舌尖儿,吸到自己的口里了。石老倌感觉浑浑然中的柔软,感觉躁躁热热的血在胀,在奔涌;心跳在加快;呼吸粗重起来。他的两只手,把石嫂子抱得紧紧的,她无法动弹了。石嫂子感觉全身无力了,柔软了,似乎变成了面团,会任这位大石匠大厨师揉搓了。然而,石老倌却没站好桩子,两人抱着抱着,就倾斜了,重重地倒在茅草地上。谁也没有喊一声痛,滚作一团。尔后,安静下来,安静下来,青青翠翠的茅草丛中,播放出女人的哼吟之曲来……

良久,完事了。石嫂子仍闭着眼睛,似长长地睡不醒。石老倌久久地看着她长长睫毛扑在脸上的睡相,越看越觉得好看。原来,石嫂子的漂亮,是经得起细嚼慢咽的。石老倌平日不喜欢看女人姿色,尤其遇见相貌出众的女人,咬一眼马上跳开,以防莫名其妙的心动和异想。这阵儿,石老倌稳定了一下自己新一波的激动情绪,抓起石嫂子的一只手,拍了一下她的手板,问道:

"嫂子,嫂子,我问你……"

石嫂子懒懒地睁开眼睛,蠕动着嘴唇,等待他问什么。

石老倌说:"我带了小石头寻到你的时节,你仰身躺在茅草里做梦,口里喊着回来啊回来。哎,你到底是喊哪个回来嘞?"

石嫂子坐起来,白了石老倌一眼,又笑了笑,反问道:

"你猜猜看,我喊哪个回来?"

"你喊石砌匠回来,是吧?"

"你怎么猜得这么准呢?!"

石老倌陡然间有些尴尬起来,勾下了头。

石嫂子见状,马上把头偏到他的肩膀上,温存地亲昵他。

时间静默了。一切很安静,可听到竹山里小雀小鸟的啁啾声。

"嫂子,对不起……你……"石老倌费了好大的力气,说。

"憨子!"石嫂子用食指指了他的太阳穴一下,"天作证,地作证,我都是你的人了,你还讲对不起,嫂子、嫂子的,一听,就把我隔开了……"

石老倌抚摸着石嫂子肩膀却再不敢去摸她的奶子,表达着他的歉意和爱意。

石嫂子一五一十地说:"昨晚我和仙女娘娘,守仙女湖山上的仙女参,发现死鬼石砌匠和柴秀,在山上鬼混,还背了一包袱仙女参药材跑了。我今日让三个仙女好好休息一下,一个人跑来木鱼岭,找石砌匠算账的!一定要把仙女参要回来,瘴气瘟疫和长生不老丸,都不能缺少这味药。"

"你在这里设卡等他?"

"对!"

三

太阳升顶了,石嫂子和石老倌坐着坐着,都感觉有点饿了,两人同时想到了小石头也该吃中饭了。而小石头平日最喜欢吃的,就是米包子夹盐辣椒,一口一口地嚼,吃得津津有味。细心的石老倌,今日带小石头出门寻妈妈,在出门的时节,他就拿一块蒸米包子的小白布,包了几个米包子,放进口袋里。这会儿,他把白布包拿出来,打开,白嫩嫩的米包子,立即放发出一股香扑扑的味儿。石嫂子缩了缩鼻子,抿了抿嘴巴,真的忍不住了,伸手拿了一个米包子过来,小口小口地吃着。只三五口,就吃掉了一个,她欲要吃第二个时,伸出来的手缩回去了,说:

"石老倌,你也吃一个吧。你和刘寿仁做的米包子,味道蛮不错的哩。"

"你就再吃一个。我不饿,多留两个给小石头就行了。"

"哎,你比他亲爸爸还好咧。"

"小石头会不会认我做他的爸爸呢?"

"会的。会的。"

"小石头对你讲过吗?"

"没有。"

"你会跟他讲,要他认我不?"

"我会讲的。小石头也会点头的。"

"只点头还不够,要亲口喊我爸爸。"

"那当然的。"

"就不能再喊干爸爸了。"

"喊湿爸爸。"

"是啵?你开玩笑,你斗把,不当真的!"

"怎么不当真呢,我都是你的人了。"

"万一变卦呢?"

"我不是那号人。"

"我也不是那号人。"

"你还有不放心的地方么?"

"你对我也有么?"

"你是不好意思讲,还是嘴巴笨讲不出口?"

"我……我讲不出口。"

"你是不是……怕石砌匠……万一回来……"

"是呀,他万一回来了,你有两个男人,怎么办?"

"我不认他,只认你。"

"他万一骂我……野男人呢?"

"骂也没用,我只跟你,不跟他。"

"你跟他是结发夫妻,拜过堂的呢。"

"那有什么,他走野了,跟了别人,我怎么还跟他?!"

"我们一没请媒人,二没拜天地咧。"

"那就拜吧,现在就拜。"

"那要请李慈惠仙女娘娘帮我们做主,做媒,坐上头。"

"我们现在小拜一次。以后再请仙女娘娘,行不?"

"行。行的。"

石嫂子听石老倌说罢"行的",马上弹起来拉住他的一只手,双双面朝东方,双腿跪下去,一直把头弯弯下去,弯到额头抵达茅草地,拜了三拜。尔后,不用谁来"喊礼",他俩又来一个夫妻对拜。很庄重,很像在行喜期。

石嫂子心里乐开了花,拉着石老倌站起来,再扑进他的怀里。她又伸出两只手臂来,拦腰抱住他。抱得紧紧的。抱了许久,还不想伸手,生怕一松手,就失去了他。她慢慢地闭上了眼睛,等待着石老倌胡须嘴巴扎来。

石老倌,也用有力的双臂,环抱了她。抱了一袋烟工夫久,他也没用胡子嘴巴去扎她。他觉得搂着自己喜欢的女人,搂得紧,搂得久,什么话也不谈,比谈了什么话都好。他俩口里不谈,心里挺甜的。

石嫂子,拱在他的怀里,像喝醉了酒,没醒过来一样。久久地,不醒……贴在他厚实温热的胸脯上,醉不醒来。

石老倌想起了小石头。小石头还没吃米包子,会饿坏的。他就拍拍石嫂子的肩背,说:"我们快去寻小石头,他没吃东西。"

石嫂子真的像睡着了一样,不由用手背擦拭着自己的眼睛,喃喃地说:"我好有运气,又好有福气。"

石老倌问:"此话怎讲?"

石嫂子说:"我一倒进你的怀里,就醉了,就想困。"

石老倌又问:"你又醉又困着了没有?"

石嫂子说:"又醉又困着了,朦朦胧胧到文昌阁去了。"

石老倌再问:"怎么到那里去了?"

石嫂子再说:"碰见了文昌帝君和仙女娘娘……"

石老倌一听,不由笑了,忙再轻轻拍拍石嫂子的脑壳,说:"你还是没真正醒来咧。"

石嫂子抬头看见石老倌的笑模样,他好像有点不蛮相信她的话。她倒真的有点儿急了,作古正经地像在回忆着什么,不停地眨巴着眼睛,而后带点儿严肃的神经,说:"真的咧,明明仙女娘娘在文昌阁三楼,和小红小兰困觉休息,怎么一下子,她就晓得我跟你拜天地的事了。她拉着我的手说:'你跟了石老倌,就不要改姓了,仍旧叫石嫂子罢。石老倌也姓石嘛,你一生一世跟石有缘,这个石老倌,是你终身靠得住的人哩'。"

石老倌听了,心里自然挺高兴。他想,不管是醒话,还是梦话,她醉了回到文昌阁,而不是回到小木屋,这倒是真话。醉了,梦了,只要到了那位心地善良的仙女娘娘面前,她会支持,她也会这样说的。石老倌想到这里,朝石嫂子点点头,又点点头,这才嘿嘿嘿地笑出声来。

石嫂子也跟着笑了,她今天的话特别多。重新做了一回真正的女人后,心里高兴得不得了,看木鱼岭的那山竹子也特别青,听林子里的鸟的啼啭叫声,也特别好听。她望着木鱼岭漫山遍岭青枝绿叶的竹林,这才想起小石头进山蛮久了,中午了,还没进一粒米咧,就对石老倌说:

"赶紧寻小石头去,怕莫是迷路了。"

"要得。"

石老倌担心的也正是这点。虽则竹林子里没有老虫,却又毒蛇。他小小年纪分不清,哪是藤竹条哪是竹叶青,被咬伤一口,就不得了:一步痛,二步肿,三步走不稳,四步倒下人不醒。他迷路在竹林子里,转来转去,难免不会遇上竹叶青和菜花蛇的。唉,小石头,你还饿着肚子咧。

石老倌牵着石嫂子的手,爬坡走进竹林,踩得竹竿下一层厚厚的黄竹叶儿,发出沙沙的响声。竹林里,弥漫着新竹子香味儿,熏得鼻孔爽爽地张大,真令人神清气爽哩。他俩抬头,完全看不见一线蓝天,头顶上全被绿阴笼罩。他们不敢横着走,笔直往上爬,快到山顶之时,看到的是一片片茶园,堆清叠翠,绿浪翻涌,纵横延展,蔚为壮观。石老倌和石嫂子都明白,这就是仙庾的木鱼岭仙茶了。这仙茶,就是前些年,才向唐朝皇帝开始进贡的。这里的贡茶被四周竹林拥抱,面朝蓝天白云,阳光染碧,云雾留香。文昌帝君引名家之言,称这杯中仙茶:"味甘而清,色黄而碧,香云罩覆,久凝不散。"吸引品茶香客,常常来个"三口"一品:即喝一口,吞半口,留半口,便会感觉出满口鲜爽,齿颊生香了。可惜他俩没有亲口喝过,这是新娘子出嫁头一回,才登山顶览胜仙茶真面目。石老倌想,这片茶园,不可能是柴大爷种出来的。柴大爷做药材生意,无暇顾及对仙茶的精心照料。究其实,这山顶上黄土深厚,泥地肥沃,一年四季雨量充足得很哩,颇不劳神种茶人愁这忙那,是铁定会长成自然天成的上品仙茶了。石嫂子想，这么好的贡茶，也不可能是柴秀栽种出来的。柴秀是读书人，她记不渍麻绞线，也不纺纱织布，她喜欢的是吟诗作画，唱曲和唱歌。长得天生丽质的她，瞧不上干体力活，也不希望有个男人帮她种贡茶的。石老倌和石嫂子又同时想，那么这是谁来种出这一园茶的呢？该不是胡才和胡蝶俩兄妹吧？他们虽也文绉绉，斯文吊文的，然也会是人勤地不懒的，既继承家父咬文嚼字，吟诗作对，也接过母亲家教盘田绣菜，把家里打理得有余钱剩米，还把房子砌得像模像样有两间正房和两间偏房了。然而他们住在胡大爷的左侧，与言古佬打隔壁，上山料理茶园没柴大爷方便。他俩绕了一圈想，这茶园应是姓柴的而不是姓胡的了……石老倌和石嫂子这么想着的时候，忽见言古佬背把锄头，提个袋子，从茶园的另一条小径走了上来，讶异得石老倌和石嫂子差点叫出声来。他俩赶快把身子一躬，快步躲在一丛高大点的茶树后，静观慢察言古佬如何种茶绣园的？果不其然，他在茶园里选择稀植的茶莞，挥起锄头，挖了个洞，然后打开麻袋，取出一枝小树苗，捅进洞里，再把土覆盖上去。尔后，他又在另一颗茶莞旁，进行同样的栽培。他就这样栽培了二十多株。

"言古佬载的是新茶种苗吗？"石嫂子小声地向石老倌。

"不是的。"石老倌摇了摇头，用肯定的口气说："在旧茶边上栽新茶，旧茶抢肥料，新茶长不大。"

"那补栽的是什么呢？"石嫂子又小声地问。

"……"石老倌猜不出，又一次默默地摇摇头。

石老倌和石嫂子继续躲在茶树从后面，一边心疼小石头还没有吃饭，饿着肚子，一边又要把言古佬在旧茶莞边上栽的苗，弄个清楚。好不容易，待言古佬背着锄头走了之后，石嫂子迫不及待地跳出茶丛，一路小跑步，跑到言古佬补栽的小茶莞跟前，然后扯出一根刚刚栽种的小苗子来，一看，不由尖叫一声：

"哎呀呀，原来满舅舅就是外婆的崽（儿）！"

"是什么？"追上来的石老倌忙问道。

"仙女参！"

石嫂子，觉得这太不可思议了。她睁着两只茫然不解的眼睛，久久地等望着石老倌来解答。

石老倌也久久地看着石嫂子，说不出个所以然来。

石嫂子讷讷地说："昨晚上偷仙女参的人，明明不是言古佬呀，这仙女参，怎么到了他的手里呢？"

石老倌黯了黯神，想把自己的猜测，与石嫂子交流一下，看他的考虑有没有道理。于是，他便不很肯定地说："如果从私交上来说，言古佬对柴大爷，是言听计从的，就是说，柴大爷放个屁，他都说是香的。如果，从'私房'上来说，言古佬搞钱不比柴大爷弱势，就是说，柴大爷敢偷仙女参买大价钱，他言古佬敢抢仙女参去发财。"

石嫂子说："他没有抢，是偷来仙女参种在自己的茶园里。"

石老倌说："他固然没有抢，你能说他没有偷？"

石嫂子说："他昨晚上在大戏台搞祭祀，没得时间偷。"

石老倌说："他没时间偷，他都有时间把仙女参藏起来。"

石嫂子和石老倌的争论没有结果，两人同时疾步去寻找小石头了。

四

石嫂子和石老倌，重新走进竹林，环绕着木鱼岭，一圈又一圈地寻找着，总是见不着小石头的踪影。石嫂子真的有点儿急了，几乎是带着哭腔在喊："小石头——妈妈在找你嗰，你还没有吃中饭咧！"她喊了一遍又一遍，一直未见小石头钻出来答应。小石头究竟到哪里去了呢？分明看见他走进了竹林的，又偏偏在大喊时没有回家。石嫂子由焦急状态，转入了忧愁伤感情绪玲莉，泪水儿涌进眼眶，两眼模糊了。

石嫂子用小手巾抹着额头上的汗，带点嘶哑的嗓音对石老倌说："哎哟咧，你说怎么办呀？我的小石头玩到哪里去了，会不会……"

石老倌也走得汗爬水流，听到石嫂子忧心"会不会"发生意外的危险想法，连忙安慰她说："小石头蛮乖，也蛮聪明的，绝对不会跑去深山密林里去。他晓得那里有老虫会吃人的。他一定还在这个竹林子里，说不定摘了什么糖罐子、刺荪子、嫩笋子吃了。吃了不饿了，就想困觉，说不定正在做梦哩。"

"细伢子晓得做么子梦啰！"石嫂子白了石老倌一眼，气嘟嘟地说："你想着法子在宽我的心。"

石老倌没有计较石嫂子的生气。他倒是这时想起小石头爱玩水的事情来。有一次，他带了小石头到天圣灵泉那洗药池，去挑水回来，给李慈惠仙女娘娘和文昌帝君做驱赶瘴气瘟病的药丸。谁知，小石头刚刚来到洗药池，看见池水不很深，泉水暖温温，他就不管三七二十一，脱下身上的衣褚，光身子光屁股走到洗药池里，在水池边边上，又是拍水，又是打浮秋。石老倌让他尽兴玩了好一会儿，催上岸来，左喊不上来，右喊也不上来，去拖他上来，他往深处游，直把石老倌吓了一大跳。石老倌说："小石头，你妈妈来了，不许你玩水，快上来，快上来！"小石头忙站起来，小鸡鸡还流着一线水咧，忙说："干爸爸，你骗我，你骗我，妈妈没有来，没有来。"石老倌这一招，没把小石头弄上来，连忙又想出一个主意，又劝又喊道："小石头，洗药池,是仙女娘娘李慈惠洗药池的地方,你不要把水搞邋遢。她制的药丸子,是治瘟病救人的咧。"小石头,只要听到仙女娘娘李慈惠的名字,就像大人一样,肃然起敬。他马上不拍水,不打浮秋了,立马就站起来,四处张望着,问石老倌:"干爸爸,仙女娘娘来了吗?"石老倌回答说:"她经常来这里洗药材。这池里的水是天圣灵泉,不能拉尿在里面。"小石头说:"我没拉一滴尿。"石老倌又问:"你流了汗在里面吗?"小石头说:"我没流一滴汗在里面。"石老倌又问:"你吐了口里的水在里面吗?"小石头说:"那是我不小心喝了池里的水,喝多了才吐出来的。"石老倌再问:"你把身上的邋遢东西洗到里面了吗?"这回,小石头不作声了,还蛮不好意思地把小脑袋勾下去了,小下巴抵到小胸脯上。一会儿,他慢慢地爬了上来,水珠儿成串儿往下流。石老倌连忙脱下自己的褂子,把小石头身上的水抹干,又给他穿上衣服,戴上颈圈。小石头这才雀跃地跟着挑水的石老倌,屁颠屁颠地穿过大戏台,登上到文昌阁的麻石台阶……石老倌想到这里,连忙对石嫂子说:

"哎哎,我记起来了:小石头喜欢玩水的。他坐在水里,就是喊不起来的。如果说吃辣椒了,他一弹就上岸了;如果说仙女娘娘来了,他马上就不好意思地上岸来穿衣服了。他是不是……"

石嫂子听了,表示小石头爱玩水,确实是这样的情况,她便马上回答石老倌道:"这木鱼岭,只见满山竹子,哪里有水塘呢?更加看不到洗药池那样的小水池的。"

石老倌提醒石嫂子说:"山脚下,肯定有小水塘,要不就有小水池。仙庾岭上,有林有竹有石有水,哪样都不缺的。走,我们下山去。"

石嫂子说:"好,到山下寻去。"

石老倌和石嫂子刚刚从山上下来,就看见远处的柴家大屋,那大牌楼前面,有一个花花朗朗的竹亭子,亭子的旁边有口小水池闪闪发亮。瞧拿池里中央,有座小假山涌泉流蜜,但不见有小孩玩水,更不见有大人涉池,唯见那个做工精细的竹亭子里,坐一男一女,在亲密交谈,不时地有一两句戏腔飘飞。那两个人是谁呢?最像谁呢?

石嫂子屏住呼吸,要看个究竟,看到底是不是石砌匠和柴秀,是在那里扯谈,还是在那里谈爱?她看着看着,不由吃惊了,脱口而出地叫道:

"快看,那真是柴秀和石砌匠咧!死鬼在走桃花运不?难怪他丢弃妻子不回家,原来癞蛤蟆想吃天鹅肉,吃住在柴大爷家,硬把柴秀勾引到手了!哎呀咧,气死我老娘了!"

石老倌听到石嫂子,一连串唉声叹气,一大堆埋三怨四,讲到自己心里,又同情,又发酸。看来,石嫂子,对原配丈夫石砌匠,还在牵肠挂肚,仍是又恨又爱,真是古话一句:一夜夫妻百日恩。偏偏石砌匠不知轻重,把一个有情有义的堂客,不当鹅卵石,只当灯芯草。唉,糊涂啊糊涂。

"我去把他抓回来!"石嫂子气不打一处来,欲发横了。

"抓他回来?"石老倌听得莫名其妙了。

"就是要抓他回来!"石嫂子挥起了一只拳头。

"抓回来作甚么?"石老倌心里肚里纠酸的,憨里憨气地问道:"做长工?还是做短工?"

石嫂子听到石老倌问她抓石砌匠回来,是做长工还是做短工?这还用问吗,张口就说:

"做长工。"

"不是做短工?"

"做长工!"

"……"

石老倌认命了,看来八字是制定了的,自己这一辈子只能打光棍了,刚刚在木鱼岭山脚下,那茅草地上,两个人拜天又拜地,就不算数了么?小石头仍旧称我干爸爸了么?唉,认命吧。原来,这做的是露水夫妻。只有一个屁久喃,当然属于露水夫妻的。石老倌是本真人,不想再做露水夫妻。他又不想马上向石嫂子问明白。石嫂子她其实也本真,重感情,她被石砌匠丢开几年,带着崽熬日子不容易,那是她以为石砌匠外出做工,也遇上了什么瘴气瘟疫之灾,魂回人回不了。所以,她像所有吃苦受难的女人一样,要再找个男人做依靠的,她应该不是做露水夫妻的人。她今朝这刻,看到石砌匠了,岂有不想他回心转意破镜重圆呢?我,我苦命八字的石老倌,也应该帮苦命的石嫂子一把,赶紧把心里倒翻的醋缸子,扶正哟。石老倌想到这里,心里宽松多了,心里也渐渐地舒爽起来。对,我赶紧到柴大爷的竹亭子里去,恭恭敬敬告诉柴秀:石砌匠是一家之主,有妻室,有儿子,他们在盼他回家去。他们盼得太久了,一盼是三年有余,禾镰子生锈了,石磨槽磨平了,小木屋进瘴气了,妻儿逃生了,要感谢仙女娘娘李慈惠,是她救了石嫂子和小石头两条命啊。当然,也要客客气气告诉石砌匠:你在外一无所知。你原来在外走得并不太远,没走出仙庾岭嘛,为什么不回自己的家呢?在柴秀家里做客,是吧?人家不嫌弃你久住不走,是吧?你想倒插门,做上门女婿,是吧?这合适不合适呢?你大她整整二十岁啊,要像个父字长辈嘛,又搂又抱又扯蛋,今天石嫂子看见,把一坨坨眼泪往肚子里吞啊。我石老倌是你的老兄弟,老朋友,没有带酒水来,就在这个竹亭子里,劝一劝。劝一劝你回到石嫂子和小石头身边……石老倌站起来,向竹亭子走去。

石嫂子忙喊:"喂,你干什么去呀?"

石老倌头也不回地回答:"我去把他抓回来!"

石嫂子急了："那抓不得。"

石老倌说："你说过要抓他回来的。"

石嫂子说："天神,我那时气话,你也当真?!"

石老倌说："君子一言出口,驷马难追。"

石嫂子说："他不要我和小石头了,还追他干甚?"

石老倌说："你心里还有他……"

石嫂子说："我心里如今只有你。"

石老倌听了石嫂子打心眼里说出的实心话,心里不由暖了一下:哎咳,石嫂子,我那就更加要护着你,帮着你,去找石砌匠要他讲个明明白白:那个家,你回还是不回?要还是不要?不要眼睛望了别人锅里的肉,又不肯放下端在手上的粥。石老倌不顾及石嫂子反对,两只脚不听自己的使唤了,径直向竹亭子走去,刹也刹不住。

石老倌快到竹亭子时,那个男的转过身,朝石老倌喊道:

"哎哟,我的个雕木匠大石匠石老倌喏,今天是刮的什么风,把你吹到木鱼岭来了喃?我和柴秀在这里等候恭迎,快进亭子里来,坐坐,喝杯仙茶。"

石老倌把两只眼睛鼓起鸡蛋大,看清了,原来和柴秀在一起的,不是石砌匠,而是张三花旦。张三花旦那张脸,虽说不像石砌匠,可穿着装扮,又太像他了。瞧,张三花旦完全不是戏台上女人味十足的戏中人了,此刻他头戴螺旋毡帽,身穿窄袖长袍,腰扎束带,脚踏花靴。那石砌匠,平素也是穿着这套行头,远看,就分不清谁是谁,混同一个人了。石老倌朝张三花旦和柴秀尴尬地笑了笑,想车转身就想走,却被柴秀端来的仙茶挡住了。她把茶杯递过来:

"哟,站客难留,坐上竹凳嘛。"

石老倌只嘿嘿笑着,答不上腔,时不时拿眼睛望着远处的石嫂子,生怕她也过来,出宝现丑哩。

"有何贵干?说嘛。"柴秀说:"你是无事不登三宝殿。"

顿时,石老倌觉得自己笨嘴笨舌了,好一会儿才说:"在寻小石头,他到外边玩疯了,还没吃中饭咧。"

张三花旦和柴秀,你望着我,我望着你,沉默了。

五

张三花旦和柴秀,看到石老倌坐也不坐,茶也不喝,一脸的紧张神色,便问,急什么?石老倌回答说,是来寻小石头的。柴秀告诉他,小石头在这竹亭子旁边小水池玩水,自己玩水自己唱歌谣把槽门口那条狮毛狗惊动了,朝他汪汪汪地叫了一阵,直叫得小石头心里烦了，就捡起水池里的小石头，朝狗丢去。然而这条狗很凶，看见丢来了石头退了几步，之后，又看见丢来石头了，它反扑上来，在小石头的右脚上咬了一口。

"小石头在哪里？快告诉我！"石老倌着急了。

"正好被言古佬看到了，把他抱走了。"张三花旦说。

"他抱走他做什么？"石老倌紧问道。

"言古佬懂得寻伤药，晓得疗伤。"柴秀回答说。

石老倌再不多问了，转身就跑出竹亭子，跑到石嫂子跟前，把手势一指，说："快，小石头被柴大爷那条狮毛狗咬伤了，正在言古佬家里诊伤。"

石嫂子一听，心里一紧，咯噔一声，顿时眼泪像缺了提，哗哗哗地流了出来。她跟着石老倌一路小跑着，口里不住地呼喊着："小石头，小石头，你听到了没有？妈妈来啦，妈妈来啦！你被狗咬了伤在哪里？通不通呢？出血了没有？"

从柴家大屋横过去三十余丈的地方，那就是言古佬的小瓦屋。石老倌来过几回。所以，他带路，一路不停地小跑，把石嫂子带来，呼哧呼哧地走进了言古佬堂屋大门。堂屋里，不见小石头，只见满屋是竹的世界：正面是竹神龛，竹香桌，竹香炉，竹蒲团，竹木鱼。左侧是竹椅子，竹茶几，竹茶杯，竹盖碗。右边墙上挂着竹筛子，竹篮子，竹簸箕。真个是靠山吃山，有竹用竹。室内摆竹家什，室外搭竹棚子。棚子里，还摆上一摇两头翘的竹睡椅。言古佬是求神拜菩萨的乡里小法师，未毕他还有手艺在身？是个篾匠么？而且，屋里扫得很干净，竹器也抹得油光发亮，当然，这是他母亲言古氏，把家里料理好的。石嫂子想。

石嫂子寻到言古佬的正房和偏房，都未寻到小石头的影子。小石头究竟在哪里呢？张三花旦和柴秀讲的是真话吗？是不是，是不是被躲在柴大爷家的石砌匠，看见了小石头，就把他抱走了，就把他藏起来了？这个没良心的，他做得出，他也做得到啊！石砌匠，你快把小石头还给我，你不配做他的爸爸，你不配的，只有石老倌才配，小石头虽则不是他亲养的，他却把小石头看重得比亲儿子还亲。你看，他寻找小石头，比谁都着急咧！

石老倌寻找小石头最仔细，寻罢了小柴房，又寻到了养猪的猪楼屋，甚至还到臭气冲鼻子的厕所粪坑也瞄了一眼，都不见小石头，也不见言古佬和他的母亲言古氏。所有的门都打开，主人没一个在家，这究竟是怎么一回事呢？一向处事沉稳的石老倌，也急得心里火烧火燎一般，忍不住了，用他那沉雷炸响的大喉咙，呼喊道：

"小石头！小石头！"

石嫂子紧接着也大喊大呼：

"你在哪里?!你在哪里?!"

石老倌和石嫂子的呼喊声,震得窗户纸抖动了,发出沙沙的响声。

不一会儿,与言古佬瓦屋打隔壁的另一栋瓦屋里,传来了小石头的声音:

"妈妈! 我是小石头。我在胡蝶姐姐家里喃! "

石嫂子和石老倌,同时听到了小石头的回应声,他们喜出望外,迫不及待地循声奔出了言古佬家,跑到胡蝶家的大门口,看见胡蝶和言古氏老人,同时站在大门口迎客,接到胡蝶的房间里。这时,看见小石头仰躺在胡蝶的小竹床上。左脚杆上,用烂布子包了一坨东西。石嫂子伸手轻轻地在上面按了按,问道:

"痛吗? "

"只一点点痛。"

"出了血吗? "

"只出一点点血。"

"肿了吗? "

"只一点点肿。"

石老倌和石嫂子同时接过胡蝶端来的姜盐豆子茶。又接过言古氏老人提来的竹椅子,但他俩都没有坐上去,仍旧随意坐在小石头卧着的床沿边。石老倌因为以前时常来柴大爷家做雕花床和雕花窗上门工夫,他知道守前门的那条狮毛狗很凶,牙齿很长,如果伤皮肉深,会伤及骨头的。他小声对石嫂子说:

"我要解开草药,看看伤口。"

石嫂子说声要得,便抬起头问言古氏老人:

"是谁包的草药,请打开给我们看看。"

未待言古氏老人开口,胡蝶抢着说:

"是言古佬包扎的。他到山上种茶去了。"

石老倌好像也懂点跌打损伤,蛮内行地看了看小石头的脸色,又伸出右手的拇指和食指,翻开小石头的眼皮,看他的眼白有什么痕印,一时要他向左看,一时要他向右看,一时要他向上看,一时又要他向下看,作古正经地研究着眼睛里面的秘密。究其实,他这一套工夫,还是仙女娘娘李慈惠教会他的。仙女娘娘告诉他,一个人无论哪处地方受了伤,只要一餐饭工夫久,就会以各种各样的"符号",反映到眼睛里面来。这是医师看病查病的一种好方法,但不是所有的医生,有这个本领,不需病人开口,就能看眼睛,说出身体里各种各样的病症来。当然,石老倌还是漂学的,还没有看眼睛断病的蒸工夫,所以他看小石头眼睛,什么也没看出来,只能解开草药包,看狗咬去了皮肉,骨头露出来没有? 这是一个笨方法。石老倌见言古佬有事在外未回,他就把石嫂子喊开,自己靠上去,动手去解包布。谁知言古氏老人一把挡住了,说:

"解不得！解不得！那会出事的。"

石老倌忙问她："会出什么事？"

言古氏说："毒汁会扩散的。"

石老倌说："那会有什么毒汁呢，没有的。"

言古氏说："怎么没有？竹叶青的毒舌子是最毒的。"

石老倌把伸出去的手缩了回来，但他是越听越像丈二和尚，摸不着头脑了。这明明是柴大爷家的狮毛狗咬了小石头的脚杆子嘛，怎么又变成有毒的竹叶青咬的呢？我记得，柴家大屋根本没有叫竹叶青的狗嘛。

站在一旁的胡蝶，端来一碗白开水，扶起小石头，喝了几口又把他放下去，然后忙向石老倌解释说：

"言古佬嘱咐我几次了，一个对时不要去解草药子。也不要乱动。所以就要言妈妈和我守着小石头。小石头蛮乖，蛮听话的。"

胡蝶表扬了小石头，小石头也挺高兴的。小脸蛋上，笑出了两个小酒窝子。

石嫂子记起他还没吃中饭，欲问他吃没吃饭时，小石头却抢先说开了：

"妈妈，胡蝶姐姐也蛮乖，她做的荷包蛋，放了葱花，放了胡椒，蛮好蛮好吃嘞。"

石嫂子向胡蝶感谢道："小石头在你家里吃中饭，麻烦你和言古氏老人了。"

胡蝶说："你讲客气，就见外了。讲真的，你配合仙女娘娘行善，跑遍了山上山下，赶瘴气，诊瘟病，救人。仙庚岭的乡亲们，永生永世都记得的。我做了这点点招抚小石头的小事，这又算得了什么呢？你快莫记在心坎上，也莫挂在嘴巴上了，我都不好意思了。"

这是，石老倌插话进来，追问道：

"请问，竹叶青这条疯狗我怎么没看到过？"

言古氏老人一听笑了，说："竹叶青，哪是疯狗?！"

胡蝶也笑着说："对门山上一草绳，身上没脚也能行，请你石匠猜一猜，那是一条什么虫？"

石老倌脸上无奈地挤出一丝苦笑了，答道："蛇。"

胡蝶不要石老倌再猜谜语了，她将起小石头的左脚杆上裤筒，指着一块红色疤印，对石老倌说："这是竹叶青咬的。"她转脸又对小石头说："小石头，快告诉你妈妈和石叔叔，你是如何碰上毒蛇的？"

小石头眨巴着眼睛，面色陡然流露出害怕的神色，好一会儿，仍哭丧着脸，讷讷地说："我在竹山里寻笋子，没寻到一支，看见一根没长叶子的竹子丢在地上，我就用脚去踩，那竹子马上把我的脚杆子箍了几个圈，痛得我喊救命。言古佬叔叔听见了，他没打蛇，也没骂蛇，只用手捻了蛇的七寸，蛇就松开了。"

石嫂子问:"蛇咬你了吗?"

小石头说:"咬了。发麻,肿得米包子一样。言叔叔把我抱到他家里。他用他的蛇药敷了一会,发肿的米包子就消了。好了,我就去玩水池,又被狗咬了。"

石嫂子听着听着,心里有一万个感谢要感谢言古佬哩。

这时,言古佬恰如从天而降,他醉醺醺红光满面地走了进来。

六

言古佬像中了状元,一脸醉相,兴冲冲地走进门来。看见石老倌,朝他点点头,还习惯性地做了个江湖上抱拳打拱的动作。他再朝石嫂子走拢几步,意味深长地冲她笑了笑,尔后才说:

"石嫂子哇!"

"哎。"

"你崽的这条命,在阎王的奈何桥上,走了两趟了,晓得吗?"

"我晓得了。"

"是我帮你捡回来的呀。"

"我太感谢你这位救命恩人了。"

石嫂子说罢,欲向言古佬双脚跪下,谢恩。但她看到了石老倌的眼色,不要她下跪。她这时就改变,只双手合抱,坐了个揖,也只微微地弯了弯腰。这时因为石老倌已经看出来,言古佬对石嫂子有点色迷迷的味道,他便主动上前答腔,把话柄接过来,带点恭维之意,说道:

"言古佬哇!"

"哎。"

"你的蛇药,硬是蛮厉害喽!"

"不瞒你说,我什么蛇没见过?"

"我早有所闻。"

"小石头碰到的这条竹叶青,又叫三步倒:被它咬了,走一步,脚肿得像胖瓜。走两步,肚子肿得如怀了一岁娃。走三步,火毒攻心没命啦。你信不信?"

"信。"

"山里人,蛇药,就是命药。"

"那倒是。"

言古佬说着说着,忍不住从系着束带的蓝色长袍子里,取出来一个葫芦形状的竹筒酒壶来,自己抿了一口,就递到石老倌跟前,豪爽的模样说:

"来,烟酒不分家,喝几口罢。"

"好!恭敬不如从命。"

石老倌虽则不是酒坛子之类角色,却是条见酒就来瘾的汉子。他接过壶子,揭开盖子,仰起脖子,像喝茶一般,咕咚咕咚地放肆喝了几口。然后,咂巴咂巴着嘴巴,剩着酒兴,说:

"蛇药是个宝,防身三步倒。言古佬,我跟你学几招,行不行?好不好?"

言古佬忽然一不千岁二不万岁了,他眯起了一双眼睛,似乎是在把石老倌的话,往脑子里过了一遍:他讲的跟我学蛇药,是真话,还是戏言?他为何舍近求远,那位仙女娘娘的药功,不更加厉害么?我是答应他,还是不答应他呢?他沉吟了良久,才作答,且是拿腔拿调地说:

"你是参师,还是拜师?"

"当然是拜师喽。"

"拜师有三拜。"

"哪三拜?"

"点燃钱纸香烛拜天地,端出鱼肉蛋三鲜拜神仙,再送来一石大米拜师傅。"

石老倌听了心里犯难了:前面两拜能做到,然而最后一拜要大米一石,这瘟疫年月里,命都难保,到哪里去弄一石大米送到你家里唷?

言古佬见石老倌舍不得出师傅钱了,就趁机进一步将他的军了,说:

"外乡人跟我学蛇药,我开口两石米,少一斗、少一升、少一合都不行!"

言古佬和石老倌拜师论价,进入了僵局。都不作声了,各人心里转着小九九。

此刻,在一旁招抚小石头的胡蝶,时不时地摸一摸小石头的额头,看烧不烧?摸着,摸着,她觉得小石头的额头比先前热了一些,两只眼睛也没先前那样水汪汪有灵光了。总归,她不管言古佬吹得怎样天花乱坠,她对他的蛇药和狗药,还是有点不放心。如果不喊来仙女娘娘来看看,心里就不会踏实的。这会儿,石老倌找言古佬拜师论价时,她向言古氏老人打了声招呼,就溜出了门往文昌阁跑。言古氏老人,起身向小石头喂了口水。

言古佬见石老倌那壶不开,就不提那壶了,他转身对石嫂子说:"请你到我屋里来一下。"

石嫂子笑问他:"有何贵干?"

言古佬却一脸严肃地说:"商量小石头受伤的事。没别的。"

石嫂子听了"没别的",向石老倌丢了个眼色,马上就跟着言古佬,到了那竹器满屋的堂屋里。石老倌没有跟着来。

言古佬亲手筛了杯芝麻豆子茶,笑容可掬地一个劲嗨嗨嗨不停。然后,他提来两把竹椅子,要石嫂子坐下,说有要紧的事,跟她谈谈。

石嫂子喝了一口茶,催问道:"你快点讲罢。"

言古佬净了净喉咙,亲热巴巴地说:"石砌匠回来了没有? 他怎么没来看小石头哦?"

石嫂子说:"你明知故问嘛。"

言古佬说:"你想不想他呢?"

石嫂子白了他一眼:"鬼才想他哩。"

言古佬紧紧追问道:"你就不想别个男人吗?"

石嫂子一听,立即嗖一声站起来,冲口就说:"哎,蛇药大师,你就开个价,救了一条'三步倒'的命,究竟要几担几斗米?"

言古佬也跟着站起来,仍旧笑模笑样,和颜悦色地说:"你不要激动嘛,有话慢慢说。真的,我又不是逼你做堂客。话不要讲得那么难听咃。我毕竟救了你儿子,是什么关系,你晓得的。"

石嫂子不回话了,一句也不答腔了。她转脸望着门外,门外有几棵酸枣树,长得青枝绿叶。再望过去,便是木鱼岭上满山的翠竹,在舞动,在轻摆,在沙沙细语。至于,言古佬他接下来,又谈了些什么宽心贴肺的话,其实她一句也没听进去。没听进去她心里才平静下来,平静下来她就心里有点不安了,不安自己刚才的一时冲动,以至于有出口不逊的言辞,是不是会伤了言古佬的心呢? 哎哎,人家打单身未婚婆,还把家里盘得有屋住,有饭吃,有茶园,有余钱剩米,蛮殷实的,并不嫌弃自己一家的孤儿寡母,还这样看得起自己,何况还救了小石头一命。悔死了,石嫂子的肠子都悔青了,快悔出血来了。要怎样去挽回,自己造成有恩未谢,反而厉语伤人的印象呢? 石嫂子在发呆,呆若木鸡了。

言古佬见她许久闷声不乐,便有意打破沉闷,他就带领石嫂子,屋内屋外参观了一遍,俨像媒婆在相亲,看屋看猪栏看菜园,然后吃餐"同意"饭。石嫂子心里明了言古佬的苦心,他是真正的在喜欢我哟,可我自己是好女不嫁二夫的,石砌匠跑了,我又有石老倌哇。

石嫂子问道:"言古佬,你有田有土么?"

言古佬答道:"有两担水田,三块茶土。"

石嫂子说:"你的茶土在哪里呢?"

言古佬说:"在木鱼岭山顶上。还有三块是胡才的。"

石嫂子又说:"都种些什么东西呢?"

言古佬说:"茶树。除了茶树还是茶树。"

石嫂子再突然明知故问问道:"没种仙女参吗?"

言古佬眉宇间陡然耸动了一下，含糊其辞地有意东问西答说："什么仙女生？我是言古氏母亲生的咧。"

石嫂子心明全明白了，言古佬的躲闪，就是他明人做了暗事：偷来仙女湖的仙女参，栽进土里再长些秤，去买大价钱发财哩。言古佬你就一点也不顾仙庚岭良民百姓的死活么？瘟疫当前，驱邪为重，你清白不清白？！

石嫂子这时不管蛇药不蛇药，恩人不恩人了，心里有大事，就直统统地认理不认人了，大声指出道："我在你的茶土里，发现了许多仙女参。"

言古佬慌了神，装糊涂说："没那回事，没没没……"

石嫂子顺手就从堂屋里，抓了只竹篮子，说："走，我陪你一起去，把那些仙女参扯回来。"

石嫂子往前走，言古佬追出来，由于追得急，正与胡蝶领来的仙女娘娘李慈惠，碰了个满怀。

仙女娘娘李慈惠定了定神，笑问道："言古佬，你急什么事呀？"

言古佬抬头一看是李慈惠，心里越发叫苦了：今朝子怎么啦，是哪壶不开提哪壶嗬，扯回仙女参，那不是在高人面前，丢人现丑吗？不，不行，赶快挡住石嫂子。

"石嫂子！"言古佬大吼一声："你不要乱来！"

李慈惠看了，听了，仍不明就里，忙走近石嫂子。石嫂子拉起李慈惠的一只手，把看到言古佬仙女参"移栽"的全过程说出来，直说得言古佬的额头上，凸起的青筋，像蚯蚓在蠕动，脸块上，红一阵，白一阵，接着就恼羞成怒了，瞪圆了两只眼睛，吼道："石嫂子，你恩将仇报，血口喷人！"

石嫂子说："恩我不会忘，仙女参也不能丢。"

言古佬跨上一步，伸出巴掌就要掴人了。

李慈惠眼疾手快，一把捉住他的手，正色地说："和为贵！君子动口不动手嘛！"

言古佬仰起脸，很高傲地怒视着石嫂子。

李慈惠看着言古佬的脸色，听着他粗重的呼吸声，渐渐地松开了他的手，和悦地说："大家伙过日子，家要家安，邻要邻安。石嫂子为的是仙庚岭，如何尽快从瘟神口里救人呀。言古佬，你说是不是呀？"

言古佬稍微平静下来，收回了他的怒目金刚之相。

李慈惠趁热打铁，一字一句地说："如果把仙女参移栽，那药功就减一半了。眼下，对付瘟疫的特效药配方，缺的就是三味稀贵药材：仙参、灵芝、神仙草。而仙女湖产仙女参，这是仙庚岭的天福。可是，丢失严重。"

言古佬瓮声瓮气地插言道："我的仙女参，不是偷的。"

李慈惠轻轻地笑了，说道："是什么朋友送给你的呢？"

言古佬后悔不该申辩,瞧,高人追查了。他无可奈何地叹一声气,有点结结巴巴地说:"是大屋,不不,是石屋的人……送的。"

李慈惠不像要追究什么人送的,倒帮他打消顾虑,亲切地说:"你给仙庾岭办了赶瘟疫的祭祀,操心费力辛苦了,人家用珍贵药材送给你,这是一笔重金感谢咧。"

言古佬听着听着,有点不安起来,把高昂的脑袋压低了些,嘴唇蠕动着,欲说什么了,却始终没说出来。

李慈惠接着说:"大难当前,仙庾岭应该齐心协力,诊瘟灭瘴。有钱的出钱,有力的出力,有灵方的出灵方,有药材的出药材。无论哪个来齐心协力,都可记上功德薄,铭刻功德碑,立在老莱子墓边的石屋里,让后人传承,叩首。"

言古佬的脑壳勾下去了,又抬起头,对站在身边的胡蝶说:"麻烦你和石嫂子,去把茶山里的仙女参,扯到竹篮里,交给仙女娘娘,去配诊瘟药方。"

胡蝶答应说:"好,就去扯。"车转身,拉起石嫂子的手,两个人兴冲冲走了。

李慈惠很庄重地,向言古佬,抱拳打拱道:"无量天尊!"

言古佬马上抬起右手掌,弯腰回礼道:"谢仙女娘娘。"

李慈惠诚心诚意地说:"我想找你交流一下蛇药。"

言古佬见高人能放下架子,找无名之辈交流,便不由谦逊地说:"我那蛇药是江湖小技。难得的机会,向仙女娘娘求教吧。"说到这里,把右手一摊:"请,进屋去看小石头罢。"

李慈惠随言古佬,来到小石头卧伤床边。她看了看小石头的眼睛,又揭开药物看了看伤口,向言古佬点头说:"蛇药功到病除了,但是狗咬的伤口,正在发作。"她说罢,就从袖口袋里,取出已经调好的草药,敷在小石头右脚的伤口上。言古氏老人,从胡蝶的抽屉里,翻出了烂布子和线坨,给小石头包扎好。

只一袋烟功夫,言古氏老人又用手去探了探小石头的额头,说:"哎,退烧了,退烧了。"

言古佬弯腰问小石头:"心里好过些了吗?"

小石头高兴地说:"心里好过了,好过了。"

李慈惠又从袖口袋里,掏出一张纸来,交给言古佬,一五一十地说:"这是对付扇头疯的蛇药方。你那药方是对付竹叶青的。蛇药,有五十多种,以后多多交流罢。天天山里走,不能不遇蛇。有毒无毒蛇,都不要打,人人掌握排毒药方就行了。"

石老倌听得一句一点头。原来,仙女娘娘这位高人,一点也不为自己挣钱。出家人心地宽啊。

李慈惠环顾四周,问道:"胡才呢?"

言古氏老人端来茶,作答说:"到石屋探险去了。"

第7章 莱子墓
● Lai Zi Mu

一

说胡才去"探险",不如说胡才去"探秘"。

胡才"探秘"的目的地,就在老莱子墓。

老莱子墓,位于仙庾岭之南良都垴。当年老莱子死后,安葬于仙庾岭良都垴,并立有墓碑。百姓们的"莱子捐碑",也立于墓碑两侧,景仰者视墓内灵魂,至高无上。

老莱子墓旁边,有座小石屋。胡才听文昌帝君说,春秋时期楚国有个孝子,老莱子与孔子是同时代人,小石屋就是百姓祭祀老莱子的石坛。他七十高龄用好饭好菜奉养父母,老莱子戏彩娱亲,穿五彩斑斓戏服,表演婴儿动作,让九十二岁的父母高兴,是中国二十四孝中第七则故事。一生未做官,家境贫寒,生活艰难,每日种田砍柴,晚上在桐油灯下读书写作,著有《老莱子》15篇,研究道家奥妙的文章,名气之大,可与老子并列。有人误认他就是老子。其实老莱子当年并非修身炼丹的老子。他楚国人氏,出生于康王时期,卒于惠王时期,著书立说,传授门徒,宣扬道家思想。公元前 489 年,孔子受困于陈、蔡,楚昭王迎孔子来楚国。孔子向老莱子请教怎样辅助国君,老莱子训导:"你对世人的痛苦感到哀伤,却轻视你的作为给万代子孙带来的祸患,这究竟是贫乏无知还是无法达到目的呢?与其赞誉唐尧而非议夏桀,不如尧、桀而亡,收起那些褒贬,反乎自然必有损伤,不安不静必生牙。对人做事从容随物,故常成功。""有什么办法,你自以为贤能啊!"他要孔子改变那种志在经营四海,以贤能自负的态度。他还用"齿、舌"的比喻教孔子事君之道。

祭祀石坛,全部用古朴的石头堆砌而成。石头大小不一,形状各异。表面,一律光滑如绸缎,有许多淡色石脉,隐隐约约,或像江河般淌流,或似树枝般舞蹈,朦朦胧胧,看作什么,就是什么。也许,这就是老莱子云中"言道家之用"龙笔之作。这位哲学家、思想家的著作,一代一代,能真正读懂的人,并不太多。

小石屋里,有座神龛。神龛内,端坐着老莱子雕像。神龛左壁,浮雕出老莱子"班衣娱亲",二十四孝的典故;神龛右壁,雕刻出老莱子生平:"姓莱名子也,也称老莱,号莱子,因初生时头发皆白,故世称老莱。"老莱子约生于公元前 479 年,春秋晚期著名的思想家、"道家"肇始之一,楚国人。

老莱子墓守护人刘陈氏,常来小石屋上香,给莱子墓打扫,墓围内干干净净,墓围外绿草悠悠。老莱子墓和小石屋圣灵光大,常年接纳着一拨又一拨朝圣的人们,看圣人,听故事:老莱子因看不惯尘世间的名利角逐和诸侯争霸,为躲避战乱,从河南迁来湖北,隐居在荆门蒙山坡下的竹茅舍里,过着垦荒耕种,吃杂粮,树枝架床,蒲草作垫的日子。楚王登门邀请他出山。老莱子没有去辅佐楚王,楚王也未勉强。后来,老莱子同妻子离开荆门,躲避到长江以南的湖南株洲定居。

小石屋日夜守候在老莱子墓旁,也同时守候着奇峰异石,古树老林,珍稀药材,以及通灵圣物。然在它的周围,一个起伏平缓的大坡上,忽然从地面里钻出来一片浩大的石林。石林千姿百态,有的如石笋高耸,有的似宝塔挺立,而更多的像人像物,既有夫妻相爱相拥,也有老人读书吟诗,还有少女翩翩起舞,更有棋友在厮杀得难解难分。凡是石人石树石屋之顶,几乎都会顽强地长出一颗颗小树来,或有青藤缠绕,或有绿叶绽枝,迎风摇曳,活泼异常。

石林里林子大,无奇不有:有天然石桥可踏,有天然石凳可坐。还有天然的石洞,这里那里,招贤纳士,神秘莫测。且可鱼贯而入探秘。

胡才是特意来"探秘"的。

胡才看见柴家大屋,大兴土木,每天用咿呀咿呀叫唤的土车子,运来红石柱,麻石墩,青石板,石料质地蛮好,不知是从何处弄来的?如果是从外地买来的,路途远,土车子打不动,有点不合算,柴大爷是只黑算盘,算得劈里啪啦山响,珠子扒进不扒出的。何况,仙庚岭是百宝山,要什么,有什么。砌一栋房子,青砖黑瓦自己烧,木材竹料山中砍,柴大爷当然舍不得花银子买来,这十有八九是从老莱子墓旁的石林中弄来的。哎哎,你柴大爷敢败老祖宗家当,仙庚岭人绝不会袖手旁观的,一定要你赔偿,文昌阁在山峰上,乡亲们要将它搬迁至大戏台对面来,正愁缺钱少米喃。于是乎,胡才下了决心,一定要弄个水落石出。就这样,他邀小兰一起去"探秘"。今日一早,他站在文昌阁山下,从腰间扯出一管竹笛,吹他自谱自奏的工尺谱。小兰听到了胡才的笛子呼唤,连忙起床洗漱,吃了两个米包子,穿上蓝色罗裙下山来。她万万没想到,她后面跟来了一条"尾巴",刘寿仁屁颠屁颠地跟着她跑。两人来到山下,胡才一见,讶异又无奈,问道:

"刘推匠,你到哪家去筑推子哦?"

刘寿仁说:"我上文昌阁当了伙夫,没得人来请我了。"

小兰问:"你下山又作什么呢?出门这样早?"

刘寿仁说:"你到哪里去,我就到哪里去。"

胡才说:"小兰跟我到老莱子墓走一走。"

刘寿仁高兴地说:"我家就住在那里,母亲一个人守屋,正好到我家里吃餐冇菜中饭罢。"

胡才和小兰,你望着我,我望着你,不好推脱了,就来个顺水推舟,说:"要得,去看看你老母亲。"

刘寿仁领路前面走,但他五步一回头,不知他看什么?

胡才实际上是按照土车轮子滚出的印子走。他看到刘寿仁走路老回头,便打趣地说:"刘推匠,你是在带路,还是在看牛呢?"

刘寿仁如实地说:"我是在看蝴蝶。"

胡才故意笑道:"我的胡蝶妹妹在家里没来呀。"

刘寿仁解释说:"我真的是在看蝴蝶。"

胡才忍住笑道:"你明明在看小兰嘛。"

小兰走拢来擂了胡才一拳头:"去你的!胡才,你莫逗他了,我有什么值得看的?"

刘寿仁坚持己见,依旧老实地说:"有值得看的。"

小兰一听来了兴趣,偏着白净的脸蛋,问:"你讲讲看,我自己都不知道哩。"

刘寿仁说:"就在你的头顶上。"

小兰不由摸了头上盘的高髻,说:"我的头上只有头发和头发夹子呀!"

刘寿仁点点头,不做声了。

这时,胡才才恍然明白过来:原来他刘寿仁一直在欣赏小兰头髮上的蝴蝶夹子,而并非是在看小兰长得美丽,想讨她做堂客。胡才不由深深地吐了口气,一颗悬起的心,缓缓地落了下来。但是,不一会儿,胡才又想:你为甚这样爱看蝴蝶呢?你和蝴蝶有什么前世姻缘未了?或者你和蝴蝶有过什么"奇遇"而睹物生情?这或许你就成了喜蝴蝶,捉蝴蝶,看蝴蝶的痴汉。究竟你是真痴,还是假痴?我胡才可要"研究研究"了。

胡才小声对小兰说:"小兰,你把头髮夹子取下来看看。"

小兰讲:"夹着蛮蛮好,取掉为甚?"

胡才说:"不为甚。看刘寿仁还看不看你。"

小兰说:"你尽是鸡肠小肚,他看我又没什么不好。我是我,他看他的,没什么关系。"

胡才说:"他是个手艺人,人并不蠢,为甚把蝴蝶看得比人重,这就有失常情了。"

小兰说:"胡才,你太喜欢钻牛角尖了。看刘寿仁走在我们前边好远的地方了,快追上去吧。"

胡才说:"我又不是不晓得到老莱子墓那里去。他走得快了,那是他……"

小兰追问:"又钻什么牛角尖了?"

胡才说:"他快走几十步,是要躲在前面一个拐弯的地方,拉小便了。"

小兰又挥起拳头擂他:"你坏,你坏!你老不正经,我不爱听!"

胡才马上向前边一指:"看,他不见影儿了。"

小兰顺着胡才的手势向前面,刘寿仁他真的躲在一块大石头后面,露出半截身子,勾起了脑壳,确实像拉小便的样子。小兰仅只朝前方刘寿仁睃一眼,顿时就羞红了脸,不由把脑袋埋得低低的,小声儿骂胡才道:"带厌!"

他们笑着骂着,不知不觉就来到了老莱子墓。

胡才以前陪同文昌帝君来老莱子墓扫墓,又听文昌帝君带弟子来老莱子墓讲学老子的《道德经》经文,也讲学老莱子的《老莱子》十五篇散佚。总总每年都要到这里来几次的。他欣然老莱子墓随匆匆岁月,走过秦汉,走进盛唐,墓坟坚挺圆实丝毫无损,墓周围边的古松依然苍劲,莱子捐碑上的文字依旧清晰可镂。胡才想,如果,把小石屋里的老莱子雕像,再按照老莱子七尺身高塑成,立于大墓东方一处,宣告天下,这位"东方巨人"的真实模样,让一代一代国人记住圣人,让世界手捧经文,诵读"天下皆知美为美,斯恶已;/皆知善之为善,斯不善之。/故有无相生,难易相成,长短相形,高下相倾,音声相和,前后相随。/是以圣人处无为之事,行不言之教。万物作焉而不辞。/生而不有,为而不恃,功而弗居。/夫惟弗居,是以不去。"胡才想着想着,越发触"古"生情,他情不自禁地告诉小兰:"所以有道的人,以无为的态度来处理世事,实行'不言'的教导。君不见,万物兴起,而不造作事端。生养万物,而不据为己有。作育万物,而不自恃己能。功业成就,而不自我夸耀。正因为他不自我夸耀,所以他的功绩,不会泯没。"

胡才还没有把他的感慨说完,小兰就向胡才和刘寿仁说:"我们一起向圣人叩拜吧!"于是乎,三人同时向老莱子墓跪下,连连三叩首。三人站起来,同时又向大墓抱拳打拱,一脸的虔诚,向圣人保证:会保持他们的诚实和骨气。

小兰是第一次来老莱子墓,道不尽的尊敬,说不完的敬畏。她说仙女娘娘告诉她,孔子当年要会见老莱子,那是一件了不起的天下大事。孔子会见老莱子之后,回去了,把门关上三天。反复把老莱子的话,在自己的脑海里滚珍珠了。老莱子的话,那岂止是金玉良珠,他的学问,博大精深。老莱子不但是道家学派的创始人之一,老莱子他也像老子一样,是诸子百家的鼻祖,世上公认的"百家之祖"啊!老子的《道德经》著述,岂止是百科全书,那更是"万经之主"啊!老莱子的《老莱子》十五篇散佚,以"言道家之用"奠定了中国天道伦理观的哲学基础,了得啊!小兰越说越激动,把刘寿仁吸引了,然他刘寿仁又没完全听懂,只是眨巴眨巴着眼睛,希望她用生动的故事,来阐释精辟的道理。刘寿仁他等待着,可是失望了,然这时小兰绕着墓园走了三圈,也没有如他祈愿的老规矩,按"圆礼"向"天地国亲师位"那般绕墓,先有唢呐齐鸣,后有锣鼓喧天助阵,而后端上贡饭,鱼、肉、鲜蛋等贡品。刘寿仁多年陪母亲来祭拜老莱子,就是这样的程序。可是小兰只默默地走,心到意到就行了。刘寿仁也不便多说,一乡一俗,何况小兰的家乡没有老莱子墓的。

刘寿仁看到小兰,站在小石屋门口,向四处张望,她是在欣赏老莱子墓旁的石林么?然她又转过身来,面向小石屋里神龛里的老莱子雕像,虔诚相视良久。而后驻足,叩拜,再凝视,便低语了:"无量寿!"尔后,对胡才说:"这小石屋是几时砌的,屋里的神像,开光了吗?"胡才欲要回答,却被刘寿仁抢先回答了:"以前也有小石屋,被雷击倒了。这座小石屋,还是我小时候,乡亲们再修复的,举办了开光仪式的,可惜是没有凿石立碑,让后来人一看知晓小石屋重修的开光之日。"胡才听了,缓缓地点了点头。他心里在琢磨:自己要写个词单,交石老倌凿石立碑,让小兰乐意,让仙女娘娘李慈惠放心。这点小事,驼子作揖,起手不难哦。

忽然地,他们同时听到石林里传来清脆的凿声。

二

胡才虽然是个慢性子的人,然他听到离老莱子墓不远的石林里,传来了叮叮当当的凿石之声,他心里也着急了:这是谁呀? 敢在仙女岭这个仙女福地上,胡采胡凿,成何体统! 凿得先辈老莱子九泉之下不宁,也凿得山神土地日夜不安啊! 究竟,是不是柴大爷来此乱采? 这须要神不知鬼不觉地探秘捉赃。胡才想到这里,便对刘寿仁说:

"刘推匠兄,你是老莱子墓这块地方的小地之主,自然轻车熟路的。那就劳神你轻脚轻手,去小石林看看动静,看清楚是本地人在开采,还是外地人在乱凿? "

刘寿仁听了胡才的话,觉得他在爱护仙女岭,关心老莱子墓,就像他的母亲刘陈氏一样,常常来到莱子墓朝圣、打扫、守护。便连声说:"要得,要得。这就去。"他边答应边走路,不一会儿,他就悄悄地进了小石林。

刘寿仁刚刚一走,胡才就大胆地来牵小兰那只白嫩的手,却没想到小兰用劲抽出来,有一点点不愿意,还有一点点不高兴的味道。胡才顿觉有点儿反常,不由定目注视她,想从她的脸上,捕捉到准确的答案。然而小兰,马上转过身子去,用手摸摸老莱子墓的墓围,勾起了脑袋,作沉思状态。胡才是个小书生,就不敢再造次了,默默地等待,再细心地观察,今日小兰,会有什么事情不如意呢? 这时,这里那里,有三两声鸟啼传来,但这对年轻人,无心欣赏小鸟的歌唱,各人顺着各人的思绪之路,奔跑不停,好一会儿小兰终于打破了沉默,说:

"胡才,你文质彬彬的,蛮好……只可惜……"

"可惜什么? "胡才不明就里,问她:"你本是个爽快人,干嘛说话只说半句? "

小兰说:"可惜你是只老鼠胆子。"

胡才问:"何以见得? "

小兰说:"万一刘寿仁跟那些石匠吵起来? "

胡才一听,笑了,逗趣地说:"还会打起来。"

小兰说:"是啊。他在前方受伤,你在后方安然无事呀。"

胡才又继续逗趣道:"小兰,你蛮心疼刘寿仁咧。"

小兰听了,吃惊得弯弯眉毛耸动了一下:"你……"

胡才收住笑,认真起来,慢条斯理地说:"刘寿仁去石林,是去打听,而不是去打架。没什么风险,也没什么危险。不是往明里吵,而是往暗里看。"

小兰不服气:"明人不做暗事嘛。"

胡才解释道:"万一柴大爷在那里凿石头,我现身,他看见了,他会难堪,我也不好意思啰。"

小兰听了胡才的解释,不知是信了,还是不信,只见她心不在焉地,弯腰捡起老莱子墓边的一粒小石头,在手掌里抛了抛,然后使劲儿甩出去,在空中划出一条弧线来。胡才也捡起一颗小石子,向小石林的方向甩出去,却没有小兰甩得远。可见,小兰是个有点劲力的女孩子,身材却又苗秀得像弱不禁风的俏模样。这个胡才清楚,她身材苗条,然四肢发达,是个实实在在的假小子。假小子小兰抛完石子,像看见个陌生人一样,陡然地瞪大了眼睛:"胡才,柴大爷不是老虫,他不吃人,你究竟怕他什么呢?"

"小兰,你莫误会我了,"胡才倒显得有点沉不住气了,带点争辩的口气说:"柴大爷是我的邻居。我看到他家里运来了大量的麻石、青石、白云石。想必,这些石材,是从老莱子墓旁边的石林里采来的,但又不能武断肯定的。只能这样搞搞探秘了。小兰,你是不是把我看扁了?"

"没有。"小兰有点不好意思了,脸腮泛红了,说道:"我是说刘寿仁,他是个厚道人,你不要指手画脚,要他当炮灰,自己去探秘嘛。"

"你看,越扯越远了,"胡才再不敢逗趣逗出疑云来了,他认真地打着比方,解释道:"刘寿仁是推匠,他在仙女岭打的推子,嵌的木齿,比人的牙齿还整齐。排列如磨盘,齿与齿之间均匀,不差一丝一毫的,推出来的稻谷大米,粒粒圆正,碎米子极少极少。你说,他的手艺,为什么这样好?"

小兰抬头看了看胡才,答不出话来。

胡才说:"很简单,四个字:本真,细致。"

小兰听胡才说了一大篇,她心里服了,可口里不服,便快言快语回击道:"对对对,你是胡对,不是胡才了。当然,更不是胡来。满意了吧?"

胡才也就顺她话嘿嘿地笑起来。

"嘿嘿嘿!"小兰笑着胡才的笑声,显得越发娇嗔可爱。冷不防,她忽然向胡才拱手说:"胡才哥,对不起哦,我就站在先辈老莱子墓前,小妹如有失礼,赔个不是罢。"

胡才看到小兰本真无戏言,她又作古正经向他拱手,且脸上绽出两多荷花来,太可爱了,太感动人了,他就忍不住上前,想去捉住她两只打供的手,不妨,这时心头涌上了一股热浪,并流遍全身,不由分说,把小兰拥进了自己的怀抱。搂得小兰惊叫了一声,挣扎了几下,没挣脱,就渐渐地瘫软如泥了。胡才,是第一回得到小兰激情的回抱,他感觉太幸福了,越发把小兰搂得紧紧的,搂得紧的,生怕她就会逃跑一样。这个心爱的人儿小兰,别看她性格那么刚火,全身那么有劲力,可只要胡才一抱,她就化得那么柔软了,那么柔弱了,柔弱的身子还不时地颤抖起来。一会儿,她情不自禁地流出了眼泪。她哭了么?她真的默默地哭了么?这是怎么回事呢?胡才笨嘴笨舌地问她:"兰兰,我把你抱痛了吗?"小兰不回答,闭着眼睛,摇摇头。胡才又问:"是我伤了你哪里么?"小兰微微睁开一双朦胧泪眼,向胡才"闪"了一下,又闭上了,且悄悄地张开了两片红唇,似乎在等待什么。可是,胡才还陷入在小兰为什么哭脸流泪的状态凝思里,拔不出来。看见小兰两片鲜嫩红艳的唇,多么想吻啊,又怕再会"伤"着她的。他也等待着,等待着小兰再不流泪了,且把泪水擦干,然后两个人手牵手,到石林里寻找刘寿仁去。胡才抱紧小兰,就这么思量着,忽然感到小兰完全站不住了,将全身的重量,压在他的双臂里。他搂不住了,双腿也软了,就这样,两个人沉下去,沉下去,一直沉到老莱子墓园外边的草地上。小兰是仰躺着的,头就落在胡才的右臂上。胡才看见小兰的两只小乳峰,从罗裙胸衣里挺立起来,那么神秘,那么可爱,真想伸出左手去抚爱。他又不敢,真的不敢,伸出去手缩了回来。他尤其不敢,在先人老莱子墓边,干出这种男欢女爱来,那可是对圣人的不尊哩。当然,这不是伤风败俗,这是两人真心相爱,真心相许。胡才幸福地看着小兰闭着眼睛,完全像睡着了一样,他不想喊醒她,就让她在心爱的人的怀抱里,睡一会儿吧,小仙女,你睡吧,不用担心我的手臂枕痛了啊,睡吧,睡吧……

小兰睁开了眼睛,痴痴地望着胡才。

胡才撑起半截身子,小声地问道:"地上有小石头,梗痛了你哪里吗?"

小兰没说话,用眼神告诉他:哪里也没伤着哩,你这个书呆子小胡哥,你就放心吧。

胡才用手,去抚摸小兰红红的脸腮,觉着她不抹粉,不涂红,就这样仰面朝天躺着时,脸比先前更加好看呢!他看着看着,不由又小声地问道:"小兰,不,兰兰,你刚才睡着了吗?"

小兰仍旧没有作声,也仍旧慵懒地躺着。

胡才再伸出自己的手,去抚摸小兰白净的手臂,把她罗裙的水袖,捋得上上的,让其露出一对白藕来。这时,他激动了,情不自禁地去吻她的手背,边吻边问道:"兰兰,你为什么哭脸呢?"

小兰甚觉问得奇怪,终于开口了,反问道:"我哭脸了么?"

胡才说:"你哭了,两只眼睛里流出了泪水喃。"

小兰笑了:"那是哭你啵?"

胡才诧异了,紧问道:"哭我干什么?"

小兰正经八百地说:"哭你,小心小胆的。"

胡才申辩道:"你还是这样看我么?"

小兰伸出一只手指,点着胡才的额头,说:"老鼠胆子,你就是,就是的……"

胡才,打鼓听音,终于有所悟了,他忽然地宣布:"兰兰,我是老虎胆子,看吧!"他说罢,就伏在小兰的身上,猛烈地吻她的嘴唇了。

小兰被胡才吻得晕眩起来,他那嘴巴上的胡子扎得她生痛,她有点儿惊怕了,说:"胡才,我求求你。莫,你莫这样了。我,我受不了了。"

胡才没有回答,一反往常的文质彬彬,在小兰的嘴唇上、脸腮上、颈脖上吻个不停,手也开始不老实起来。

小兰连忙伸出两只手来,使劲儿地把胡才推开,生气地说:"你探秘不要探我唷! 我们在老莱子墓边上,你不要胡来哟,怎对得起圣人。"

胡才没有听她的。小兰左滚右扭地躲闪,却不小心地把她罗裙的布扣松开了,胸衣也被拉开,裸露出两朵丰腴羞涩挺拔的大莲花来,胡才惊呆了,连忙拿起弹开的胸衣盖住。但他仍激动不已,脑子里一片空白,又渐渐地由着自己了,勾下头去,用嘴唇,去寻找那两朵羞涩挺拔的莲花花蕊……

三

刘寿仁,蹑手蹑脚地走进了小石林。他真个是少年时候的常来客,攀峰穿洞,如履平地。他循着断断续续的凿石声,已攀爬到了这片石林的最高峰,向下俯瞰,甚觉阳光像捉迷藏一样,从参差不齐的奇峰异石间隙里射出来,一束一缕地照在石溪上和石洞里,散金白银地交融闪烁,仿佛向人们诉说着老莱子墓的神秘故事,也展示出最神秘的山水和最古老最纯的美啊。

小石林是仙女岭的独特风景,可是不知谁在破坏这个景致? 哦,那响声,是从一个个的石洞里飘出了来的。难道是有人要把石洞再凿大些,做房间住人吗?或者是个善人,有意把这个石洞凿穿,与另一个石洞含接相通? 峰与峰相连? 揭开小石林玄奥的禅机么? 刘寿仁终于发现了几处玄奥的"禅机"了。他悄悄地爬到那个最高处的石洞口边,洞口堆着一摊石块碎片。往里看,有一位石匠,正面对石洞里的石壁上,雕琢着一座石像。他干得那么专心,完全没有觉察洞口边来了不速之客。石匠的身影很高大,他的头差点挨着洞顶了。他举凿挥锤,力气适中,锤锤有声,然锤声有轻有重,随他心印凿走龙蛇。刘寿仁看不清那洞里雕相像谁?如果是雕的孔子,那要胖一些才对;如果是雕的老莱子,即要瘦一些才是。如果是雕刻孔子去会见老子,即就要雕出两个人物了,那会有多辛苦呀。瞧,石匠的背上,汗湿了一大片,将衣衫,紧贴在皮肉上。刘寿仁真想送一壶茶来,为石匠解渴。他心里很感动,感动这位石匠不是开山凿石把石头弄走,而是自己流水流汗,把世上的圣人雕刻出来,交给历史,让后来人驻足观看,默默沉思:是哦,人在阳世间走一回,不应该是带走什么,而应该是留下什么呀! 刘寿仁想起胡才嘱咐的话,要悄悄地探秘,不要惊动任何人,所以他不进石洞跟石匠说话了,就去寻找另外的凿石声。看究竟是在干善事,还是在破坏大自然? 他接下来循声往下攀登了。他往下攀登之时,发现了奇景奇观:有的石峰像个笔架,三峰连一体,两凹可搁笔咧;有的石峰俨像个化字炉,比宝塔小些矮些,顶端呈出六边形,每方有一个洞,可供秀才们将废纸乱字去烧化咧。总总,刘寿仁越看越有味,然要追寻凿石声,不能停下来久久欣赏,继续往下攀登,浑然不知走进了丝丝缕缕的雾里,石峰像披上薄薄的轻纱,若隐若现。刘寿仁想,这或许是早晨的雾霭,还没有散去。这也许是圣人老莱子,从睡梦中起床了,给小石林系上了一条"白腰带",令每天的山更美,峰更奇。

石峰成林,峰路十八弯。刘寿仁穿越过云雾缭绕的石林峰腰,走进蜘蛛网般的石林迷宫了。他左拐右转,东进西突,终于下到了石林的底部了。这时,那凿石的声音越来越高。他再拐一道弯,终于看见了三个人,都在凿着各自的大石块。一个在凿石墩,一个在凿石柱,一个在凿石条。然这三个石匠又不认识,肯定不是仙女岭人。刘寿仁赶紧往回跑,来到老莱子墓,看见胡才和小兰刚刚从草地上站起来,一个个脸红得像给毛毛做满月酒的红鸡蛋,且衣衫不整。

刘寿仁惊讶地说:"你们在打架呀?"

胡才镇定了一下,回答道:"没有,没……有。"

刘寿仁望着小兰说:"粘了一身的泥沙咧。"

小兰有点结巴地说:"没,没走稳路……路。"

刘寿仁帮小兰,打打天蓝色罗裙上粘的泥沙,又看看她头上的高发髻,问道:"小兰,你头发上的蝴蝶呢?是不是丢掉了?"他说罢,就绕着墓园找起来。

胡才忍住笑默不作声。小兰连忙从口袋里掏出蝴蝶夹子来,说:"你看,我放到口袋里了。"

刘寿仁一看,高兴地跑过来,接过小兰手里的蝴蝶夹子,叹惜到:"你怎么不夹在头发上呢。看,把夹子脚压歪了咧。"

小兰白了胡才一眼,一时语塞,回答不出话来。脸,红得像红布一样,心里像有只小兔在跳。

胡才老练多了,他插话道:"刘推匠兄哋,你去探秘,看到了凿石块的人吗?"

刘寿仁说:"看到了。有三个石匠,我都不认得。"

胡才说:"那是外乡人啰?"

小兰说:"推匠你带路,我们一起去看看。"

小兰一提议,三个人跋步就走,攀登上了石林峰腰。刘寿仁指给胡才和小兰看:"就是那三个人,凿的凿石墩子,凿的凿石柱子,凿的凿阶基石。"

小兰和胡才都看到了。胡才想:这三个外乡人,凿出的石料,全是柴大爷运回去的一模一样。无疑,他们就是柴大爷请来砌屋的石匠。一座美丽的小石林,会被他们无情的凿子,凿得千疮百孔的。怎么对付他们呢?

刘寿仁说:"我下去赶他们走。"

胡才忙让手:"使不得,不要蛮干。"

小兰有点天真地说:"我求发西风,把他们吹走。"

刘寿仁马上响应:"要得。吹回老家去,救了石林子。"

胡才许久没有作声,他脑袋里却在翻江倒海了,是哦,我们不能跟石匠吵架,更不能直接赶他们走。他们是柴大爷花钱请来做上门工夫的匠人。我们只能跟柴大爷较量,跟柴大爷摊牌:小石林是仙女岭的仙峰圣石,谁也不能损坏一峰一石,一洞一溪。破坏了石林子,瘴气更嚣张,瘟疫更猖狂。保护石林子,就保护了仙女岭的明天,维护了仙女岭的兴旺。

刘寿仁催问胡才道:"你是智多星,干嘛闷声不响呢?不救小石林,我们就不配来看老莱子墓。"

小兰挨近胡才身边,问道:"你能肯定么,这些石材,是柴大爷安排干的?"

胡才点了点头:"八九不离十。"停了停,又说:"他可以凿石自己砌屋,也可以凿石卖给外乡人家去砌屋。"

小兰附和着说:"他敢偷仙女参去赚钱,那他更敢盗卖石材去发财。"

刘寿仁一听,越发着急了:"那我们的仙女岭会被糟蹋得不成样子了。柴大爷的心太大了,我们要劝一劝嘞。"

胡才告诉他:"人一旦鬼迷心窍,那就不容易劝醒了。何况,他家里请着匠人,养着艺人,嘴巴连起来,有几皮撮子宽,我们三张嘴巴,怎么讲得赢呢?!"

刘寿仁听了胡才一番话,叹了声气,说:"今天上午,不跟柴大爷请来的石匠论理了。都到我家里去吃中饭去,合计合计,下午再来,好不?"

胡才说:"行。"说罢,他就去牵小兰的手。

刘寿仁看见了,连忙提醒胡才:"哎呀,亏你还是个土秀才!快放手,男女授受不亲,圣人看见,怎好交待?"他差点走上来,要把两个人的手掰开来。

小兰立即羞红了脸,用劲将自己手扯回来,又从袖口袋里,取出小手绢,在脸上擦了擦,掩饰着她在老莱子墓边,与胡才发生肌肤之情的燥热。

憨相公刘寿仁,把胡才丢在一边,主动挨着小兰,并排向前走。他边走边说:"走快点,让我老母亲高兴高兴。"

胡才一听,不由吃了一惊!忙问道:"你叫你母亲高兴什么呢?"

刘寿仁不直接回答胡才的话,却偏起脑袋,像个撒娇的娃娃,问小兰道:"你猜一猜看,我们回去,我老娘为甚高兴?"

小兰想也没想,很大方地说:"她老人家,看见儿子相中了个媳妇回来,还有什么不高兴的么?"

刘寿仁乐得蹦了个高:"你言中了,打得一百个圈!"

胡才却听得有些紧张了,不断地向小兰丢眼色,可小兰佯装没看见,还故意地对刘寿仁说:

"刘妈妈,今天会搞什么好菜,把我吃呢?"

刘寿仁笑呵呵地说:"家里来了贵客,老母亲就会炒出两个仙女菜来:天麻鸭,付片肠。"小兰一听甚觉奇怪,不就是两道加药的菜嘛,为甚要称为"仙女菜"呢?刘寿仁不慌不忙地道出情由来:那是早几年,刘寿仁家父得了干痨病快死了,他和母亲也被惹了,不脱身,人一天天瘦起来。然在一个十五月团圆的夜里,一阵风吹过后,一个身穿蝴蝶花裙服的美丽姑娘,走进门来,在厨房里炒了一碗天麻鸭,一碗付片肠,要俩人吃了。吃了后,他们的干痨病就好了。刘寿仁老母亲,要留她长住下来,做媳妇那就更好。她也愿意,可是没几天,天忽然刮风下雨,天上下来个神仙,把姑娘接走了。原来,她是个仙女。

小兰听完刘寿仁讲述,连忙庄重地从袖口袋里,取出蝴蝶夹子,夹在头顶盘的高髻上。

四

刘寿仁领了胡才和小兰,走进自己家里,正好看见老莱子墓的守护人他的母亲刘陈氏,带着一副眼镜,左手拿一个白布鞋底,右手握住一根半寸长的针,用中指上戴着的针抵子,使劲儿往针屁股上抵,那针就哧溜一下,穿过鞋底了,然后,老人把白色麻线拉过来,扯紧。小兰仔细一看,刘陈氏老人扎鞋底,是扎的蝴蝶花针脚,既好看,又硬扎,真是有一手好针线手艺。她还没来得及夸赞,她头顶上的蝴蝶夹子,就被刘陈氏老人看见了,她赶紧把鞋底丢进针线盘里,马上站起来,拉住小兰的手,说:

"妹子,你是不是那位……蝴蝶仙姑?我天天到老莱子墓上香,求圣人到天庭跑一趟,把那位蝴蝶仙姑请回来吧。妹子,你就是她吧?"

刘陈氏老人说个没完没了,刘寿仁怕耽误了煮中饭,就说:"娘,她是小兰,跟我一起在文昌阁修行。她不是蝴蝶仙姑,也比蝴蝶仙姑不差的。"停了停,又补充道:"快点搞中饭罢,他们都在这里吃饭。"

刘陈氏老人,连忙取下眼镜,放进针线盘里。她两脚不住点,淘米,洗菜,到灶脚弯里架干柴烧火,动作麻利,别人要帮忙是插不上手的。她边切猪肠子边絮絮滔滔地说:"今日早上,大门口树上的喜鹊子叫哩,晓得家里会有贵客到,我就用天麻煮鸭子煮了一大钵,哎,这刻只炒付片肠。"她把付片肠炒得香喷喷,又把青辣椒炒得火辣辣,刺得小兰的鼻孔痒痒的,连打几个喷嗽。把胡才笑弯了腰。

桌上摆着四大碗了,刘陈氏老人又从酸菜坛子里,抠出来酸刀豆,盐萝卜条,端上桌来,喜笑颜开地说:"六碗,六六大顺哩。"她端饭碗,忘记扒饭,不住地把小兰打量。好半天,才喃喃地问道:"小兰仙姑,你合过八字没有? "

小兰正在津津有味地嚼着天麻鸭,听到刘陈氏老人问她找郎君没有,不由拿眼睛瞟了一眼胡才,再睃一眼刘寿仁的表情,尔后狼吞虎咽地把饭菜吞下,朝老人认真地回答说:

"还没配八字。"

"上门的媒婆一定多? "

"不多。"

"几个? "

"一个。"

"那会是谁? "

"……胡才。"

"胡才? 他……只能算作媒公。"

这下,把胡才闹了个大红脸,口里的饭菜,也不妨被呛了一下,差点呛得流出眼泪来。

刘陈氏老人转过脸来问胡才:"哎哎,你把这么好的仙姑做媒做把谁个呢? "

胡才,伶牙俐齿胡才,慌张得说不出话来,心里一个劲在埋怨小兰,不该在老人面前将他的军。这样的玩笑开不得的。

刘陈氏老人,夹了一筷子天麻鸭肉,送到小兰的饭碗里,又夹了一只鸭腿,送到胡才的饭碗里,特意蛮器重他,说:"哎哎,胡媒公唷,我屋里寿仁,从未与妹子合过八字的。托你帮个大忙看……"她突然走过去,把嘴巴对住胡才的耳朵,耳语道:"这个小兰仙姑蛮好蛮好,只怕寿仁修不到这个福。你看,行不? 你愿意帮这个忙不? "她要看着胡才点头,才走开。胡才被"逼"得无奈地勾了一下头。老人乐得合不上嘴巴了。

胡才、小兰和刘寿仁吃完了饭,洗罢脸,都提脚要出门了,刘陈氏老人却跑到门口来,拉住小兰的手,说:"你就不要走。我家里,缸里有米,园里有菜,笼里有鸡,塘里有鸭。吃的用的不差哪样。还可以到老莱子墓的小石屋上上香。这些年,我托老莱子圣人的天福,手脚还灵便。寿仁打推子,还做些上门工夫零花钱作家用。我儿子孝顺着咧,他记住学老莱子二十四孝中的'老莱斑衣'、'戏彩娱亲'咧。"

刘寿仁越听越不好意思,很少红脸的他,红得像支蜡烛了。走过来,对母亲说:"娘,我们要到老莱子墓石林子去,那里有急事要办。"

刘陈氏说:"寿仁,你有什么急事不能讲给娘听? "

刘寿仁苦笑了一下,说:"去阻止那些石匠乱挖乱凿。"

刘陈氏叮嘱道:"你们头一不要骂那些石匠,尤其不要骂石老倌。"

胡才很机灵,听出来意外情况,忙插话道:"你老让人家看见石老倌?"

刘陈氏老人答:"看见过。他乱挖乱凿我就不晓得了。"

胡才很纳闷,石老倌怎么会掺和进去呢?他是个石匠,也是个艺匠。他尤其讲礼义廉耻,痛恶贪财自私。他怎么瞎帮柴大爷到老莱子墓乱玩乱凿呢?不会,他绝对不会。哎哎,是不是刘陈氏老人年纪大,看走了眼?胡才想到这里,再问道:"到底是石老倌,还是石砌匠呢?"

刘陈氏老人松开小兰的手,用手指擦拭自己脑袋上的太阳穴位,回忆道:"这两个人,都像咧。"她一一道来:昨天晚边上来上香,看见小石屋的神龛右边,伸出一把青枝桠柴来。刘陈氏老人走过去仔细看,原来是长着小枝条、细叶子的东西,而蔸子上长的是人参,还站着泥巴,洗都没洗哩。她想,是哪个来老莱子墓上香,顺手在山里扯了人参,瞎完头又忘记带走?于是,她就四处打望,告诉丢东西的人。等了好一会,不见有人进来,她只好走出小石屋了。正在这时,一个身材高大的人,在门口一闪,快步走了。老人望着他的背影,甚觉有点熟悉:他倒有点像石砌匠咧。老人次日早晨赶来,那把人参不见了。是昨晚那个影子人拿走了?还是其他什么人顺手牵羊了?不得而知。刘陈氏老人又回忆道,此前的许多日子里,她总看见有一个身材高大的人,每逢月亮升起来的时候,他就来,神神乎乎地往石林子里走。这个人,他好像是个张古佬,走出月宫,下凡砍柴了。刘陈氏老人感觉自己,是拜老莱子圣人拜灵了,有神仙下凡来,她都看得见。所以,她不怕。所以,她胆子大。只要天上挂起月亮灯,她就敢到石林子里周围看一看,到老莱子墓走一走。她想:只要心虔诚,牛肉都敬得神。我为圣人做不得别的大事,但凡常到这里看看,不让害人精挖走老莱子墓,毁坏山林,一块石片都不准拿走。天地共有,人山共存嘛。至于夜里来的人,确实不多,好几个月了,才看见这两个人,又像石砌匠,又像石老倌。

"你老人家,看见石嫂子来了吗?"小兰插嘴打问道。

"没有。"刘陈氏老人摆摆头。

胡才听了刘陈氏老人一席话,觉得老莱子墓这块地方,发生了不少反常的事情:神秘,怪异。有人保护,有人破坏,从来就没有停止过。石砌匠和石老倌,谁在干正事,谁在做反事,分不清啊。人为什么不都齐着心往善良走呢?过日子,总是磕磕碰碰的,常常事与愿违。省心的少,忧心的多。何况,是一个老人夜里出门喃,她一不怕瘴气,二不怕瘟疫,心里只有仙女岭,心里只有老莱子墓,如今她心里又多了一个李慈惠仙姑。当然,她还念念不忘那位蝴蝶仙姑下凡来。可亲的刘陈氏老人,可敬的刘陈氏老人,等到得闲时节,我定会要写几首词章,颂一颂你老人护林爱山的情分,让那些与山水作对的人汗颜。可惜今日没带古琴来,可以一边吟诗,一边抚琴,向山倾诉,流水知音。你老不要笑话,读书人嘛,君子之座,必左琴右书。抚琴不为别的,是与天地沟通交接的通道,千万不要当作消遣的乐器。当年老莱子,把琴当作一种崇高的器物,他弹经拨论,修身养性,所以他的道家开山之作《道德经》,通天接地,无处不在。人类读了,必定养心养气,大自然听了,必定山绿水蓝。刘陈氏老人,你守候着老莱子墓,你守护着小石林,虽孤独,但高贵!胡才怀着对刘陈氏老人的敬佩之情,不好意思打岔问别的东西,只问道:"你老人家看到的人参,是一蔸多枝吗?"

刘陈氏老人说:"一蔸一枝,叶子细碎。"

胡才马上肯定说:"那就是仙女参了。"

小兰插嘴道:"仙女参是仙女湖边生的,老莱子墓不产。"

胡才分析道:"老莱子墓这地方不产仙女参,这里地貌复杂呀,说不定就是石嫂子追仙女参追到这里来的。"

小兰有打破沙锅问到底的一股劲儿,又有点疑惑道:"昨晚那两个偷仙女参的人,为甚不把那些仙女参,抱回家去呢?"

"他抱回家,那就太笨了!"胡才笑了,"狗急都晓得跳墙,笨贼也都晓得声东击西。他只有转移方向,跑远些,这样才抓不着咧。所以嘛,石嫂子朝着木鱼岭追,结果没抓着嘛。"

小兰听胡才讲得条条是道,心里蛮认同的,口里却故意不认同:"那不见得。石嫂子心里有数,昨晚和李慈惠师傅,在仙女湖守了一晚,今天一早又到木鱼岭去了,她想追到仙女参,又想抓到石砌匠。"

刘寿仁越听越不耐烦了,催促道:"再莫东扯葫芦西扯叶了,我们还是快点到石林子里去,不晓得这半天,又被那些石匠把它糟蹋得怎样了!"

五

刘寿仁、小兰、胡才三人,刚刚走下阶基,站在禾场里,向刘陈氏老人挥挥手,道谢着"劳吵了",仍又被她老人家喊住了。

"哎哎,瞧我这记性!"刘陈氏老人说:"胡才、小兰,你们都是读书人,帮我写几个字,画几封符,好不?"

胡才马上答应道:"写几个字马马虎虎可以凑合,至于画几封符,我可没学会咧,那要请言古佬来。"

"画符作甚么呢?"刘寿仁不解,问母亲道。

"不要问!"刘陈氏老人边把胡才拖进屋,边向儿子嘱咐道:"长辈讲话,小辈子听。娘有娘的事嘛。"

胡才坐在饭桌边。刘陈氏老人拿来了黄纸、毛笔和硃沙。她将食指,在一个茶杯里打湿后,就桌面上画个左三圈,右三圈,上三横,下三点,尔后从上至下一大竖,再在下边写个"封"字。她要胡才按着她的意思画。

胡才握起毛笔,沾上红色的硃沙,就在黄纸上,照葫芦画瓢了,果然,像一封符。他问道:"这叫什么符?管什么用呢?"

"这叫封符,"刘陈氏老人解释说:"请山神把凿山毁石封住。"

胡才心里一动,嘴巴不由微微颤抖着,尽量抑制着激动的心情:对呀!快去封住!凡间有难,请神助力。接着,胡才又多画了几封符,可是都被老人拿走了,不给他。胡才只好把剩下的黄纸、硃沙和毛笔包起来,对老人说:"统统借给我。"老人也答应了。

刘陈氏老人,把门关好,脚步咚咚地走出了禾场。她似乎是带路人,走在最前面。她不亚于一个四十岁急性子女人走路,脚步生风,七十岁人了,一点不显老态龙钟。

凿石的声响,越来越近,越来越响,刘陈氏老人做了个手势,表示快到采石场了,要他们三个人回避一下。她转身,走进去,看见三个匠,大概是刚刚吃罢中饭,正歇一下气。他们歇着,便一个个打起呼噜来。刘陈氏老人动作麻利,把符封,贴在他们正凿着的石柱、石墩和石条上。然后,她用右手掌,抹了抹头顶上的几丝散发,又把偏扣布衣前摆,拍了拍,最后,故意咳了两声嗽,把三个工匠惊醒了,睁开困意蒙眬的眼睛,看到跟前,忽然站个老年女人,把两只手叉在腰上,摆开了要训人的架势。果不其然,他们哈欠还没打完时,她就大声道:

"你们晓得我是谁?"

三个工匠都摇摇头,他们眼神惊讶,但都不怕她。

"我是守墓人!"刘陈氏老人说:"我十六岁嫁到仙庾岭,今年七十岁了。我守老莱子墓,守了五十四年!"

三个工匠,张耳听着,默不作声。

"我天天上香,天天磕头!"刘陈氏老人声音越来越高:"昨天夜里,神仙给我报了梦,说你们无法无天,拿把凿子凿石毁山。山神生气了,画出了封山符。看,已经封住了石林。"

工匠们看到黄纸红封符了,脸上神色抽紧了,眼睛瞪得很大,吃惊非小,一会儿就把目光折下来。一个大胆的工匠说:

"我们是请来的工匠。不是我们自家要凿的。"

"是哪个请的?"刘陈氏老人追问道。

"柴大爷请的。"那个工匠答道。

"不管哪个请的,封山了,你们就不能再凿了!瘟病还没彻底赶走,把石林子凿垮了,你们会要惹来新灾祸。赶快走,回老家去!"

这几个工匠,一听下了逐客令,不由神色紧怵,琢磨着收工还是不收工? 走还是不走? 自打被柴大爷请来,到老莱子墓侧边开山凿石,也有不少日子了,甚觉疲惫不堪,累得骨头缝里都发酸了。唉,弄几个血汗钱不容易,偏偏工钱,还未拿到手,这里山神要封山。干不成,走不成,如何是好? 他们镇定了一下情绪,互相递着眼色,几个脑袋凑在一起,终于临时想出了个万全之计:一是派个人去柴家,告诉他山神来封山,工匠要结账。二是山神符画得对不对,究竟是真还是假? 一定要盘一盘老太婆。就这样,报信的工匠一走,留下的两个工匠,一边收检着锤子和凿子,一边笑笑咧咧地朝刘陈氏老人走过来。那位高个儿工匠,显得有点学问,他先开口道:

"请问你老人家,这些封山符,是你守墓人画的? 还是道师画的? "

刘陈氏老人一听,心知肚明:来者不善,善者不来。她就脸上没笑容了,正色地说:"我已经讲过,山神画的。"

善于察言观色的高个儿工匠,看见老婆婆一脸铁色,忙自己弯腰拿起一条,比巴掌大不了多少的小方凳,吹吹上面落的灰尘。尔后递过来,客气地说:"哎,你老人家,坐坐吧。"

刘陈氏老人睃一眼,心想,黄鼠狼给鸡拜年?不吃你这一套!她便朝他摆摆手,说:"谢谢喽,我站着好!"

高个儿工匠见老婆婆挺傲气的,摆出了针尖对麦芒的架势,不由暗暗地倒抽了口凉气。停了停,就采用了谦逊的态度,试探着说:"在下,少辈吾姓高,出身在外做手艺,明理的事甚少。今日要请教长辈点事儿,不知你老人家意怪不?首先,请问你老贵姓? "

刘陈氏老人,见他换了付口气说话了,她也就用和气来回敬他的谦逊了,说:"本人姓陈,夫君姓刘,喊我刘陈氏就行。不用客气,乡里乡亲的,有话讲得明,牛肉敬得神。请讲吧。"

高个子工匠笑吟吟地说:"吾平素爱读点圣书,也就一知半解而已。惭愧。老莱子是我敬仰的人,也曾想到文昌阁来听经,都因靠手艺养生,未来成。请问,老圣人是什么时候到仙女岭来的? "

"据老班子讲,"刘陈氏老人仰起脸,回忆道:"大约是东汉初年间。老莱子领着父母和妻子,带着他的书《老莱子》十五篇,从湖北蒙山出发一路南行向古株洲走来,看到这里是福山宝地,有天然森林,有天然石林,还有天然药材,便搭建小石屋而居家,砌屋,开荒,待生活安定下来后,他又像从前一样,在二老跟前翻跟头,学狗叫,演唱些滑稽有趣的故事,让老人高兴。他说:'人生在世不当有什么奢求,要克尽孝敬之心。'"

高个儿工匠听得来了兴趣，又好奇又刁钻地问道："听说那时候，孔子专程到洛阳来拜见老莱子，老莱子收孔子做了学生。孔子也是否随老莱子一起过江西南行了呢？孔圣人是老圣人的学生吗？"

一直不敢露面，仍待在拐角处的胡才、小兰和刘寿仁，听到高个儿工匠问刘陈氏老人问到这里，不由更加提心吊胆，怕被问倒，露出破绽，无法自圆其说"封符"出自神灵之手了。他们盼刘陈氏老人能够灵机应变，以各种借口走到拐角处来，他们会耳语告诉她，如何回话与回答。然而，这位老人，根本没有意识到答非所问或答不出来之险。

刘陈氏老人为老莱子墓守墓这么多年，真是守出了灵气，读了几句古书的石匠，始终没有难住她。就如老莱子的仙气，附了她的体，她有问必答，张口就来。这会儿，她又回答说："哦，石匠师父，你问的是老子和孔子吧，那是当年东周年间，30岁的孔子，已游历四方，博学多才，永不知足，便长途赶往洛阳，拜见已是50岁的老子，向他请教礼乐之事。两人谈经论道，不妨孔圣人被老圣人带到太空祥云中巡游一番，使他顿开天地人和之茅塞。神游落地之后，老师老圣人向学生孔圣人，又细道了人与自然的关系。强调人与自然和谐，方能共生、共存、共美。反之，则丑、则恶、则消亡。孔圣人大叹：老圣人非凡人也，思想当属世界之最，就是说是顶天立地之世界智慧。他写的书《道德经》，也当属万经之王，朝朝代代也没法研究完。文昌阁的文昌帝君，大赞他的《道德经》是一部皇皇巨著。那么，请问高个儿石匠，圣人言：'天之道而不害，圣人之道而不争。'于你们，又于柴大爷，会有什么感慨呢？我老婆子，在这里，愿用一句文绉绉的话：洗耳恭听，润肺养心。"

冷不防，刘陈氏老人把话锋明明朗朗一转移，那伶牙俐齿的高个儿工匠，立马就慌了手脚，结结巴巴地答不出所以然来。一会儿，他发呆的眼睛，又滴溜溜转了，嘴巴皮子咂了几下，提出一个古怪问题来："请问你老人家，圣人老莱子，当过官没有？"

拐角处的胡才他也着急了，他也答不出。素来文人不问官嘛。

可刘陈氏，回答道："老子当过东周守藏史。老莱子一生未当过官。"

刘陈氏老人，语惊石林……

六

那边，柴大爷，坐着一张黑轿子，由两个家丁抬着。那长长的轿杠，上下忽悠地闪，发出咿呀咿呀的叫唤。想必抬轿人，是让柴大爷坐得舒服些，享受着儿少坐摇篮的滋味。然抬轿子的家丁，脸上滚着豆粒般的汗珠。黑轿子后边，跟随了一大帮人马：柴秀、张三花旦、言古佬以及背方桌提篮子的两个家丁。这支柴家人马，显然只有言古佬与众不同。他背着个包袱，目不斜视，一脸的严肃，嘴巴还时不时无声地蠕动，像在念咒，像在请神。

这边，躲在石林拐角处的胡才，趁两个工匠抬头远望柴大爷开来的人马之时，他便悄悄地向刘陈氏老人招手，把她引过来，二话没说，就带领她、小兰、刘寿仁，一起攀登上石林的"白腰带"间，走进一个大石窟里。谁知，刚一走进去，大伙呀的一声，就止住了脚步，发现石窟里有两尊石像，相向而立，那么亲和，那么慈祥，那么友善。站立左侧的，是老莱子雕像，他身材瘦削魁伟，头顶挽着高髻，身穿道袍，将左手拢于身后，右手握一卷经书，目光凝视远方。而立于石窟右侧的，则是孔子的雕像，他胸阔体胖，双手合于胸前，目视着远方，而身体左边佩戴有一把宝剑。他穿着雍容而不显华贵，庄重，大方，衣折的每一根线条抵达力量。这真是个大奇迹，四人从未见到过，究竟是哪一位大石匠雕刻的呢？仙庾岭的老百姓们，要感谢这位艺高仁慈的石匠，真实生动地绘就出两位圣人会师于此的历史盛况。说时迟，那时快，四人不约而同地向两尊石像抱拳打拱，又跪又拜："无量天尊！"

石林下的采石场，传来一阵鞭炮声，胡才、小兰、刘寿仁分别伏在石峰上往下看，果真是一张四方桌上放着天地国亲师位，点燃了香，亮起了烛，摆上了鸡、鱼、肉、蛋和贡饭。只见言古佬，穿着一袭黑衣道袍，又喊又念又唱，手之舞之，足之蹈之。尔后，他手端一碗水，用三根燃着的香，在碗口上划圈，有少许香灰掉进水碗里，他浑然不知，往自己口里喝了一口，就走到四个方向，一一地泼洒在地上，听得清他口里叫着"屋檐土地。"之后，便是天灵灵地灵灵的含混话语，也无法猜出他唱的内容是什么了。再接下来，又见言古佬，当众撕烂一把油纸伞，再捆扎成一个火把，又是画香，又是安水，又是吟唱，又是喊叫，他忙得满头大汗淋漓之后，才把油纸伞往煤油壶里一插，再扯出来，往蜡烛上点燃。他左手举起火把，右手在硫磺盆子里抓一把灰，向火把上一砸，顿时，火嘭地一声，火舌冲起很高。他东砸西蓬，不一会儿，就把所有的山神封符烧光了。烧光山神封符，言古佬还不罢手，拿出竹脑壳制作的卦来，双手合十，跪拜，作揖，再把卦往地上啪的一声丢下。只见两只卦都扑在地上，成"阴卦"。是"阴卦"就是山神表示不同意再开封凿石。柴大爷坐在竹椅上看卦，心里不悦，怎么不打圣卦呢？言古佬又请神，又安水，又从袋子里拿出米粒，撒向石场壁。然后，他再打卦，却见两只卦同时向天仰着，这叫阳卦。是阳卦就是山神告诉主家犯了杀，不许再开凿毁坏石林了。柴大爷见状，嗖地一声站起来，走到道师言古佬身边，耳语了几句，就自己向着红纸临时糊的"天地国亲师位"神牌，双手提了提长袍，双膝跪了下去，拜了三拜。站了起来，向言古佬示意，可以打第三卦了。言古佬果真第三次画香，安水，唱经文而打第三卦了。他将卦轻轻地斜向一丢,果真出现一只卦仰着,一只卦扑着,无疑这就是柴大爷盼来的"圣卦"了。瞬间,柴大爷脸上,由阴天、雨天转为晴天了。他皆大欢喜地故意大声问言古佬:

"山神开恩了么?"

"同意开凿取石了。"

言古佬也故意大声回答,这既是回答柴大爷,也是告之三位石匠们,不要怕山神封山,可以照样干了。

站在石峰上的几个人,沉不住气了,一个个要争着下去,与柴大爷论理。刘寿仁还恨不得要冲下去,捆柴大爷和言古佬一巴掌解气。小兰马上制止,万事不能打架,只能争辩。胡才向大伙做了个压一压的手势,他拿出从刘陈氏家里带来的黄纸、毛笔和硃沙,就挥写出一首诗来:

> 俯瞰石林绿玉簪,
> 峰坛高窟炼仙丹;
> 本是圣人真洞府,
> 拔地凌穹谁敢残!

胡才写毕,就要将这首诗飘下去,让柴大爷读小诗明大理。他刚双手提起诗单来,就被小兰挡住了,劝说道:"胡才,十万火急之时,谁有雅兴来读你的诗作呢?此是小巫去见大巫,会遭嗤鼻一笑的。"

"你有什么办法吗?"胡才反问小兰。

"有。"小兰说:"我去把师傅李慈惠请来,柴大爷就不敢再放肆了。"

胡才点点头,又说:"仙女娘娘驱瘴气诊瘟病守护仙女参,她快累倒了,我不忍心再去喊她来呀。"

刘寿仁一听,忙说:"我去把文昌帝君老请来。"

刘陈氏老人插言道:"也来不及了。"

胡才望着摊在地上的诗,不能发挥作用,又想不出另外的好办法来,他便搓着手板,急得团团转。他走出大石窟来,深深地吐了口气。这当儿,他又发现一个小石窟,便爬上去,伸进脑袋往里面看了看,里面立着一尊小雕像,而不是老莱子和孔子,是如来佛石像。顿时,胡才心里,一动,欣喜了起来:这位无名石匠,太了不起了。他既尊崇道教,也不排斥佛教,让两个宗教和谐处也。胡才又在石洞边,看到一支桃木剑,插在洞边的石缝里。他想:自古以来,桃木可驱邪赶鬼,有着保长寿灭灾祸的神奇力量。显然,这桃木剑,就是这位或者几位无名石匠,保卫石林的卫士了。胡才激动起来,仰首所有的石窟石洞,知道里面都有圣人雕像端坐里面,我们只要把柴大爷引上石峰来,看到这一切,他定会面壁圣像,敬畏先人避退三舍了。于是,胡才回到大石窟里,把那首他亲笔所书之诗,拿出来,飘下山去了。

诗单哗啦哗啦飘到了采石场,眼疾手快的柴秀,捡起来吟诵诗作,先是心里一惊,继而细看这是胡才的笔迹。顿时,柴秀轻轻地笑了,心里在说:"胡才,原来,这山神之封符,就是你画的啊。我们是乡邻而居,干嘛不直言?转这么大个弯子干什么?你心里的小九九,能告诉我吗?我们是青梅竹马呀。你怎能拒情于千里呢?今天,我要上石峰抓到你,你有千张嘴巴,也理亏啊……"

柴大爷见柴秀,捡着一张黄纸诗单,默不作声。又见张三花旦走拢去,看了看诗单,也不作声。他便用颜色向言古佬示意,要他把诗单拿过来。这时,柴秀开口了:

"爸,我爬石林去。"

"爬上去干甚么?"

"探秘!"

"不要上去,那很危险。"

爱女柴秀是柴大爷的掌上明珠,她既然要上险峰探秘,他是阻止不住的。柴秀说罢,拔腿就往石林后山走,张三花旦紧跟上去,被她挥手拒绝了。她要一个人上去,说不定今日就跟胡才一起,无限风光在险峰了。她心窝里,热乎乎地有只小兔在跳……

胡才往下看,发现柴秀看了诗单之后,就独自一人爬了上来。她是柴家的金枝玉叶,不能有闪失,伤着她哪里哩。他想着这,便迅速往下爬蹬,去接她上来,看洞中圣人和洞边桃木剑。两人走近了,胡才伸出双手去扯时,没想到柴秀全身扑进他的怀里,她抱得很紧,慢慢地仰起了那张白里透红的漂亮脸蛋,颤抖着张开了那樱桃般的薄薄嘴唇。胡才感到突兀,搂着她,在石峰的"白腰带"里,既不能松手,更不能推开她,他俩的安危,就在这热烈的相拥里。胡才先是想着小兰,躲着柴秀寻来的红唇,小声说:"莫咧。我站不稳咧。"尔后,他内心底里有股热流,溢遍全身,他便再不躲闪了,迎着柴秀的红唇,吻着、咬着、吸着,把柴秀那甜津津的柔舌,吸进自己口里……

站立高处的小兰,向下看到了这一幕,她转过身来,从水袖里拿小手帕,擦拭着刚刚溢出眼眶的泪花。站在身旁的刘寿仁,发现了小兰暗暗抹泪,不知她为谁欣喜,为谁伤心,他便喊来母亲刘陈氏,陪着小兰了。

石林下的采石场,柴大爷仰脸高声呼喊道:

"柴秀,你探秘了什么?快下来!"

柴秀向采石场,一字一句地尖声喊道:

"石林峰上有老莱子圣人!你们快上来!"

第 **8** 章　东山坡
● Dong Shan Po

一

　　东山坡,有日照东山之美景,也是生长神秘灵芝的福地,传闻这里神秘灵芝,就是神仙下凡种的仙草。谁寻得到它,就可以还魂,就可以健旺,就可以长生不老。

　　东山坡,位于仙庚岭以东,恰与位于仙庚岭以西的老莱子墓小石林,互为一只织布梭的两端。而这里的东端,却比西端要长绵于数十里,而且是大坡小岭,相连相接,如起伏的绿色泥丸,牵连不断地铺向远方。李慈惠、小红、张三花旦和寿星四人,这刻已爬上东山上的最高处,俯瞰大山密林,颇觉壮观:只见山风起处,林海翻滚,仿佛那不尽的绿色海浪在追逐什么神灵圣物,因而潮涌浪翻不止。

　　李慈惠眼望着山浪林涛,她内心里,也在翻江倒海:今日出门,能寻找到宝物灵芝吗?这是驱瘴气诊瘟病配方中的一味重要药哩!文昌帝君告诉她,采灵芝要到东山坡去,还给她派来了寿星做帮手,作向导。也感慨张三花旦,一早赶来会见文昌帝君,道谢李慈惠在大戏台洗药池救了他一命。今日碰巧遇到李慈惠要去东山坡采药,他高兴告之,他家就住东山坡响泉处,比寿星更熟悉这里的一草一木,他也可以作采药的向导喃!这让李慈惠十分高兴,也更让小红高兴十分。小红甜甜地笑着,脸蛋上荡漾着两个可爱的小酒窝。张三花旦无意中多忘了她两眼。这一望,小红的脸上,像贴上了薄薄的红纸了,艳丽动人。平日心里不太花的张三花旦,感觉小红比柴秀长得更秀色可餐啊!那柴秀做他的徒弟,跟他学演戏,跟他学弹古琴,上手很快,台步适中,做工如意。她真是学什么,会什么,渐渐地他心里暗恋着柴秀。然昨天下午,他随同柴大爷大队人马去老莱子墓边的石林,求山神不要封山,后来看到柴秀一个人爬上石峰山腰,扑进了胡才的怀里,他心里咚一声,也痛了一下。原来,柴秀心里早有主啊,这就断了他这根单相思了。因此今日一早,他向柴大爷和柴秀打了声招呼,说多日离家传艺,未招抚身体不太好的父亲,要回家看看咧。柴秀依旧那样甜甜地笑着,把他送出门来。哎哎,柴秀脸上的两个小酒窝,怎么和小红的小酒窝,一模一样的好看呢? 于是,这刻儿小红就如同一片磁石,吸引着张三花旦的目光发亮儿,有神儿,左闪右跳。

李慈惠穿着洁白罗裙,在油绿绿的树林里穿行,把罗裙染得一会儿深绿,一会儿浅绿,一会儿黄绿,一会儿墨绿。时见林子里鸟栖鸟飞,绿意悠悠。感觉着鲜嫩的绿,使自己超然物外了,随林子里凉爽的绿风吹拂,这让她环顾张望而干涩的眼睛,也温润起来,瞳仁瞬间也变得亮烁而神采奕奕。

张三花旦见寿星肩膀上背着个包袱,在前面赶路当向导,还一边用纸和笔记录着什么。他便放慢脚步,跟随在李慈惠身后,悉心照扶仙女娘娘采药行踪,以防万一发生意外闪失。艺人的眼光是敏锐的,他感觉李慈惠走路有点趔趄,便立即在一棵碗口粗的树上掰下一根枝条,将小枝小叶摘掉,递给了李慈惠,说:

"仙女娘娘,你就当拐棍用吧。"

"谢你喽。"

李慈惠接过拐棍,感觉很沉,细看了树皮之后,不由叹息道:"这是石树,你不该折断它。"

张三花旦露出一口雪白的牙齿来,恭敬地朝仙女娘娘笑笑,忙说:"石树,东山坡多着咧,这又不稀奇。"

李慈惠一听,就晓得这位花旦只会唱戏,身在山间不识树木和药材的特性。

她就耐心地告诉他:"怎么不稀奇呢? 木匠的刨子,推匠的推芯,染匠的踩滚,都是靠石树做的,不然就刨不得木,推不出米,染不得布哩。"她说罢,把拐棍递给了小红,嘱咐说:"你好生拿着,带回去给文昌帝君做拐杖吧。"

小红握着小石树棍子,来到了山林中的一条溪流边。溪儿足有两丈宽,水清亮见底,看见鹅卵石随水波在晃动,有一群小鱼儿,摆着尾巴在游玩。忽又看见张三花旦的倒影映在溪水里,他那脸块和自己的脸块挨在一起了,顿时,她心里一跳,脸倏地发热了,不由悄然偏着脸,抬起头,正与朝她看的张三花旦目光碰在一起了。小红抿着嘴巴儿甜甜地笑了,又迅急地转过身来,朝李慈惠说:

"师父,这儿没有桥。"

"哦,我看见了。"

"我先下去试试水,再来背你过去。"

"你去试吧。"

李慈惠回答得很随意,她察言观色,看出了小红的心事儿,她是不是想着法子,要与张三花旦牵手呢?我就在一旁敲敲边鼓儿,支持吧。小红哎,你可要问问他有没有家室堂客? 感情的这码事儿,性急喝不得热开水哟。

小红真的就在众目睽睽之下,急急忙忙地脱下自己的鞋袜了,挽起了罗裙,露出白嫩白嫩的脚杆来,这可令张三花旦心里慌了一下,赶紧车转身去。心想,小红哎,对不住啊,我不是故意要看你的腿咧,我的眼睛没躲得赢,这刻只好用背对着你了,你不会介意吧? 不一会儿,他听得小红压低声音唤他:

"花旦,请牵我一下啰。"

张三花旦车转身来,去抓她的手。

小红惊吓般地把手一缩,叫了起来:

"莫,莫牵我的手。"

"吔!"张三花旦甚觉奇怪了:"你刚说要牵手,又说不能牵,逗我玩儿啊? "

小红脸红了,不由带着哀怨的神色莞尔一笑,就将自己手里握着的小石树棍子,把一端递过去,柔声地说:"你把我……牵到……水里去吧。"说到最后几个音,几乎是低得听不见了,脸也红得不能再红了。

张三花旦牵到溪水里。小红感觉溪水凉凉的,踩在水中卵石上,滑滑的。她只走出一丈远,就迫不及待地低头看水中的脚边,那水泡儿,一个个向上涌出来,打着小漩儿。可是,再提脚时,脚板打滑,哧溜一下,她不由尖叫一声,眼看就要掉进水里成落汤鸡了。

张三花旦听到小红的叫声,扑过来,趟得水哗哗地响,眼疾手快,一把抱住了她。

小红落进张三花旦的怀抱,甚觉自己头重脚轻了,是受惊吓的昏眩,还是幸福瞬间到来的眩惑,她已分不清了,渐渐地,她听到了一个男人激动的心跳声。她,闭上了眼睛……然而,这个幸福的时刻,太短暂了;这个温暖有力的臂膀,只一会儿,就松开了。她不由睁开眼睛一看,原来,张三花旦把自己安放在溪水边的草地上了。他走得远远的,去抹汗水了。

这时,李慈惠走过来,弯下腰,先用手背,探了探小红的额头,又用拇指,在她额头上向上刮了三下,口里念念有词:"小红魂回来哟,火引冲天。"

小红听着这话,忍不住细声地笑了:"师傅,我的魂,还在花旦的怀里,千万莫冲天哟。"

李慈惠见小红并未受惊吓,还在撒娇俏皮了,就伸出一个指头,在她的鼻子上刮了一下:"便宜了他,那不行!"

师徒俩,咯咯咯地笑起来。

李慈惠把小红扯起来,望着水溪,又看看周围,有倒卧的林木,就向远处的寿星招手,要他过来,又喊张三花旦也过来。人到齐了,她便指着水溪问了最前方是哪里?总结了下一步如何走,她便打着商量说:"这是一条去大围山方向必过的溪,但是没有桥,刚才小红差点滑倒在溪水里了。我们能不能搬两根倒伏的木条,再砌三个石墩,做一张桥呢?"

"行啊!"三人齐声答应着。大家伙都乐于修路建桥做善事。寿星和张三花旦,立即就抬来了两根倒伏在地上的杉木条。李慈惠带着小红,在水溪边搬着石块和石头。尔后寿星和张三花旦,把鞋袜一脱,跳进溪水里,码起了石墩来。三下五除二,把木条搁上了石墩。李慈惠往上面一走,感觉桥窄了一点,老人过桥不会放心,于是她和小红又去抬了一根木条,桥宽了,大伙也乐了。都走过了往大围山方向的桥。

走过了桥,小红建议说:"给桥起个名字吧。"

寿星眨巴着眼睛,想起是来寻找灵芝的,他把手掌一合,嘿嘿笑道:"有了!桥的名字抓在我的手里了。"

小红追问道:"你莫磨人啰!是不是叫长寿桥?"

寿星把脑壳摇得像拨浪鼓。

此时,张三花旦望着李慈惠一身洁白罗裙,便来了灵气似的,大声道:"白仙桥!"

"白仙桥"一出口,都说要得。张三花旦和寿星,还用白色石头,在溪水中,摆出"白仙桥"三个大字来。

二

过了白仙桥,东山坡的景色更迷人了,坡上坡底,树连着树,枝挤着枝,樟树在北坡比翠更绿,枫树在南坡殷红如滴;还有一簇簇映山红,这里那里绽放,娇艳诱人。也许是昨夜这里下了雨,那山雾似山林呼出的气体,源源不断地从山底,翻涌上坡顶了。站在坡顶往远看,峰谷幽林,在云海中移动。李慈惠、寿星、小红和张三花旦,凝望着雾漫林海,绿浪红颜时隐时现,宛如走在天庭里,说不出的神往和兴奋,似随天云仙烟在欲飘欲逸,且万籁无声,山静似太古了。忽然间,寿星拔腿就跑,从山坡冲下去。李慈惠忙喊他:

"寿星,你发现了什么?"

"人!"

寿星就卷进了影影绰绰的山雾中。

"莫名其妙!"张三花旦咕哝了一句。

"我以为他发现灵芝了。"小红打趣地说。

李慈惠没有作声了,她在运神:大概寿星平素在山林采药频繁,山林里的动静,敏于进目上心。他一定在雾聚雾散的间隙里,发现了一个人,在做着令他振奋或令他反感的事情,不然,他跑这么急干什么?这位寿星,人非木讷,却言辞笨拙,一生一世,他是个用他的勤劳代替说话的人。

小红看着李慈惠,又望望张三花旦,挺担心地说:"花旦哋,你是这林子里的土地爷,快去追寿星哟,万一迷了路,被老虫吃掉了怎么办?"

"嘿嘿!"张三花旦笑了一声,"小红,你是在替古人担忧咧。这位寿星,我常常在这个林子里碰到他。他背个包袱采药,每次采的药材数量不多。"

"为什么不多采些呢?"小红追问道。

"我不是他肚子里的虫,那就搞不清了,"张三花旦说:"我只能估计,他善做养生药膳。我就在竹林里,看见他在采天麻。我在梓树林里,看见他在采当归。"

小红打断张三花旦的话:"他背的包袱装不着什么东西。今天的包袱里,出门就鼓鼓的。"

"采珍贵药材,不在于多。"张三花旦说。

"那灵芝算不算珍贵药材呢?"小红明知故问。

"当然算。"张三花旦答腔道。

"你看见过吗?"小红紧问道。

"看见过。"张三花旦像故意卖关子,只讲三个字。

"也带我们去看看。"

张三花旦后悔不该讲"看见过"。究其实,他家后背山的石树上,就长着一朵大蘑菇,他父亲认定就是一朵巨型灵芝,一除寂寞,打发时间。因为这刻寿星跑了,他又不知道灵芝,究竟在什么地方有。至于他家里的那多,还在树上长,越长越大。只听老辈子讲,这里天麻、三七、朱砂莲最多,也未见谁说寻到过灵芝。谁寻到了,谁都保密。然而寿星,却偏偏把仙女娘娘和小红带到这里来,我也只能说"看见过"啊。唉,下一句,也只能这样说,尤其,在救命恩人李慈惠跟前,句句话要实打实才对哩。

真是巧合,李慈惠和小红坐在山坡上,正在这时节,她问张三花旦了:

"花旦,你认得仙女参吗?"

"认得。"

"是在东山坡认得的?"

"不,在仙女湖边的山上。"

"是什么时候——比如说,日里,夜里,到仙女湖边的山上去挖的?"

"那是在一个月亮蛮亮的夜里。"

"跟柴秀一起去的,是吧?"

"不……不是跟她去的。"

"你一个人去采仙女参?你认得仙女参?"

"跟我的徒弟去的。"

"柴秀也是你的弟子啊。"

"……"

"我猜对了吧?"

"……"

"你喜欢她,讲出来怕丑,是吧?"

张三花旦的脸色刹地一下绯红了,手都不好放在哪里好。把头勾下来。想起那晚上的一幕,真把自己的斯文丢尽了。那柴秀,跟我学演戏,她眉来眼去,蛮放得开手脚。师傅长,师傅短,也蛮亲热。我以为,我张三花旦,走桃花运了。可是,这谈情说爱,并非台子上演戏,射几个媚眼,半遮半掩,就成器了。然而,向意中人动真格的,欲速则不达,冷不防,碰了个软钉子,遭遇柴秀的坚决拒绝了。柴秀拒绝了好事,反过来把我花旦的颜面丢了,若不是跑得快,真被追来的石嫂子抓个正着。唉,那若暴露了我花旦在外强行野合,羊肉未吃到,反惹一身'骚',来不及哩。幸喜次日起床,在厅堂里与柴秀相见,看出她并未把花旦我出格丑态放在心上,气色依然,有说有笑,称师道兄,修旧如前。柴秀啊,原来你的心上人是胡才,我就怎么没看出来呢? 直到你攀上了石林拥进胡才的怀里, 花旦我如梦方醒。人生是戏, 戏非人生, 花旦我不会重演这一场戏了。李慈惠见张三花旦, 挺难为情地勾着头, 沉默不语, 她就知道, 他依然恋着柴秀, 依依不舍。然而, 这边的小红, 也极喜欢花旦, 睡梦里曾道着花旦是个好蛋蛋, 可惜无缘一锅煮饭饭。小红蛮有意, 你花旦留意了么? 再说, 小红偏不解花旦的真性情, 你可要向他的心湖里撒网打鱼呀, 探究人家也喜不喜欢你呢? 人世间, 一辈子, 都在互相究对方的人心深浅哩, 你能例外么? 这里, 师傅我, 帮你一把吧, 你可要好生听着哩!

静默了许久, 李慈惠用关切的目光, 从小红的脸上移到张三花旦的脸上, 感叹地说:

"花旦, 你是艺多不压身哦。"

"何以见得? "花旦抬起头来, 没有出声, 急切地在心里问道。

李慈惠说:"你会演戏, 也会写戏, 是啵? "

张三花旦没有答白, 却点了点头。

李慈惠又说:"你会穿衣, 也会裁衣。是啵? "

张三花旦诧异地睁大了眼睛, 终于张开了金口玉牙, 说话了:"仙女娘娘, 你这也看得出来的? "

李慈惠笑了笑, 挺亲切地说:"你的母亲过世了, 父亲作田。你家不请裁缝上门, 你把母亲以前的针线盘子端出来, 自己传真走下来。瞧你穿的衣服, 裁剪都合身, 然而那针脚有点儿乱。你绞针少, 推针多, 看得出蚂蚁在爬衣缝哩。"

张三花旦不由勾起头, 看着自己身上的衣服, 那针脚真是粗细不匀的, 被李慈惠仙女娘娘看出了"破绽"。他憨憨地笑了, 老实承认了, 他演戏的所有戏剧服装, 都是自己裁剪, 自己缝制的咧。他一双手, 白天作田, 晚上排戏, 闲时也不干风流韵事, 只想百事不求人, 自己动手料理台上台下。他忙里忙外忙到三十而立, 还未遇到合自己心意的妹子。好不容易, 发现了柴秀, 却又仍高不成, 低不就, 总总, 走不出打单身的命运喃。

"花旦, "李慈惠在这深山密林里, 像下毛毛雨似的对张三花旦说:"这阳世间, 有不少好女子, 喜欢你。你九九归原, 不心花。这就好。"停了停, 她转脸望一眼小红, 再移动视线在花旦脸上, 又鼓励, 又劝告, 语重心长地说:"姻缘一定, 顺其自然, 不要强求。"

张三花旦, 听出李慈惠话里有话, 什么强求? 我只强求过柴秀一次, 没成事, 反成了教训。未必, 你这也知道? 要知道, 本人再不敢奢望, 去讨才貌双全的女子做堂客了。你仙女娘娘, 是在关心我花旦, 还是在套话呢? 是劝我放弃柴秀? 还是在给小红牵线搭桥?

"花旦，"李慈惠呼着他，并未是巧合了他心里的小九九，这会儿，她猛不防提出个问题来："那个有亮的晚上，你和柴秀扯到手的仙女参，拿到哪里去了？又作了什么用呢？这可是诊瘟疫的珍贵药材！"

张三花旦听了惊讶不已：哦哦，你李慈惠仙女娘娘，究竟是凡人，还是神仙？怎么全都晓得我的心事和私事呢？我该如何回答这个问题？哄，肯定不行，真菩萨面前，烧不得假香。于是，他老实交待了：那仙女参，先是藏到老莱子墓的小石屋里，后来按柴秀的要求，要言古佬种在茶山里。再后来他什么也不知道了。他至今，心里有愧，悔不该去踩柴大爷的高门槛，偷鸡不着蚀把米，忘了仙庾岭的大灾大难了，恨死自己了。

李慈惠看着小红的面庞，一会儿红，一会儿白，看出她在掂量张三花旦的人品了，是继续喜欢他，或不喜欢他了？还是该原谅他和不原谅他？小红在心里，把张三花旦的灵肉，像剖篾一样，在剖了青篾，再剖黄篾，尔后把这些篾片条，去编织出个盛米包子作家用的腰篮来。

巧不巧，小红正要用眼睛暗示他：花旦，你总算在真人面前，诚实起来，这就放心了。那边张三花旦，也把目光，送过来：小红，你会讨厌我吗？正是这一刻静默里，忽听得从坡底的雾幕里，跑上来寿星了，他气喘吁吁地对着他们三人，喊道：

"快！发现了一个戴白螺帽的人！"

三

东山坡的深山密林里，出现了一个戴白螺帽的人，为什么引发寿星去追赶呢？

寿星一时性急，追人追赶到大雾里，没来得及跟李慈惠、小红、张三花旦打招呼。好在这三个人，没有跟着也追上去，一直在原地等待寿星回来，人不走失。

寿星回来了，他小眼睛、小鼻子、小嘴巴，越发挤成一堆，胸脯起伏，气喘吁吁，满脸儿汗爬水流了。

李慈惠让他坐下，缓一口气儿，不急着追问他看见了什么？发生了什么？看见他脸色发白，她弯下腰去，在他的背上，用大拇指按了几处地方，然后轻轻捶打，寿星发白的脸色转红了。他站了起来，凝望着大雾，神色有些忧虑，良久没有作声。

李慈惠问道："寿星，你看见了什么东西？"

寿星回答道："我看见了一个戴白螺帽的人。"

张三花旦插话道："喜欢到白仙桥来的人，都戴一顶白帽子，我是见怪不怪了。"

小红也插话道："戴顶绿帽子来不行吗？"

寿星和花旦听了，不由扑哧一笑，看了一眼小红满脸的茫然，并不懂"绿帽子"的贬义之意，也就不好再取笑打趣了。尤其是寿星，他跟随文昌帝君修道炼丹，就地取材，研制出不少药膳，沉迷于养生长寿，年至四十几岁了，也未与任何女子也合过"八字"。他既无家室，偶遇"绿帽子"之类的笑话，也提不起太多的兴趣。

这刻儿，李慈惠又问道："寿星，你追上了那个戴白帽子的人没有？"

"追上了。"

"是哪个？"

"还没看清是哪个，他爬到树上去了。"

"你也爬到树上去了？"

"我没他爬得快。他像只猴子。"

"像猴子，你追它干什么？"

"他从这颗树上，爬到那棵树上，只听得一片树叶子响。"

"那就是猴子嘛。"

"是人。比猴子上树慢不了多少。"

"这个人会上树？又戴顶白帽子？"

"还背个大大的空包袱。"

"我明白了。"

"我也明白了。"

小红和张三花旦，听到他们两个都说明白了，又听不出所以然，如坠五里雾中。然而，又不好去打问，明白什么了。猜也猜不出的。机灵的小红，两只大眼睛一滴溜，便用"激将法"，对张三花旦说：

"花旦，跟我来！"

"干什么去？"

"爬树去！"

小红向张三花旦把手一招，欲拔腿就走，这可真把寿星矄住了，走上来，一把挡住了小红和张三花旦，迎头泼来了一瓢凉水：

"天神！你们要登天去么？"

"我们要爬树去！"小红装模作样想挣脱身，"你明白了么？"她故意把"明白了"三字说得很重。

"天神！"寿星急得脑袋两边的青筋都凸了起来，大声吼道："你们活得不耐烦了，要去喂蛇呀？"

小红一听到蛇，先是吓得吐了下舌头，接着又蛮不服气，但语气柔和："我们在树上，蛇在地上爬，怕它干甚？"

"姑奶奶咧！"寿星把担惊受怕的话，使劲用力地从牙缝里挤出来："东山坡，一年四季是个湿透了的大林子，蛇怕潮湿，都盘在树上咧。"

"啊呀！"小红吓得张开口，半天没合上来。

"嘿嘿！"张三花且见惯了蛇，他不怕。笑了。

李慈惠也会心地笑了。她是旁观者清，看出了小红临场发挥，假戏真唱，把寿星关注别人为重的真性情，逗出来了，且抖搂得淋漓尽致。因此，她很高兴，高兴这寿星是文昌阁矮个儿豪爽道士，总不忘日常修行，平素清简随性，他除了善做各种长寿药膳和家常药膳之外，还在离道观几十丈远的林子里，就地取材，砌简易小石屋，供远道来修行的人隐居，还在屋前屋后种菜，让文昌阁不缺家常菜吃。文昌帝君告之，他儿少就吃了很多苦，却又不于人前细说。磨难教会他厚道，助人，理解人，所以他阻止小红爬树防蛇咬。他随心顺性去求得内心安宁与力量，李慈惠心里对他顿生敬意，朝他呼道：

"寿星，继续带路，请！"

寿星带路，一行四人，走过白仙桥两里路的杉木林子，便来个左拐弯而后前行了一里之地，此刻那山里的雾霭，转瞬便没有"人在天庭"之感，似乎被林子里的山风荡尽消弭了。雾消停，但湿气很重，大伙正闻到了大雨之后，林木散发的酸腐生涩气味。寿星说："这就是梓树林，快到石树林了。"寿星说罢，刹住脚步，车转身朝四周看，又仰起脑袋，将视线往一棵棵树枝丫间移，像在寻找树上的鸟窝，又像是预防树上盘的蛇探出身子来咬一口。寿星闭口不开，且放慢了脚步。

大家伙随寿星走走停停，终于走进了石树（青岗栎树）林。这石树林，显然是个古木世界，既有挺拔蓬大的青枝绿叶，也有倒伏在地的枯枝硬木。硬木树干，比石头还硬实，刀砍不进，火烧难燃，树体重量比铁石岩还要重的。抬头望，树顶密不透风，显然，这里比任何地方都潮湿，都背阴，寻不到一丝挤进来的阳光，唯有山风，在林木间东游西荡，往这里那里送来清凉。

寿星站在一株很大的石树跟前，跟仙女娘娘李慈惠交换着眼色，意思是：不要走了，停下来吧，祭山神罢！拜树神罢！而后，才能寻找通灵圣物灵芝哦。

李慈惠点点头，同意寿星的安排。

寿星从自己的包袱里，拿出四顶白色的螺帽来。他正一一分发之时，小红接过白螺帽，就不解地问道：

"哎，这个，我不戴。"

"你为甚不戴？"

寿星眨巴着眼睛，不懂小红拒绝戴帽子的理由。

善于倾听意见的李慈惠，也在等待小红把话说完。

小红见寿星追问着,师傅李慈惠也目不转睛地望着,她,只好嗫嗫地说:"我……不戴……孝帽。"

李慈惠说:"白净,圣洁,戴圣帽,采圣物。"

寿星说:"山神高兴了,树神才许可。"

张三花旦说:"我就住在这一带,看到所有来采灵芝的人,都戴着一顶白螺帽子。可能就是仙女娘娘和寿星讲的这个意思。"

小红听了三个人的话,就主动把帽子戴到头顶上,把高髻完全罩进帽子里,虽则外表不蛮好看,但她感觉心里升起一股神圣之气,也就慢慢地自然了,悦意了。

李慈惠朝弟子小红点头,很庄重,不讲话。

寿星弯腰,去这棵大石树旁边,扒开了一堆枯树叶子,渐渐露出一堆,由各种石头石块搭配相宜而长条方正的石台子来。

小红问:"这是谁码的? 作什么用呢? "

寿星解释说:"这是古祭坛。"

李慈惠补充说:"拜山神和树神的祭坛。"

张三花旦说:"我们又没带祭品来,怎么拜? "

寿星连忙说:"我把祭品带来了。"

寿星说罢,就从自己的包袱里,端出来一碗煮熟的但没切成片的猪肉,还端出来一碗蒸熟的鱼,再端出来一碗没煮熟的三个鸡蛋。尔后,拿出几个米包子,分别在三个荤菜碗里放上一个。他不点燃三根香,只插在祭坛的石缝里;又拿出不点燃的几片纸钱来,摆在祭坛边上。

小红眼疾手快,跟上去要点燃香,烧烧纸钱,问谁带来了火引子。

寿星制止说:"山神向我报过梦的,不要点燃香和纸钱,小心火烛。"

张三花旦说:"山神在保佑树神。"

李慈惠更正说:"山神在保佑仙庾岭,保佑我们山民哩。"

寿星补充说:"山神和树神,都保佑灵芝,越长越大,通仙通灵,为山民消灾灭病。"

大伙都认为寿星讲得对,都不做声了。

这时节,寿星又从包袱里,拿出一对卦来。他双手朝大树作揖,双腿跪下去,将额头低下,弯到贴在祭坛的石块上,口里念念有词。接着,就把手里握着的卦,往地上丢。先打了个仰天的阳卦,又打了个扑地的阴卦,其后才打出一仰一扑的圣卦。

接下来,大家伙,都仿照寿星的样范,一一去祭山神,去拜树神。可没想到,最后去拜的张三花旦,不按仪式规矩来,惹怒了寿星。

四

轮到张三花旦,祭山神,拜树神,他都另外一条筋:他一不下跪,二不打拱,三不打卦请神,却从小红的手里,拿过来那根小石树棍子,两只手抓住两端,向小祭坛,向大石树,一上一下,摆动三次,这就算是祭拜了山神和树神。而且,他两只眼睛,在眼角睃来睃去,极其不严肃,没有一点敬神的虔诚。这最令寿星看不过意。寿星拿眼角瞅了瞅仙女娘娘李慈惠,看她脸上会流露出什么表情来,然而李慈惠,依然一脸不变的庄重,闭口不开。她也许在想:一乡一俗哦,她家父在苏州吴乡的深山老林里采灵芝,敬山神树神,不用"鲜口"的,只在古老祭坛上,插一面有"祭"字的布旗,然后就一边跪拜,一边丢米,把雪白雪白的米粒,撒在大石树的周围。米通灵,粮压灾。今儿个,寿星的祭拜,就是仙庚岭一代一代道士,采灵芝的时候,在这个祭坛里,举行神秘庄重的一个小仪式,应该还有拜天地拜神灵的大仪式的。也罢,我也不能朝张三花旦指指点点,他是这里的土地山民,是不是他有他的祭法?未必都要统一在一个样范里。等着吧,只要不是耍把戏,弹戏言,不是对山神树神不敬,那就放宽自己的眼界罢,有样没样,且看世上。

张三花旦,这会儿,又拿眼光去睃寿星的脸色了,他发现他,对自己的祭拜样范不满,把一双小眼珠鼓起来,鼓得圆圆的,俨像两个小铜钱,且还挤得额头上现出一个横摆的"川"字来。他觉得他过于严肃,还有点儿滑稽,嗨嗨,我张三花旦,祭过许多祭祀的。你的小小祭仪,只是雕虫小技,很一般,不大器啊!来吧,看我的吧,让你寿星看看眼界,见见世面。也许我的仪式,就能让山神高兴,令树神端出十年难得一见的大灵芝来嘞。

这刻儿,大家意想不到的,看见张三花旦,手端那根小石树棍子,下跪了。他躬身在石坛上,良久地不起来,口里也不念出什么求神之话,只是一片沉默。

不知为什么,小红看着张三花旦,久跪不起,她顿觉心疼,忍不住走上前去,伸出两只手,欲去扶他起来,却万万没有想到,花旦忽然嗖地一声弹跳起来,飞舞着那根小石树棍子,当戏台上的道具,作马鞭用了。

张三花旦男变女声,在祭坛前,向树神唱起戏腔来:

"奴这里,骑石马,穿云驾雾来!"

寿星一听,又上火了,你怎么在神明面前乱来神了:这哪是祭神?这是猫弹鬼跳!这是压癫子嚎叫!他想喊住他,说:

"花旦,你快莫唱了,好不好?"

张三花旦把寿星的话，一只耳朵进，一只耳朵出了，他继续边舞边唱道：

"奴祭神，请瑶姬，端出精魄华草！"

小红在一旁小声问李慈惠："师傅，花旦请瑶姬端出仙草，那瑶姬是谁？"

李慈惠也小声地告诉她："瑶姬，是炎帝的二女儿。"

尽管小红还没完全弄明白瑶姬的身世，既然你花旦的戏本上有她，这会又拜她，请她，今日能不能采到灵芝，就与她大有关系了。她是远古救苦救难的大药师是不是？和山神树神一样被尊敬是不是？花旦，你好好唱吧！

然而寿星却越听越烦。可不，灵芝是通灵圣物，岂能无规无距，又吵又闹！他不由发火道：

"花旦，请你闭嘴！"

"噫！嘴巴比了，怎的唱戏？"

"请问，这里是唱戏的地方吗？"

"请教，哪里才是唱戏的地方？"

"到大戏台去，叫你的娘娘腔！"

张三花旦是这地方唱界戏坛名角，他的戏迷少说也成千上万。他无论走到哪里，都有人愿意为他抬轿子，颇受人尊敬的，然今儿个，寿星红口白牙，诬蔑他为不伦不类的娘娘腔！我娘娘腔？就娘娘腔！他气得胸脯剧烈地起伏，两眼圆睁，伸出一只手，指着寿星，语不成句了：

"你你你！你你你你……"

寿星一见张三花旦，用手指直接指着他的鼻子似的，他便毫不畏怯，大步冲上去，拍得胸脯子山响：

"要打人么？来吧！来吧！朝这里！"

李慈惠也说时迟，那时快，疾步上前，挡在两人之间，把寿星推开。她又侧身，向小红眨眼睛：要她上前把张三花旦扯开。

小红很机灵，带着柔情和笑声儿，把张三花旦扯到一边，故意乐呵呵笑道："来，我来牵这匹石马。"她迅急地把花旦手里那根小石树棍抢过去。她生怕寿星挺胸拍掌对着上，花旦来火打一棍，那可会伤筋断骨咧。

李慈惠趁此借着小红的笑声了，她极亲切地问寿星道："哎，寿星，你怎么看出文质彬彬的花旦会打人呢？告诉我啊！"

寿星的脸色不那么血红了，渐渐地把头低了下去，又抬起来，嗫嗫地说："花旦指我鼻子哦！"

李慈惠又笑了："花旦是唱戏的，他讲话总要带戏剧动作。是啵？"

寿星问："这是什么戏剧动作？"

李慈惠说："你说他娘娘腔，他急得打出一串兰花指来。"

寿星佩服李慈惠会调解人的矛盾。他真的没看清，那究竟是不是兰花指？他也承认，张三花旦平日的脾气尚好，台上台下人缘也不错的。况且，父一代，崽一世，都是喝了墨水的人。然而，你为甚，在祭树神时，自作主张犯忌呢？

李慈惠问："寿星，你是药膳行家，很少看戏么？"

寿星"嗯"了一声，点了点头。

李慈惠说："你以后，不妨也看看本地花鼓戏。一方一戏，一乡一俗。甚至连敬神许愿，那些祭拜的仪式，也有所不同，而供奉之心相同。"

小红虽则站在张三花旦那儿，却向这边张开耳朵，在听这边师傅李慈惠的每句话儿，讲得入情入理，这好比在旱田干土里，下及时雨。小红这时在听话的安静状态，自然引起张三花旦也跟着聆听了李慈惠的每句话，温润着他躁动的心了。

张三花旦越听越后悔了，究其实，他内心里的真意，是一时兴起，控制不住自己祭神的表现欲望了。他在柴秀面前失态后，相思又在小红面前发莶了。他今日里，一路上，闻到了小红那水红色罗裙里，散发出来的清香味，缕缕入心，心里便由不着自己了，有小兔子在跳了。后来，在白仙桥溪水里，把她抱上岸，甚觉那身柔骨高贵哦。他太喜欢小红了，这个小仙女，把我的三魂七魄抓走了，所以祭树神时，便情不自禁地偏离了寿星示范的祭拜仪式，按照响泉处的规矩，可以唱祭，可以跳祭，还可以哭祭。哭祭总归有点悲，有点伤心，尤其不适合在心里有相思有爱情的时候哭的。所以嘛，只能骑石马，请瑶姬，端出仙草灵芝来咧。张三花旦后悔着，自责着，手和脚，鬼使神差了，牵起小红的手，向李慈惠身边走去。他望一眼寿星，嘴唇翕动着，想说什么，却又说不出来。

寿星也望了张三花旦一眼，那喉结分明在滑动，却怎么也倾吐不出声音来，但也让人看得出来，寿星的心态，很快趋于平静了。

李慈惠看见张三花旦，牵着小红的手走过来，小红也不缩回手去，两人在她面前，显得率真而亲热。她猜测这对儿，一是来继续听她谈天地人和之理，二是花旦主动找寿星搭讪，消除隔阂，友善如前。这些，自然让李慈惠高兴，如果自己再多讲下去，那便是会成一堆酸溜溜的废话了。此刻，她便沉吟起来，抬头环顾四周的树木景致，脸块上浮动着不尽的神往说："瞧，树与树相邻，藤与藤相牵，一个林子如同一个家庭，要既通风，又顺气，雨水足。风调雨顺了，山神树神显灵了，要山绿，山就绿；要树青，树就青；要仙草，仙草就飞到石树上，落树生根。"

他们未寻到灵芝，却先寻到灵气了。

五

快接近中午了,这石树林,不见雀飞鸟啼了,静得出奇。然而林中却又雾聚雾散无常了,仿若是这些石树古木的吐纳之气,一口轻,一口重;缠缠绕绕,在大石树或横向或盘曲的枝干上涌动,影影绰绰,缥缈恍惚。

寿星看着这乍隐乍现之雾,心里有些把握不住了,怕在雾中带错路,延误了寻找灵芝的时光,他便不计前嫌,把鱼肉蛋收到包袱里,主动走到张三花旦跟前,蛮客气地说:"花旦,看,雾又来了,我找不到山门了。"

张三花旦忙向寿星伸出手,想接过他那个沉重的包袱,说:"来,我也来帮你背一下,你就放心带路吧。"

寿星不让包袱给他背,笑道:"你莫看我个子矮,力气可大喃,包袱还是我自己背,这一块的路,就劳神请你带了。"

张三花旦一听要他带路,顿时,心里不由咯噔了一下,这这这,怎么行呢?这带路我是带不得的,那会要惹多少麻烦,多少是非哦。于是,他故作斯文,稍带谦逊地说:"寿星,你是采药行家,无数次到日照东山来采药,对这地方了如指掌。贵人多劳,还是请你坚持到底吧。"

花旦的推脱话,既讲得客气,又说得文绉绉的,真还把寿星难住了,脸上笑不像笑,哭不像哭,结结巴巴地说:"花旦,你带路最熨帖,你是……这一带的土地爷嘛。"

"咳!我哪能算土地爷?"花旦像念白着戏台上的台词,推脱得有板有眼:"我农忙作田,农闲演戏,一年三百六十五天,我有两百天不在东山坡,路认得我,我不认得路咧。"

李慈惠刚要开口,小红抢着说:"花旦,带个路,你怎么变成了新娘子上轿啰?为寻找到神药,你未必还要劝吗?"

糟了,小红击中要害了!瞬间,张三花旦觉得自己的心事儿,像被小红看穿了一样,真不好找到适中的话,来回答她。小红哎,你哪里知道,一朵灵芝一桶金哩,万一我和你成亲了,我发现和守护着的那朵灵芝,连你也跟着发了吧!你又何必撺我去带路呢?那是等于自己拱手把灵芝端给别人呀!你可不要跟寿星起哄咧。

小红见张三花旦听了她的话,一不千岁,二不万岁,走拢去,几乎是贴着他的耳朵根子了,催问道:"花旦,花旦!我本来是个皮棉性格,原来你们这些唱戏的人,比我还皮。要你带个路,又不是去登天,你干嘛端起海大个架子?!"

这时,寿星也插进来帮腔道:"你带路,有什么不便,你就告诉我们一声。"

张三花旦抿了抿嘴巴，耸了耸抬头纹，尔后摇了一下头，才说："带路，我一没得架子，二没得不便，就是不认得路。"

寿星马上顶他道："你一年四季，在这林子里出出进进，晓得出去，晓得回来，是啵？"

张三花旦说："这条上仙庾岭的路，晓得。"

寿星说："石树林里的木耳、蘑菇，你没采过？"

张三花旦说："没……采过。"

"莫讲得脚踏两只船。"

"采……采过。"

"那你带我们去。"

"什么地方？"

"没有灵芝，到有蘑菇的地方也行。"

"那……那也记不太清了。"

"朝那个方向走也可以。"

"东西南北，究竟是甚么方向？"

"树上长蘑菇的方向。"

"蘑菇仰起长的，向天的方向？"

"你不要钻牛角尖！"

"你问我答，你怪我钻牛角尖啰？"

"就是的！"

"呸啾！"

张三花旦和寿星又抬杠了。

小红说："有话好商量，莫伤和气哟。"

李慈惠靠上一步，好像在自言自语，又像是对他们两个人说："在塅里，见到人可以问路的；而在山里，见到的是树，树不做声，没法子问路。"

小红急了："那怎么办？"

李慈惠说："打猎的，猎物的脚印就是路；采药的，药材的气味也是路。"

小红又插问："那灵芝的是甚么气味？"

李慈惠说："闻不出什么气味，又稀少，所以难寻。"

小红摊开一只手，一只手把那根小石树棍子，丢得远远的，叹着气说："师傅，我们打回转吧。"

李慈惠紧问道："真的就回去？"

小红故意白了李慈惠一眼，说："没人带路嘛。"

李慈惠向小红会意地点点头，语意双关地说："哎，小红，路在心里，你也可以带路，找到灵芝的。"

聪明齐胫，要人提醒。小红经师傅李慈惠点拨了一下，心里犹如打开了一扇亮窗，不由乐得蹦了个高，一改往日的容易羞涩和脸红，俏皮地向李慈惠抱拳打拱道："谢谢师傅的栽培！"礼毕，她迅疾地转身，蹦到了张三花旦跟前，笑甜甜地说："花旦，我会带路，你相信不？"

张三花旦不由一愣，想了一下，刚要开口，却又把话吞了下去。他望着小红白里透红的脸蛋，捕捉她眼里的潜台词，似在这样说道："花旦，牵手罢，我们一起带路，要得不？"

静默了一会，张三花旦笑了笑，依然没吭声。

小红悄悄地伸出自己的脚，在花旦的脚尖上踩了一下，踩得轻轻的，有点悠长，似乎在说："花旦，你不喜欢我，同你一块儿带路吗？"

用暗暗的动作，主动去亲昵一个男人，这在小红，是生平第一次。她暗恋着花旦，已有几个难眠之夜了。今日这个深山寻灵芝，是个靠近他的良机。她在师傅的点拨下，就越发机灵，越加可爱了。何况，她也看出来，张三花旦也同样暗恋着她，他也同样抓住东山坡寻药的机会，千方百计地表现出自己才华，以让小红青睐，心生爱慕之情。

柔足之美，暖暖地涌动着成一股热流，流通张三花旦全身，他觉得两条腿有点发颤，腰眼也有点发麻，忍不住深深地看了小红一眼。当他的目光与小红的目光相碰，碰得他微微一怔，脸不禁红了。小红在心里，也不由扑哧一声乐了。

寻找珍稀灵芝，让两个年轻人走在一起，且生发了爱慕之情，这也李慈惠打心眼里高兴。然她看到他们俩一会儿眉来眼去，一会儿面红耳赤，一会儿又说着悄悄话，甚觉自己立在一旁，不免有点儿尴尬，就只好朝正在东张西望的寿星走去。

"寿星，你那包袱里，带来了中饭吗？"李慈惠小声儿地问道。

"唉！我忘记带米包子来了。"寿星不无遗憾地说。

"中午了，"李慈惠没有责怪他，微笑着征询道："中餐，怎么解决呢？"

寿星一时摸摸自己的后脑壳，一时又两只手板搓起来。面对仙女娘娘，他深感失职和内疚，像检讨般地解释道："我只记得进山，必须带祭树神的贡品，祭山神的祭品。就是祭山神的祭品，也没带齐。因为文昌阁缺这几样：白狗和白鸡。"他停了停，运了运神，和李慈惠打着商量："可不可以，返回到吧白仙桥，捞几条鱼，用山柴煮着吃，对付中餐？"

李慈惠摇了摇头："小心火烛！使不得。"

还未待寿星回李慈惠的话，耳朵挺尖的小红，真是眼看四面，耳听八方，她把师傅和寿星的谈话全听进去了。她马上皱起眉头，娇声甜嗓地说："花旦，快到中午了。我肚子饿了。"

张三花旦听了不由一愣，心想，我把你们带到家里去吃饭，会发现我屋后石树上那多灵芝吗？肯定会。来了高人李慈惠，来了采药行家寿星，哪会不发现的？但是，路上又弄不到中饭吃，更不能快到家门口而饿着大家。于是，他清了清喉咙，亮起唱旦角的戏腔：

"奴请诸位，切莫嫌弃，登临寒舍，就个便餐。"

六

张三花旦，挨近小红，两人肩并着肩，踩着山林蜿蜒的小路，往自己的家里走。一路上，小红就如同是花旦的徒弟，对花鼓戏的旦角怎么演？哪怕是一个动作，一个眼神，也要打破砂锅问到底，有股不弄懂不罢休的犟劲儿。她还恳求着，要花旦既唱了《盗仙草》的旦角，又唱了跨越花旦的《龙凤配》的小生。张三花旦越唱越神气，什么青衣、小生、武生的众多行当，边唱边演边走，看得小红眼花缭乱，啧啧称奇。显然，她在张三花旦眼里，是一个清纯稚气的痴迷花鼓戏的小姑娘了。

李慈惠和寿星也并肩跟随而行，他们很少说话，都被张三花旦戏路宽又嗓音甜润而吸引了，不知不觉，就来到了一栋白墙灰瓦的小瓦屋跟前。

张三花旦说了一声"到了！"，就捋起袍子，从裤腰带上，取出一把像扒狗粪的小钥匙来，插进木门上那把大铁锁孔里，一推一拉，就把锁打开了。他推出双合门，迎面让人看到厅堂里的神龛，神龛里摆着黑漆金字的祖宗牌位。厅堂两侧，摆着一溜太师木椅，有的磨损得掉了漆儿。不用问，这就能知道，这些太师椅，是张三花旦和他的弟子们，在农闲排戏时，用来作戏剧情景场面的布景和道具。难得的是，家里来客多，母亲早已过世，父亲也常常外出，很少归家。这里遇上排戏，花旦便要里里外外料理剧务和家务了。看来，没有一个愿意吃苦的山姑，来做花旦的内人。但是小红还有点不放心，他究竟有没有婚配呢？

小红眨眼上一步，看事做事，看到太师木椅落了灰尘，她便拿起墙壁上挂的鸡毛掸子，打扫着灰尘；又拿起墙角上的棕叶扫把，打扫着厅堂的地面，尔后，像个女主人似的，把李慈惠和寿星，请到太师木椅上坐下。

不一会儿，花旦在灶屋里，就在那耳灶口，把水烧开了。小红眼疾手快，寻到茶叶了，就一一泡了碗芝麻姜盐豆子茶。她端起两碗茶叶，瞟了一眼花旦，一路朝厅堂走，一路故意尖声叫道：

"嫂子，你快出来，家里来了稀客！"

李慈惠和寿星接过热气腾腾的茶,又听到小红她喊"嫂子快来",也真以为花旦有加适量。这会儿正从房间里走出来,两人便同时起身相见。谁料,未见到嫂子,只见到小红捂住嘴巴,扑哧一笑,暗暗地向李慈惠和寿星摆头,她俩才知这是小红施以小计,试探张三花旦有不有金屋藏娇?

岂料,张三花旦也不是吃素的,他知小红在故问探底有无妻室?那么我花旦就像根棉花条好了,先由着你搓,而后就由我来出纱罢。他动作麻利,又烧又炒,很快就做出了山珍野味:一个是野猪肉炒辣椒,一个是野兔肉炒甘笋,一个是鸡蛋煎瓜花。总共三荤两素,端上桌子。他再每人筛出一大碗水酒,且一一敬酒。李慈惠和小红,同时做出免喝的手势。就剩下张三花旦和寿星,两人划拳对饮了。酒过三巡,花旦便借着酒意,跑到他的卧室房间里,打开盛戏剧行头的笼厢,取出小生和旦角的戏剧服装来,神秘兮兮地走到小红的跟前,说:

"小红,你穿上这件红嫁衣。"

"我不。"小红顿时脸蛋绯红起来。

"是演戏嘛。"花旦劝说道。

"我不晓得演。"小红苦笑道。

"我在路上教了你演地花鼓喃。"花旦提示说。

"学不那么快,隔行如隔山。"小红摆出拒演的理由。

"易得,演新娘出阁前,关起门来演习拜堂。"花旦解释说。

听到是演习新娘新郎成亲拜堂仪式,小红心里暗喜,若是假戏唱成真戏,那就太美太美了啊。我何不顺乎花旦本意又合乎自己心意,答应他,穿上新娘嫁衣呢?但是,这又怎好开口表示愿意,那,说出来,丑死人的哩。顿时,小红两只大眼睛,像扯闪电一样,飞快地向张三花旦"闪"了一眼,便迅速埋下羞红的脸蛋。

张三花旦立马领会了小红眼里的话语,把红嫁衣给小红穿上,再蒙上盖头。然后,他给自己穿上新郎服装,口里念打着"冬且冬且冬冬且"的锣鼓点子,去牵起小红的手。小红把手一缩,他又去牵;再缩,再去牵。缩了三次之后,就半推半就状,随花旦,首先拜天,拜地,拜祖宗;接着就走到李慈惠跟前,唱喏道:

"拜高亲!"

花旦和小红双双腿到地上,弯腰躬背,面朝地面,且停顿了个公鸡打鸣的时光。

李慈惠又乐又惊地站起来,伸出双手,去扯小红和花旦:"免礼,快起!"

新郎新娘拜完李慈惠仙女娘娘,他俩又走到寿星跟前,唱喏道:

"拜上亲!"

花旦和小红,同样是双腿双双跪到地上,弯腰躬背停顿了那么一会,没听到寿星喊他们起来,忍不住偏脸看了他一眼,哪知,他从未遇到过这样的场面,也因为他是药痴,不看戏,也就不知道戏台上打常演出这样情境来。他只看看新郎新娘拜堂不转眼地笑,笑得很憨,憨到"冒傻气儿"了。

李慈惠赶紧小声儿对寿星说:"快喊他们起来呀。"

寿星说"请起来!"

花旦和小红同时迫不及待地站起来,不约而同地同时揉着有点发麻的膝盖。

花旦拍完戏剧服装上的泥灰,就向小红玩笑道:"拜了堂,新郎新娘要进洞房啦!"

小红一听,气急娇态地蹬了一下脚,两只拳头从水红罗裙的水袖里飞出来,放肆去捶打张三花旦的背:"哎哟,丑死我了!丑死我了!花旦,你这个坏家伙,我上你当了,下次不许乱拜乱说啊。"

花旦又故意说:"我这一辈子,只拜一次堂。"

谁料,小红听了,从水袖里掏出小手绢来,那是捂住眼睛和鼻子,肩膀轻微地抖动,但未听到哭泣的声音。

李慈惠见状心中有数,激情所至,喜极而泣。

寿星却安慰道:"看,玩笑嘛,快莫哭了。"

张三花旦上前拉开小红的手,真的看到她眼里的泪花了,他不由感到惊讶和内疚,那一张伶牙俐齿的嘴巴,瞬间变得笨嘴笨舌了,他陪着小心讷讷地说:"小红,对不起哦。哎,玩笑归玩笑,演戏归演戏,路归路,桥归桥罢。说了过火的话,我收回去,但是,我还是要当着你的面,讲句真心话:我打心眼里,我……打心眼里……好……"

李慈惠没有把花旦的真心话"好喜欢你"听完,就赶紧向寿星丢了个眼色,两人连忙起身,快步走出后门走到屋后山坡上去了。

"高亲"和"上亲"刚刚离开,小红猛然地车转身来,扑进张三花旦的怀里。然她的哭声像笑声,又是眼泪巴沙地说:"谁要你赔小心!谁要你赔小心!谁要你赔小心!"她说着说着含泪含笑地仰起脸庞。花旦去吻她的嘴唇,她将脑袋左摆右摆两下,两张嘴唇就合一处了。

李慈惠和寿星刚刚走到屋后的山坡上,被一棵绿阴浓密的大石树吸引住。两人同时仰望时,发现树杈间,长着一坨紫色的东西。

寿星眼尖口快地说:"仙女娘娘,快看,树枝桠上,长着一个大蘑菇。"

李慈惠绕着树看,确像一朵大蘑菇,长得蓬松,溜圆,厚实,然而再仔细看着时,她不禁果断地说:"寿星,这是一朵灵芝咧。"

"真正是灵芝吗?"寿星神色飞扬起来。

李慈惠又肯定地点点头。

寿星马上在张三花旦的后院子里,寻找木梯。

李慈惠说:"看到了吗?树的周围,扎了个刺蓬篱笆,保护这棵树,不让别人爬吔。"

寿星说:"难怪花旦不愿意带路,原来他有;灵芝。"

李慈惠绕着这棵大石树打圈时,惊动了张三花旦家里的一条白毛狗,它汪汪汪吠叫起来。这条狗像是这棵树的守护者,不断地叫,不断地扑上来,没完没了。

不能吵着山神不安,李慈惠和寿星从山坡上退下来。这一退,两人同时发现坡底下,又两只白毛鸡和两只黄毛鸡,在啄着小虫子。

发现了白毛狗和白毛鸡,寿星如同发现了盘古开天辟地的秘密,他不管花旦和小红这会儿亲热巴巴忙着什么,一个劲朝屋里喊:

"花旦,请你出来一下!"

张三花旦和小红同时跑出来,同声问道:"什么事哇?"

寿星脸一沉,说:"花旦,你真会装蒜!"

张三花旦一愣,听得莫名其妙,想转身就走。

寿星眼疾手快地抓住他的手:"把白狗白鸡白盐借给我。"

小红紧问道:"作甚么用呢?"

寿星说:"莫问我,去问花旦,他清楚。"

小红撇着嘴说:"正经八百问你,还卖关子。"

张三花旦用无奈无力的目光望向寿星,轻轻一叹,欲说什么,转脸碰上李慈惠的那热切关注的目光,便又噤声不语了。

静候了一会儿,李慈惠见张三花旦不表态借白鸡白狗祭山神,就知他舍不得把自家的灵芝,拿出来给文昌阁去炼制克瘟扫瘴的丹丸,就笑了,和悦地说:"花旦,好钢要用在刀口上。踏破铁鞋无觅处,花旦后山有灵芝。"

平素挺机灵的小红,听师傅这么一说,终于晃过神来,立马就双手抓住花旦的一只手,一边儿有节奏地摇摆,一边儿娇声甜语地说:"真的吗?你有灵芝,快捐出来。"

花旦尴尬一笑,点点头,同意了,还深情地望了一眼小红。

就这样,李慈惠和寿星,选定正午采灵芝良辰,寿星马上从包袱里拿出灵宝符来,要花旦牵着那条白狗,要小红抱着白毛鸡,李慈惠捧着一包白盐,然后一一摆在那棵有灵芝的石树旁,由寿星磕头作揖占卜请神。山神高兴了,一卦就灵。寿星搭梯子,从树上采下一颗褐色灵芝来。

第 9 章 望月亭
Wang Yue Ting

一

望月亭,是李慈惠、小红、小兰三位仙女,常常来此赏月和抚琴的地方。

亭亭玉立的望月亭,安安静静,伫立于碧波翠浪涌动的半山腰。亭子由六根石柱,撑起金色尖顶,红色琉璃瓦沟,蓝色翘角飞檐。石柱上,分别雕着神采各异的仕女图。有一圈坐椅,绕着石柱而设,供仙女们歇气和赏景。每每,山民们,又喜欢把望月亭,称之为仙女亭。

往往,仙女们抚琴赏月之后,便起身回文昌阁了,这时,亭子四周,忽然地这里那里,拱出许多老少山民们来。他们中,有的跑到亭子里,烧香磕头,口里念念有词,声声感恩仙女们,从遥远的地方,跑到仙庾岭来,冒着生死穿行瘴雾采药,帮山民们除瘴气,灭瘟疫,救人抗灾。今夜,月朗星稀,山民们来会见仙女们的,会比较多。因此,胡才和胡蝶两兄妹,早早地吃了晚饭,就背着那架古琴,来到望月亭里。他俩等候了许久,也未见仙女们走下文昌阁。胡才和胡蝶,心里都有些着急了,胡才并非只为了"叩拜",他等候着月色良辰,要向小兰解释"误会":那一天,在小石林,他和柴秀之间,那确实是人立险危处,他不得不这样相拥才相安啊。可是,小兰,你为甚不来望月亭呢?我胡才还有胞妹胡蝶,一起来看望你呀!小兰,你仍在生我的气吗?难道,我就是浑身长嘴也讲不清吗?小兰,告诉我啊!

胡蝶见胡才,枯起了眉毛,一脸的焦虑,把古琴搁在亭子里的石椅上,无心抚琴了。

胡蝶说:"哥,我上文昌阁去。"

胡才问:"你去干什么?"

胡蝶说:"我把小兰请到望月亭来,跟你谈谈心,说说话儿。"

"不必,"胡才叹声气,无力地摇摇头:"大可不必。"

"这又何苦呢?"胡蝶有些不解,"哥,你不要把感情问题,搞得那么复杂。"

胡才仰起脸,望着月亮,说:"你会听我的解释吗?唉,你听了之后,会相信我吗?"

胡才好像在问月亮,他似乎把月亮当做了小兰。可是天上的月亮,没有回应他。因为月亮不是小兰。

胡蝶两只手,抓住了胡才的肩膀,使劲儿摇着他,提醒他道:"哥,天上的,那是月亮,不是小兰,你跟月亮谈话,不如自己弹古琴呀。"

胡才哭不像哭,笑不像笑,摆摆脑袋,说:"胡蝶,这,我没心情弹。"

胡蝶把古琴搬到自己身边来,说:"你不弹,我来弹。"

胡才无力地靠在亭子的石柱上,仍然仰望着月亮,忽又伸出一只手来,压了压,制止说:"胡蝶,让我安静一会儿,好么?"

这回,轮到有个好脾气的胡蝶,也生气了,她提高了点声音,一字一句地说:"哎,哥,你这是为什么嘛?小兰不来,你在这里痛苦;我去喊她,你又说大可不必,你,为什么要自己折磨自己呢?"

胡才听了胡蝶对他的埋怨,心想,妹妹是在恨铁不成钢。可我和小兰之间的误会,根本不是这码事儿咧。如果再"误会"下去,小兰就会是刘寿仁的妻子了。这,如何是好?

胡蝶看到胡才不吭声,只唉声叹气,便有些急躁地蹬起脚来。

"哥,你不能这样!"

"要怎样呢?"

"要吟诗!"

"吟不出。"

"要弹琴！"

"弹什么？"

"弹……月亮粑粑。"

"那是细伢子歌。"

"细伢子歌好听！"

"那只你喜欢听。"

"小兰也喜欢听。"

胡才心里不由一颤，原来妹妹胡蝶的一片苦心，要他在望月亭弹拨古琴，让琴声飞扬起来，飞到文昌阁去，飞进小兰的心里。然后，小兰就跑到望月亭来，与胡才相会。两人相会了，比一边干着急好。胡才认定这是个好主意，很感激地瞟了胡蝶一眼，就把古琴搁在自己的膝盖上，拿起铉片，在七根琴弦上，五六工尺车地刮拨起来。

也尚是巧，琴声刚一响，月色里，有三个人影，不声不响地朝望月亭走来。

胡蝶眼尖，看清了那三个人影子，一个是石老倌，一个是石嫂子，一个是小石头。小石头跑得最快，蹦蹦跳跳地一下子就到了胡蝶和胡才的跟前，欢喜地喊道：

"胡蝶姐姐！胡才哥哥！"

小石头扑过来，胡蝶双手搂着他。

小石头和胡蝶，比同胞姐弟还要亲热。那时，小石头遭遇蛇咬和狗咬的时候，是胡蝶悉心照扶他的。他这次扑到她的怀里，感到温软软地温暖，甜丝丝的甜蜜。这一回，他不想离开姐姐，要她抱久一些，抱久一些。他口里喃喃道："姐姐好软，姐姐好香，姐姐抱我到天光。"

胡蝶听了小石头儿歌般的梦呓之语，好感动，又好伤感。她觉得，石嫂子操心重，俨像猴子跳圈，忙上忙下，因此很少有时间来照扶小石头的。小石头好可怜，亲爸爸跑了数年不归，孤儿寡母的日子过得紧巴。幸被文昌帝君老道长接到文昌阁，才像个人样地活着，小石头也才有快乐，且又幸运地获得了干爸爸石老倌的父爱。然而小时候的快乐，就像夜里天上的月亮，一会儿挂在树上，一会儿走进云里，明明暗暗，停停打打，不顺畅。今日在望月亭见到胡蝶姐姐，他好喜欢，好快乐啊。忽然地，几声琴响，小石头抬起埋着的头，离开胡蝶，走到胡才的身边，用小手在古琴上摸了摸，又好奇地拨了拨琴弦，问道：

"胡才哥哥，你会弹歌吗？"

"会。"

"胡蝶姐姐也会弹吗？"

"也会。"

"那你就吹笛子,把琴给胡蝶姐姐弹吧。"

小石头说罢,就要去拖胡蝶来。

胡才忙解围说:"小石头,你来唱歌,我来弹琴,好吗?"

"唱什么歌呢?"小石头仰起小脸蛋,眨巴着眼睛。

"《荡秋千》,要得不?"胡才问他。

"要不得。"小石头摇着小脑袋。

"《夜哭郎》,要得不?"胡才再提一首童谣。

"也要不得。"小石头甩一下脑袋。

这也要不得,那也要不得,胡才有点耐不得烦了,把眼珠儿一鼓:"扳翘!"

"我不晓得唱扳翘。"小石头作古正经回答道。

这一声回答,小石头把胡蝶逗得笑弯了腰:"小祖宗咘,扳翘不是歌。胡才哥哥心情不太好,见你磨他这不唱那不唱,说句斥你的话。"

小石头认真听罢胡蝶姐姐的解释,半懂半不懂地点点头。点完头,他又问:"胡蝶姐姐,我唱什么歌呢?"

胡蝶弯下腰来,亲亲小石头的脸蛋,口里喃喃地说着"乖乖",用手指着夜空里的月亮:"你就唱《月亮粑粑》吧。"

"要得!要得!"小石头高兴得蹦了个高。

然而,小石头唱了几个起头,都不像唱歌,倒像念快板,而且没有节奏。胡才边说:"小石头,不要念书那样念,要像《黄牛角·水牛角》那样唱,才好听,我也才伴奏得上。"

小石头又试了两次,都没唱歌的味道。这时,忽见石嫂子和石老倌,匆匆地走进望月亭来。原来,石老倌近些日子,发过一次心绞痛。石嫂子认为,他去老莱子墓小石林上,雕老子、孔子像,劳累过度,而发心绞痛的,所以她见今晚月朗星稀,便带石老倌出来散步。这会儿,她见小石头答应唱《月亮粑粑》,却又起不了唱腔,便走过来,教他唱"起腔"。

二

石嫂子平素教子得法,她今儿个教歌也走板上韵,小石头很快就学会了"起腔"。

小石头还未开口,胡蝶就伸出两个巴掌,要拍节奏。她还向胡才努了努嘴巴:"哥,弹吧。"又转身对小石头说:"小石头,唱吧。"

奇怪,这回轮到胡才卡壳了,他拨了拨琴弦,有的音哑,有的音沙,于是他嘭嘭嘭嘭地紧弦调音。弄了好一会儿,他才对小石头说:"许多小娃娃,把《月亮粑粑》念成一首快板,那不对韵儿,没得唱劲儿,那就等于让别人的耳朵,在听念经,蛮枯燥的。不如不听。我也不如不弹。再呢,歌,是要唱的;唱,就要唱好。虽则,《月亮粑粑》是儿歌,适合娃娃唱,真正唱好,并不容易……"

胡才的话,被胡蝶打断,说:"哥,小石头是个娃,你讲这样多,太啰嗦了。"

"好,我不啰嗦了,"胡才说:"小石头,你唱吧,一二三——起!"

石嫂子带头起了个腔,小石头仰头望着月亮,奶声奶气地唱了起来:

"月亮粑粑,
　　肚里坐个爹爹。
　　爹爹出来买菜,
　　肚里坐个奶奶。
　　奶奶出来绣花,
　　绣个糯米糍粑。
　　糍粑跌进沙河,
　　变成一只蛤蟆。"

小石头没有唱完,看见石老倌用手压着胸脯,一脸的痛苦样子,他就刹住了腔,走到石老倌跟前,紧紧地问:"干爸爸,你肚子痛么?"

石老倌看着小石头,就强装笑脸说:"小石头,你就放心吧,干爸爸今晚上多吃了几个米包子,肚子有点胀得痛。你继续唱吧。"

石嫂子见状,知道石老倌又在发心绞痛了,连忙要他坐在望月亭的围椅上。她伸出双手,握成拳头,在石老倌的背上,捶打起来,打得背上发出啪啪的响声,渐渐地,看出石老倌的痛苦表情,轻松了一些。胡才和胡蝶,也深深地吐了口气,齐声问道:"石匠老兄,你好了些么?"

石老倌勉强地点了点头。他没把压在胸脯上的手放下来,却催着小石头说:"你接着唱吧。"

小石头天真地说:"干爸爸,我唱月亮粑粑,能帮你止痛吗?"

石老倌点头说:"能止痛,能止痛。"

小石头说:"好,你听啰,我接着唱了。"

望月亭里,又飘出了《月亮粑粑》的歌声:

"蛤蟆伸伸脚,
　　变只喜鹊。

喜鹊树上溜溜，

变只斑鸠。

斑鸠咕咕咕，

和尚呷豆腐。

豆腐一蒲渣，

道师呷粑粑。

粑粑起哒壳，

尼姑呷菱角。

菱角溜溜尖，

和尚就望天。

望天望到黑，

道师答哒白。

答白来诊病，

马上统那个统。

统那个统，行那个行，

月亮进哒门。"

小石头把《月亮粑粑》唱完了，他发现自己唱的歌，并没有帮干爸爸止痛，他的额头上，冒出豆粒粒一样的汗珠子，痛得嘴角一歪一歪的。小石头便哭起来："干爸爸，我唱歌不能帮你止痛。以后，我再也不唱了。"他说罢，学着妈妈的样子，在石老倌的背上，放肆捶打起来。

石老倌说："小石头，你好孝顺。你唱歌唱累了，快莫捶了。"

石嫂子却鼓励说："对父母，就应该讲孝。是孝子，必有好报。小石头，歌不能止痛，捶能止痛。干爸爸比你亲爸爸亲。捶，用劲捶。"

不一会儿，小石头捶出了一身汗。

胡蝶姐姐忙跑过来，扯出口袋里的小手巾，帮小石头揩着额头上的汗，劝说道："小石头，你莫捶了，让姐姐来捶。"说罢，她使劲把小石头扯开，就在石老倌的背上捶打起来。她捶打得蛮在行，好像她地懂得一点医道手法，打得很有节奏感，而且是不轻不重的力度，让石老倌感觉舒服多了，忍得住一阵又一阵袭来的心绞痛了。

捶背能缓解一下心绞痛的疼痛，石老倌见石嫂子捶得很累了。费了很大的劲，有气无力地对她说："你太累了，莫捶了，让胡蝶来接着捶。你去歇下子气啰。"

"嗯。"石嫂子感到臂痛手酸，气喘吁吁了，就停下手来。坐到石老倌身边，指点胡蝶该捶哪几个地方，最能缓解疼痛作用。

胡才尽管自己心事重重,无法放得下来,但他看到大家都捶不好石老倌的心绞痛,就提议说:"既然石老倌痛得这样厉害,赶快喊仙女娘娘来看病哦。"

石嫂子说:"她来不得。"

胡才问:"她也病了?"

石嫂子说:"抽不出身来嘛。"

胡才说:"石老倌痛得厉害,只有她来,能妙手回春。"

"唉——,"石嫂子叹一生气道:"只能怨石老倌心绞痛发得不是时候。"

胡才听了觉得有些莫名其妙了,谁没个三病两痛?可这心绞痛说来就来,它又不看时辰的。但出于礼貌,他不会把不顺耳的话去针尖对麦芒的。便再问道:"石嫂子,请你告诉我,我可不可以去文昌阁,把仙女娘娘请来?"

"那使不得!"石嫂子像受了惊吓一样,把眼睛鼓得鸟蛋大,"你莫去喊她来。"

胡才和胡蝶,同时感到石嫂子说话,天上一句,地上一句,越听越神秘。再说,仙女娘娘李慈惠,有一颗仁爱之心,石嫂子与她还是生死之交。石嫂子请她来为石老倌诊病,那是一喊就到的,断然不会拒绝。然而,石嫂子却不让胡才把李慈惠大师请来,这其间,有什么蹊跷吗?

"你不要多心,胡才。"石嫂子望着胡才一脸的猜疑,不由打断他的思绪,解释道:"不喊仙女娘娘下来,我们也可以回文昌阁去的,问题是:这个时候,我不要去打扰她。"

"这不叫打扰,"胡才争辩说:"人在病重时,不得求医。而仙女娘娘是仙庚岭医病救人顶好的大师。石老倌痛得这样,我们不去请喊得应叫得灵的仙女娘娘来,还请谁来呢?"

显然,胡才雄辩的口才,向石嫂子的"逼"问,让心绞痛痛得说不出话来的石老倌,也欲开口答白了,然他蠕动着嘴唇,费了一番九牛二虎之力,却老半天没吐出一个字来。

胡才明白了,再不要去追问释疑了,自己动手救人吧,尽管他不太懂医术。他走到石老倌的背后,对胡蝶说:"你去歇下子气,让我来。"大伙以为他是来为石老倌捶背的。他却不捶,只见他挽起袖子,学当初仙女娘娘李慈惠,在洗药池给张三花旦诊急症时的按压方法,也伸出两只手的大拇指,在石老倌的背上这里那里地按压,他虽则不晓得穴位的准确位置,就凭那天在洗药池的"漂学",大致是从上至下的按压,有时又压又摇。先是按压后颈窝及两边,接着就按压肩背和手臂上的穴位。有的在一处按压二十多下,有点则按压三十多下。果然,听不到石老倌的呻吟了,脸色也好看些了。胡才是瞎子摸象,却创造奇迹!令望月亭里所有人惊讶。胡才想:这也许是仙女娘娘,暗地里布来了仙气。

三

胡才在望月亭为石老倌治病止痛,虽则是新娘子坐轿头一回,然这头一回却创造了意想不到的"奇迹",感动得石嫂子和石老倌,向他抱拳打拱:"无量天尊!"无量不求回报,天上都要尊敬。胡才平生获得最好的谢意和称赞,这在他,也是头一回。尽管今天,他可以兴奋得难以自持,然而这时他却想起白天他在文昌阁山下的"玉笛仙音"的竹林里,吹出呼唤小兰下阁笛音,未见小兰踪影出现,这刻得到别人夸张恭谢之时,也没法让自己高兴起来。

善于察言观色的胡蝶,心知肚明哥哥又在为小兰唤不下山来发愁。以往,他只要朝山上吹出两高两低的笛音:"小兰——下山。"不要多久,一个穿着天蓝色罗裙的小仙女小兰,便会像云朵一样,从文昌阁飘然下山来,走进竹林里,浪漫着他俩的爱情故事。这刻儿,我怎么来帮哥一把呢?

"哥,我上文昌阁去。"胡蝶说。

未来得及回话的胡才,正想着又要吹笛子,去唤小兰下山到望月亭来,意外地听到胡蝶要上文昌阁去,真有些大喜过望了。

"胡蝶,你是去找刘寿仁吗?"胡才问。

"不,我去找小兰。"胡蝶答道。

"两个人都可以找嘛。"胡才提醒她。

"……"胡蝶若有所思。

胡蝶一边走出望月亭,一边回味着胡才话里有话:"两个人都可以找嘛。哎哎,他为甚要我也找找刘寿仁呢?本来,我与刘寿仁接触不多,而且这会儿没什么事由要去找他。况且,刘寿仁的心思不定,他没有明显的相亲选择。从外表现象来看,他找小兰的主动性强,但只要细观察,那仍是喜欢小兰高髻上的蝴蝶夹子,还并未被胡蝶这个名字所吸引,若这阵儿去会见他,这不是热脸伴冷脸吗?"其实打内心里想,胡蝶还是欣赏他的手艺,也看上他的人品。不如意的地方,只是他每每看到飞的蝴蝶就喜欢去捉,看见蝴蝶夹子也望得痴。这是不是他脑壳里哪根神经出了小小毛病呢?也未可知。

沙沙的脚步声,在胡蝶的鞋履踩踏中碎响。她离开望月亭仅数十丈远,刚要登上去文昌阁的第一个石级台阶,仰首就看见刘寿仁下山,正从半山亭拾级而下。他也看见了胡蝶,人还隔老远,那温火火的声音就先到了,憨直直地说:

"胡蝶,我想胡蝶,胡蝶就到。"

胡蝶不由一怔,也把银铃般的声音,送到刘寿仁的耳旁去:

"寿仁兄,你又胡思乱想什么了。"

"想胡蝶哦!"刘寿仁回答得率性而响亮,"我听到琴声就来了。"

胡蝶连忙申辩说:"我没弹古琴呀。"

"弹了,"刘寿仁说着,就走到了胡蝶的跟前,很肯定地说:"弹的《月亮粑粑》。你是为小石头弹的啵?"

"没弹,我真的没弹,"胡蝶眼尖,在这有月亮的夜里,看见一只小虫子,爬在刘寿仁的衣服上,她迅疾地弯起左手的中指,啪一声把虫子弹掉了,认真地说:"古琴是胡才弹的,为小石头伴奏。小石头的《月亮粑粑》,唱得蛮好听的哩。"

"就是嘛,"刘寿仁笑着说:"小石头从来没有这样高兴过。夜里歌声传得远,我在文昌阁的道观里,听得清清楚楚。好听,琴和歌都好听,当得吃了一付补药,全身舒服。"

胡蝶听得咯咯地笑起来。

谁料,刘寿仁有点儿不高兴,刚刚云开日出,现在这刻又布棉花云了。他白了胡蝶一眼,一脸严肃味儿,斥她道:"哎,你吃了笑猪子肉啵?!当真,我就是跑下山来,要你们不要吵闹了。"

哎呧?这是怎么回事?胡蝶听到刘寿仁讲的话有点儿失常,不客气,竟让她丈二和尚摸不着头脑了:这不,你刘寿仁刚刚还说好听,听琴听歌像吃补药一样,还没隔一个屁久,忽然又说是在吵闹了,她便不由有些带气地抢白道:"喂,刘推匠,你怎么说翻脸就翻脸?"

平素很温和,甚至很温柔的胡蝶,这会儿像吃了朝天辣,"辣"得满脸通红了,且用背对着刘寿仁,等着他回答清楚:为什么怪人不知理,我们在望月亭文质彬彬地弹琴唱歌,又"吵"在何处?"闹"在哪里?只有在夜里放炮吹牛角,那才叫吵闹,是不?!

胡蝶的转身,在刘寿仁的眼里,她转出了个春之季节,或转来个万象金秋,她那身绣花罗裙,在瞬间的旋转里,蓬松宽扩地张扬起来,花是花,朵是朵,各自生动艳丽了,似乎可闻的芬芳缕缕之馨。而最吸引刘寿仁视线的,是胡蝶她那水一样抖动的身段,还有头顶发髻上的那只花蝴蝶。刘寿仁先是惊讶地一眺望,尔后才是喜悦地看得发痴。至于胡蝶脸色在晴转阴,话语在柔带刚了,他全然不觉有甚变化,自顾自高兴着,口里喃喃地说:

"胡蝶,胡蝶,胡蝶……"

背对着刘寿仁的胡蝶,弄不清刘寿仁是在喊她的名字,亦或是在呼唤她头顶上的蝴蝶夹子。哼!你喊一百声胡蝶,我也不会转过身来的!然而,她顶不住刘寿仁一声比一声亲切,一声比一声热火,不由车转身来,用劲把脚一蹬,冲着他喊:

"哎,你念经一样,烦不烦啊!"

刘寿仁唏开露出门牙的嘴巴,像是乐得很开心。这个笑模样,又有些失常的意思,令胡蝶百思不得其解:笑不像笑,乐不像乐,痴不像痴嘛,似乎那些支配情绪的神经,通通麻木不仁了,只一个样式布置在脸色。哦,是不是,他痴中戴"疯"了呢?胡蝶想到这里,马上又自我否定了这个想法,他刘寿仁,其他都正常哦,打得推子,手艺又蛮好;下得厨房,炒菜有口味;孝顺目前,上山修道学医。而且,他也懂得感情,知道男大当婚女大当嫁,自打小仙女小兰来到文昌阁后,一有空儿就去接近她,还格外欣赏她高髻上的蝴蝶夹,这让许多人都看得出来的。都认定他是个憨老公,他喜欢小兰是真的,小兰喜欢的人却是胡才,然胡才在小石林"英雄救美",这让小兰发现胡才像是在移情别恋,就因这个心结化不开,所以胡才再次在竹林吹响玉笛,再也唤不回小兰下山了。小兰久不下山,会不会被憨相公刘寿仁缠上呢?这是最让胡才放不下心的地方。而且,胡蝶,也和哥哥想到一块了。因此,她要帮哥一把。这不,胡蝶想绕开刘寿仁的黏黏糊糊,刚刚踏上文昌阁的石级,却没料到被刘寿仁用劲拉了下来:

"胡蝶,你不要上去。"

"我上去有事咧。"

"有事明天去吧。"

"今晚上为甚去不得?"

"去不得就是去不得,莫问了。"

刘寿仁说得神神秘秘,这其中有什么难言之处?大路朝天,你走你的,我走我的,我偏要上去!胡蝶想到这里,忽地来一个快捷动作,几大步就跑上几级石阶了。刘寿仁看见胡蝶任性,不听劝,依然故我,强行上山,他便嗨一声,以说时迟那时快的动作,嗖一声,奔跑上去,再一次挡在她的面前:

"哎呀胡蝶,你再莫闹了。"

"这是闹么,我上去找人哦!"

"你这样性急,到底找谁?"

"找小兰。"

"小兰今夜里不得空。"

"那就找小红。"

"小红也不得空。"

"我找仙女娘娘,这总行吧?"

"越发不行。"

"真的?"

"真的。"

胡蝶看着刘寿仁的认真表情，知道他不像是在开玩笑，也不像是他把小兰"藏"起来了，不让别人去找她。他没这小鸡肠小肚，他也不故弄玄虚来缠住胡蝶说说话儿，得个机会谈"看亲"。论相貌，胡蝶不会比小兰差；论心好，两个人都不错；论本事高低，她自知不如小兰了。所以，她能看出刘寿仁的眼睛里，完完全全把她装进去了。于是，胡蝶转而自顾自甜甜地笑了。接着，她靠近一步刘寿仁，带点娇声甜语味儿，抓住他的一只手，摇了几下，问道：

"憨相公，快告诉我，为甚不能上山去?那山上究竟在干什么?我可以帮得上忙吗?"

一连串的发问，从胡蝶的两片红唇间，吐露出来，就似几粒红杏，喂进了刘寿仁的口里。他咀嚼着:说呢? 还是不说呢?

刘寿仁终于小声儿说了：

"文昌帝君，派我下山。他要大家安静，今日是个吉日良辰。"

胡蝶放肆摇着脑袋："我还是听不太明白。哎，这与我找三位仙女，不让我上山，有甚关联呢? "

"有关联!"刘寿仁不由叹口气道："你是聪明一世，糊涂一时。聪明齐胫，还要人提醒:山上在炼神丹! "

四

胡才坐在望月亭里，眺望远处妹妹胡蝶欲上山会见小兰，终被刘寿仁挡道劝阻，没法登阁，喊得小兰下山，看出他们两人还争论着什么。胡蝶上去了，又被刘寿仁拉扯了下来。胡才有些着急了，按捺不住了，只想能走过去，与刘寿仁争论，无心弹琴。静候了许久，心情平静了许多，接着，便弹起一曲《望月咒》。

望月咒响起，真个是望穿秋水，遥寄情愁。曲调清愁悠悠，穿越着如水的月色，这颇让听曲之人，人在曲中意自空了，真个是元神出窍，神游天外，不知今夕何夕，只觉天地混沌初开。

古琴清音，飞扬至文昌阁了。药坊门窗关着，琴声丝丝缕缕，在穿越那层薄薄的亮窗皮纸。

文昌阁里，李慈惠选了个今日的白天和月夜，在这个吉日良辰里，炮制驱瘴除瘟之神丹。

炼神丹的三位仙女，头顶高髻，全罩着白帽，颈脖上也围绕着白色长巾，而且各自在自己的罗裙上，再套上一身白布长袍，又在腰间，打一个蝴蝶结白腰带。脚上穿的，也是白色长靴。她们今日里，显得格外地素雅，精神，美丽。

药坊里，飘散出淡淡药香，人影晃动，鸦雀无声。

仙女们，对所炮制入丹的药材，都经过了她们精心挑选，然后一一洗、泡、切、捻、蒸、拌、揉、搓等十余道炮制程序。炮制神丹之时，她们不许发出声音，也不许药坊外任何声音进来干扰。仙女们一律打手势，或用眼睛"说话"，干得井然有序，忙而不乱。

从早晨干至太阳落山，又从太阳落山，干至月亮爬出山来，挂上枝头，再徐徐走向夜空了。如水的月光洒遍山山岭岭。她们炼丹之时，脚不住点，手不住停，完完全全没有坐会儿和躺会儿的功夫，当然也不能坐，不许停，因为丹药配拌不能间歇的。就是搅拌，要根据药性，在擂钵里操作：有直击搅，有点压搅，有斜插搅，至于拌，就有圈拌，有翻拌，有拉丝拌。做到和药拌匀，仅是首道炼药功夫，达到聚气固灵，才是深层药功之力了。药功讲究的是"聚"和"固"呀！何况她们炼制的驱瘴气除瘟疫的神丹，是面对抗击被瘟魔吞吃百余条性命的灾难！因此练出药力，何等神圣，一如今夜朗月，晶明而圣洁。

此刻，小红累得直不起腰来，她和小兰，只想找个地方，坐下来，歇息一下。小红率先用手势对李慈惠"说"："师傅，我的腿弯子发抖了。"她"说"罢，眼巴巴地盼着师傅点头示意歇气。

然而，李慈惠铁石心肠一样，一脸的严肃劲儿，她把小红的"手势话"，也一只耳朵进，一只耳朵出了。

小红心里明白，师傅在无声地告诉我：好鼓不用重敲。小红，坚持吧，炼丹，炼救人一命之丹，无量天尊，也无量寿啊。

也许小红的体质太弱了，忽听得砰一声，她的两脚发软发酸了，瘫坐在地上了。

小兰见状，欲走拢去，把她扯起来，此时平日慈祥和悦的李慈惠，用眼神加手势"说"："炼丹，不停顿，快起来。"

小红撑起身子来，仍站不起，就跪在地上，两只手握住棒子在案板上的擂钵里，搅拌着神丹药泥。然有串泪花，在她的眼睛里打转了。她为甚哭了呢？原来，她跪着的膝盖，渐渐疼痛起来，且痛得不能坚持了。

李慈惠走过来，仔细地看着神丹药泥，再仔细地看着小红的面庞，深深地吸一口气，不由又心疼，又心急，百事揪心般地望着不能透过月光的纸窗，完全用眼睛"说话"了："哎，药性快出来了，就再坚持半餐饭功夫吧。"

小红手不住停，眼含泪花点点头。

望月亭里，胡才弹奏的《望月咒》，在那架古琴神器上，飞扬出参透凡间苦乐之味，它丝丝缕缕钻过了门缝，悠悠地飘进了小兰的耳里。她没法平静，音乐在她心中涌动起波澜。她的听乐记忆告诉她，这曲子是胡才弹的，他弹奏的他追求的，是"天人合一""神人以和"，孜孜不倦，气韵声声，要将天地人齐一，演奏出自我的个性来。融入自我之后又获得天高地阔之自由，且将现实与自然而无缝对接，而融为一体，其乐停留心间，那么和美，又那么苍凉，开启智慧。

小兰手中搅拌的药棒，渐渐地缓冲下来。她没法聚精会神配拌神丹。这个弹古琴神器的胡才，令她黯然神伤。他有才，他抚琴，他也讲琴道。瞧，他把琴的最高境界"和一"弹得如此雅致：海纳百川，兼容并蓄，吸允了天地精华，变成了自己的心境和呼吸了。然而生活里，他把"琴痴"转换成不够"专一"的"情痴"了！爱很神圣，为甚么易主呢？忆起他与柴秀相拥小石林，心里就酸楚起来。噢，我拒绝了你在竹林里那玉笛仙音的呼唤，你为甚又抚古琴神器，再来呼我下山到望月亭呢？我和师傅及小红，在炼生命之神丹，胡才，请你息琴望月，别让《望月咒》再飞巡药坊呀！自然，小兰的心事，被胡才弹抚的古琴神器牵拉出来，手中的药棒发生了变化：一会儿轻，一会儿重，一会儿急，一会儿缓，甚至，有明显的"间歇"了。这些个炼神丹时不许发生的"变化"，都被李慈惠看在眼里，她手里忙自己的事儿，没法走过来，只把她那双会说话的眼睛，目光炯炯地投向了小兰。她"说"："小兰，此时此刻，良辰贵于黄金，请万事皆放，聚精会神！"

小兰用眼光与师傅的慧目之光一碰，心里似被烫了一下，不由微微低下头来，手中的搅拌又恢复正常了。

李慈惠正欲收回自己讲话的目光，看到小兰抬起头来，眼巴巴地发"话"了。

小兰的神光"说"："师傅，我想把窗纸添个洞，看一看窗外的月光。"

李慈惠也用慈和而坚定的目光告诉她："小兰，一心不能二用。炼救命之丹，把住药功之关！"

小兰立即用充满圣意的目光回答："是，遵命！"

望月亭再次传来悲喜难辨的古琴清音，尽管依然在三位仙女们耳边巡游，然她们听而未闻了。清悠、惶恐、媚艳之音也罢，高山流水清音夜渡也罢，人与古琴和鸣的"普安咒"也罢，这些勾魂之曲。弦上清歌，悄自消隐。

伫立药坊门口的文昌帝君道长，倒被古琴神器之音，撩拨得不安起来。他派了刘寿仁到望月亭去，劝说今夜息琴，可琴依旧，一声一声飞向药坊，很令他不解。是抚琴者自傲？还是劝说者用心不够？他没法喊动其他人下山了。他把福星、寿星、禄星，都请到了药坊一角，正襟危坐，观看三位仙女炼制神丹药丸的全过程。他们不要讲话，不咳嗽，不吐痰，甚而严肃得眼睛，都不敢多眨一下的了。炼圣丹，需万静皆静。

门外，文昌帝君，一手握着纸卷，一手捋着下巴银须，俯望仙庚岭半山腰里的望月亭，总是不停地传出古琴夜曲。他很无奈地摇了摇头，尔后，他展开纸卷，抽出几根香来，点燃，又化着金黄色纸符，而后口里念念有词，咒语随着香烟袅袅，而占卜问吉去了。

月亮在高空移动，洒下宁馨的清辉。

药坊的吉门开了，一股浓烈的药香扑鼻而出。文昌帝君老人，像是很享受地吸了吸这圣丹之气，还情不自禁地用嘴唇咂品着甘味。

三位仙女，先后从药坊里走了出来。

李慈惠看到文昌帝君老人，一直守候在药坊门口，心里说不出的感动、感激。但又不知从何说起，连忙走上前，双手扶住他，千言万语合成一句话："成功啦。"

喜讯吉言飞进文昌帝君老人的耳朵，脸上顿时笑呵呵乐成一朵花，很感激地打拱说道："仙女娘娘，你是今夜那轮月亮，临空当照。"说到这里，还没接完仙女娘娘的回礼，他就向着刚走出药坊的福星、寿星、禄星呼喊："来，你们三人，向今日传授炼丹的仙女娘娘，一一拜谢罢。"

顿时，福星、寿星和禄星，并排站立在李慈惠跟前，先是双手打拱，齐声道："谢仙女娘娘大师传教，不胜感激，无量天尊！"尔后接下来，又按照文昌帝君老人，布施的拜师之礼，施以三跪九拜。

仙女娘娘李慈惠，双手打拱回礼之后，一一把他们扶将起来："哎哎，不必大礼，慈悲为怀。"

直到大家上桌吃夜餐之时，才发现小兰不知何时下山了。刘寿仁也不见踪影。

五

望月亭里，古琴神器，飞旋出悲喜难辨的《望月咒》，一阵紧接一阵，接连不断地飘上文昌阁来。

文昌阁，此时此刻，并不介意安静不安静了，沉浸在一片喜悦之中。唯有小红，也许是劳累太甚，她好不容易地，连走带拖地走出药坊之时，就对小兰说，她不想吃夜饭了，只想睡觉。于是，小兰便扶住她走路时有点趔趄的身子，又紧紧地挽着她的手臂，将她送上文昌阁三楼，推开门，安顿她睡好。她没跟小红说上三句话，就听到小红细细的鼾声了。

小兰带关门，走下楼梯，正遇上胡蝶站在梯道口旁，她颇觉诧异，一级一级走拢去。

胡蝶先热情地喊道："小兰姐，辛苦啦。"

小兰笑笑，答应道："你寻到这儿，有事吗？"

胡蝶指着夜空，说："你累了，到望月亭赏月去，歇一歇气哦。"

小兰苦笑了一下，轻轻拍拍罗裙上的腰带，说："哎，我，我真有点饿了。"

胡蝶问:"你还没吃夜饭么?"

小兰点头:"嗯。"

小兰的话声一落,巧不巧,只见刘寿仁快步迅疾地走来,把一个布袋提起来,说道:"小兰,你和小红都没进饭堂,我就估计你们到这里歇气来了。哎,饭还是要吃的喽,人是铁,饭是钢嘛。袋子里,是我送来的几个米包子,还有盐鸭蛋,酸辣椒。"

小兰接过布袋子,连感谢的话,都没来得及说上一句,就迫不及待地,把手伸进布袋里,先掏出一个米包子,再拿出一小包酸辣椒,狼吞虎咽起来。吃相,有点滑稽,胡蝶看了,想笑,又笑不出来,于是,就提醒说:

"慢点吃,没得汤汤水水,包子巴喉咙的哩。"

小兰边吃边说:"胡蝶,麻烦你到三楼的房间里,把我床头方凳上的那杯凉开水端来。"

胡蝶答应一声好,欲走上楼梯,又听到小兰叮嘱她:"进门脚步要轻,莫把小红搞醒。要知道,每次炼丹丸,她的身子骨嫩,都很难挺过来。这一回,真是不容易,小红她终于坚持到炼丹成功。"

胡蝶一边听着小兰对小红的感叹,一边动作麻利地从楼上端来了一竹筒杯冷开水,往小兰手里一塞,然后拖了她,就往阁下山腰里跑。刘寿仁,像个"尾巴",也跟着她们,跑下山腰来了。

三个人,都走进了望月亭。胡才,立即站起来,迎上去,伸出手,想去拉她的手。谁知,小兰马上退了一步,面无表情,红唇紧闭,垂直着手臂,完全没有要把自己的手,伸向胡才的意思。小兰没给胡才面子,胡才有些尴尬,他无奈地,只好把伸出去的手合起来,搓了搓,自话自圆地说:"嘿嘿,夜里,湿气重。"

这句不关痛痒的话,并没引来小兰答腔。

站在一旁的胡蝶,脸上也挂不住了,忙悄悄拉起刘寿仁的一只袖子,说:"来,我们捉萤火虫去。"两人走出望月亭。

然而,望月亭里的空气,仍旧有些紧张,有些沉闷。

沉默了一会儿,胡才再走进一步,几乎是用尽了全部的情感,浓缩起来,热乎乎地喊:"小兰,你还在生我的气吗?你就把气出尽,放肆骂我吧!骂我吧!"

小兰闭口不开,微微低下头,不看他一眼。

"唉!"胡才懊恼地叹息着:"紧急关头,我,我确实,没应对好,这码事儿……来不及啊!"

也许是胡才真情自责,深深触动了一下小兰,此时,她抬起头来,将那双秀目,迅速地"闪"了胡才一眼。然后,马上,她又别转着脸块,望着亭子外,月光里,披着一身清辉而随风摇晃的小树儿出神……

她不想回话，宁愿做个哑巴。

小兰越不做声，胡才心里越发着急，他说话时，都禁不住有点儿打哆嗦了。他说："小，小兰，那，那确实，那那确实是误会。然然这误会，往往，越解释，越越糟糕……又不得不……"

"那那，你就莫解释算了!"金口难开的小兰，终于开腔了。她开腔的口气里，带点儿呛人的火药味。

胡才不计较她的态度，他在乎的是她开口讲话，不再"闷"下去了，那会"闷"出病来。

胡才偷看了小兰的脸色，依旧堆着云块。然他听到她开口说话，一如见到云开日出，便赶紧趁热打铁地说："我和柴秀，仅是邻居，无其他牵扯。"他本该要说，无其他牵挂，一运神，甚觉不妥，就把"挂"改成"扯"了。其实，这个"扯"字，也用得不好，他一时选不出恰当的词来，懊悔自己笨嘴笨舌了。

究其实，小兰虽面无表情，都在认真地听着。

胡才清了清嗓咙，他要把每一声，真真实实地送到小兰的耳朵里。他说："我和柴秀，在小石林险处相遇，这是由于，心性相同。"

也许是小兰炼丹一天，太累太累了，这会儿没劲站着听胡才讲话了，她便一屁股坐在望月亭的圆栏凳上。胡才见状，赶紧挨拢去坐下。小兰又向前移动一下，与他保持距离。她忽地蹦一句，反问道："你和她，是甚么相同的心性?"她指的"她"，就是柴秀。

胡才回答道："我和柴秀的心性，都是道法自然，修炼自然，尊重自然。所以，她对家父挖山凿石不满，冲上小石林，要站在我们一边。却没料到，石林奇险，站不稳，差点跌下山去。我只能，我只能，迅急地一把抱住她，抱住她了，抱住她就稳住了她的身子……"

小兰在等待他的下文，可胡才没声儿了。小兰便追问道："抱住她——就没事儿了?"

"没事儿了，安全了嘛。"胡才点头。

"不——!"小兰提高了点声音："那安心吗?两张嘴巴，贴在一起，好久，好久。"

胡才也提高了点声音，心里却倒翻了五味瓶似的，不知从何解释，他便照直说道："柴秀喜欢我不假，有这么一个机会，她依自心里来，吻了我。吻了我，是事实。可我没放肆吻她，那是我心里有个小兰。我这一辈子，心里只有小兰盛得进去，亲得长久。"

"哇!"一声，小兰忽地站起来，伏在望月亭的亭柱上，哭了。

此刻的胡才，顿时热血喷张，他不管三七二十一，依着自己的激情来，移过去，就把小兰扳过来,拥进自己的怀里。

挣扎着,小兰用劲挣脱开胡才的搂抱。她双手捧着脸蛋,泪水儿,却像断了线的珠子,一滴一滴地滴进手掌心里。

胡才掏出自己的小手巾,弯着腰,去擦拭小兰面庞上的泪痕,然她转身,不让擦。没料到,她这时腿弯子打抖了,眼看就要跌坐在地上了,胡才眼疾手快,扑上前一搂,再一次搂进自己的怀抱里了。小兰再没挣脱开胡才的怀抱了。

没哭声,只流泪。小兰哭成个泪人儿了。

胡才的心里,酸酸的,在隐隐作痛。他伸出手,拍着她的肩背:"对不起,小兰,小兰……"

小兰在胡才的肩头上,依然喃喃自语:"你干嘛,抱得那么紧,那么紧……"

胡才在小兰的耳边轻轻地说:"我不抱紧,你就会离我而去。"

"不——!"小兰气得两手在他背上捶打了。"我不是说你抱我,是讲你抱她……"

"哪个她?"胡才故意逗逗,小声地反问道。

"你明知故问。"小兰用手指扭了他耳朵一下。

"哦,抱柴秀么?"胡才悄悄地问?

"你抱那么紧,那么紧,像救邻居吗?……"

胡才,无言以对。心里酸酸涩涩又苦苦甜甜地交织起来。他内心里道:小兰,让我的古琴来回答吧。

六

重归于好的胡才和小兰,亦泪亦笑地相拥了许久。当他们从沉醉中醒来,一抬头,忽然看见文昌帝君老道长和仙姑李慈惠,正踩着月色款款齐步,走进望月亭来。

小兰和胡才连忙站起来,抱拳打拱,一一问安。尔后,他俩说声寻找胡蝶和刘寿仁去,双双转身,就走出望月亭。

李慈惠忙呼道:"哎,你们的古琴,还丢在这里咧。"

胡才回头说:"我,留给你和道长弹的。"

文昌帝君道长答道:"我年纪一把,胡须一把,没得那个雅兴了。再说,仙姑找我商量个事儿,你们还是把这把古琴神器拿走吧。"

这时,小兰插话道:"师傅称得上是琴师,今夜好月光,须播好琴声。请老道长欣赏我师傅的《月光咒》吧。"

胡才和小兰走后,老道长说:"也好,先欣赏仙姑抚弹的古曲,再商议建慈善堂的事儿。"

李慈惠把琴摆好,然后一一轻挽罗裙水袖,朝老道长微笑道:"恭敬不如从命。好,那我就献丑了。"

李慈惠挑拨着单根琴弦,眼睛望着文昌帝君老道长神色,似有几分拘谨,还未进入状态。

文昌帝君鼓励说:"你就当我老朽,没坐在这里。"

李慈惠又在琴弦上挑拨了几下,甚而几十下了,可那琴声,依旧节奏不稳,犹疑,单调。

文昌帝君说:"李慈惠仙姑,你乐施好予,你治病救人,其实这琴音就是你的心声。只要你随心而弹。随意而弹之。我不介意,我都会洗耳恭听,分享天年。"

李慈惠听了文昌帝君老道长的话,将自己放松了。她翘起如兰花的尖尖手指,依情顺性,挑拨者一根根晶亮的琴弦。哦哦,弦音那么清脆悦耳,那么圆润好听,一丝丝,一缕缕,就从这把古琴神器里飘洒出来,忽又在李慈惠那尖尖手指间,如花绽开。

文昌帝君老道长,他背靠在望月亭的亭柱上,闭目听琴,感觉那琴之弦音,就似那悬在细细琴弦上蛮壮实的水珠子,从高处往下滑落,牵丝带缕,成金声与水韵的合成之响,且响成贴心润肺的小精灵,瞧,小精灵变化妙趣,有时是温柔,有时是问候,有时是惊喜,有时是爽朗。总总,金声水韵,吗,又向望月亭四周浸染开去。

恍惚之间,文昌帝君听琴越听越觉奇妙了:你李慈惠挑拨的古琴神器之音韵,怎么会越来越有重量了呢?是黄沙在临空洒落么?是卵石在河堤滚动么?哦,又分明是一群水珠小精灵,汇集到碧水深潭里,翻波起浪了,向前奔跑,抑或冲动起来,去撞击潭岸,去冲击水上蓝天上的烟雾,与命运搏斗……好呵!好呵!文昌帝君痴迷陶醉了。

文昌帝君再听下去,甚觉李慈惠的琴声里,遥寄着思乡情,伤感难抑。是哦,你仙姑今日炼丹,劳累过甚,这会又弹琴伤感,怎会承受得了?于是,他向她打了个手势,琴声戛然而止。

文昌帝君说:"仙姑,你把古琴拨活了。"

李慈惠说:"你老过奖了。多日未摸琴,手生了。"

文昌帝君说:"药师,琴师,炼丹,救人。身手不凡。"

李慈惠说:"医药救世,家父之教;拨琴叙怀,家母之传。"说到这里停了停,谦和地一笑:"小女子无才便是德么? 此离'身手不凡'甚远。请老道长赐教。"

文昌帝君说:"琴声中有遗世独立,志存高远哦。"

李慈惠说:"但愿琴声寄情山水,忘了是非哦。"

文昌帝君说:"对对。忘了是非,无论谁谁谁,心中都很舒服。"

李慈惠说:"那是生命走进至纯至真了。"

文昌帝君说:"就如今夜,面对星月,坦然自处。人的一生是个修炼的道场。"

坦然自处,坦然自处,是哦,面对星月,面对文昌帝君,我坦然了么?小女子素来不是话到嘴边留一半的人。李慈惠想,只因自己遭遇一连串命运打击,死里逃生,一路经历坎坷,只能把痛苦深深埋进心底。哎哎,未必,今日月夜抚琴,现了心痕之相么?露了难言之痛么?其所以她口里只说着"其实……"就难再道下文了。

望月亭里,一片寂静。不知名的虫儿,这儿那儿,偶叫几声,也穿不透夜之寂寞。文昌帝君看似静坐如仪,他实则在观察仙姑李慈惠,有欲说难言之痛,唉,定有药物无法治疗之伤。他想婉言相劝,要放下,要放开,便试探着说:"仙姑,今夜月光如洗。俗话说:月明心明,我借着月光向你进一言,你既炼出了救命之丹,何不再炼自己的心丹呢?"

李慈惠听出文昌帝君语重心长的话里之话,不由默默地点点头。她继而又抬起头来,仰望着月亮,此时月上中天,这仙庾岭更显天地广阔,有容乃大啊!李慈惠还渐渐地看出,月光里的树木,平素青枝绿叶,这会儿泛出墨绿之光,令她勾起故乡的月夜景象来,不由深深地吐了口气,哦,那故乡、父母、药篓、宫廷、夫君、儿子,等等,通通浮现于眼前来。

文昌帝君一只手摸着下巴上的胡须,一声不响,静静地等待李慈惠,掏出心窝里的话来。

李慈惠来到仙庾岭,有不少日子了。面对瘴气和瘟疫,她冒着生死,没白没黑地奔波、施救、炼丹、慈善,忙得头昏眼花,一直找不着成块的时光,坐下来,向老道长叙叙旧,谈谈自己为何要带发修行。今儿个,在望月亭里,就该向这位高耳顺的长者,细细倾吐,倾吐那些心头之痛哩……

今夜月光里,昔日心酸事,李慈惠终于一五一十地道来。她说,她本事苏州吴县农家沈芳之长女,取名珍珠。从卜,家父叫她习文识药,疗治百病。小小年纪,就爬遍了山山岭岭,能辨认数千味药草,家父对已倍加疼爱,医道疗救与父同行。小女子年方十六,被地方官吏选妃送入宫,为唐玄宗李隆基之子李豫之妻,被封为"广平王妃",生子李适。只因公元755年,安禄山、史思明造反,李隆基携皇室西逃之时,小女子珍珠不幸被安禄山扣留,欲加残害。有幸安禄山老将军冯立曾有感于唐朝恩德,扣留之中暗加保护。然而,杨贵妃之姊韩国夫人,欲配其女崔芙蓉为李豫东宫,便对珍珠横加迫害。一路身经百难,遭遇追兵捕杀,丫鬟小翠于千钧一发之际,换上珍珠衣着,引开追兵,却被活活刺死。珍珠与另一丫鬟小娟脱险,回到吴县老家。本想怡享天年，却又遭遇土匪洗劫，杀死珍珠嫂子，还逼珍珠同居，又买通刺史，将小娟杀于山林，也将珍珠杀伤弃于山林。幸被一采药老翁救回家中，草药疗伤日渐好转。珍珠携皇祖玄宗所赐"如朕亲临"金质御牌，与随身伴女小红、小兰出走苏杭，夫君李豫亲自领兵平了安史之乱，已闻珍珠避祸道了扬州，定要接妻返宫，在一祠堂内寻见，然而珍珠已心灰意冷，关门避见，从后门出走，拒绝返朝。从此辗转江南，埋名隐姓，且以夫君姓氏，取修行法名：李慈惠，顺着江南西道，自江苏、浙江、江西，来到风光秀丽古木参天的福山宝地仙庾岭，恰遇这里山民遭遇瘴气袭击，死于瘟疫数百人之多，便带领小红、小兰奔跑满山救治，后又发生互救，被送上文昌阁来。有了生死之交，三位仙女在此带发修行……

一直凝望着朗月倾诉的李慈惠，讲到这里，将视线移向沉浸在她讲述里的文昌帝君，想就此刹住腔，不让他看到自己这时，从内心涌出的酸楚泪水，已泪流满面。然而，她已望见文昌帝君，早已老泪纵横，他却仍在等待李慈惠仙姑继续倾诉。

李慈惠站立起来，一只手扶着望月亭的一根亭柱，仰首凝神北望。她在思念十九岁的儿子李适。适儿从小读诗文，攻兵书，练武艺，且助父东进洛阳治乱，闻讯母亲被史部所扣，他救母相会，母子抱头痛哭，儿子一声声哭求："请母亲回宫，再叙天伦，"母亲说："适儿，当今逆贼已破，唐室中兴，你为朝廷一根苗儿，望勤政爱民，好自为之。"停了停，又说："你要切记：贪财必腐，劫位比枯，恋色必烂，失民必败！"适儿大声答应："是！儿记住了。"母亲深情地抓住儿子的手，问道："你快到加冠之年，该年方二十成亲了，我在东宫之时，为你选了婢女王浜为正妃，如何？"适儿感激母亲，含泪回答："王浜，非一般妇道，宁人息事，贤能兼备，才貌出众，且待我如兄，正合儿意！谢母皇恩。"母子俩说罢，两人含泪而笑了……

望月亭里，李慈惠回忆到这里，已是喜泪、悲泪溢满胸膛。她依旧凝望着月亮，盼月亮转告适儿，快骑烈马奔来，考察这里数年一次的大瘟疫天灾，禀告朝廷，救民如救子，方国泰民安！适儿啊，快飞来把，飞来吧……

文昌帝君捕捉到李慈惠万般思念儿子的深情，信心满满地说："仙姑，你在思念儿子罢，我可以帮你托个口信去，他即可前来。"

李慈惠感激地一笑，说："谢道长。我已托信去了。"

文昌帝君问道："谁哦？靠得住吗？"

李慈惠说："靠得住，嫦娥。"

文昌帝君听了，心里一酸，抬头看见两行泪水，挂在李慈惠的面庞上，月光浸染得如露如霜。

第10章 鸳鸯树
● Yuan Yang Shu

一

石老倌和石嫂子,听说仙姑李慈惠,已经跟老道长文昌帝君商量好,要在仙庾岭的山腰里,大戏台的对面,那个往日搭台祭神赶瘟疫的地方,建一个慈善堂。这本是件施救苦难、教化苍生的大好事,他俩却大为不安了! 这是为什么呢? 令人费解。

吃罢早饭,做完早课,石嫂子急忙跑到道观旁边的居室里,向石老倌丢了个眼色,石老倌马上起身,两人急急忙忙去寻找李慈惠。谁知,仙姑今日更是大忙人,寻到文昌阁三楼,她早已和文昌帝君老道长,到山腰里,选建慈善堂的地址去了。于是,石嫂子和石老倌一路小跑来到半山腰,远远地看见仙姑李慈惠手里拿着竹尺,正和手里拿着长篙的文昌帝君丈量着山地。估算着建房子的地基数码。他俩追上去,喊道:

"仙姑,老道长,你们在这里忙什么呢?"

"你们来得正好。"李慈惠停住了丈量,站定,用征询的目光望着他们,微笑着说:"你们也算是老山民了,想听听你们的意见,在这里建个慈善堂,不知合适不合适。"

"砌几间房子呢?"石老倌不考虑适合不适合,他关切的是建多大的房子,占多大的地基。他的眼睛,时不时睃着山地里一株小香樟和一株小枫树。

"砌三间,"文昌帝君说:"成品字形摆开。"

"三间各有所用,"李慈惠补充说:"一间是慈善捐助堂,一间是救死扶伤堂,一间是讲学传道堂。"

"为甚要建在这里呢?"石嫂子眼睛瞄着那棵枫树,插话问道。

"一是这里是一块丝茅草地,二是便于大家出行方便。"文昌帝君对石嫂子说:"只是要挖掉左边两棵树。"

"那挖不得!"石嫂子一听,吓了一跳,神色徒然紧张起来:"老道长,能不能换一地方呢?"

石嫂子的情绪反常,引起了李慈惠的主意。她想,这两棵树,与她有什么关联呢?

这时,只见石老倌,搓着手板,运运神,像深思熟虑般地慢言慢语道:"最好是向右边开挖进身几丈,既不伤两棵树,也扩大了地基。"

哦,石老倌也在保两棵树,李慈惠听出了其中有蹊跷,便看着石嫂子和石老倌的脸色,用商量的口吻征询道:"既不挖进身,也不伤树木。"说到这里,她又把目光移向文昌帝君,"我们就把枫树呵樟树,圈进慈善堂的院子里。老道长,你看行不行?"

"削足适履!"文昌帝君颇不满意。"这又不是古木。不伤它,移栽嘛。"

"移栽也不行!"石嫂子真个儿发急了,眼眶里也显得有些湿润起来,她心直口快地说:"老道长,请你老高抬贵手,千万莫挖走,莫移栽。就按照仙姑的办法,圈进慈善堂的院子里。好不?"

文昌帝君顿觉茫然,砌慈善堂,地基上的两棵树,怎会让石嫂子和石老倌牵肠挂肚呢?一挖不得,二移不得。岂不咄咄怪事了!便问他们两人道:"这枫树和樟树,不是自生自长的?"

石老倌和石嫂子同时摇摇头。

文昌帝君疑惑的目光望着两棵树,一边抹着白胡须,一边又转脸向石老倌和石嫂子:"哎哎,难道,就是你们两个载的?"

石老倌和石嫂子,又同时地点点头。

仙姑李慈惠笑道:"鸳鸯树?那是什么时候载的?"

石嫂子暗暗向石老倌手臂上捏了一下,要他先开口回答。

石老倌居然像个小后生,脸绯红的了,还似乎有点口吃起来,说:"那那,十十,十七八八岁吧。"

"没那么大,"石嫂子更正说:"那时节,你十六,我才十五哟。"

文昌帝君一听,像个年轻人,笑得格格地乐了:"你们两个,'懂事'蛮早哩。"尔后,又语重心长地说:"如果真是两颗鸳鸯树,我们不能拆散它,还要在动土时,格外地爱护它。"说罢,又良久地注视着两棵蓬绿高大的树,再望望石嫂子、石老倌。

李慈惠也在良久地注视着那两棵鸳鸯树。她嘴唇翕动了几下,想说点什么,却又没说出来。于是,她轻提慢踏地走到鸳鸯树四周的茅草边,然后,想靠近那棵枫树,更想伸手握住一根枝条,去轻轻地抚摸着一片嫩绿的树叶,就像握着小娃娃的小手板,要将那树片儿往自个儿脸上贴……她想象着,渐渐地脸上展出幸福的笑容。好一会儿,她才抬起头来,把目光,从石老倌的脸上移到了石嫂子的脸上,轻声地问道:

"请问,这课枫树,代表着哪个呢?"

"我。"石嫂子应声答道。

"哎,这棵樟树呢?"

"我。"石老倌应答得有点羞涩般地憨厚。

还未待仙姑李慈惠提出新问题再开口,接着石嫂子一五一十地说开了。她说,她极细时节,就喜欢抬头看树,低头望花。望花她喜欢望映山红和芙蓉花,看树就喜欢看枫树和樟树。樟树喷香的,枫树通红的。石家祠堂周围那些树,都是石老倌和她两个人栽的。每栽一棵樟树,就接着栽一棵枫树。岭上有古木,祠堂有青苗。他们规定了:樟树通通由石老倌栽的,枫树通通由她石嫂子栽的。樟树长得快,枫树蓬得开,有许多的小鸟儿,一个劲儿飞到樟树上筑巢,叽叽喳喳,像说话,像唱歌。鸟在枫树上筑巢的少,这是为什么呢?如今的石嫂子当初的石妹子一直不解,她便请如今的石老倌当初的石伢子,要他把樟树上的鸟窝搬到枫树上来。

石伢子说:"鸟搭的窝,人搬得动吗?"

石妹子说:"鸟窝轻,人有劲,搬得动的。"

石伢子说:"人一搬,鸟窝就散架了。"

石妹子说:"散了拾起来,再砌在枫树上嘛,怕甚么!"

石伢子说:"鸟不晓得砌人屋,人不晓得搭鸟窝的。"

石妹子说:"人畜一般,也可以人鸟一般。"

石伢子说:"你不要霸蛮。"

石妹子急得蹬脚舞手:"就是要霸蛮!就是要霸蛮!不霸蛮,鸟不到枫树上下蛋蛋。"

石伢子说:"我爬到树上去,到鸟窝里捉鸟蛋给你吃。"

石妹子说:"我不吃,吃一个蛋,少一只鸟。"

石伢子说:"那我骑上你,你爬到树上去看鸟蛋。"

石妹子高兴了："要得！要得！"

两个人说罢，就见石伢子蹲到地上，让石妹子骑到他肩膀上，然后慢慢站起来，石妹子的手够着鸟蛋了，但眼睛看不到，她又没劲爬到树丫里去，只好用劲往上一挺，想蹦个高，把鸟窝看清楚，没料到，她蹦得身子一歪，从高处摔下来，跌伤在地上，痛得哇哇地哭。石伢子背着受伤的石妹子，回到祠堂里，帮她又洗脸，又抹干身上的泥巴，然后学大人，摘一把樟树叶放到口里嚼碎，敷在石妹子摔伤的手上和脚上。

石妹子擦干眼泪，蛮感激石伢子，说："哥，你照护我，像我妈妈那样耐得烦，过细，心软。要是妈妈不遇上瘟病，还活着，我会有几多好。"

石伢子听了，端来一盆水，给她洗脸，说："妹子，你就把我当你妈妈吧，要我做什么事，我立马就去做。你有什么不好开口的，不要怕丑，像哑巴，打个手势也行，我帮你办到。"他说罢，去倒掉水，忙个没完了。

石妹子的伤，很快就好了。她小小年纪，学会了帮石伢子衣服打补丁，也学大人，悄悄煮鸡蛋，放进石伢子的衣服口袋里。每次石伢子走出祠堂，到田里做工夫，石妹子总要站在祠堂门口外的阶基上，用水亮亮的目光，送石伢子出门，上路，走远。

春天来了，祠堂周围的树木长得青翠，茂密。微风吹来，就像千万只绿蝴蝶，抖动着翅膀。石妹子常常望着这些树木，一天天长高，她的心思，也多了。她常听大人说，那树上有对鸳鸯鸟。她就想：我也要和哥栽两棵鸳鸯树哩。要栽哟，不晓得他愿意不愿意。

二

仙姑李慈惠，望着两棵鸳鸯树，想走拢去，欣赏个仔细。无奈，她被鸳鸯树周围团转茅草地的丝茅草挡住了。这不是一般枯萎的丝茅草，它长得修长，足有一人之高，密密实实，像一道圆形屏障，让人无法插足。也从不见人，砍去当柴烧。这些丝茅草，四季里青黄相接，生生不息。即便到了冬季，大雪覆盖消融之后，便从枯萎倒伏的草层里，再生发嫩绿的草芽来。山民们，便把这片丝茅草，唤作神仙草，草根能充饥，能诊病。久而久之，这片草地，得到山民们的长期的传赞与爱护，有人得闲时，搬来各种石片和石头，砌在茅草地周围的边沿。还栽些刺蓬，刺藤，卧伏这些石片石头之上，远远看去，像个天然的大草坛。

"先有鸳鸯树，还是先有茅草坛？"

李慈惠望着向她走拢来的石嫂子，轻声细语地征询道。她想，鸳鸯树这么大不易，栽种时定有秘情。

"先有茅草地。"

石嫂子想也没想,脱口而出。

"那就是说,你们两个,选上这块圣草地,再栽上这两棵鸳鸯树的?"

李慈惠的追问,分明让石嫂子感觉到,她要打听和了解,他们两个小青年,怎么会在众目睽睽的注视中,栽种下这两棵鸳鸯树的。有人看见吗?遭遇过非议吗?鸳鸯树生长得一帆风顺吗?

石嫂子,沉静了一会儿,让自己深深地陷入久远的回忆里。

石嫂子和石老倌,当年在石妹子和石伢子的呼唤中,渐渐地长大了,都梦想着要成家立业了。石伢子想去学石匠这门手艺,为山民们凿石子,凿伞柱,凿门廊,雕圣像。而石嫂子,想学织布积麻纺线,他么的祠堂,没有师傅。要学徒,就要住到远处的师傅家里去。这一点,最让有心事的石妹子担心了。她想,哥不回祠堂住了,我不能给他洗衣煮饭了。也没得机会吃到他从田里盘回的泥鳅和黄鳝了。青天白日,见不到他汗爬水流劳作的身影,深更半夜,听不到他磨牙讲梦话打呼噜的声音,那是多么的难受哩。哥的微笑,哥的叹息,哥的谈话神态,哥的汗水味道,都无法从她的心中抹去。她一天也不能离开他,她又不得不同意他去学手艺。学手艺,怕莫会有妹子喜欢上他,那就成了远水不能救近火了。于是,她要想个办法,让两人连心打结,你的心里有我,我的心里有你。这时,长大的石妹子,望着她和石伢子哥在祠堂栽种的那些大树旁边,又长出的小树,她就想,我要向树神磕三个响头,请将那棵小樟就代替哥的身和心,也请将那棵小枫树就代替我自己的身和心。然后,寻一个不背阴有阳关晒的地方,又不容易被别人砍去当柴烧的地方,把这两棵树根连根种在一起,我的哥就不分心了。我和哥,就是不拜堂也订终身了……石妹子想到这里,心里甜滋滋的,面庞两侧的小酒窝也荡漾开了,弯弯的眉毛上也挂着笑。

石妹子和石伢子,虽不是同胞兄妹,他们从儿少至今,一直以兄妹相称。这会儿,她要和哥栽根连根树,于是兴冲冲走进祠堂门去,她人未到,声音先到了:

"哥!哥!"

石伢子在他的房间里答应着,不知在忙什么,人并未走出房门来。

石妹子又兴冲冲走进石伢子的睡房,看到石伢子正把自己的换洗衣服,一件一件,放进包袱里,她立马就吃惊了,就着急了,哗啦一下,眼眶里的泪花儿打转了,忍禁不住,哭泣起来:"哥,你不回家了么?你就长期住到别人家里了么?我不能每天见到你了么?"

要到外边学手艺的石伢子,看到石妹子泪珠儿挂在脸上,舍不得他离开她,他心里也酸酸地,想安慰她,却又一时讲不出什么话来,只是憨憨地把一条洗脸毛巾递过去,说:"莫……莫哭了,擦把脸吧……"

石妹子接过洗脸毛巾,边擦拭边哭诉道:"哥,哥,你的衣服挂烂了,哪个跟你打补丁呢？你的衣服脏了，哪个跟你洗呢？那你喜吃的鸡蛋，哪个跟你煮呢？你的脚趾甲长了，哪个跟你剪呢？嗡嗡，你告诉我，你告诉我哦……"

从小被瘟疫夺去了父母生命的这对苦命孤儿，一直在族佬们的照顾下，在祠堂里相依为命的生活，相处得比亲兄妹还亲。今儿个，石伢子学艺出远门，兄妹俩自然难舍难分。

石伢子见石妹子，一双泪眼，一直盯着他的包袱，他似乎明白了什么，便立即去打开包袱，拿出来那些汗巾和换洗衣服来，并讷讷地说："妹子，我每天做完工夫都回来，衣服还是你来浆洗，好不？"

"好。"石妹子破涕为笑了，情不自禁地走拢去，双手伸到石伢子胸前的衣襟上，帮他扣好一粒布扣子，再抬头望着石伢子的眼睛，见他的眼睛里也湿润了，顿时，她感觉有股热流，在心里涌动，难以平静，她便唤一声"哥"，扑进石伢子的怀里，迅速地闭上了眼睛，然而眼角，却流泻出两道泪溪来。

石伢子一手拥着妹，一手轻轻地拍了怕她的背膀，心里涨潮般激动，想说句比兄妹之间更加亲热的话，嘴巴张开动了动，却一时找不到一句适合的话来，只能让那只手儿不住地拍呀拍下去，把自己"拍"成一个憨相公了。

石妹子从石伢子的怀里抬起头来，捉住他的一只手，牵到祠堂外屋檐下，指着几棵大树说："哥，看呀，大树下边长了树崽崽。我想挑一棵小樟树崽代替你，再挑一棵小枫树代替我，栽到一起，你同意不同意？"

"当然同意。"石伢子说罢，甚觉意犹未尽，又运了运神，把话讲得结结实实的，补充道："等于是，把一株公子树和一株婆子树，蔸子挨蔸子，栽在一起，是啵？"

"是的，"石妹子答道："还可以把你的年庚生日，我的年庚生日，合在一起，放进树兜子里。"

"哦。"石伢子"哦"完一声，又想了想，把话说得像石头一样，道："这等于是在'合八字'，不是放到神龛里合，而是放到树兜底下合。我们不老神别人，自己合。对不对？"

"对。"顿时，石妹子的脸绯红了。

石伢子嘴角挂着笑，眼睛里闪出灼灼的光，似乎要把积蓄已久的许多情爱之话，要在这刻全部倾吐出来，然他只把手一挥，说了两个字："栽吧！"

石妹子一如听到了命令，两脚飞快地跑进屋，背出一把锄头来，选好一株小枫树，连根带土挖出来，放进阶基边上的箢箕里。

石伢子接过锄头，也选好一棵小樟树，挖出后放进另一只箢箕里。尔后朝小妹努了努嘴巴："走吧。"

往哪里走？石妹子一脸茫然。

石伢子倒是心中有数似的，两手提起两只小箢箕，径直走到丝茅草坛来，在中央挥锄挖了个大树洞，将两棵树放进去，欲要盖土之时，只听得石妹子拿出一块小红布，打开，亮给哥看，那上面，正是用毛笔写上了两个人年庚生日。两人会意地看罢，又合上折好，放到两棵树兜之间，再把土覆盖好，之后，两人朝树儿拜了三拜，才一步一回头，离开两棵树。

鸳鸯树，就这样，在丝茅草的簇拥中，一个日子追逐着一个日子，长大了。

三

石嫂子从娘肚子出世，第一次，向她敬重的仙姑李慈惠，道出自己和石老倌那段青梅竹马时的爱情秘事来。说到鸳鸯树"合八字"的情节，她心里依然跳得急，脸红得像红布一样，且老半天没消退。李慈惠仙姑见了，自然感动，很爱怜地，走上前，伸出一只手，轻轻地在她面庞上拍拍，说："瞧，都是孩子他娘了，像个细妹子家，一提过去事情，还这样怕丑。"说到这里，她翻转手背，又在她脸上轻轻贴了贴，接着道："瞧，还发烧哩。你这个人心直口快，为人本真啊。"说罢，拉起石嫂子的手，握在自己的手心里，不忍松开，假如松开了，就怕失去她啊。停了停，不待石嫂子开口说话，她再又仰起脸盘，将目光抵达古木林，石嫂子小木屋的那个方向，缓缓地张开嘴巴，一字一句地说："石嫂子哇，我和文昌帝君老道长打了商量，把仙庚岭的慈善堂砌好后，要慈善的第一桩事，就是拆掉你的小木屋。"

"拆掉我家的小木屋？"石嫂子吃一惊，讶异地重复道。

"对，"李慈惠说："你那小木屋，风水不对头，有瘴气袭击，瘟疫流行，有生命之险。换个风水好的地方，砌栋新屋，慈善堂会帮你一把。"

"谢仙姑，无量寿！"石嫂子抱拳打拱道。

"你自己选个地方，好么？"李慈惠微笑着征求意见。

"我只要……"石嫂子欲言又止，接着，喃喃地说："我只要每天看得到两棵公母树，什么地方都行。"

"哦哦，"李慈惠点点头，又环顾四周，忽然眼睛一亮，指着山腰上土堆乱石的崖边说："那，前有溪流，后有山，既靠山面水，又看得到鸳鸯树，行不？"

石嫂子顺着仙姑的手势，踮起脚尖，极目远望，不由连连说行。她又向正与文昌帝君一起丈量地面的石老倌招招手。石老倌跑过来，她告诉他慈善堂为她选地方，砌新屋，就砌在山崖边那堆乱石块的地方。石老倌看了看，点了点头，对石嫂子说：

"你做主吧。你是一家之主。"

"女主内，男主外，你才是一家之主。"

"万一……万一……"

"甚么万一？莫吞吞吐吐。"

"万一，万一，他回来了。"

"谁回来了？哪个回来了？"

"嗨，石砌匠呀。"

"他回来了，不能进这个家！"

"你们是结发夫妻，为甚么不能进？"

"这是我跟你石老倌的新家呀！"

"他……当真来了，怎么办？"

"他来了，好办，要他放肆看看。"

"看甚么呢？"

"看，看看这两棵——鸳鸯树。"

"哦哦。他看不懂的，看不清白的。"

"他总清白——远亲不如近邻。"

"那倒是……"

"那时节，近邻还是生米……"

"那倒是……"

"近邻还是生死相救他一家在大难临头时节。"

"那倒是……"

"他就忘恩负义，反霸蛮把本不是他的生米煮成熟饭。"

谈话谈到这里，石老倌一时语塞了。他不敢，继续着答腔"那倒是"，也不忍再望着石嫂子，越说越愤懑的面容了。他不得已将自己的眼光，移向别处。他不愿石嫂子撕开那块贴在胸口上的膏药皮。撕开了，她会伤心，她会难受。

这里，仙姑李慈惠，在一旁，听着两个栽种鸳鸯树的人，谈话，谈得本是爽爽快快的，忽而转向风风雨雨。这会儿，又把她带进云里雾里。她不解"本不是他的生米煮熟饭"，那是一个什么样的事体？甚么样的状况呢？石嫂子话从口出，都从心里来，绝非是天上一句地上一句哩。掏一掏她的心窝子里的话吧，一位良家妇女，究竟有着怎样的不可明里言说的艰难和不幸呢？

李慈惠走到正在忙碌的文昌帝君身边，向他打个招呼，又提足走回来，把石嫂子拉到身边，一起坐到丝茅草的石坛边上，就带着她惯有的亲切，暖暖的微笑，问道：

"哎哎石嫂子，你刚才跟石老倌，谈得黏黏糊糊，又神秘兮兮的，那些我听不太明白的话，使你生那么大的气，那究竟，是甚么一回事呢？能讲得我听听么？"

仙姑的突然发问，使石嫂子感到受宠若惊，继而又茫然四顾地眨巴了几下眼睛，不知仙姑要问哪方面的事儿。就道："你是问'生米'煮'熟饭'的事？"

李慈惠道:"正是。"停了停,又道:"跟这两棵鸳鸯树有关么?"

石嫂子点了点头:"有点关系。"她说罢,手就从丝茅草坛里,捞起一根丝茅草,握住它,摇了摇那"狗尾巴",在自己的手板上扫了扫,并不掐断,又让它弹回去。巧,这一弹,她的记忆,也随之"弹回"到十年前那一幕。

那一年,仙庚岭又发生了瘴气瘟疫袭击,先是上冲背坳,后蔓延至山岭峰腰,受害最早的是儿童和老人。然而,石妹子发现,她和石伢子的好朋友小砌匠"石猛子",为甚有许多天,不到祠堂来串门了呢?要是往日里,他会隔三差五地来,而且,常常手里不空着,不是提只野兔子,就是抓一把野果子,当作来看小朋友的小礼物。他学艺早,因其胆子大,又因其力气大,他学了砌屋的泥水匠。他做上门工夫,每日要回家,见见母亲,做做家务事,或到祠堂来会会石伢子和石妹子,谈天说地。他还看见祠堂哪儿屋顶漏水,便主动爬上去捡捡瓦,补补漏,还帮石伢子和石妹子修修柴火灶。

石伢子和石妹子,也常常炒好了豆子,还在坛子里淹泡了刀豆花,萝卜条,等待他上门时来招待他。然而,这个瘟疫一来,就见不到小石砌匠的影儿了,石伢子和石妹子都蛮不放心,是不是病了? 两人商量着一起上门去看看。

石伢子和石妹子走到小木屋门口,门已关着,但一推就开了。他俩走进去,未见到一人,到哪里去了呢?寻到里屋,小石砌匠和他的父母,身上盖着三床被子,在那个大红薯窖里。三个人,像睡着了,就是喊不醒来。石伢子颇有经验,一只手往他们的额头上探一探,一只手依次抓一抓他们的手,全是冷汗,还感觉到小石砌匠和他的母亲,口里说不出话,冷得全身发抖。唯有他的父亲一身冰凉,没有抖颤。石伢子立即对石妹子说:

"快! 把他们抬出门去!"

"抬出去干什么?"石妹子丈二和尚摸不着头脑,问道。

"救人呀!"石伢子说,"里面有瘴气。"

听说是抬出去救人,顿时,石妹子说时迟,那时快,使出了浑身力气,连忙弯腰揭开被子,背起小石砌匠的娘,蹬蹬蹬就往门外走。石伢子也迅速背了小石砌匠,紧跟其后,并在背后指挥,两人将病人背上屋后那高坡顶,再将其仰躺在草地上。这一连贯的救人动作,一反往日石伢子不温不火不急不躁的模样,显得快捷而果断。此刻,他大声指挥说:

"你守在这里,我再把石大伯背出来。"

石妹子"嗯"了一声,却又不由分说,她火速地跑进小木屋的红薯窖里,把三床棉被一股脑儿搂出来。她使出了这么大的力气,连她自己也感到惊讶了。

石妹子还在喘着粗气,石伢子也把石大伯背出来了。他一路背得很艰难,因为大伯没有配合向前伏的状态,这就等于石伢子费了背两个人的力气,累得骨头都散了架了。可是背出来一看，石大伯一脸寡白，两眼呆直。显然，大伯不行了。石伢子连忙去掐掐他的"人中"，压了他的"虎口"，也无济于事，完全没有生命迹象了。他一路汗爬水流跑到文昌阁，把文昌帝君老道长请来，终于救了小石砌匠和他的娘。可他的父亲，就被瘴气夺去了生命……

石嫂子回忆到这里，戛然而止了。

四

究其实，石嫂子的回忆，无法在心头戛然而止。她心中涌出一股酸楚的东西，想呕吐出来。她忍住了。仙姑李慈惠，也看出石嫂子的此情有难言之处，所以不便催促她倾诉下去。她等待着。这时，有股风，呼呼地刮过山林，她们看见草坪中的鸳鸯树叶，像绿蝴蝶翅膀剧烈抖动。虽听不到树之呼喊，却分明听得到树之喘息。石嫂子在注视着两棵鸳鸯树，渐渐地她眼里，涌出两股泪泉来。她嘴唇，又蠕动起来，继续着抢救石砌匠一家的话题了。

石伢子和石妹子，帮小石砌匠掩埋他的父亲，把这母子俩接到石家祠堂里，和他们一起住下，躲避瘴气的袭击。石妹子悉心照料着石大妈，她喂文昌帝君送来的药丸，又弄些好菜，给母子俩补补身体，帮着度过了瘟疫之灾的难关。他们在夏夜里纳凉，仰天睡在竹铺子上，数天上的星星，讲月宫里的故事，有说不出的话题。四个人，有老有少，如同一家人。可石大妈总是挂牵着那个小木屋之家，求菩萨保佑，把瘴气退走，盼早点回家去。她住在这里，还多了一桩心事儿。想到儿子学做砌匠手艺回来，还仍旧要娘浆洗缝补，没得媳妇做帮手。他又是男大当婚的年纪了。哎，这祠堂里的石妹子，脸模子长得好，人也勤快，对老人蛮孝顺的，我若收了她做媳妇，那就是修到了好福分了。但是，从外表看，她跟石伢子，蛮合得来，做事一合手，像对小夫妻，然要摸个底。一天，她到底忍不住了，就拉起石妹子的手，问道："妹子，你今年几多岁了？"

石妹子最怕别人问她的年纪，因她父母不在世，在祠堂里和石伢子相依为命过日子，懂事早，才十六岁多点，就爱上了石伢子，和他一起种上了鸳鸯树。这会儿，石大妈问她的年纪，当然是话里有话。她不好如何作答：说十六吧，个子这么高；说十八吧，又会笑她想出嫁了。所以，她红着脸二，讷讷地说："我……十七了。"

石大妈爱怜地摸着她的手背，说："哎，男大当婚女大当嫁。有谁跟你合过'八字'啵？"

生性心直口快的石妹子，心里不由"咯噔"了一下，她从来就不说口是心非的话，也绝不打马虎眼敷衍老人，所以未开口，先悄悄地睃了一眼石伢子的表情，见他一不千岁,而不万岁,就照直说:"合过。"

"跟谁合过呢?"石大妈连忙追问道。

石妹子话到嘴边,又急忙把话吞下去了,那是她看到石伢子在一旁,暗暗地向她摆脑壳,所以,她赶紧抿起了嘴巴。

然而,爱探询事的石大妈,朝祠堂里的所有房子走了一遍,走到正屋和堂屋,都没见到神龛里的祖宗牌位,就再问:"妹子,你是在哪里合'八字'呢?"

"在……在……"石妹子吞吞吐吐起来,这回见到石伢子在悄悄地点头,于是就说了:"在两棵树的蔸子底下。"

石大妈一听,就笑了:"不是请神敬祖来合,那树能合'八字'么?"

石妹子毕竟是个黄花闺女,小小年纪谈婚论嫁,害羞得把下巴抵到了胸脯上,再不问石大妈应答了。石大妈察言观色,也识相,不再打听盘问了。

谁料,正在另一间房子里的石砌匠,听到石妹子和娘的谈话,他多了个心眼。他想:石妹子和别人合'八字'来了,我不就打光棍了么?看来,翅膀不硬,脚步要先行了。追她做堂客,要分两步走,第一步要讨石妹子喜欢:她炒菜,我烧火;她淘米,我煮饭;还到仙女湖去摸鱼,到洗药池的水沟里盘泥鳅。这是她喜欢吃的两样菜。第二步,要挖八字,挖掉跟别人合的'八字',再跟自己来合。他拿定主意了,行动快捷。那天,他摘了几个桃子回来,不声不响寻到石妹子,一只左手拉住石妹子的一只右手,再把另一只手里的山桃放到她另一手的手板心里。见石妹子很依顺,趁机,他两只手都抓住了她的手,久久地不松开。石妹子暗暗地用劲挣脱也挣脱不开,就脸红了,心跳了,就有点生气地味道了,说:"砌匠哥,我不喜欢吃桃子,你留着自己吃。"然而,小石砌匠此刻抓住石妹子那柔骨软腕之手,心里异常激动,热血也在全身涌流,真想贴上去拥抱她,吻她。他抓在手里的桃子滚到了地上。石妹子也感觉出他越来越躁动了甚觉不妙,就朝另一间房子喊:"小石哥,你快出来!"其实小石伢子不在屋里,不知忙什么,天天往外边跑。然这句话,也被石大妈听到了,闻声出门,看到儿子失了规矩,男女授受不亲,就轻声叱道:"把桃子捡起来!"小石砌匠这才松开石妹子的手,弯腰去捡地上的桃子。石妹子红着脸走进自己的房间,栅了门,小声地哭了。石砌匠敲门,没喊开。石大妈见了,就对儿子说:"你到山里去拣点柴火回来,快去1"她把儿子支开,就喊开了石妹子的门,两人坐到她的床边上,拿把梳子,帮石妹子梳了一下凌乱的头发,然后,轻言缓语地说:"妹子,你和小石伢子蛮般配,我也看出来了。两个人比亲兄妹还要好。我的意思是,你可以和他'合八字'的。"

石妹子听着石大妈的话,心里挺温暖,也挺感激,此刻,她对小石砌匠失礼的一腔怨气也顿时消解了。她连忙起身泡杯茶,端到石大妈手里,说:"石大妈,口渴了

吧,喝杯茶吧。"石大妈接过茶来,喝了一口,仍端在手里,运了运神,郑重其事地说:

"妹子,我和儿子在祠堂里劳神你们久了,明日,我和儿子回家去。"

"大妈,那回去不得。"

"为甚回去不得?"

"你家里有瘴气哦。"

"瘴气为甚难得消退?"

"瘴气瘟三七,要瘟三七二十一天嘛。"

石大妈不依石妹子的挽留,她起身把她和儿子换洗衣服,打到一个包袱里,显然,她不顾瘴气袭击小木屋之险了,高低要回去,这分明为儿子在救命恩人面前失礼生气,以及为儿子他以后的行为担心。她刚走出门,就被石妹子双手拉住了,一字一句地说:

"石大妈,我有哪里招呼不周到的地方,你讲出来,我改嘛。请你老人家和砌匠哥不要走。"

"妹子,"石大妈说:"我们在祠堂里住了这么些日子,比在自己家里还安生,还好过。"

"那就继续住下去,莫着急嘛。"石妹子仍未松手。

"人嘛,"石大妈说:"人不出门身不贵,人却出门心想家。"

"想家也要忍一下,"石妹子提醒说:"命,头一要紧咧。"

"唉——"石大妈叹了口气,说:"我这把老骨头,敲鼓都不响了,留着有甚用?你不如,让我回去,活一天,算一天。"

石妹子听了石大妈这几句话,蛮伤感的,想起自己的父母,也是躲开瘴气袭击慢了一步,便一病不起,个余月里,双亲西归。于是,她下大决心要把石大妈留住,就霸蛮抢了她的包袱,往屋里跑。石大妈追上去,脚步慢,包袱已被石妹子迅速藏在一个地方。石妹子又欲跑出门,石大妈也跟着小跑步欲追出门来要包袱,没想到,石大妈扯住石妹子的衣服,使劲往后一拉,把石妹子扯得往后一仰,啪一声跌倒在门槛上,后脑砸在地板上,顿时,石妹子眼冒金星,感觉到头和肩背剧痛起来。石大妈吓得慌了神儿,赶紧去扯石妹子起来,谁知,石妹子却被越扯越疼痛,痛得她两只眼里含着泪花。石大妈最急地说:"哎哟,太对不起你了。我又抱你不起啊,怎么办呢?"她四顾望人来帮忙,恰在这时,小石砌匠大步走进门来,忙问:"干甚么跌到地上?"他也未待母亲和石妹子回答,弯腰就要去搂她。石妹子急得放肆摇手说:"我痛,你莫抱。"石妹子受伤霸得蛮,不呻吟,只流泪。石大妈见了很心疼,掏出手帕帮她擦拭泪水,又打来洗脸水帮她抹一抹脸,揩一揩手儿。同时儿,她也发现石妹子眼色神光,强烈躲避着与小石砌匠投来的目光。她便找事儿,只开了儿子。

小石匠出门去了,石大妈守在石妹子身边忙这忙那,忙不到点子上,她正束手无策之时,恰好石伢子后生哥回来了,见状,他一不惊诧,二不询问,石妹子也不拒绝,他就把石妹子搂起来,放到她房间的床上了。尔后,他脚不住点地走出门,扯回来一把敷贴打损伤的药草。巧不巧,此时此刻,小石砌匠也正从门外进来,手里同样握了一把敷跌打损伤的药草。石妹子见了,又感动,又尴尬,脸上红一块,白一块,说:"你们两人寻的草药,我都不会敷的,请放心,我晓得我没伤骨头,只闪了腰,只碰破了皮,只凸了个陀,真的,不碍事,三两天就会好的。"她故意把伤痛说得轻描淡写,让两个后生哥不介意她为甚不敷草药。

石大妈招抚石妹子伤痛好后,她掰起指头算了算,她已经在祠堂里住了个半月了,估摸着已走出了瘴气的袭击的期限。她和儿子要回去住了,但是石妹子仍不放心,还要她住一段日子,因为屋子里,还没有消毒。小石伢子后生哥听了,憨厚地笑笑,说:"大妈,你和砌匠兄可以放心,我在你的小木屋里,红薯窖里,撒了石灰,又连续十天,烧红石头喷醋解味消毒。"

石大妈听得一句一点头,泪水溢出了眼角。

五

仙姑李慈惠,想彻底了解鸳鸯树的长势顺不顺,命运好不好?马上要砌的慈善堂,又如何尽善尽美地来保护它。然她,听着听着,却意外地听到这对少年鸳鸯与石大妈母子生死之交的过往,情深深浇灌着鸳鸯树下,合八字的命根了。这命根会遭遇不测吗?会风调雨顺吗?奇怪,这是李慈惠心头紧了一把,她担心石砌匠会怀恨这对鸳鸯树的。果不其然,接下来,石嫂子声泪俱下诉说了。

自打石大妈和石砌匠,从祠堂搬回家去之后,已有好些日子,石妹子不见石砌匠哥,来走动了,来纠缠她了,这就让她放心了。石家祠堂恢复了平静,祠堂周围树上的小鸟儿,也叫得格外地欢了。石伢子哥到外边学石匠,早出晚归,他学得很上心,也看得出,他学得很劳累,握凿子和锤子的手板,先是起了一个个血泡,后来结起一层厚茧。石妹子瞧见了蛮心疼,晚上回来,打热水让他泡一泡脚,用艾叶水洗一洗手,再催他洗澡换一换衣服。于是,她常用小木桶子,打上了温热的洗澡水,提到祠堂后院的阶基上,然后把小石匠哥的干净衣裤,放在旁边小木凳子上。此时,小石匠在阶基上洗澡了,石妹子,站另一间房子的窗户下,听着石匠哥清洗头发的声,抹洗身体的响。她想听完,他洗澡的全过程,心里那滋味,那么神往,那么陶醉。似那每一滴水,就淋漓在自己的身体上,舒爽极了。她想象石匠哥身体那么结实,皮肤那么光滑,一串水,也巴不上,挂不住啊。忽然,听不到石匠哥洗澡时的水响声

了。哦,他在抹干吗?可没那么快呀!不由心里一紧,隔窗喊道:

"喂,石匠哥,你怎么不洗了?"

"……"窗户那边,没有回声。

"石匠哥!石匠哥!你听到了没有?"石妹子连身喊道。

窗户那边,仍然没有答应。

石妹子急了,该不是洗澡时,踩得一滑跌昏了?于是乎,她便不管三七二十一,推开那张木门去救人了。谁料,吱呀一声,门洞开了,她看见石匠哥,全身赤裸地蹲在木桶边,头上,背上,全是水珠子。两只手,却搁在桶边上,用揉碎的叶子,轻轻地往手掌心处按压。石妹子想,那一定是受了伤,水洗起来发痛。那有什么办法让他止痛呢?她知道石匠哥,没有发现她打开了门,于是又马上悄悄地关了门,跑到祠堂前边,去寻草药。她父母在世时,教会她认识过几样治伤的草药子。真是,只要走出几十步,就发现了这种药草。她扯了一小把,洗干净,放到大碗里,用菜刀捣碎,溢出青汁来,然后端上碗,把后门打开,马上闭上眼睛,朝石匠哥洗澡身边退着走。她边退走边说道:

"石匠哥,石匠哥,伤药来了……"

石匠哥转脸一看,一惊,他连忙就去抓裤子,不顾一身的洗澡水还没抹干,就慌慌张张地把裤子迅速穿上。也许是心里还不平静,他双手去接石妹子的药碗时,没有抓稳,碗在手指上一滑,哗啦一声,掉在阶基边的麻石上,将碗分成了四页八块,药草溅了一地。顿时,石妹子惊吓得睁眼一看,见碗打烂了,药弄脏了,她不由眼泪巴莎,哭道:

"哥,对不起,对不起,我……再去扯……"

"不用了。"石匠后生哥说:"妹子,是我没有端稳碗,是我对不起你。我手上是小伤,不限定要敷草药的。凿磨子,受点小伤,是难免的。你就放心好了,三两天,会好点,会好点,会好的。"

小石匠石伢子后生哥,口里一迭连声说着会好的,情不自禁地拿了洗澡巾,去揩石妹子脸上的眼泪,石妹子顿觉一股热流涌上心头,再也忍不住羞怯之情,扑向小石匠哥怀里,全身抖动着,哭得更伤心了:

"哥,哥,打烂碗,总归不好,总归不好……"

"打发,打发,没关系的。"

石伢子搂抱着石妹子,心跳得厉害,浑身热血奔涌,就把石妹子越抱越紧了。石妹子感觉有些生痛,却不喊出来,倒似瞬间全身舒坦,眼睛半睁半闭儿,娇羞着这样说:

"哥,哥,打烂碗,不连累我们在鸳鸯树下合的八字么?"

"不会。打碗是打发，合八字是合婚，两码事，两码事咧。"

小石匠石伢子放肆宽石妹子的心。他这样说了，心里却有些酸，感觉出是个不太走好运的兆头。他心想，要选一个吉日良辰，把鸳鸯树下放着的'合八字'挖出来，打开布包，看年庚生辰的字迹还在不在，还看得清不，还是不是如初合在一起，然后交个祠堂石家族佬长辈，由他们做主，定亲，拜堂，就可以……睡一床了……

"哥，哥，我俩几时……合婚呢？"

"选个日子，把那个合八字的包包，挖出来看看。"

"几时挖呢？"

"今日是初三，不行。"

"为甚不行？"

"初三、初四娥眉月，十五、十六月团圆。我们定在十六的夜里去挖吧。"

忽然，祠堂后院的围墙上，一个人影跳下去了，跌在墙外边，传来双脚落地时啪的一响，真把石妹子吓了一跳，赶紧推脱小石匠石伢子的拥抱，尖声叫道：

"谁呀？哪个?！快答白噻！"

跳下围墙的人，没有答腔，传来一阵逃跑的远去的脚步声。

小石匠石伢子咕哝了一句："这是哪个在听壁脚？要不得，怎的这样不正经呢！""是呀，飞墙走壁，会是哪个呢？"

两人猜测着，天就断黑了。小鸟早已归巢，不知名的虫，这里，那里，鸣叫着。石妹子忙去提了那个洗完澡的空桶，把小石匠换下来的衣服放进桶里，提到祠堂小井边去搓洗了。

石妹子每天掐指头，数日子，终于盼来了十六月团圆。这一天，她早早地做完了晚饭，站在祠堂边的阶基边上，等候小石匠哥石伢子回来。她时不时地抬头看月亮，不经意间，月亮圆圆地挂在大树枝上，又慢慢地，移向另一棵树。

吃罢晚饭，小石匠石伢子，请来了祠堂族佬，背起锄头，拿了香烛和钱纸，还有一小块鱼、一小块肉、一个鸡蛋、一小把白米。三人向大草坛鸳鸯树走去。族佬是合八字的行家，他选定一块草坛边的石板，把鱼肉蛋放进一个个碗里，又把米盛进碗里之后，插上三根香，通通摆在石板上，尔后，将香烛点燃。族佬向山神、树神跪拜之时，口里念叨着什么，把手里的卦往地上一丢，只见两卦仰起着，他便点燃三片纸钱，再丢卦，才见打出一仰一扑的圣卦来，于是，嘴角露出几丝不易觉察的笑容，就立马站立起来，并把两袖挽起，向小石匠石伢子要过锄头，左手提着，踏进草坛，再由右手去分开长得齐腰深的浓密的丝茅草，向草坛中央的两棵鸳鸯树走去。石伢子和石妹子，紧跟其后。

族佬顶多五十岁年纪，皮肤晒得黝黑，一脸的萝卜丝皱纹，紧闭着嘴巴，蛮严肃,仅只用他的眼神、手势表达着无声的语言。他这个模样,显然,平素出事不太通融,有点古板的。这刻儿,只见他把锄头,高高地举起,再重重地往下一挖,嚓一声,就挖出一锄黄泥来。他挖罢第一锄,说是未碰到石头的,这表明表白了土地爷和山神,允许动土下锄了。于是,他把锄头递给石伢子,要他接着挖,把八字包挖出来。

小石匠只挖了一袋烟功夫,就把沾满泥土的鸳鸯包挖出来了。顿时,石妹子高兴得跳起来,抢着去解开包,却被石匠哥悄悄打了一下她的手背,向她眨眨眼,努努嘴,要她把包递给族佬。

族佬相当于族中的权威,一年一换,轮流坐堂。石妹子经石匠哥提醒,心领神会,赶紧递包:"族佬,请!"

族佬接过包来,先将它举过头顶,再下托至胸前,仰起脑壳,朝中天的大月亮,鞠了一躬。尔后,他慢慢地把包的外层,缠着的蛇皮带子解开,再把包的第二层谷皮树皮,一溜溜撕开,最后把第三层布包,细心地打开,这时,一个折叠好的纸片团儿,呈露在大家眼前。族佬慢慢展开了纸片团儿,大声道:

"哎,石妹子,你合的是石砌匠,不是石伢子呀?"

"族佬,你看错了。"石妹子和石伢子同声叫道。

"没看错,笔写墨在。"族佬把纸单子递过去。

石伢子接过来一看,先是目瞪口呆了,咬得牙齿咯咯直响,接着仰天吼道:"天哪,是谁做了手脚?"

石妹子迅疾接过来看了看,气得哭喊道:"族佬,天晓得,地晓得,是我和石匠哥合八字,为甚拱出个石砌匠?"

族佬望望他,望望她,一言不发了。

六

男女合八字,合出个相反的结果,这使当时的石妹子,哭成个泪人儿。而今眼前的石嫂子,向李慈惠诉说之时,又以泪洗面成泪人儿了。李慈惠双手扶着石嫂子哭泣抽动的肩膀,心里疼惜着:怪不得哦,如今的石嫂子和石老倌,青梅竹马,老难相依,鸳鸯树下结情的鸳鸯鸟,被拆散而各自飞了,石嫂子和石砌匠成家了,石老倌一直未娶女人,打着光棍,唉,为甚会是这样呢?

石嫂子继续诉说道:当年小石匠捧着被人背地里换过的'八字包',顿觉眼里冒出金星,两只握着的拳头紧出水来,胸脯起伏着,他吼着要见石砌匠,一定要问个明白:"是谁把石砌匠的年庚生日放到了鸳鸯树下八字包里,安的什么心呀!?"
石妹子抹着泪,安慰他说:"哥,那你不要急,第三个人插进来,是弄虚作假的,我们不认就是了。"石伢子说："那也要问个明白，婚姻大事，有人从中作梗，我们不能面糊。"石妹子说："哥问个明白可以，那也不能见面动拳头。啊，一笔写不出两个石字，共祠堂一家人嘛。"石伢子听了石妹子劝和的话，一不点头，二不摇头，心里的气仍未消。他虽则气未消，但有了主意，便喊上族佬一起，提起那个"八字包"，走到石砌匠家里，进门就告诉石娭毑："今日来，要找石砌匠问个事。"石大妈又端椅子，又倒芝麻豆子茶，笑眯眯朝门后边喊："大石头，莫挖土了，家里来了客。""大石头"是石砌匠的乳名，石大妈喊罢，一会儿，石砌匠就进门了。口里道着稀客稀客，请坐请坐，眼睛瞅着小石匠石伢子的脸色，有点铁青，心想来者不善善者不来，马上就闭紧了嘴巴，等待客人说话。石大妈见大家不讲话，心想自己妨碍了年轻人谈话，于是就说："你们谈话吧，我就少陪了。"她欲出门，被石匠石伢子喊住了："大妈，今天我们要问的事，也请老人家听听。"石大妈又折回来，给自己端把椅子，坐下。

小石匠喝了一口茶，望了一眼族佬呵石妹子，尽量把声音放得柔和一些，向石砌匠问道：

"哎，大石头嘞，我跟你讲，我们都是屁股靠屁股长大的玩伴，朋友一场，谁也没有哄过谁，是啵？"

石砌匠口里答着"是"，连连点头。

石伢子小石匠说："我问件事，你就讲句实话。"

石砌匠回答说："你问吧。"

小石匠问道："你在丝茅草坪的两棵树下合过八字？"

石砌匠听了，一脸茫然的样子，说："没，没呀。"

"真的？"

"真的。"

"你的年庚生日，为甚拱到我和石妹子的八字里了？"

石砌匠摊开两只手，摆一下脑壳，表示不晓得。

小石匠见小砌匠装蒜装糊涂，一问三不知，就生气，就激动起来，指着他的鼻子问："我的年庚生日，拿到哪里去了？"

石砌匠看到石伢子一脸愤懑，心里不由生出几分畏怯来，结结巴巴地说："那那那，我怎么晓得呢？"

石砌匠依然言不由衷，更气得小石匠一个大步冲上来，伸出左手抓他的胸衣，再伸出右手高高地举起来，要捆他一巴掌，然他，就这样喘着粗气，停在那里，没有捆下来。空气凝固了。灶堂屋里鸦雀无声。他便依次望着族佬、石妹子、石大妈，尔后猛一扯转身，欲走出门去，却被石娭毑的叫骂之声，而刹住了脚步，立马回转身来。

石大妈在大声叫道："大石头，过来！"

石砌匠瞟一眼娘,铁青着脸,嘴角有些微抖动,他知道她动怒了。他不敢过来。再说,他更担心娘被瘟疫瘴气伤害过重,头昏头痛,再会发作。万般无奈,他只好慢慢地站起来,且提着木椅子,慢慢移到娘的身边来,口里在讪讪地说:"过来,过来什么是嘛。"

石大妈朝地上一指,命令道:"跟我跪下!"

石砌匠迅速地瞅了一下娘那冒火光的眼睛,又依次环顾了族佬、石匠、石妹子各自的面色,躁得他全身发热,脸上发烧,娘不给儿子一点面子,儿子只好来一个声音不高,语气挺硬地说:"我不跪!"

"跪下!"

"不跪!"

"你,不仁,不义,也不孝吗?"石大妈气得浑身发抖,声泪俱下:"爹死娘还在,你不要犟,娘要你跪下去,对娘讲句实话:那鸳鸯树下的'八字包',是不是你,把自己的年庚生日,偷换进去的?"

扑通一声响,石砌匠万般无奈状,跪在娘的跟前,勾起脑壳,把下巴抵到了胸脯上,咬口不开。

"回娘的话:是不是你?"

"……"

"回娘的话:你为甚不报恩,反抱怨?"

"……"

"回娘的话:你为甚心里承认,嘴巴不讲?"

"……"

"回娘的话:你要把我,气死在你面前?"

"……"

石大妈已气得嘴唇发乌,火冒金星了,忍不住跨上一步,啪一声,捆了儿子一记耳光。没料想,她一个趔趄,跌倒在地上,人晕过去。大伙七手八脚,掐虎口,掐人中,好不容易,她才醒过来。石大妈醒过来,已大伤了身子骨,只能卧床养病了。石匠石伢子和石妹子,每天都来看望她老人家,常常手里不空着,蒸鸡送补药;也常常手里不闲着,扫地洗衣裳。石砌匠还留客人吃饭,渐渐地,三个年轻人,和好如初。石大妈的病,也渐渐好起来,下床走动了。大伙的高兴劲,没法提。

日子,就像洗药池边的溪水,哗哗地流;小木屋里的笑声,也恰似仙女湖面上的浪花多,一朵追着一朵。一天,小石匠独立地去做上门工夫,主家付他一斗米工钱,还送了一只乌鸡婆。小石匠提回来,嘱咐石妹子,一定要蒸了给石大妈吃,补补身子骨。石妹子到山上去寻了天麻,寻了付片,放进去一起蒸。她进了小木屋门,就看见石大妈在炒菜,石砌匠在灶湾里烧火,烧柴有点湿,冒出一屋的烟,呛得人咳嗽不止。石妹子连忙举起手里的蒸砵来,说,菜不要炒了,今儿个,给大妈送蒸鸡来了。石匠和石妹子的一片孝心,感动得石大妈,不住地撩起衣角抹眼泪:"真难为你了,你,你就做我干女儿吧。"石妹子扑过去,抱着石大妈,撒娇着说:"我要做你的亲女儿,妈!"停了停,又说:"亲妈,你教我做针线活儿吧,怎样糊壳子,怎样扎鞋底,怎样绣花袜。"石大妈通通答应了:"你总会出嫁的,在娘家做女,不能少了这些看家本领。"这娘女俩说着的话,石砌匠听了,心里跳得慌。当石妹子提着空砵子要回家时,石砌匠提出要她帮忙晒一晒湿茅柴。石妹子高兴地答应了,便留下来,做了半天事,累得全身汗爬水流,想到小木屋背后泉水眼洗个澡。细心的石砌匠,把石妹子的眼眨眉毛动,都看出来了,就说你想洗澡吧?你在我家吃完晚饭以后,我带你到仙女湖去洗吧。石妹子听了他的,在小木屋吃了晚饭,就随同石砌匠出了门,踩着月光,来到仙女湖,她刚下水,人往下沉,吓得叫唤起来,石砌匠游来托起她。他怎么教她游,她也不学了,横直要上岸。就这样,石妹子在仙女湖边的小山上,换衣服之时,防不胜防,石砌匠从灌木丛中冲出来,抱着她,滚到了草地上。她捶打,她呼喊都软弱无力啊……小石匠听不到,没法去救救她。

这一页,石妹子泪水双流,死活不回祠堂去。没脸见着小石匠石伢子哥呀。然她在小木屋,见着石大妈,扑到她的怀里,哭着说:"亲妈,我做不成你亲女儿了,也做不成小石匠哥的内人了,都怪你的儿子,他,他把我……他把我……"

石大妈听到了石妹子的哭诉,得知儿子伤害了她,于是,气得她急火攻心,顿感眼前一黑,身子一歪,咚一声,重重地跌倒在屋子里的石磨子上,再也没有醒过来。

石砌匠跪在娘的坟前,没有泪水,没有哭声,他向坟上撒了一把米,低声诉道:"娘,你为甚不原谅我?我只有这样,只能这样才讨得到石妹妹做堂客。"

石妹子,也跪到了石大妈坟上,泪水断线珠般掉下来,一字一声儿地说:"大妈,我请你醒过来,仍做你的亲女儿,也,做你的媳妇。你,你不醒过来,我三六九给打贡饭,二五八给你上上香。只是,我欠了石匠哥的情,苦了石匠哥……"自此,石妹子并没有和石砌匠一起做喜期、坐红轿、拜堂,她肚子里就怀上了小石头。小石头出世后,石妹子把他抱到石大妈坟前,烧香磕头说:"亲娘,你醒醒,看看你的孙子小石头呀。"

石匠哥,做完上门工夫石磨活回来,先不回祠堂,而弯到小木屋,看看石嫂子,抱抱小石头,把做上门工夫主家送的山果留下来,送的酒也留下来给石砌匠喝。他不记恨他。他认命。他来了,他走了;他再来,他再走,全不说甚么话儿。石嫂子也这样,他一直在她心里盛着,常去看鸳鸯树。年复一年,鸳鸯树的樟树,长着枫树叶;鸳鸯树的枫树,也长着樟树叶了。

第**11**章 慈善堂
● Ci Shan Tang

一

　　梆、梆、梆,李慈惠隐隐若若地听到打更的三声梆响,便难以入眠了,就想起仙庾岭的能工巧匠们,花了两个多月工夫,砌好一座刚刚落成的慈善堂。但是,是不是按慈善堂草图来砌的? 她没来得及亲自看看,不知建成个甚么模样? 同时,是不是兼顾保护好了两棵鸳鸯树? 因此,心里的一颗石头没有落地。

　　日子走得快,这些天来,她随文昌帝君老道长,在修炼解毒的内丹,从建慈善堂的周管中,抽身出来,她随文昌地君老道长,在修炼解毒的内丹,从建慈善堂的周管中,抽身出来,投入他花了三十多个冬秋,一直在研制的八宝紫金锭。就这样,她只好把建造慈善堂的事宜,一把交给了石老倌,他叮嘱了石嫂子,做做石老倌的助手。吃罢晚饭后,听石嫂子说,请她专门去慈善堂,仔细看看,挑挑毛病,还有不有不满意的地方。然她,晚饭后,接待了一个石家祠堂的老人,来找她看病开单方。她看过之后,没开单子,只拿出一粒大药丸,当面吞服,几个小时见好了。因耽误了下山的时间,天断黑了,只等待月亮出来,再去看看。瞧,三声梆响,月亮爬上了山顶,月光照进了窗口,这时,李慈惠看到小红小兰睡得很香,她轻手轻脚起床,穿好罗裙,稍坐片刻,再推开虚掩的门,站在文昌阁的门口,俯瞰了一下山腰里,那座新砌的慈善堂,然月朦胧,屋朦胧,看不清爽,倒是耳边,听到那儿传来乒乒叮叮的凿东西的声响。于是呼,李慈惠沿着文昌阁下山的石板路,拾级而下,心里猜测着,那一定是石老倌,在加时加点干活计。为了公众的事,他总是干得在行,干得卖力,不顾自己有心绞痛缠身病了。不行,你要给我停下来,回家睡觉去,爱惜自己的身体呀。唉,这个石嫂子,怎的不"管"住他呢?铁打的汉子,也会溶啊!

李慈惠边走边想,踏着月色,很快就来到了中庭对门。她一看新砌的慈善堂,由不得自己,讶异得张开的嘴巴,半天没合拢来:哎哎,这是谁谁谁的主意,怎的把一个慈善堂,建成了一个寺院的模样了?瞧呀,这寺院正面的墙高,足有四丈;而且,正门门顶,呈半月形,当是庙门了。她踏上阶基,往正门里走,脚下踩的,通通都是地砖,全是按寺院的规矩,铺的地板。她忍不住用脚蹬了蹬,试试地砖结实不结实:蹬一下,汪一声,有金属般的响亮,像拨动了古琴的单弦。

虽然夜色深,然而月光朗朗,李慈惠借着大门口和几扇窗口,透进来大把大把的月光,车转身环顾一下,原来正厅这么宽阔,厅中立有四根大伞柱,伞柱上雕着龙凤呈祥。她忍不住,用手轻轻地摸了摸,那雕纹在手上的触动,很密集,很细滑,也顺势闻到了国漆初干的刺鼻味,却又有些微的清香。想必这就是石老倌雕刻的,颇见当年皇宫柱雕的功夫,刀法细腻,形体生动。她又借着大门口,跑进来的月光,抬头看到大伞柱的上端,都是搭架的抬梁和穿斗,托起了一个巨大的屋顶。她忍不住走出大门,要欣赏这大屋顶甚么模样?哦,原来大屋顶正面两端翘起了飞檐;飞檐与屋顶的坡顶,又巧妙相连,煞是好看。再说那翘檐上,有些影影绰绰的东西,排着队儿,像马驹,像飞鸟。自然,这个寺院式的屋顶,又大大超越了慈善堂屋顶的建造规模,不是花了很多钱,而是花了很多心力和工夫。这个石老倌和他的工匠们,干嘛要这样砌呢?弄得慈善堂不像慈善堂了。

看完屋顶、屋脊和屋角造型的过于讲究,李慈惠自然对一响放得下心的石老倌,有些儿意见了。她急于想见到他,要对面鼓对面锣地放肆讲:大难当前,虽则缓过些劲儿了,但我们,仍需要把心力、财力、人力,放在抗瘟疫斗瘴气上,把慈善堂砌得这么好,有什么必要呢?就是把文昌阁上的道观搬下来,也不需花这样的大功夫。李慈惠,又走进寺院式大门,再往里走,出了后门,又是屋,且是纵向三间三进的样式,而在每间每进之间,都有一个天井,天井中间,都有石匠们的浮雕石刻。再看每进两侧,都是雕着窗花的大房间,洞开的木门和木窗,让几缕月光溜进了房间。尤其左侧,还为两棵鸳鸯树,砌了个小院子,看出来是按草图而建的,这使李慈惠暗暗点头,表示满意。

从前往后看了个遍,只听到后面传出击全刨木花的声响,但未见到一个人影,李慈惠循声走出寺院的后门,看到一个工棚。木花和槌击声,就是从这里传出来的,她迅急走上前,先用手敲了敲关闭的木板门。不一会儿,木门打开了,从里面探出一个身影来。这个身影儿人眼尖,先看出了敲门的人是谁,就尖声儿叫道:

"仙姑,你怎么也深更半夜来了?"

李慈惠这才知道,开门的是柴秀。她一边答应着,一边提脚步儿往里走,心想,既然柴秀来了,那么胡才也会来的。果不其然,只见胡才,手里拿着锤子和凿子,正在朝一块木板凿眼子。他见李慈惠仙姑进来,连忙站起,放下手里的东西,抱拳打拱说:

"仙姑,你来得正好,看这东西行不行?"

仙姑李慈惠一时儿,丈儿和尚摸不着头脑了,不知问的是甚么东西行不行,便去拿起屋子里的油灯,举起来,照着明,反问道:

"胡才,让我看甚么'东西'呢?"

胡才笑了,指着棚子里一头,新做出的木条高凳子和木板课桌子,说:

"经堂和学堂里的板凳呀,课桌呀。"

李慈惠举着油灯,朝那新桌凳照亮起来,逐张逐条地欣赏,也笑着赞赏道:

"胡才,你文的、武的,都来得。瞧,这课桌课凳,也不差哪儿去。哎,你这个秀才木匠,还行。"

"仙庾岭的多面手。"柴秀也插嘴夸胡才了。

李慈惠点头道:"多面手,你这些木料是从哪里弄的呢?"

胡才答道:"是慈善人捐给慈善堂的。"

李慈惠追问道:"谁呀?"

胡才瞟了一眼柴秀:"远在天边,近在眼前。"

由于是夜色里,李慈惠没看清柴秀在向胡才放肆摇手,要他不说出她的名字,但听出这是柴秀的义举,自然感谢柴秀对慈善堂的支持。于是,李慈惠上前一步,拉起柴秀的手,说:

"你父亲晓得吗?动用了他这么多木材。"

柴秀没有马上回答。从李慈惠手中抽回自己的手,走到一个木墩上,提起一把水壶,筛出一碗水,送到李慈惠跟前。李慈惠接过碗来,就着油灯闪闪跳动的亮光,看清了柴秀一脸凝重的神色,心里便有谱了:看来,柴秀的捐赠,未得到父亲的许可,至少,也未与他老人家打好商量。再说,你家父尚存这么多上好的杉木,可能他是要派一个别的大用场的咧。你不要因慈善义举,而引发家神不安,人伤和气喃。

"这是我的心愿,不必跟家父讲。"静默了好一会,柴秀终于回话了。但话里,流露出独生女的矫情,霸气。

李慈惠听罢,笑了笑,又清了清喉咙,尽量把话说得随意些,语气更加亲切些,说:

"看来,动用了你的私房钱啰? "

"就算吧。"

"啊? "

"给我了,就姓某某氏,不姓柴。我爱怎么处理,就怎么处理,不碍柴家大屋的事"。

听柴秀的口气,父女关系不是很融洽,李慈惠不便打听,就看着胡才,刚刚凿罢方孔,这会又在刨木板了。他双手操作着刨子,一退一进,蛮有弹拨古琴的节奏感,刨得木花儿卷出来,散发出一缕缕冲鼻的香味儿。这个胡才,舍得出力,干得在行,且又多才多艺,自然逗妹崽子喜欢。柴秀紧追不舍,小兰当有近忧。是哦,你们为甚要挑选晚上做工夫呢,难道白天有难言的不便吗?李慈惠默默神,笑向道:"柴秀,你们开夜工,要赶什么工期么? "

紫秀朝李慈惠笑了笑,带点神秘色彩意味地说:"哟,家材,有如家财,是露不得白的。"

这句话来得远,没法儿打鼓听音。胡才便补充说:"仙姑,这些木材,是柴秀的父亲,专门为她打嫁妆的,可做一百零八只脚的木器,蛮气派的嫁妆。而柴秀,却愿意全部捐给慈善堂,做课桌课凳。""避家人耳目,便开夜工了?"李慈惠笑着说。

胡才跟李慈惠说着话儿,忽听得外边,有人在说话的声音传来。耳朵更尖的柴秀,连忙放下手中刨子,跑出门去。一看,远处,有人提着灯笼,正朝这边走来。再仔细瞧瞧,看那身影儿,走在前面的是家丁,走在后边的则是家父柴大爷,这可把柴秀吓得吐了一下舌头,心里道,怎么应付呢?

二

打更的梆声,已敲响了五下。此时,天边还未现出鱼肚白来,柴家大屋就有两个人起早走出槽门了。走在前边的,是家丁丁伯。他只有姓没有名字,屋里人一律尊称他为丁伯。他高高举起手里的灯笼,照着走在后面的柴大爷。柴大爷穿着长袍褂,戴顶斗篷似的礼帽,橡要出远门的架势。究其实,他只想趁着未天亮,要去看看仙姑李慈惠,亲手张罗砌的慈善堂。

两人穿过大戏台,柴大爷远远打量着月色里的慈善堂,就不提步了。他在丁伯的耳边,嘱咐了几句,要他这么这么讲,那么那么办,然后,就站成一棵树一样,纹丝不动了。

这位丁伯,是个喜欢看稀奇的人,走近慈善堂,他就放慢了脚步。他把灯笼留在柴大爷手里了,这会趁着好月光,便前前后后,上上下下,打量起慈善堂来。他一边看,一边小声儿唏嘘起来:哎哎,这个慈善堂,砌得时新又古怪,为甚一像庙堂,二像学堂呢?接着,他不忘记柴大爷的叮嘱,要轻手轻脚地找,过过细细地寻,如果发现了柴秀,就等于发现了那堆宝贝在哪里。尔后,再请人把宝贝,不声不响运回来,千万不要打草惊蛇,丢人现眼哦。

丁伯是个老实巴结的人,要他鬼头鬼脑地张望寻找着甚么,他做得极不自然,而且又要踮起脚尖走路,越发显得出丑。但愿柴秀莫先发现他,他先看见柴秀最好。

正是柴大爷和他的家丁丁伯捉摸着时,柴秀早已走出,木工工棚。他看见,丁伯猫着腰,在东张西望,甚觉好笑。她顽皮地躲在一拐角处,待丁伯走上来,主动迎上去,恰好与他,碰了个鼻尖对鼻尖,吓得丁伯"啊"一声,半天没惺过神来。

"嘻嘻嘻!"柴秀笑弯了腰,说:"我猜是谁呢,深更半夜慈善堂的,原来是丁伯呀!"

"嗯嗯,"丁伯定了定神,结结巴巴地说:"秀,秀秀姑娘,你的胆子,好大哦,这黑灯瞎火的,你不回家睡觉,在这里做甚?"

"游山哩,玩水哩。"柴秀俏皮地说。

丁伯一听,在游山玩水,不由把脑袋摆了两下,瓮声瓮气地提醒道:"这墨墨黑的,怎的游山玩水?你怕莫是在做游梦吧?"

"丁伯我真心像在做游梦哩,"柴秀收住顽皮的神气,去牵住丁伯的一只手,指头指着月色里的慈善堂,喜滋滋地说:"快看新砌的慈善堂吧!金屋银屋,都不如我们仙庾岭这座神仙屋哩"。

丁伯仰起脑袋,作古正经欣赏着,在月光里的慈善堂,有如胜过看自己老家的大祠堂,是那般有味,那般亲切。他不住地啧啧称赞道:"砌得好,砌得好。嗯,一个地方上,有个慈善堂,那个地方上的天灾瘟祸,就抗得住,就能消除消灭的。嗯嗯,秀,秀秀姑娘,我讲得对不对?""讲得对。"柴秀牵着刘丁伯往大戏台方向走,心里转着小九九。她一是担心丁伯走到工棚里,会发现正在做慈善堂课桌课凳的木材;二是她要主动迎上家父,打通他的旧脑筋。是嘛,你为女陪嫁,不如帮仙庾岭搞慈善哦,看人家仙姑呀,她是外乡人,来这里修行,比我们自家人还体贴,还要亲,张罗建慈善堂,操碎了心啊。她想到这里,接着说:"丁伯,这砌慈善堂,办慈善堂,靠仙姑一个人出力,还不够,要大家都来,有钱的出钱,有力的出力,有东西的搬东西来。一面鼓,大伙抬起来打,就热闹了。丁伯,你讲,我讲的对不对?"

"对的。"丁伯连连点头。

丁伯碰见柴秀,本来要说服柴秀莫乱捐东西,这阵反被柴秀说服了自己,嗨,怎的倒过来了?还没完成老爷的托付哩。他正要开口,却又被柴秀姑娘问住了:

"丁伯,你来慈善堂做甚?不是做游梦来的吧?快告诉我,站在大戏台边上,不走过来的那一位,是不是我的家父哦?"

"是……嗯,哦,算是的。"刘丁伯又有点结巴起来。

"哟!"柴秀尖声笑起来:"是就是,不是就不是,怎能讲:算是的呢?"

"嗯,你就莫过我的细了"。刘丁伯打了个手势,要她不打岔,接着说:"他要我传话,把你听:你搬来的那些杉木条,是给你做木器,办嫁妆的。赶紧运回去,莫误了办终身大事的大事。"

打鼓听音,来者不善,善者不来,家父和丁伯,是来找自己要回木柴的,而且是连夜"出击",紧追不舍。该怎的对付呢?柴秀紧张了,思绪儿乱了方寸,心跳儿急切了。她赶紧闭双目,定了定神,尔后,缓缓地说:

"丁伯,丁伯,你陪家父夜里出来办事,这是不是他的本意?他好像,改了这个'习惯'哩!"

"没……没没改,"丁伯又结巴起来,说:"他以前,总是深更半夜,喊我去跟他一起,去仙庾岭满山里偷……不不,而是挖,挖药材。尤其是,提心吊胆,到仙女湖,扯,扯扯扯,扯仙女参……这不都是,都是,都是他的夜不就工的老习惯么?!嘿嘿,女儿,最终父母心,还用我多嘴么?"丁伯挺会反唇相讥,敢在大家闺秀面前,这么放肆,这确实令柴秀,吃惊不小。她越发冷静起来,想想,这码事的背后,一定是有人捅手,从中作梗,千方百计不让嫁妆木料作捐献,家父这么不明大理么?对于家里来说,捐材料,仅是在身上拔几根汗毛啊!家父为何有失大义大德呢?

我一定要找他据理力争。我这辈子不嫁人了,你还要追回木料做甚?!于是,她跨开大步,向站在大戏台一侧的家父,走去。

谁料,丁伯连忙挡住她,一迭连声地说:

"你不要找他,他要追回木料,全是为了你好。哎哎,是不是?"柴秀说:"丁伯,佻莫挡!我要跟家父讲清楚:追回嫁妆木料,那就伤了我的心。"

丁伯说:"言重了哎。"

柴秀说:"伤了我的慈善之心,父女关系,一刀两断!"

柴秀这两句话,故意说得很重,想让站在大戏台一侧的柴大爷听见:你的女儿吃了秤砣铁了心,再逼女儿搬回木料,那是痴心妄想:老爸,你是要女儿,还是要木料!

果真,柴秀的堵气话,飞到对门柴大爷的耳朵肚里,那月光下的身影儿,抖动了一下,又见他狠狠地蹬了一脚!将两只手,快捷地往背后一操,背就那样躬着,头低了下来。依平素,这是柴大爷发爆脾气的前兆,任谁谁谁,见了这样子,马上会站得离他远远的。然而今夜里,他不但没开口大吼,而且转过身去,用背对着走上前来的柴秀,表示家父的不满,在冷骂女儿称的忤逆不孝。

忤逆不孝就忤逆不孝,柴秀对着上,一边走过来,一边尖声儿叫道:

"老爸,你为甚不走过来?欣赏一下月光下的慈善堂?这是我们仙庾岭的大事儿,喜事儿,总总,是福、禄、寿、喜的大事儿呀!转过身来看看吧!"

柴大爷见女儿柴秀走到身边了,一不转身,二不作声,三不动怒打人。这令人不解。于是,柴秀便去捉住他的一只胳膊,撒娇了,摇呀摇,娇声柔气地说:

"老爸,老爸,我捐木料给慈善堂,你答应我吧!"

怪事,老爸柴大爷,一不千岁,二不万岁,总是别着脸,不让柴秀看清楚。这十分异常,根本不是柴大爷以前的秉性。老爸的脾气会如此好么?性格会如此变么?实在令女儿兴奋不已,她便跳上一步,从正面,扑到他的怀里,喊道:

"老爸,我是你的宝贝女儿秀秀,你都不认得了么,来,像小时候一样,抱抱我啊!"

柴秀刚刚扑进家父怀,就被他搂住了,他搂着,搂着,两只手儿,有些发抖,仍不作声。忽然,他两只手捧住柴秀香喷喷的脸蛋,将自己别转的脸块,转过来,低下头去,吻住了他的嘴唇,且越吻越激烈。柴秀甚觉非礼,此非为人之父行为,太不对劲了,太不应该了!想喊,被堵住了;想挣脱,被抱紧了。两个合抱的身影,在月光下晃动着。不一会儿,只听得哎哟一声,不知谁咬痛了谁的嘴唇,那铁钳一样搂抱的手伸开了,柴秀猛地弹跳开来,紧接着又冲上去,要捆对方一巴掌,对方却逃跑开了。她吼道:

"蓄牲!"

这一吼叫,惊吓得丁伯小跑上来,劝说道:

"秀,秀秀,你为甚骂人,骂你父亲了?"

柴秀打着哭腔,又冲丁伯吼道:"你带只老虫,到慈善堂来,要吃……害我呀?"

丁伯还听得云里雾里中,那边工棚里的李慈惠和胡才,也跑过来,急问:是谁惹恼了你,又究竟骂谁,是"蓄性"呢?

三

仙姑李慈惠,追问柴秀,为甚气成这样?柴秀竟还仍旧朝那个远去的非礼人背影,蹬脚舞手,眼里含着泪花,抖动着嘴唇,说不出话来。

李慈惠扶着她的肩膀,轻轻地拍着,说:"柴秀,莫生气了,宽宽心,消消气,百事如意。"

柴秀说:"我吃了秤坨铁了心,家父捐钱,我捐木料。谁敢来打岔,滚他妈的蛋!"

李慈惠欲向"打岔的人,究竟是谁?"却被站在一旁的丁伯,抢着插话了:"秀,秀秀,那不是柴大爷,又是谁呢?"

柴秀一听,放起连珠炮来:"你打着亮壳子(灯笼),还看不清跟在后边的人,是谁么?你是光眼瞎?还是装糊涂?带只脚猪子来,还不清白么?!"

丁伯一听"脚猪子"三个字,心里便明白了八九分,他心里道:唉,黑灯瞎火的,没仔细看清别人的脸,听声音,倒真像柴大爷呀。再说,谁会料想到,是他在装神弄鬼呢!自己只是个家丁,谁都喊得动呀。

顿了顿,柴秀冷静下来,甚觉冲丁伯生气不对劲,她便提了提脚步,缓和了一下口气,歉疚地说:

"丁伯,我不怪你,只怪'脚猪子',太狡猾了。"

"也太骚了!"丁伯说:"他人不知自丑,马不知脸长,他哪一点配得上我们的秀秀呢?!癞蛤蟆想吃天鹅肉咧!"

"丁伯!"柴秀不由提高了点声音,制止了他的继续作声:"来,脚猪子跑了,我送你回家去。"

"不要送,这样大的月亮,我看得见走路。"丁伯说。

"脚猪子把亮壳子拿走了,我不放心。"柴秀说。

柴秀搀扶着丁伯,亦步亦趋地朝柴家大院走去。

这边,仙姑李慈惠,正欲转身向向胡才,那个'脚猪子',为甚敢穿上柴大爷的衣服,去装神弄鬼,干扰柴秀虔诚的捐赠呢?至于对抗做慈善事的人究竟是谁?

胡才还没来得及一五一十地回复,他脑海里,突然跳出来个念头:柴秀此番回去,定会找那个假柴大爷算账!而她善良耿直的性格,闹起来往往不顾后果,就会陷入别人的算计。因此,如今夜回府,必定凶多吉少,我必须停下手中的工夫,赶紧跑去,从中暗暗保护。胡才想到这里,就不安地提换着脚步,性急地搓起手板来。

站在他身边的李慈惠,看出了胡才有点烦躁不安的情绪,便关注地问道:

"胡才,你有甚么操心事,急着要办哝?"

"急着要办的,仍旧是做课桌。"

"那就回工棚吧,我陪你去,做做你的帮手。"

"仙姑,你太辛苦了,不麻烦你罢。"

"没关系,走吧。"

胡才原地踏步了一下,就不动弹了,一双眼睛,朝着柴家大屋,久久地凝望。他既不去刨木板了,也不愿意回复仙姑地问话了。

仙姑李慈惠见此,心里渐渐明朗起来,十有八九,胡才在担心,柴秀会回家吵架,那会闹得家神不安,捐赠的木料,又会打道回府,贻误慈善堂的开堂吉日子的。于是,她运了运神,就说:

"胡才,你到柴家大屋去一下。在柴大爷面前,帮柴秀讲两句话:捐赠的木料,上功德榜,将其刻上石碑,天地君师,会为柴家添丁进福的"。

"如果,柴天爷霸蛮要回木料,那就……"

"那就九九归原?"

"那不就,你代表慈善堂,或者代表我,向柴大爷这位大爷,打一张借条,缓一些日子,一定归还。"

"不打借条!"胡才斩钉截铁地说,全身来了倔劲。

"不能强人所难嘛。"李慈惠劝慰道。

"迎难而上!"胡才说:"这也是柴秀的心性。"

"秀才,你也挺喜欢打架么?!"李慈惠走过来,轻轻地拍了拍胡才的肩膀:"柴大爷,爱女如子。他嫁女,等于是在收媳妇。眼下,办嫁妆,接女婿,是他柴大屋的大事,头号大事。而今,女不从父命,把嫁妆变为课桌,他心疼难眠,迫不得已,只好派个假柴大爷,深更半夜到慈善堂,劝柴秀回心转意。搬回嫁妆木料。"

"她决不会回心转意的。"

"你这刻,也决不能给柴大爷心里头,火上添油。"

"为甚?"胡才一时没听懂。

"劝和,不是劝吵,心急喝不得滚开水嘛。"

李慈惠语重心长地说。

胡才点点头,表示接受仙姑的劝词,可以照着去做。

唉,自己怎么跟着柴秀一样,容易冲动呢,那样去柴家大屋,只会帮倒忙呀。

"胡才,你觉得,柴大爷他挑选的女婿,柴秀会满意吗?"

李慈惠的忽然间发问,胡才也一时间真还答不上来,只稍微想了想,就说:"若是满意,柴秀就不会,把做一百零八只脚的嫁妆材料,捐出来。"

李慈惠摇摇头，又点点头。停了一会儿，她意味深长地说："她满意的，可遇不可求，是不是呀？"

胡才一听话里有话，顿时，心一动，满脸绯红了。他不由眨巴眼睛，在心里说：仙姑啊仙姑，你怎么像只亮壳子，照得见别人心里并没有的事呢？是哦，我喜欢小兰，却伤了柴秀的心喃。柴大爷，他原先，也顺女儿的意，挑选我做他的女婿。可是，这码事，后来，我就把持不住了，喜欢小兰了。仙姑说，"柴秀的婚事，可遇不可求。""这正是说的我"，这山望见那山高么？嗨呀，我答应了她，胡才接着说：她还会捐出自己的嫁妆材料么？也许，就不一定了。现而今，我在工棚里刨木板，每推一刨子木花，究竟是她的笑声？还是她的泪花呢？胡才的心里，在打颤儿了。

李慈惠和胡才，正在谈话间，忽见朦胧的月光里，走来刘寿仁和胡蝶。他们每人肩上，背着一根粗壮的木条。从大戏台那边儿走来并不远，两人却累得汗爬水流了。他们把木条儿放到地上，就气呼呼争相说事儿了。

刘寿仁说："我们在路上，看到这个人力气蛮大，背着两根木条，慌里慌张走得急，于是我们就起了疑心，就大声问：喂，你的木料从哪里背来的？"

胡蝶说："他胆子不小，居然回话，说是背得慈善堂的！"

刘寿仁说："你不做善事，做贼偷东西，今日，老子不绕过你？"

胡蝶说："刘寿仁冲上去，就要揍他。"刘寿仁说："我没揍，只吓唬他一下，他就丢下两根木条，屁滚尿流地跑了。"

胡蝶说："他刚跑几步，跌一跤，爬起来再跑。"

胡才听罢，弯腰，再蹲到地上，把那两根木条儿，看个仔细，认定，这木料，正是从工棚里偷出来的，是柴秀的嫁妆木料。他说一声"快快"，拔腿就往工棚那儿跑，李慈惠也紧跟其后跑去。

果不其然，工棚的木门大开，正遇两个偷料的，肩上各扛着两根木条，就要朝大戏台方向跑去。说时迟，那时快，胡才几个箭步冲过去，栏在他俩的前面，大声呼叫：

"哪个敢背慈善堂的木料，快放下！"

胡才本来要说哪个偷，他急中生智，把"偷"字换成"背"字，以防莫伤柴人屋来的人。

背木条的人，站着不动，也不放下木条。

胡才大声向："你们是哪里的？是聋子吗？"

背木条的两个人同声说："背柴秀的，不关你的事。"

胡才动怒了，吼道："柴秀捐慈善堂了。快放下！"

那两个人，仍然没有放下的意思，这时，胡才就上前，去争抢木条。刘寿仁和胡蝶也跑上来,帮胡才的忙。五人争抢间,四根木条,都掉到地上了。此刻,偷木条的人,朝胡才和刘寿仁,挥起了拳头。李慈惠见状,立即疾步上前,尖声叫道:

"不要打架!不要伤和气!有话好好说。"

五个人,一齐望着李慈惠。每个人的胸脯,都在气呼呼地起伏着。

李慈惠缓和了口气,平静地说:"请问你们两位,是哪里人士?为甚要背慈善堂做课桌的木料?"

那两位人士,齐声道:"柴大爷派我们来,把柴秀的木料搬回去,做嫁妆。"

"柴秀本人同意了么?"

"我们只听柴大爷的。"

他俩说罢,其中一人,向李慈恩拱手道:"请放行。"

李慈惠马上点了点头。那两人重背起地上的木条,走了。

胡才不满了,说:"仙姑,柴秀中了调虎离山之计,人走才失。柴秀回来,她会气死去啊!"

李慈惠摆摆手,示意大伙到工棚里坐一会儿。大伙儿各自坐在木板和木条上,摆开帮柴秀守木料的架势,神态肃穆,不拘言笑,严重以待,以防再来人搬走木材。

"大家伙辛苦了!"李慈惠环视了众人的面孔,亲切地说:"你们费心费力,把慈善堂建得这样好,不容易。尤其石佬馆和石嫂子,都累得病倒了,还坚持开夜车,刘寿仁和胡蝶,你们是来送夜点的吧?"

刘寿仁和胡蝶,同时点点头。

李慈惠表示感激,停了停,她把话锋一转,接着说道:"人世间的烦事和难事,时常有。都是因为,想法不一,或误会生凝,对立起来,争争斗斗,输赢不定,没完没了。如此下去,事难得圆满;人,没得宁日了。"

由于夜色深,慈善堂很安静,就是掉根针到地上,也听得见。

李慈惠说着说着,将目光移向胡才,深深地吐了口气,语重心长地说:"胡才,你和柴秀,都还年轻。可要记住:千难,善为重;百善,孝为先。凡事,要以慈悲为怀。就说柴秀和她的家父罢,两人的想法不一,其实两边的事儿都善,干甚么要把小事弄大?把善事弄槽?人不要与大自然对立,人也不要人过不去。何况,父女之情,亲骨肉哩。"

胡才,陷入了沉思。

四

月光里,丁伯走夜路,仍旧老态龙钟,趔趔趄趄。柴秀生怕他跌倒,伤了筋骨,她就两只手,使劲儿搀扶着他的胳膊肘,让她颇费了些气力,额头上,也冒出了一层细密的香汗珠子。风从后侧吹过来,让丁伯闻到了柴秀香汗的气味,俨像八月桂花盛开的时节,香气成丝卷缕扑过来,令他悄悄地缩了缩鼻子,想闻个饱,品个足,不弱吃了山珍海味。丁伯忍不住,回头看了柴秀一眼,尽管是在有月光的夜色里,仍旧能看得清,她两只大眼睛,闪烁着美丽的光;而脸颊上,抑发红朵朵的好看咧,这姑娘,干嘛这么美气呢,难怪吸引得"脚猪子",丢妻弃子,离家出走,忘死把命在柴家大屋做工夫,不收分文工钱,把大屋砌得皇帝老子的金銮殿一样,讨柴大爷的欢心,打他独生柴秀的主意,做梦都想做柴大爷的乘龙快婿,急得喉咙眼里,都伸出手来了。

"丁伯!"柴秀叮嘱道:"快到屋了,你为甚越走越踩乱步子了?"

"哎哎。"丁伯口里答应着,脚步儿仍在乱,可他心里没有乱,就搭讪着:"柴秀,你怎舍得把嫁妆木料,捐……捐出去呢?"

"丁伯,这你就操心没操对喃,"柴秀说"慈善堂,是我们仙庾岭积德堂,送福堂仙庾岭的每个人,都来积德,都来送福。再遇上天妖祸,我们就不怕了,瘴气瘟疫一来,我们挽起手把子,从慈善出发,该斗的斗,该帮的帮,遇上瘟疫,还会死那么多人么?"

"说得有理,说得有理,"丁伯一迭连声地夸赞了:"好闺女,好角色哩。"你人漂亮,心最好。难怪,张三花旦挺喜欢你;难怪,胡才想方设法要来找你说话儿,干活儿;也难怪"脚猪子……"

"你快莫提'脚猪子',恶心",柴秀制止他说下去。

"不是我霸蛮要提到他,"丁伯格外亲切地说:"你这样体贴人,扶我走夜路,看得起一个老家丁,我就过意不去了。只……只想,把你不晓得的事,告诉你,不让你吃亏,好啵?"

柴秀说:"请你老人家讲啰。"

丁伯说:"我注意了许久,柴大爷一不喜欢戏子,二不喜欢才子。所以嘛,张三花旦和胡才,都……都不能进大屋来,做你的郎婿。"

柴秀说:"这个,我心里有数了"。

丁伯说:"你莫性急,旁观者清,我还有话:大前天,柴大爷,把一张办嫁妆的大清单,交给了'脚猪子'"。

柴秀说:"这个,我心里也有数了。"

丁伯不高兴了:"你这也有数,那也有数,我这不白讲了?!"

柴秀说"你关心我,还有一句没讲出来。"

丁伯反问她"你怎么晓得还一句?"

柴秀笑了笑了，故意俏皮地把嘴巴贴上丁伯的耳朵，细声细气地说："'脚猪子'急着要跟我拜堂"。

丁伯也笑了，也小声地问她："你愿意不愿意？"

"做梦！"柴秀说。

丁伯听到柴秀认真劲儿的话，心里一乐，脚步打了个跟跄，差点跌倒在地上。柴秀眼疾手快扶住了他："丁伯，小心呵。"

这当儿，有两个背木条的人，刚走到柴家大屋槽门口的水池和竹亭子边上。柴秀立马上前问道：

"请问两位师傅，背的甚么东西？"

"木条。"两人站住同声答道。

柴秀伸出手，摸了摸木条，说："你们放下来，不要背进去了。"

"那怎么行？"他们不把木条放下来。又同声说："柴大爷要过目，才付工钱。"

他们俩说罢，又欲走进槽门去。柴秀一不做，二不休，再抢先几步，挡住他们的去路。

背木条的人惊讶了，说："哎，你快让开！躭误我们的事。那里还有一堆，要赶在天亮前背完。"

柴秀说："那里的那堆不要背了，这里的四根木条，仍旧请背回去。工钱，我付。"

背木条的人，无可奈何地把木条放下来，伸出手要工钱。柴秀从罗裙袖口袋里，取出了十多串钱，数也不数，一把递过去，俩人接过钱，走了。

柴秀望着地上的四根木条，有些犯难了，自己背不起，怎么把木材运回慈善堂呢？这阵儿，她更着急的是，一定要赶在天亮前，把木材弄走，不然夜长梦多，一旦家父真的看见了，弄进了槽门，就再也出不来了，可误了慈善堂的开堂吉日咧。

丁伯欲弯腰要去背，柴秀连忙劝住了他。丁伯一边叹气，一边埋怨自己老得太早了，笨手笨脚。

朦胧月光里，忽然走来了两个人，待近身一看，柴秀高兴了，来人正是花旦和言古佬。他们起五更，赶个大早儿，是因柴大爷所约，要为新砌的桃花雨新屋落成办庆典。柴大爷的包封，自然会打得重，况且，他们又有机会，会一会美人儿才女柴秀了。尽管张三花旦，有了心中人小红了，然也甚觉与柴秀切磋戏曲技艺，十分有趣。再说，她那身段儿，她那水色儿，不用化妆，只要往台上一站，满台生辉。他每次来会柴大爷，无论如何，只有三言两语，来会柴秀，情形不同了，却万语千言。今儿个，他喊来的同伴言古佬，他恰恰此人与之相反，他见了柴大爷，屎骚屁多；他见了柴秀，像老鼠子见了猫，不敢吱声了。眼下，更是夜里月光下，会见美人，两个大男人,倒有点儿紧张,不知该怎么称呼,口里"嘿嘿"个不停。找不出话儿来。

柴秀说:"两位大哥,来得正好。"

张三花旦和言古佬,受宠若惊,同时憨里憨气地搓起手板来。张三花旦说:"为甚这般客气?大小姐多日不见,又有何指教,小生洗耳恭听咧。"

柴秀笑道:"张相公咀,你莫孔夫子了,满嘴巴文吊吊的,我这阵子,没工夫跟你唱对子花古戏。"她手指着地上:"你们看……"

张三花旦和言古佬,同时一望地上,又同声叫道:"哎咄,地上摆着木条,作甚么用呀?"

柴秀说:"请两位大哥,帮个忙。"

张三花旦说:"你开了口,岂有不帮之理。"

言古佬也说:"帮甚么忙?讲吧。"

柴秀指着大戏台那个方向,说:"请两位大哥,把四根木条,背到慈善堂后面的木工房去。"

张三花旦一听,连忙就弯腰捞起一根,放到肩上,欲走,被言古佬喊住了:

"背少了,再加一根。"

"加不得!"

"为甚加不得?"

"炸坏腰,唱不得戏了。"

"唱不得戏不要紧,跪不得踏板,堂客会扭你的耳朵,比炸腰还难受。"

丁伯在一旁,听得嘿嘿嘿直笑。

柴秀一听讲男女之间的玩笑话,脸上有点发热,就用粗话对付粗人言古佬,为张三花旦找阶下,说:"花旦找到了扭耳朵的人了,哎,你呢,找到了么?"

言古佬是条老光棍,脸皮厚,见"猫"找他开玩笑了,"老鼠"就胆子大了。他说:"柴……柴秀哇,仙庾岭有许多的男子,都巴不得你扭他们的耳朵咧。你……你究竟想扭哪一个的耳朵呢?"

柴秀笑也不笑,作古正经说:"扭你的!"

嗨,这可是太阳从西边出来了!言古佬先是怀疑自己的朵耳听错了,在月光里望一望柴秀,又望一望张三花旦,再望望丁伯,甚觉他们没有太大的反映,他就断定没听错。于是,他就伸长着脖子,将自己的脑袋伸到柴秀跟前,结结实实地说:"扭呀!扭呀!我言古佬,怎么会这般好的命呢?"

柴秀见状,笑也不是,气也不是,毕竟是自己嘴巴子快,被言古佬抓住了话把子。她只好急中生智,退后几步,求丁伯道:"丁伯,我没得劲,你帮我扭他吧。"

这丁伯年纪大,挺机灵,他弯腰搬起一根木条,往言古佬肩上一放,又接着加一根,说:"扭两下!"

玩笑声中,言古佬和张三花旦,将四根木条背到慈善堂去了。

柴秀和丁伯进屋不久,胡才从慈善那边跑来了,呼哧呼哧出粗气,好像有急事要告诉柴秀。

五

胡才走进柴家大屋的槽门,经过用"三沙"铺地的大禾场,便踏进了大屋的大门口,再穿过天井,就到了摆神龛的厅堂里。他站在厅堂里,环顾了四周,看见左右两边的厢房里,都亮着桐油灯。左边的厢房,是柴秀的闺房;右的厢房,是柴大爷的睡房。柴秀回来了,自然要进自己的闺房的,胡才也曾多次到柴秀闺房里,叙谈旧事,相处甚密,如同亲兄妹。柴大爷看在眼里,乐在心里,他欣赏胡才的人品,又喜欢他随富随贵的性格,更刮目相看胡才有多才多艺的本事。自打女儿和他相好,他就抱定胡才,要做他的郎婿,蛮高兴独生女柴秀,找到了放得心的"终身托付"。于是,他把早些年间,自己亲手栽种的杉木,砍伐下来,要为女儿做一房木器。一定要摆进去一架雕花床,两只床头柜和虎脚床榻板,三担绫罗绸缎矮脚箱,四张瓷器摆设桌,五条金雀茶食机,六张花漆梳妆柜,七张大红柜,八张雕花椅,九条元宝凳,十条"赏月船"(躺椅)。"加起来,要有一百零八只脚落地。"柴大爷叨着烟袋咕噜咕噜响,得意地说。"你这有两百只脚了。"柴秀的心算快,提醒家父华而不实,浪费木材。"那就另外砌一间大新房,全部摆进去。"柴大爷坚持己见,以示不惜一切血本,把女儿的喜事办得热闹,显得阔气。但是柴秀不领情,回答了两个字:"俗气!"就走开了。父女意见不一。柴大爷的这些划算,柴秀统统讲给胡才听了,胡才表达了对柴秀的理解,所以这回她把嫁妆捐给慈善堂,胡才举全力,流水流汗做慈善堂的课桌了。但他没料想到,柴大爷对女儿的善举,竟然唱起对台戏来。也正是胡才站在厅堂里寻找柴秀,传达李慈惠的要紧话时,听到了柴秀和家父的吵架声了,从柴秀房里传出来:

"柴秀,你把嫁妆木料,弄到哪里去了?"柴大爷分明在明知故问。

"爸,是我的嫁妆材料,我自有安排。"柴秀不胆怯,回答得声尖嗓亮。

"我是一家之主,你眼里还有没有父亲?!"柴大爷提高了嗓门,显然,他动怒了。

"难道你眼睁睁,看到慈善堂差木料做课桌,而不动善举,不闻不问么?!"柴秀顶撞道。

"慈善堂,慈善堂,是你的家,还是你的娘?你讲!你讲讲看!"

胡才通过一个小窗纸孔，看到房内，柴大爷怒容满面了。

"爸，话不要这样讲。"柴秀从罗裙袖筒里，扯出一条小手绢，擦了擦眼睛和额头，不知是揩汗，还是拭泪。她说："慈善堂，肯定是我们仙庾岭大家的家，仙姑安排了用捐来的钱，为有瘴气丢人命的屋，重新看风水砌新屋，已摸底有十家。当然啰，慈善堂确实要如娘亲一样，虽则不是我的亲娘，我却要把我的亲娘，接到慈善堂来，请仙姑李慈惠，诊治她的偏瘫病。慈善堂为山民诊治病，不收分文。慈善堂，慈善到每家每户，大家都好，既有平安屋住，又能有病就医，也再不害怕瘟疫来催命仙庾岭了。爸，建一个这样的慈善堂，我们家里，怎能不捐钱捐物呢？难道捐几根木条，解决慈善堂的木料问题，您也反对……不，反感么？"

"满山古木林，慈善堂为甚不砍不用？！"柴大爷瞪圆着两只眼睛，胸脯起伏着，出着粗气了："嫁妆木料捐出去，哎，我问你，你不结婚了？你不生儿育女了？"

柴秀心里被刺痛了一下，我为甚会有个不仁不义的父亲呢？那会，你竟敢随心所欲凿石损坏小石林，这会，你又责怪为甚不砍伐古木林找木料？你只收得媳妇嫁不得女，拍实的心里放不进"慈善"二字，我做你的女儿，感到太无颜面了。

"讲啊！"柴大爷吼起来了。

"我不嫁人了！"

柴秀说得斩钉截铁。

柴大爷举起手来，欲怒拍桌子，"你——！"然而，他的手，又停在半空中，始终落不下来。他太爱他的独生女柴秀了，捧在手里怕伤着，含在口里怕溶化，凡事儿都让着她，要摘月亮下来，他也许会寻个天梯去摘的。奇怪的是，他娇惯柴秀，柴秀偏不骄纵，她和胡才一起，读书习文，喜山爱水，一腔火辣个性，却有一副菩萨心肠。

沉默了许久，天都亮了。房间里的桐油灯仍然亮着。

胡才站在窗外，只想着同时看看父女俩此刻的面容。可恨窗纸太结实了，他用舌头舔了几下，用手把窗纸孔舔大一些，把纸孔挖大一点了。胡才边看边想，柴大爷最怕听到的话，偏偏从柴秀口里说出来了，一如筷子穿心，难过极了。是喃，柴秀不嫁人，等于上门女婿招不成，柴家的烟火谁来接？这太令他可怕了，不亚于撞动了柴大爷的血仓……胡才损换着站立发僵的脚步，只想就走进门去，赶紧把仙姑李慈惠的话，传给柴秀听："强人所难，也是不慈不善；慈心善意，还要不急不躁，顺其自然。"柴秀啊，我站在窗外，无声传递仙姑圣意，你感应到了么？如果感应到了，你就该在此时此刻，给你的慈父宽一宽心，把狠心的话，收回来。快收回来吧，莫急了父母，老了苍天啊！

房间里仍然没有声音，只传来一遍又一遍的公鸡喔喔喔叫唤声。

　　胡才此刻,极想听得到房间里的每一点细小的动静,他知道,柴大爷虽则七十挂零了,然而最以恼火女儿不孝顺他。他一旦发起爆脾气来,柴秀就成了他的下饭菜,躲也躲不开。胡才的心不由悬起来了!停了停,他又侧转脸块,将耳朵贴到窗纸上去,可是,仍然听不到任何志响。胡才心里说:"柴大伯,你对柴秀有气,就拍桌子吧。多拍几下,出出气。千万莫打柴秀,莫打柴秀。柴秀是你的独生女咧,你的宝贝女咧,你的肉心蒂子咧。柴大伯,你现而今就拍吧,我胡才听着,你消气咧……"

　　"爸,你……你怎么啦?"

　　房间里,柴秀说话了。柴秀这会儿的声音,再不那般光火,再不那么冲,而且,带点儿柔软,带点儿酸涩,带点儿莫名其妙的责问。

　　房间里,没有柴大爷的回话声音。

　　"你抹泪了?爸,你这是干甚呀!"

　　柴秀平素很少和父亲沟通,显然爱女不知慈父心,她只顺着她的快言快语发问。

　　门外,有狗吠声传来,是谁起这么早,要到柴家办事来了,弄得站在窗户外的胡才,有点儿紧张了,想继续听下去,又怕被人看见,有点儿尴尬不安。最要紧的,还没把仙姑的圣意,传达给柴秀听哩,怎么办呢?怎么办呢?

　　"爸,爸,爸!"

　　柴秀一声喊得比一声重些儿了。

　　柴大爷应声了么?没有。你怎么听不到呢?柴秀从娘肚子出世,她喊的母亲,也没喊的父亲这么多呀!柴大爷,你应该应声呵!

　　窗外的胡才,比房内的柴秀还要着急哩。

　　"爸,爸,"柴秀说:"我说不嫁人了,就是说,我不嫁给胡才了。"

　　站在窗外的胡才,吓了一跳,大气儿都不敢出了。

　　"你,你跟胡才吵翻了?"柴大爷终于开口了。他声音有些低沉,又有些儿诧异。

　　"没吵。还常在一起,帮帮慈善堂。"柴秀说得并不轻松,忍不住叹了一声气儿。

　　"那又为甚呢?"柴大爷追问得紧了:"两个人谈不拢,你就把嫁妆木料,捐给慈善堂?"

　　胡才在窗外,他急得要跳起来了。不知为什么,他生怕柴秀说出他爱小兰的话儿来,那样,爱女心切的柴大爷,定会去找小兰责难,找仙姑告状呵。

　　"不为甚,"柴秀说:"我了解自己,高不成,低不就,那就只能将自己,嫁……"

　　"嫁给谁?"柴大爷的声色儿发紧了。

　　窗外的胡才,心里同样发紧了。不但发紧,还说不清道不明地发酸,是哦,青梅竹马的才女柴秀,哪一点都比自己不差,她心高并非气盛,她胆大并非盲从,她多才并非孤傲。胡才我,怎么就一时忘却她的长处与优雅呢?奇怪咧,到这时,他才真正发觉,他心中已经装下柴秀,已经很深很沉了,不能搁置她,也不能失去她。那么,你会嫁给我吗?柴秀,你又究竟,要嫁给谁呢?胡才,又躁又急,急得如同热锅上的蚂蚁了。

柴大爷向女儿发出的追问,问她到底嫁给谁?柴秀沉吟了良久,才一字一顿地说:"爸,我作出了决定,我这一辈子,嫁给慈善堂了。"

六

仙姑李慈惠和老道长文昌帝君,多次征询大伙的意见,一致选定柴秀,来当慈善堂的堂主了。

当堂主,可忙得邪呼!柴秀没日没夜地安排人力物力。作好慈善堂的扫尾之事:地砖铺平,雕柱抹金,课桌刷漆,捐款上榜,谷米进仓,清单入账,慈善起步。慈善起步的第一家,调派一批人马去拆掉石嫂子常钻进瘴气的小木屋,填埋掉红薯窖,加高地基,改变朝向,且坐西朝东了,意欲紫气东来。这样,避开瘴气的袭击,背向了瘟疫的流行。人众力量大,仅半个月工夫,就把旧小木屋重砌如新。那么,石嫂子和石老倌,马上可以住进来了么?大家没料想到,柴秀摇了摇头。大家顿感木然,为甚不让其住进去呢?

柴秀用手指抹了抹风吹乱的鬓丝,脸上浮现着淡定的神色,说:

"这栋房子,就留给原来的屋主吧。"

大家眨巴着眼睛,先是不明就里,倏忽间又明白了,此屋留给失踪多年的石砌匠。那么,石嫂子和小石头,又住哪里呢?

"再砌栋新屋,选址在慈善堂的后面,半山亭山坡一侧。"柴秀说:"石嫂子和石老倌,近水楼台先得月,还要请进慈善堂来,打理堂事哩,她们的新家住得近嘛,哎,能者多劳哟。"

然而,柴秀办成的好事,石老倌和石嫂子,还浑然不知,正忙呼着慈善堂扫尾部分的雕刻活儿哩。

柴秀跑到工棚,对躬身刨木条木板的胡才说:"胡才,请你到石嫂子的新屋里看看,量一量房间的尺寸,做一垄床柜木器。"

只要是柴秀的吩咐,胡才什么都会听从的,只是他听完犹疑了一下,反问道:"做床铺和木柜子,要上好的杉木料,石嫂子和石老倌的木料? 放在哪里呢? "

柴秀朝胡才抿嘴一笑,故意不明讲,含糊其辞地说:"秀才木匠,你应该想得到,放在哪里。"

胡才两手一摊，真的感到茫然了，说："我，我又不是他们肚子里的蛔虫，怎么会晓得呢？"

柴秀看着胡才这个面糊劲儿，忍不住"哟"一声，放声笑道："哎，你愿不愿意，做我肚子里的蛔虫呢？"

胡才听罢，脸块刹一下发热了，投去的目光与柴秀的目光相碰，赶紧低下头来，把下巴抵到胸脯上，支支吾吾地说："你的……你的意思是，动用你的嫁妆木料，是吧？"

柴秀微笑着点点头，又合圆小嘴唇，向上吹一下，那散乱在额头上的几根髻丝，补充道："你不要老说嫁妆木料、嫁妆木料的，既然我捐给了慈善堂，就是慈善堂的木料了。"

胡才鸡啄米一样，连连点头："那是，那是。"他一边点着头儿，一边想开来，我以前就没想到：柴秀这么大方，这么义道，这么善良，这么可爱呢？哎，我怎么也跟得言古佬的娘一样，有见美而不觉的白内障呢？她会不会嫉恨我见异思迁？怪呀，我心眼里，莫名其妙地怕着她，又丝丝缕缕地爱起她来了。不，不不，这不行，我心中有着小兰咧……

胡才想到小兰，小兰就和小红手牵手，一块儿来到慈善堂的捐献室，正好柴秀从工棚里赶来了，见面就见小红和小兰同时两手抱拳，打拱道：

"慈善堂主柴秀，我们捐点小小东西，请莫笑话我们小姐妹喃。"

"哪里，哪里，"柴秀也抱拳回礼道："两位小仙姑来捐赠，是我们仙庾岭慈善堂的荣幸之至，岂敢笑话，我们高兴都来不及咧。"

小红说："莫嫌弃，我捐两只金耳环，请堂主笑纳。"她说罢，从水红色罗裙的袖口袋里，取出一双金灿闪烁的耳环来。

柴秀双手接过，放至手掌心，仔细地瞧了瞧，喜滋滋地说："小红，谢谢你。我代表慈善堂，向你……不，我要跟李慈惠仙姑和文昌帝君老道长，商量商量，在你和张三花旦喜结连理拜堂之时，慈善堂就把这对珍贵的礼物，送给你们，祝福百年和好。"

"那不行，那不行！"小红举起两只手掌来，又摇又嚷着："我是真心实意的。"

柴秀小心翼翼地用小块绸子，把两只金耳环包好，幽默地说："请你放心，慈善堂把两个'真心实意'，珍藏起来……"

小兰不待柴秀把话说完，她就迫不及待地从自己浅蓝色罗裙的袖口袋里，取出一串银项链，又从头顶的高髻处，取出一只金质的蝴蝶发结来，两只手握着，递给柴秀说：

"不成敬意，只是两个小小的娟物。以后，我会捐……我会捐仙姑师傅送给我的圣物,让它在我的贴袄口袋里,再伴我一些日子……"

盛在小兰贴胸袄口袋里的,究竟是什么圣物呢?柴秀不便问,想必那是贵重物品,是仙女娘娘李慈惠给她的奖赏之物。柴秀双手接过小兰的捐赠物品,同样放在两只手掌心里,掂量了几下,停下来,再将那只银质蝴蝶夹,还过去,压在小兰的另一只手掌里,微笑着,诚恳地说:

"小兰,慈善堂只收下你那串项链。至于,这只银质蝴蝶夹,就物归原主,请你收下。"

小兰见状,有些急了,就马上回到她快言快语的性格里,张口嚷嚷道:"柴秀,柴秀,你这样做,那就见外了,那就见外了。本来小东西不成敬意,你还要退回来一件,我我我,怎么对得住慈善堂,对得住仙庚岭的父老乡亲呢?你你你,拜托了,请全部收下。"

真是盛情难却,柴秀只好又把那只银蝴蝶夹接过来,同样用一块绸布,将这两件捐物包好,收进捐品箱里,并作了登记。

小红和小兰刚刚一转身,张三花旦和言古佬大步走来,且两位小仙姑碰了个照面。

张三花旦笑道:"你们两位,抢在我们的前面了。嗨嗨,你们不要得意,慈善慈善,是不分先后的。我们捐的,不比你们差。"

两位小仙姑,只甜笑,不答腔。

言古佬一旁嘿嘿笑着,说不出助兴的话来。若是他在大祭祀上,神气一来,大话一箩筐,牛皮一扮桶,时常说过了头,遭人抢白;说过了火,惹人笑话。不过,也没人计较他什么的。这阵儿,他看见两位小仙姑了,便把眼睛睁得鸟蛋大了,舌头顿时笨得打起哆嗦来。良久,他才被张三花旦提醒,赶紧到柴秀那里,捐钱捐物去,便双双抱拳辞别,疾步走了。

这几天,是慈善堂接受大捐赠的日子,满堂热之闹之,不亦乐乎。自然,柴大爷晓得女儿柴秀,在那儿坐堂主事,他也便在家里坐不住了,就忙里偷闲,派家丁丁伯去看场面,了解究竟好歹如何?丁伯去摸了底细回来,告之柴大爷:那慈善堂,是仙庚岭上真正的乐善堂了。捐款,山民们踊跃而来;办善事,大伙乐意参加。而且,文昌帝君,也派来他身边做事的福星、禄星、寿星,一来帮柴秀料理堂事,二来帮仙姑李慈惠接待病人,招抚山民,依序进诊病房看病、抓药、熬药汤。一缕缕药香,飘出药房,谁谁谁闻了,似乎病就好了三分,来精神了。

柴大爷听完丁伯的禀报,甚觉再不行动,捐得太后,就没面子了。然而捐什么东西呢?木材,大米?黄金?白银?绸缎?真不好立即拍板定夺。唉,捐出去。真不如在大戏台办祭祀,一坨红粉,揸到脸上了。

一会儿,柴大爷的家丁丁伯,用一架土车子,打着一麻袋捐赠物品,经过大戏台,径直朝慈善堂走来。柴秀站在捐款处打量,心中不由一喜:原来,家父捐赠,虽则拖延后了些,但毕竟,是捐来了"压台戏"。不是捐的灯芯草,而是捐来一袋贵重物品了,且看出重量不轻。

柴秀忙上前,喊人来把捐品抬进去。

丁伯忙让着手说:"不用喊人,你也搬得起。"

柴秀欲弯腰去搂,丁伯又上来阻止说:"柴大爷说,记不记功德薄,上不上功德榜,都不要紧。反复嘱咐我,这袋捐品,要亲自交给仙姑圣母李慈惠,只有她,才配收纳它。"

家父弄得神神秘秘,不知是甚么捐品,唉,只能依他之意,请来正在看病捉脉开单方的李慈惠。

丁伯双手抱起麻袋递过去:"柴大爷说要交给圣母。"

"无量天尊!"李慈惠双手打拱,表达谢意。

柴秀忙问丁伯:"是甚么捐品?"

"仙女参!"丁伯说:"瘴气、瘟疫的克星!"

第 *12* 章 蝶屏梦
Die Ping Meng

一

刘推匠刘寿仁，不见小兰头顶上盘的高髻，夹的那只银光闪闪的蝴蝶夹了，心里便闷闷不乐，愁绪万端，将两道浓黑的眉毛，锁成一条儿线了。这是为甚呢？

饭堂开餐了，小兰和小红，伴着李慈惠仙姑走进门来，刘寿仁迎面相遇，连忙搁下饭盘，向三位仙女抱拳打拱。李慈惠见了，微笑道："你就不必行这么多礼了，我们是一家人，天天见面的。"刘寿仁脸上有点儿尴尬，也随和着说："你们是仙女，我是凡人哩，该恭敬，得恭敬。"说罢，笑了笑，欲进厨房门，却又忍不住回头看看小兰头上盘的高髻，悄悄地叹了声气。再出门，他端个饭碗，站着吃，不与大伙同桌了。

刘寿仁流露出来的愁绪，全被捕捉到了李慈惠的眼里，她想,这是相思么?只怕是心病哩!她有点儿担心了。

小兰吃饭吃得很慢,真个有点像三扒两搅,鼓眼一天,这不是她原来的习惯,她原先最不欣赏小红的细嚼慢咽,倒喜欢师傅李慈惠那样,有事快些吃,没事才慢慢吞,吃饭是大事,最好莫作声。所以小兰低头吃饭时,话不出口,目不转睛,刘寿仁在她身后走来走去,她也视而不见,只顾挟菜扒饭,嚼得嘴里发出细微的响声。

在饭堂和厨房里转来转去的刘寿仁,眼看小兰快吃完饭了,他破例打来了一盆温热的洗脸水,端到小兰的饭桌上,说:"小兰仙,请你洗洗脸。"小兰抬起头来,微笑道:"哎,推匠兄,怕莫是太阳从西边出来了。你为甚这般客气呢?"小兰边说边挽起罗裙的袖子,表示接受他的客气,口里却把两个人的关系,推得远远的,似乎让他明白,他应该把这小小体贴心,交给追他喜欢他的胡蝶,才够意思。

刘寿仁在一旁站着,看着,听着,没有马上答腔。他在想,我要问她,一定要问问她,小兰仙女,你为甚不戴上那个美丽的蝴蝶夹呢?你晓得吗?我只要看不到你那只蝴蝶夹,饭也吃不香,觉也睡不好,站也不安,坐也不安,无论白天夜里,只要闭上眼睛,就蝴蝶梦啊。唉,我该怎么讲呢,你才会明白呢?

小兰吃完饭,洗罢脸,道了一声谢,就要下文昌阁,去慈善堂,给大忙人柴秀做做帮手,登记那些陆陆续续送来的捐款、捐物。她心里还一边想着:这位刘寿仁,为甚老朝我头上瞅呢?我是带发修行,我们天天相见,你还没看够吗?哎哎,你看你的,我走我的了。

"小兰仙,"刘寿仁喊她,却把仙女的女字省掉,以为这般称呼,显得亲切些。说道:"你干甚么去?我可以跟你同去吗?"

小兰听到刘寿仁向她打招呼,她不由刹住了脚步,微笑着说:"我到慈善堂去,你找我有事吗?"

刘寿仁说:"小兰仙,你忘记夹蝴蝶夹了。"

小兰说:"我那只银蝴蝶夹,捐给慈善堂了。"

刘寿仁说:"你为甚不捐给我呢?"

小兰笑出声了:"捐给你?!"

刘寿仁说:"哦,不是白捐,我付银子嘞。"

小兰更大声笑道:"你那银子买不起哩。"

刘寿仁鼓起了眼珠:"值多少钱呢?"

小兰摇了摇头,又点了点头,不做声了。

因为小兰不做声了,刘寿仁叹一声气,不好再开口了,把浓眉皱起来,心里有些着急。他平素心里发急之时,就情不自禁地去搓手板,放肆摩擦,搓得沙沙地响,慢慢地勾下头来,像个受了委屈的女孩子,把下巴抵到胸脯上。这阵儿又勾了头,只见额头和脸块上，渗出一层细密的汗珠子。

小兰看到刘寿仁忽然间，出现这种焦虑状况，百思不得其解。她小心翼翼地问道："椎匠兄，你怎么啦？哪里不舒服么？"

刘寿仁抬起头来，朝小兰苦笑一下，嘴唇翕动着，本想开口埋怨她，没把蝴蝶夹要捐出去的事，预先告诉他，这样怎好，再从慈善堂要回来呢？我去也不难，不去也难喃。这刻儿，我为甚这般难过，就是看不见那银蝴蝶夹呀，你还问我哪里不舒服，我心窝里痛着咧。

小兰仔细地看了看刘寿仁，有病的样子，但又不好意思像师父李慈惠那样，去翻开他的眼睛皮层，查找症状的符号，来断定，他究竟得了甚么病。此时，她发现他的开衫，有粒惊叹号一样的布扣子，扯开了针脚线，快要掉下来了。她忙从罗裙的袖口袋里，拿出一个小小的针线包，掏出一根针，一根线，穿上针眼儿，就对刘寿仁说："来，我给你把布扣子钉一下。"

刘寿仁走拢来两步，欲脱下这件衫衣来，让兰仙女钉扣子。

小兰说："不用脱，就在身上连（缝）"这是小兰来到仙庾岭修行，学得最早的一个地方语，把"缝"读成"连"。

刘寿仁说："身上连，讨人嫌，那……那以后难讨到堂客。"

小兰边缝布扣子边说："那个嫌弃你？没得的。你身上连，都不嫌。"

刘寿仁说："小兰仙女，你也不嫌弃我？"

小兰把布扣子钉好了，勾下头，把线儿咬断。又抬起头，两人脸对着脸，呼吸碰着呼吸，小兰说："我不会嫌弃你的。"

刘寿仁听得明明白白，小兰不嫌弃他，顿时，他高兴了，那个病态样子，少了几分。他说："真的不嫌弃？"

"真的不嫌弃。"小兰认真地点点头。

刘寿仁瞬间来了精神，全身的病状一扫光了，兴奋地去捉住小兰的两只白嫩的手，却没料想到，她手里的针，还来放进针线包，被他一抓，刺破了小兰的手指，立即流出殷红的血滴来。刘寿仁啊呀一声，连忙捉住小兰那只出血的手指，一把含进自己的口里。

小兰分明感觉到，刘寿仁那温热的舌头，迅速地抵达她手指头受伤处，好柔软，好舒爽。而且，他那舌尖，在微微地一抖一抖着，把温馨和柔美，一浪一浪地送过来，令人应接不暇，享受不完。啊，这个含指疗伤法呀，感觉太好了！自然，疗效也不会差的。她相信人口里的涎液，能消肿解毒。

刘寿仁含指疗伤好一会儿，小兰只想把受伤的手指，从刘寿仁的口里抽出来。可是，他仍旧捉住她的手，不放开。渐渐地，渐渐地，小兰感觉自己，由舒爽，到有点儿醉韵了。继而，又恍恍惚惚，朦朦胧胧起来，由不得自己了，轻轻地闭合了眼睛……

好一会儿，刘寿仁才松了口。他松了口，小心地捉住小兰的受伤的手指头看，没见发肿，没见伤疤，只有一个小红点印痕，他放心了。他放心了，便抬起头来，看到小兰站着睡着了，很是稀罕！瞧，她微微闭合的眼睛，将长长的睫毛，扑在眼眶皮上，俨像蝴蝶翅翼的彩纹一样，那般均匀，那般齐整，那般好看。他看着，看着，发现自己陡然心跳加快了，全身发热起来，忍不住自己，一手依然捉住小兰那只受伤的手，另一只手，情不自禁地，伸到小兰的腰上去了，揽得紧紧的了。两人，胸脯贴着胸脯，嘴唇对着嘴唇，他想去吻那润泽的小红桃，忽地，心里涌上一股怯懦来，甚觉她这么善良，这么美丽，自己不配，怎敢如此大胆地吻她。然他，又依然忍耐不住，在她白嫩粉红的腮帮上，轻轻地吻了一下。仅仅是轻轻地一吻，小兰醒了，睁开了微微闭合的眼睛。

小兰不知甚么时候，被含指疗伤的刘寿仁，搂着了，便脸儿发烧，绯红了，她轻轻地把他推开。

被推开的刘寿仁，脸上挂不住，勾起脑壳，用脚尖，犁着地板，似乎自己犯了一个错，挺尴尬。

小兰笑了一声，打破僵局，说："推匠兄，我的手指儿，没事了吧？"

刘寿仁，也勉强笑了一声，说："没事了。"仅回答三个字，头仍没抬起来。

小兰见状，知道自己推开他，伤了他的自尊，他不敢抬头看她了。她运了运神，便友好地上前，仰起自己的脸庞，笑吟吟地说：

"推匠哥，小兰今日好高兴的，请你看看相。"

"我不会看甚么相。"刘寿仁老实地回答道。

"看嘛，看嘛。"小兰撒娇了："好，就只看我，长得好不好。"

刘寿仁终于大方地抬起头来，也作古正经，把小兰上下打量一番，讷讷地说："小兰仙女，你闭上眼睛的时候，比睁开眼睛，越发好看。"

"真的吗？怕莫是把奉子菜给我吃吧？"小兰笑道。

刘寿仁说："不是奉承。若是佩戴那只银光蝴蝶夹，那就……那就十全十美了。"

"哟，"小兰说："银蝴蝶夹，已经告诉你，我捐出去了。"

"我去找柴秀，"刘寿仁说："我去把它买回来，行不？"

"不行！"小兰放肆摇着手儿，忍不住生气道："慈善，人人都有义务，你也应该有善举。你把我的蝴蝶，买回来干甚？"

二

刘寿仁很倔强,不听小兰的劝告,一个人跑到慈善堂,把那只银蝴蝶夹买回来了。买回来,捧在手里,跟它讲话,对它痴笑。弄得大伙,怎么也看不懂,他是在"玩",还是在"疯"呢?

刘寿仁,每天早上做完"功课",就到灶房里,为住在文昌阁修行的人们,煮早饭。早餐洗刷完毕,他就挑着开水桶送去慈善堂。每天上山下岭,至少有十趟,大伙从未见他皱眉头,说累。文昌帝君老道长,看到他,总是笑在眉头喜在心的憨模样,专挑力气活干,也没有讨嫌的碎米子嘴巴,他便忍不住,一边将着自己长长的白胡须,一边夸他了:"嘿嘿嘿,刘寿仁,是文昌阁的一根柱子咧,顶起了半边天。"他身旁的福、禄、寿三星听了,心里不服气,背后咕哝咕哝:啊呀,文昌阁这样多杂七杂八的事,都是刘寿仁干的?那好呀?!我们以后,只打拱手,不打杂了!于是,三位星爷们,常将两只手操在袖筒里,悠哉悠哉,东走走,西看看,见到刘寿仁忙,也不走过来帮一把。当然,他们以后,也不咕哝他,不说风凉话了。可是,近些日子,他们发现刘寿仁,躲在道观后边的竹林子里,手里捧着的蝴蝶夹子,玩得有情有味。再仔细一看,那蝴蝶夹子,可是小兰的那件银器哩,不是捐出去了么,怎么又跑到他的手里了?岂不咄咄怪事?!三位星爷,都是三条老光棍,遇男女之间的敏感话题,既感兴趣,也不敢多言。因为,他们修行学道,拥有智慧,认定有智慧的人,必定是不多言的,多话的就不是智者。他们人多不嘴杂,却不约而同溜到竹林子里的竹枝丛后边,悄悄地观察,看刘寿仁有不有疯疯癫癫,以得无聊中一乐。

这阵儿,刘寿仁玩蝴蝶夹子的兴趣蛮高,瞧,他把蝴蝶夹这件银器,挂在根斑竹的枝桠上,阳光映过来,闪亮发光。而风把竹子,吹指得沙沙作响,竹子也随风摇晃了,那只银蝴蝶夹,也晃动着光缕,一闪一闪地耀目,迷人极了。谁知刘寿仁就把蝴蝶夹,看成是神,是仙女了。

刘寿仁作古正经,朝竹枝悬挂的银蝴蝶夹子,抱拳打拱道:

"小推匠刘寿仁,拜见小仙女蝴蝶夹了!"

那竹枝上的银蝴蝶夹,先是挺文静地一动不动,接着轻轻晃动了一下,一束光线,映射到刘寿仁的脸上,很温柔,很亲热。刘寿仁情不自禁地伸出手,往自己脸上摸了摸,甜甜地笑了,朗声说道:

"小仙女回礼,我知晓了。轻轻抚摸我,太感谢了,你好温顺咧,好友爱咧。哎,现而今,你要唱歌么?你要跳舞么?请快点儿,告诉我。当然,你喜欢不喜欢,邀我一起唱,一起跳?"

银蝴蝶夹,在竹枝桠上又晃了晃。

刘寿仁笑道:"你表示邀我了。那好。我就不怕丑,接受你的邀请。哎,你如果邀我一起唱歌,你就晃两下。如果你喜欢看我跳舞,你就晃三下。"

竹枝桠上的银蝴蝶夹,银光闪闪晃了三下。

刘寿仁仰起脑壳,像个天真的大孩子,咯咯地笑了。大声道:"你要看我跳舞?要得。"他说完"要得"之后,就沉默了,或许是在想,要跳甚么样的舞。

竹枝上的蝴蝶夹,并没听到刘寿仁问甚么话,它照样再晃动,一下,又一下。

刘寿仁看了,叹了声气,埋怨说:"你莫性急嘛,我在想,跳狮子舞,还是跳二龙戏珠舞?跳闹春舞?还是跳打对子花鼓舞?慢点,跳打对子花鼓舞,要个女的来合手跳,才跳得成器。你如果霸蛮要看打对子花鼓舞,你就……你就晃五下把我看。"

奇怪,那竹枝上的蝴蝶夹,真的是晃了五下。躲在竹枝丛后边观看的福、禄、寿三星,惊讶得啧啧称奇。

"嘿嘿,"刘寿仁笑得憨憨的,摊开两只手,有点为难的样子:"唉,没得响器咧,没得钞,没得鼓,没得胡琴来伴奏,跳不成器嘞。"

这时,竹枝桠上的蝴蝶夹,抖动得很厉害了,一连串的晃动,就像蝴蝶夹,在不断地眨着眼睛。或者,在不断地开合着嘴唇。

刘寿仁看了,连忙双脚跪下来,打拱作揖说:"你莫生气哦,你莫着急哦。我并没扳翘,不打鼓点子,实在不好跳。"说到这里,见蝴蝶夹子不晃动了,就站起来,拍了拍膝盖裤上的泥尘。接着,长长地叹着气儿。

躲在竹丛背后的三星,也不约而同地叹声气儿了。他们齐声叹气的缘由,是因为看到刘寿仁站起来之后,脸上愁云密布,痴痴地望着蝴蝶夹发呆。这十有八九,他没得跳舞的兴致了。他们也就没得偷闲赏舞的眼福了。本来,他们想看刘寿仁的舞,是真功夫,还是乱弹琴?是真性情,还是发神经?就此可以看出:文昌帝君老道长,带他学道修行,帮他寻药治病,到底效果何如?

那是两年前,刘寿仁母亲和父亲刘丁伯,带着刘寿仁来到文昌阁,找到文昌帝君老道长,说:"请你老人家高抬贵手,收个弟子吧。"他们说罢,就把刘推匠刘寿仁,喊到老道长跟前,未等他应诺,便令其跪下,用额头在地板上,瞌了三个响头。文昌帝君忙把刘寿仁搀扶起来,抹着白胡须道:"拜师学道修行,贵在虔诚所至,不必行乡间大礼。"丁伯打拱作揖说:"老道长,你大恩大德,收下他吧。"文昌帝君说:"他有打推子的好手艺,为何要弃艺修行?"刘丁伯说:"这……"刚要开口,便看一眼刘寿仁母亲刘陈氏,便把话卡到喉咙里了。刘陈氏倒挺爽快,一五一十地告诉他:"老道长,我寿仁儿,每天做完手艺回来,没见他有甚么不好,就只有夜里困觉,做蝴蝶梦。"文昌帝君忙问刘寿仁:"你讲讲看,他的蝴蝶梦是甚么样子?"刘寿仁看了看老道长慈祥的面容,吞了一下口水,喉结滑动了一下。文昌帝君忙起身倒了一杯茶,先递给刘寿仁,再分别倒了茶,给刘丁伯和刘陈氏,说:"还记得梦的样子吧?"刘寿仁点了点头,又喝了几口茶,便告诉他:"我只要眼睛刚刚合上,各种花蝴蝶,便飞来了,巴在蚊帐上。我去捉,又没得。不去捉,它们又飞来了。一直到天亮,整个晚上都追蝶,追得蛮累,到上门做工夫,劲儿越来越小,头昏昏沉沉。"文昌帝君听罢,运了运神,伸出手指来,翻看了他的眼睛,又要他伸出舌头,看了他的舌苔。尔后,他问刘陈氏,打问刘寿仁小时候,受过惊吓没有?伤过脑壳没有?你怀胎的时候,吃过打胎草药子没有?说到这里,只见刘丁伯忽地眼色紧张,望着刘陈氏,暗暗地摇摇头。文昌帝君眼尖,马上向刘丁伯道:"问你儿子怀胎之事,你为甚丢眼色呢?"这一问,把丁伯闹了个大红脸,嘿嘿又嘿嘿地笑着,老半天说不出话来。站在一旁的刘陈氏,见丁伯说不出话来,她便叹了声气,转过身子,撩起衣角,揩眼泪了。文昌帝君知趣,便不再追问下去,仰起脑壳,深深地吐了口气:"那好吧,这个小推匠,我收下了。从明天起,你把换洗衣服带来,就吃住在文昌阁,学道修行。做事时做事,吃药时吃药。功课时做功课。"就这样,刘寿仁与文昌阁的三星们,生活在一起了,相处得还尚友好,只当老道长有时流露出对他的偏爱之时,他们才会拱出几分嫉意来。而憨憨实实的刘寿仁,却浑然不知。这刻儿就是如此,"三星"想看刘寿仁朝蝴蝶夹跳舞,出一个笑话开开心,最终没看到,他们互相丢着眼色,打算就此悄悄离开了竹林,恰在这时,看见张三花旦和小红,手牵着手儿朝竹林走来,"三星"们赶紧互递眼色,又缩头缩脑躲进竹枝丛里。他们对这一对儿进竹林,更感兴趣了,屏住呼吸看,生怕出粗气惊动了他们。

张三花旦和小红,边走边说着话儿。

小红说:"花旦,你走女人步子干甚?这是在竹林散步哩。"

花旦说:"职业习惯。男扮女角,台下这般走,台上不丢丑。"

小红说:"你的脚步太碎了,怕踩死蚂蚁子一样。"

花旦说:"碎步秀腰。脚步打底子,戏在身段。"

隔行如隔山,小红听了张三花旦的话,心里蛮舒爽。看来,自己的心上人,做人实在,唱戏认真,平素过日子,也不会花脚乌龟的,这会儿还走着戏步哩。

花旦忽然朝前边一指,说:"快看,刘寿仁手里捧个甚么东西,好像在哭脸咧。"

小红仰脸一瞧,惊讶地说:"我们去问问他,男子有泪不轻弹,你这个仙庾岭的二号憨相公,哭甚脸呀?"

张三花旦牵着小红的手,快步来到刘寿仁跟前,刘寿仁眼里含着泪花,脸上挂着泪滴,还没来得及揩。他不待小红和花旦打问,便哭不像哭,笑不像笑,说:"蝴蝶夹子,掉到地上了。"

张三花旦说:"掉到地上,捡起来就是,哭甚呢?"

小红说:"是呀,人不伤心泪不流,你哭甚呢?"

刘寿仁老老实实地说:"它掉下来,跌痛了。"

张三花旦和小红也跌到云里雾里了。

三

刘寿仁拜蝴蝶夹,刘寿仁哭蝴蝶夹,在文昌阁,风一样快传开了。此言传进李慈惠仙姑耳朵里,她先是一惊,继而心里一酸,她担心的事终于发生了:刘寿仁的相思,酿成心病了,且病得不轻。此病,有单方么?如何调治呢?在她的疗救经历里,还没有先例,这要请教文昌帝君老道长了。

李慈惠推开老道长文昌帝君的卧室之门,他正勾头躬背捧读一本经书,有人推门进来,他还浑然不知。李慈惠心里马上自责起来:唉,今日自己,为甚这般性急,不记得敲门,而直接推门了,这,有失君子之礼哦。

李慈惠站在门口,轻轻地咳嗽了一声。

文昌帝君抬起头,转脸一看,见是李慈惠到来,连忙起身让座,边倒茶边说道:

"仙姑,你来得正好。"

李慈惠接过老道长递过来的盖碗茶,谦恭地笑道:

"您找我有事么?"

"看病咧。"

"是您老人家?"

"刘寿仁喃。"

"他有甚么病?"

"一个梦。"

"梦病?"

"一个蝴蝶梦,做得长,夜里连着青天白日。"

"他青天白日在做饭,在送水,在做事嘛。"

"做事归做事,做梦归做梦,互相不干扰,连着来,看不出分界线呀。"

"此病少见。我只见过打瞌困走路的人,逢坡爬坡,逢沟迈沟,就是不跌倒,也不走错路,俨像他的脚板底下,也长了一双眼睛。"

"彼病非此病。他青天白日睁开眼睛,做事,做梦。"

"作过药疗么?"

"镇静,无效。因此上,今日找仙姑商量,请给个妙方。"

"我也正是来找您赐教,我并无妙方。"

文昌帝君坐不住了,站起来,在房间里踱步来,踱步去,显然,他为刘寿仁的疑难杂症,而焦虑了。

同样,李慈惠也坐不住了。她本是来求教破难,找方对症的。看来,两人都束手无策了。此刻,她听到老道长在一声声叹着气儿,快要把他急病了,她便走到文昌帝君跟前,双手打拱道:

"老道长,他既非望、闻、切之所能看病,我们不妨到他做第一个梦的地方,去看个究竟,探个明白。"

"此法行。"

文昌帝君一听,顿时茅塞顿开似的,抬起头,朝李慈惠双手抱拳,回了一礼,点头认可。并走到门口,托人叫来刘寿仁,要他带路,领仙姑和他同往,去他家里,走走看看。刘寿仁答应了,并无异议,说去就走。

刘寿仁很高兴,今天有两位圣贤,到他家里做客,这实在难得,门前樟树上,一定会有喜雀子叫,母亲也一定站在门口,放一挂鞭炮哩。

三人下了文昌阁,经过半山亭,渐渐望见安静的大戏台,热闹的慈善堂了。哎,刘寿仁一看到慈善堂,浑身来了精神,眼睛睁得又大又亮,眉宇间藏着兴奋,嘴角挂着微笑,嘴唇轻轻地蠕动着,想要和老道长及仙姑,说些甚么,但最终没说出来。李慈惠从侧面观察,发现刘寿仁是位感情蛮丰富的人,极易触景生情,景物化情物。这会儿的状态,他完全把自己溶化在慈善堂的情境里了。听,他下坡的脚步声,一如敲起了咚咚咚的鼓点,点子急,但节奏稳,绝不会在蹦蹦跳跳时,东倒西歪,也不会踏空跌倒。是哦,你心里总算有股稳劲儿,又为甚,控制不住,冲上跌下的情绪呢?

刘寿仁很快下了文昌阁的大山坡,抬眼也看不见绿阴里的半山亭,但见文昌帝君老道长,仍在高处拾级而下,他这才想起,自己有点像放蝶归林,只顾高兴,没顾老道长上了年纪,下坡也难免不跌倒喃!这时,他便又快步爬上坡去,把老道长扶了卜来,口里还念念有词:"莫急,踩稳。哎咳!不会倒,我扶紧了的,你就放心好了。"李慈惠由于一路上,要细致地观察刘寿仁,所以,也没走走停停等老道长,只紧跟着刘寿仁走的急,她这会看到刘寿仁,回身上山追上去,扶住老人下来,心想,刘寿仁敬老尊贤,尚好,搀扶及时,可见他的脑壳里,并不糊涂,清清白白,急切热情。

下了文昌阁峰,大坡陡岭就少了。穿过仙庾道观门前,刘寿仁也没停留脚步,径直走到木鱼岭的山脚下,又盘山绕岭,走过丝茅巷,路过桃林花雨楼,再一路走向低矮山丘的林木间,忽见一辆牛车,在稀稀的林木间穿行,没听到铃铛响,也没闻到吆喝声,唯见牛绳在不住的抖动,指挥着牛听绳踏行。而在左边,有一条水坝。坝虽不宽,却水花急,漩涡多,汩汩争流。水面飘浮的几根水草,像水中的游鱼儿,一飘即去,追赶着没完没了的浪花。这儿的地势,较高,田土干渴,就是人工脚踏的龙骨水车,也没法把水坝中的水提升上来灌田。然在不远处,听到大轮盘的筒车,发出咿咿呀呀的韵唱声,俨像纺娘房中的棉花车,悠悠歌唱不歇,传向寂静的田野。

李慈惠和文昌帝君老道长,细看这些田丘,田中的草比禾高,荒草凄凄,分明是作田人,放弃了这片土地,任其杂草生长。倘若人勤快,便会是稻禾翻浪,叶里藏金哦。这,为甚呢? 李慈惠刹住脚步,与文昌帝君老道长,交流了一下眼色,轻声打问道:

"寿仁推匠,请问,这几丘田,是谁作的? "

刘寿仁看了近处的田,又望远处的地,回答道:

"这里,那里,作田的人……"

"怎么啦? "

"没……没……"

"你讲话爽快些嘛,为甚吞吞吐吐? "

文昌帝君一旁抹着银须,接腔道:

"寿仁讲话的意思是:作田的人,没啦。"

"没啦,究竟到哪里去了? "

刘寿仁听到李慈惠的追问,瞬间,他眼圈儿闪动着泪花,声不连句了,说:

"这里的……田,是我伯伯的;那几丘……田,是我叔叔的……他们……"

刘寿仁欲言又止,似乎提到叔叔伯伯,有甚么顾虑。

李慈惠没介意刘寿仁的欲言又止,她看不惯人懒地荒,不管你是谁谁谁,你既然生养休息在仙庾岭,你就得把田土作得里手,把粮食看得金贵。你抛荒弃田,就是断了自家的口粮呀! 我要劝一劝这些人喃,一家一室了,须得人勤地不懒;人丁兴旺了,须得仓有余粮九九归原,人倘若懒,坐吃山空,无远虑必有近忧。她这时想把去刘寿仁家里的"行程"改变一下,就对文昌帝君说:

"老道长,我们先到寿仁推匠的伯伯叔叔家里,去拜访一下,喝口热茶,好啵? "

文昌帝君立即点了点头。

然而,此时此刻,刘寿仁的脸上,掠过几丝痛楚般的抽搐似的,将右嘴角咬紧歪向一边了,艰涩地说道:"仙姑,你们不要去我伯伯叔叔家里了……瘴气瘟病害死两家人了! "

李慈惠听到刘寿仁的这几句话,猛然地觉得心头一紧,眼前跑来几圈黑晕,腿弯子发软,差点儿要跌倒了。她赶紧儿稳了稳神,我怎么怪错人了,原来瘟疫不仅在古木林张狂,也跑到稀木林和大山坪大田土夺命来了。当时发急救药时,怎没见到这儿有两户人家呢?这,太痛心呵!她提着沉重的脚步,去折了两枝山花,分别插在两处地方,再邀老道长和刘寿仁,三人一齐跪拜下去,打拱,作揖,磕着三个头,他们向仙逝的刘寿仁的伯伯叔叔祭拜之时,李慈惠口里念念有词,但刘寿仁听不清说的是甚么话儿,最后见她抬起头来,两眼里泪花闪闪,刘寿仁也哭泣起来,把头勾到地上去了。李慈惠扶起了老道长文昌帝君,又拉起了刘寿仁,说:"瘴魔瘟灾,夺人命了,荒田土了,我们岂能袖手旁观。寿仁推匠,你心里要硬朗,人要打得起精神,那瘟疫就害怕我们! 你信不信? "

刘寿仁没有讲话,只用劲儿点了点头。

李慈惠又要大伙上路了,她迈着步儿,想着事儿,看呀,这一方水土,为甚么会成为,仙庾岭遗忘的角落呢? 我们再不能大意了,要放到心上去! 她边走边问道:

"这里有小地名么? "

"有。"

"叫作甚么? "

"蝶坪。"

"铁饼。"

"不。是蝴蝶的蝶,地坪的坪。"

"蝴蝶的地坪? "

"对呀。"

"甚么含意? "

"唉,说来话长。"

"没关系,走路不误工,讲吧。"

刘寿仁仰起脑壳,回忆起来。

四

奇奇怪怪,当刘寿仁说出"蝶坪"二字之时,没料想到,这两个字,马上就跑到李慈惠仙姑的脑海里了,而且,闪烁出几道五颜六色的光亮来,仅只那么片刻工夫,变成了一只蝴蝶的翅膀,且剪动着,飞翔了。她下意识地用手在脑袋上拍了几下,彩蝶就消失了。为什么? 此是梦境的瞬间显现,还是想象力的奔跑呢? 这时,李慈惠把刘寿仁打量了良久,柔声问道:"寿仁推匠,你做蝴蝶梦,最初,是不是从这里开始的呢? "

"不,蝴蝶梦,是从丁伯开始的。"刘寿仁提高了点声音,这样告诉仙姑听。接着,他讲出了母亲与丁伯之间的传奇故事来。

那一年,住在水坝筒车高坡上的刘丁伯,他不晓得是瘴气卷着瘟病袭击来了,只感到自己头昏脑痛,全身畏冷,四肢无力,快要撑不住了,眼看就要倒下去。他心里明白,自己像当年父母一样,不幸染上了瘟病。瘴气瘟病袭来如山倒,霸不得蛮呀,要救自己,就得讯急赶到文昌阁去,找文昌帝君道长,吃药,拉筋。可是,他每提一步,脚杆儿发抖,爬也爬不到文昌阁呵!他咬紧牙关,走着。

刘丁伯只有二十浪当岁年纪,中等个儿,浓眉大眼,人挺机灵。他十八、九岁时就成了家里的顶梁柱,犁耙推筛,样样在行。然而人有旦夕祸福,他父母遭遇瘴气,传染了瘟病,双双不治身亡。从此,刘丁伯这根独苗,独打鼓独划船过日子,人老实巴交,一天到晚说不上一句话,也就不喜欢到外边走走,看看世界。他人大力壮了,想找人配个八字,成个家。他也晓得稀树林,到老莱子墓去经过的地方,住着一个漂亮的陈妹子,但是两人无缘来相会,今日自己染上了瘟病,只想得到她的帮助,将自己扶到文昌阁去诊病。刘丁伯正想着,盼着,忽然,一股冷飕飕的风吹来,且气味难闻,急得他难以呼吸了!紧接着,飞来了成千上万只花蝴蝶,哗啦啦,齐着劲儿扑过来,黑压压一片罩下来了!刘丁伯昏眩了,脚打着跟跄,跌倒在地上,不省人事了……

不知什么时候,刘丁伯被一个女人的声音,喊醒过来,他睁开眼睛一看,原来是一个妹子,长得秀秀气气,一双水汪汪的眼睛,正望着他。她还伸出一双白嫩的手,将他扯起来,他站住一看,才知自己原来,身上巴着数不完的蝴蝶,是陈姑娘,将他身上的蝴蝶扒开,渐渐醒了过来。他再环顾四周,那片稀树林,这片茅草地,全被花花朗朗的蝴蝶覆盖了。每一只蝴蝶,张开着美丽的翅膀,展出一个个彩色图案,扑在地上一动不动了。太好看了,又太可怜了。刘丁伯心里,一阵阵发酸。他不忍提步,生怕踩着扑在地上的蝴蝶,于是,就在身边,扯一把细茅草,扫开蝴蝶,扫出一条路来。他还是想到文昌阁去,车转身,朝陈妹子打拱说:

"谢谢你救了我。"

"你不用谢我。"陈妹子也打拱回礼道:"其实,是许多的蝴蝶救了你。"

"是蝴蝶救了我么?"真的吗?刘丁伯不解。

"真的,"陈妹子说:"几乎是每次瘴气瘟病,要到我家里害人的时候,忽然一群足有上千只的蝴蝶,飞来。我刚出门,它们就扑到我的身上,我活着,它们都死了。"

"这……"刘丁伯眨巴着眼睛,仍不明就里。

"嗨!"陈妹了见他听别人的话,这么"憨",不由白了他一眼,解释道:"蝴蝶有副好心肠,它们把我盖住了,是啵?把我包住了,是啵?那瘴气瘟病,还有什么本事,钻到我的身体里去！"

"嗯。对。"刘丁伯脑壳开了条缝，终于明白了这个事的理儿。

陈妹子见他不作声了，也扯一把细茅草，朝刘丁伯扫着，把他身上泥尘打扫干净。

刘丁伯听到蝴蝶，原来在舍死救人，他立即双脚跪到地上，向死去的千万只花蝴蝶，作了三个揖，磕了三个头。

陈妹子见状，忙放下细茅草，也朝蝴蝶们磕头作揖。

刘丁伯蛮感激地望着陈妹了。他望得久，望得痴，望得陈妹子不好意思了，脸上飞着红晕赶紧儿提醒他，把他的注意力岔开，说：

"你动一动手脚罗，看跌到地上，伤着哪里了？"

刘丁伯立刻提了提腿，甩了甩手，又摆了摆头，发现自己脚有点儿劲了，手也不那么麻木了，脑壳也不昏不痛了。怪事呀，我还没到文昌阁，没去找文昌帝君道长咧，这个瘟病，就为什么自己受伤了呢？他又不由睁着一双茫然的眼睛，向陈妹子说：

"我……我的病，没啦……"

"都好了？"

"是的。是哪个来诊的？是我昏倒在地上的时候，陈姑娘你帮我诊好的？你也是郎中？"

"唉，我没得这个本事。"

"那又是哪个呢？"

"蝴蝶。"

"又是蝴蝶呀？"

"那样多蝴蝶，巴到你的身上，把瘟毒吸走了。"

刘丁伯茅塞顿开，他越发敬重蝴蝶舍己救人的菩萨心肠了。他立即又去扯了几把长长的细茅草，扎成一大把，把草坪里的花蝴蝶，扫拢来，堆成一堆。

"你要干什么呀？"陈妹子不解地问道。

刘丁伯不作声。继续扫，又扫起另一堆。

陈妹子不好问下去了，她帮忙打扫起来。

两个人扫呀，扫呀，扫起了几十堆，扫得天快黑了。

刘丁伯说："不能让他们日晒夜露，要……"

陈妹子说："要好生祭一祭，再埋掉？"

刘丁伯不置可否地点头。

天完全黑下来了，两个又饿又累了。刘丁伯只想到陈妹子家里去吃夜饭，但又

不好开口,他便运了运神,说:

"陈姑娘,我送你回去,好啵。"

"走。"

陈妹子答应得蛮爽快,两个说走就走。一路上,起先是一前后地走,后来,陈妹子见他太憨了,就靠拢去,并排走。她故意把手甩开些,有几次了,去碰了他的手,然他仍没有要牵她的手的意思。陈妹子是下定决心,不会主动去牵他手的。一直走到陈妹子的屋门口,陈妹子从自己的罗裙袖口袋里,拿出一把像铁耙子开关的钥匙来,去打开双合门上挂着的一反牛耳朵锁。也许是陈妹子有心事,开锁开得急,一伸一拉了好几下,都没把锁打开。

刘丁伯伸出大手板,说:"莫性急,性急喝不得热开水。来,让我来开。"

陈妹子,将牛耳朵钥匙,住刘丁伯手板心里一放,她没料想到,这个平素言语极少的憨子,这一刻不憨了,他把大手板一收,就把陈姑娘的嫩手板,抓进自己的掌心里了,且久久地不松开。陈妹子害羞,心跳得厉害,腿弯子打抖了,全身无力了,眼看快站不稳了,说一声:"你坏。"就顺势倒进刘丁伯的怀里了。这一晚,他们吃了夜饭,洗了脸,抹了澡,就没有谁提出要合八字,要办喜酒,要拜天地,谁也没作声,甚至笑也很少,安安静静的,两个人睡到一张床上去了。

以后,刘丁伯用草袋子,把那些救他蝴蝶,一袋又一袋背回来,搭起一个棚子,让蝴蝶风干。而后闲着的时候,他弄"三鲜"好菜,去祭,去敬。再以后,陈妹子有喜了,刘丁伯更加忙碌了,他把自己家里的东西,统统地搬过来,两家合一家了。于是乎,刘寿仁就降生了。

刘陈氏为刘丁伯生了个儿子,他高兴得织了个篾篓,把小寿仁放进去,揹着他去蝶坪田里扯草,打滚子。又揹着他去稀树林里追蝴蝶,他追着追着就对宝具儿子说:"寿仁伢,就是这些蝴蝶仙女,在蝶坪这个地方救了你父亲和我咧。"干完农活回到家里,才五岁多的小寿仁,把那风干的蝴蝶从草袋里掏出来,再到屋后菜土里挖个洞洞,要埋掉。刘丁伯跑来看见了,伤心地对儿子说:"寿仁儿,这是蝴蝶仙女喃,很硬朗,她们不会真正死的,等待着她们身上的瘟毒跑光了,又会飞的。她们是人的朋友咧,不要埋掉,让她们转世又活过来飞出去呀。"年复一年,他总是这么对儿子说。他还做个风筝,把风干的蝴蝶粘上去,带小寿仁放风筝,追蝶跑,逗得小寿仁满头大汗淋漓,笑得嘎嘎地响。后来,小寿仁长大了,学了推匠手艺,可是,做起蝴蝶梦来,甚而在打推子之时,他也云里雾里,把那些木片齿槽,打成了蝴蝶形状,推子推不出谷米来,才被父母送文昌阁去了。

五

李慈惠和文昌帝君,听刘寿仁讲谈父母之间,那一段"蝴蝶情缘",就在不知不觉中,到了他家的屋门口。恰在此刻,刘寿仁母亲刘陈氏,正从善良墩老菜子墓那边忙完了事回来,看见仙姑李慈惠和老道长文昌帝君到来,心里就想是给我儿子,诊治蝴蝶病的高人来了,她便高兴得一迭连声地说:"稀客哟,贵客哟,用轿子都抬不来的哟。快请进。只是屋里稀乱的,对不住客人哟。"她打开门,提来椅子,往上面吹吹灰,接着又打热水洗脸,又端姜盐芝麻豆子茶来。然后,她跑到屋后,捉了一只黑鸡婆,提到灶屋里要去杀。李慈惠见状,连忙跑去抢了菜刀,说:"你老人家,就不必客气了,我们肚子还饱饱的,什么也吃不进。你不如陪我和文昌帝君讲讲话。"

文昌帝君老道长说:"坐也莫坐了,我们起身看看风水吧。"

李慈惠仙姑说:"进门时节,我注意了一下,这屋坐北朝南,面水靠山。山虽则是丘,丘之上有花草引蝶。"

刘陈氏一听仙姑说屋场风水尚好,心里自然高兴,旋即她又皱起了眉头,插言道:"仙姑,你说这屋场风水好,我就放心了。还有一点不放心的,就是家里有两个男人,都做蝴蝶梦。我是女人,从来没做过蝴蝶梦。你看,这怪不怪?"

李慈惠口里"嗯"着,心里想着:"原来只有男人才做蝴蝶梦,女人是不做的?那就是说,这仙庚岭上的蝴蝶,都是花想蝶,不是蝶恋花?"她想着自己也笑了。

文昌帝君见李慈惠想事未作声,他便接控道:"两个男人都做蝴蝶梦,寿仁嫂子你还有个男人在哪里?"

刘陈氏苦笑了一下,有点埋怨地说道:"老道长,连你都不晓得刘寿仁的父亲在哪里做事?"

文昌帝君抹着白胡须,抖动了一下嘴巴,摇摇头。

刘寿仁从自己卧房里出来,接话道:"我爹在柴家大屋做事咧。"

李慈惠说:"丁伯,是不是你爹?"

刘寿仁说:"是呀。他叫刘丁伯,别人喊丁伯,其实他不姓丁。后来年岁高了,他自己干脆就顺大家的嘴,改为喊丁伯,是丁伯伯了。"

李慈惠和文昌帝君都笑了,他们原以为他姓丁。

刘陈氏都笑不起来,叹了一声气,说:"一家人,才能住一屋,夫做长工,崽去修行,留下我来守这个屋。"她说着说着,就从眼眶里掉下两滴泪来。

文昌帝君说:"你家有土有田,让田荒了,到外边做长工干什么? 赶快喊回来,自耕自种养家糊口嘛。"

李慈惠接腔着:"是不是丁伯到了柴家大屋,说……不做蝴蝶梦了。"

刘陈氏说:"仙姑说的正是。"

文昌帝越听越云里雾里了:甚呀,两个男人离开自己家里,就不做蝴蝶梦了么?那么刘寿仁,就应该是个例外。他到文昌阁,看到蝴蝶飞,去追,还把小兰的蝴蝶灰,买回来,捧着它又是这,又是那……吃了单方不见好,劳了多少神呵。他思考良久,忍不住慢言缓语地问道:

"寿仁哦。"

"哎。"

"我问你句话,你从实讲来。"

"好。"

"你到文昌阁以后,还做不做蝴蝶梦?"

"看见了蝴蝶夹,就不做了。"

"为甚你又是跪拜,又是哭?"

"嗯。我……喜欢跟蝴蝶仙女玩。"

"蝴蝶——仙女?"

文昌帝君道长听罢,哑然失笑了。

"莫讲胡话了!"

刘陈氏呵斥儿子了。

显然,刘寿仁被这一笑一斥,刺痛了,他不由勾下脑壳,不作声了。却咬着下巴,发出格格的轻微之声。

细心的李慈惠,看到刘寿仁勾下脑壳的刹那间,双眉锁了一下,接着,他把嘴巴抿紧得弹起腮帮,脸上流露些微苦痛的表情。他在烦恼这样的谈话,他不想别人撞碰他心中的"美景",也许这"美景",就是他父亲,从小栽培至以后生长的哦。我们为甚不让他人心中生长美景呢?这不是"癔病",只是心病而已,我们应尊重他,随缘顺性促其完美吧!李慈惠想到这儿,不由在心中呼喊起来:"敬畏命吧,莫着急,慢慢来。"

李慈惠站起来,她微笑着,她向文昌帝君和刘陈氏,做了个不要再询问下去的手势,就轻轻地踱步,并走到刘寿仁原先的卧房里看一看,里面摆书案和空架子床,虽主人没回家居住,室内很干净,只是有股丝丝缕缕的酸涩的气味,钻入了鼻孔,她便细细品寻,发现是从书案窗口吹进来的,就问随身后进来的刘陈氏:"你家里,在外边放了坛子菜吗?"刘陈氏说:"盐辣椒、萝卜条、沁菖头,都入在坛子小屋里,没放窗外边咧。"李慈惠听罢,又缩了缩鼻子,断定了这股小小难闻的气味是从窗口流进来的,她便迅速地走到屋外,看见不远处,有个小木棚子,里面摆着几个草袋和其它杂物,旁边有个瓦钵子,里头烧了纸钱灰。

李慈惠指着这编织得挺精致的草袋子,问道:"哟,把稻草编得蒉织的一样,里面是甚么东西?"

刘陈氏回答说:"里面盛的是蝴蝶,年岁久了,大多变成了灰。"她说罢,还话未尽意地叹声气。

李慈惠弯腰,解开一只草袋子口子,再捡一根干柴棍子,往里面搅了几下,一股呕臭的腐叶飘出来,令也心中作涌,口里想吐。但她忍住了,仔细看了看,一堆黑色的尘泥,无法见到一只蝴蝶的美丽翅膀。她仍旧系好草袋口子,抬头望着刘陈氏,说:

"压灾!"

李慈惠尊重老人的意愿,不置可否地笑了笑。

刘陈氏见仙姑李慈惠不作声了,觉得自己回话太简单,她停了停,就一五一十地补充道:"哎呀,我和老头子陈年旧事的蝴蝶情缘,都讲给儿子听了。我要他把草袋子埋到山上去,老倌子大发脾气,他说不要动。你没看见这么些年来,瘴气瘟病没找上门来,蝴蝶仙姑压了灾嘛!"

文昌帝君老道长,也许是年岁高,易疲倦,他坐在堂屋里的木椅子上,一会儿拍拍左腿,一会儿搥搥右腿,拍着,搥着,就自个儿闭目养神儿了。说他在养神儿,还不如说他打磕困儿了,且有轻微的鼾声,从他鼻孔里游出来,还有两滴口涎,溜出成珠儿挂在银须上,欲滴未滴,久久悬着,似被胡须勾着,脑袋晃动着,仍不掉下去,直到屋外有咕咚咕咚的声音传来,文昌帝君被惊醒了,他机警地一仰头,才把胡须上两粒珠子抖了下来。

"外边,是甚么东西响?"

文昌帝君老道长自言自语罢,便站了起来,走到屋外边,循声寻到屋后,小山坡上,看见刘寿仁挥起锄头在挖一个洞子,仙姑李慈惠和刘陈氏,用簸箕把洞子里的泥石撮出来,一个个忙得汗爬水流。这会令他讶异得睁开眼睛眨也没眨一下,是仙姑干活的样儿了,她脱下那身洁白罗裙,亮出艳红的大背衫,腰间系一条金丝绸带,两只白如玉的手臂,使劲从洞里搬出一颗大石头,丢得咕咚一响!看出她文雅秀气,却蛮有力气,快莫累着她了,他喊道:

"仙姑,嘿嘿,你为甚跑到这儿开荒了。"

李慈惠听到喊声,转脸向文昌帝君笑笑,答道:

"对不起哦,老道长,没在堂屋里陪你。"

文昌帝君说:"你做客,还做事,莫累着哇!"

李慈惠说:"不累。这些蝴蝶灰不埋掉,邋遢生病咧。丁伯长久留着要祭它,哎,对生命的敬重,埋掉,同样可以祭啊。但是嘞莫大意喃,人活一口气,呼吸进去的东西,一定要干净。今儿个,我做主,要寿仁挖,我和寿仁娘做做帮手,干完了,再向丁伯作解释。"

文昌帝君听罢,连连点头,找不找得到病毒的根子在哪里? 这不要紧,然而排毒解毒的勇气决心大不大才最重要。仙姑爱民胜己,视毒如仇,有一身仙气,我学你都来不赢哩。文昌帝君想到这里,边忙回到堂屋,把那把茶壶提出来,眼疾手快的刘陈氏小跑上来,接过茶壶连声表示道:"真的对不住了,人一做事,就忘记了出了汗要喝水了,"她边说边筛出一杯茶,端到仙姑手里,她倒真正渴了,一如男子汉,仰脸三两口喝罢,把杯子还到刘陈氏手里。这时,她看见她手掌上的厚茧子,说忙拿起她的一只手,放在自己的掌心里,抚了又抚,回味往事了,情不自禁地说道:"当年,我跟家父,进山采药,两只手板上,也生着巴钉一样的茧子。嫂子,你辛苦哇……"刘陈氏听到仙姑这般疼她,忍不停住撩起衣角揩眼泪。

刘寿仁挖好了洞子,埋好了草袋,接着又拿来打推子的錾子,鎚子,用石灰,沙子搅白干泥,像筑推子一样,在蝴蝶坟周围,筑起一道围子。他说防止山水冲洗坟墓。

刘陈氏见了,斥道:"筑甚么围子,你筑多了饭呀! "

文昌帝君看着,心里有点儿疑惑,没说甚么,只摆了摆头。

李慈惠向刘寿仁,做了个收工的手势。她心里向他说的话,压住了没吐出来。

六

刘寿仁回到文昌阁,他只想把怀里的蝴蝶夹,夹在小兰的高髻上,心里就快乐,不做蝴蝶梦了。然而,他每次上山煮好饭了,下山送罢水,就情不自禁地去找小兰了。小兰一见他来,总是说有事在身,不能陪你玩蝴蝶夹了,说罢就走。往往走在十步之内,不忘回眸一笑,以示友好,不伤和气。刘寿仁眼巴巴地看着她笑,看着她走,看着她回头表达真的对不住。也罢,他便一个人闷闷不乐地捧着蝴蝶夹子玩耍。一日,他跟蝴蝶夹子说着话儿,说着说着,上眼皮撑不住落下来,梦见花蝴蝶再不往他蚊帐里飞,而飞到他老屋后山蝴蝶围子上,俨像一道梳妆台上的花花屏镜。他这回遇上小兰,不待她说有事要走开,抢着告诉:"小兰仙,我梦见'蝶屏'了,就差个新娘子来照镜子咧。"

小兰听了,有点高兴,又有点敏感,就答道:"那你也是男大当婚,女大当嫁了。就娶个新娘子回家照镜子吧。"刘寿仁浓眉毛往上一耸说:"你说谁看得上我呢? "小兰心直口快地说:"你不是把蝴蝶夹送给谁,就娶谁么?"刘寿仁立马来了精神,也憨直直地说："我……我把蝴蝶夹送给你，你躲开咧。"小兰脸红了一下，笑道："我不能接受蝴蝶夹，我是……"她忽然把"有主"的三个字咽下了。刘寿仁说："为甚呢?"小兰马上热情地说："你送给蝴蝶吧。"刘寿仁不作声了，有点儿垂头丧气的味道低了下头。小兰见状，补一句道："没看见，她喜欢着你咧。"刘寿仁还是不应声了，似乎把头勾得更低了。像个男孩子，还用脚头犁着地板咧。

刘寿仁生病了。他这个病，不是卧床不起，而是忙碌不停。他做完文昌阁的事，又去帮慈善堂的忙。他把开水挑到慈善堂学堂里的走廊里，就站在窗户外，看着小石头是怎么听课的。他自己也在听胡才讲课，听得津津有味，老半天挪不开步。然后，他到洗药池，再挑一担清水上山去。他忙得不和任何人讲一句话，像个哑巴。人也消瘦了。再之后，他从家里，拿来了打推子的行头，跑到文昌阁的竹林里，砍下几根斑竹，破成篾，织起推子的外筐来，再把泥巴筑进去，打平，划线，接着把杂木片依线压进去成齿槽。这一门手艺，吸引了"三星"和乡邻，看他筑推子的兴致蛮高，可是，这寿仁筑着筑着，把那些排齿槽的木片，筑成了一只蝴蝶。邻居们一见不由唏嘘一阵，笑谈寿仁追蝴蝶仙女，追到推子上头来了，推谷不出来，只出蝴蝶精。而那"三星"就说得更不中听："怕是蝴蝶精害人，把刘师弟'精'疯了。"风言风语传到刘寿仁的耳朵肚里来了，他又气又躁，马上要搬被子回家去。

小兰听到刘寿仁受了冷嘲热讽要回家，她迅速地对"三星"们说："哎，福星、禄星、寿星三位大师兄，你们道业有成，广立功德，大家都佩服你们的修为嘛，为甚不见寿仁师弟，停下手艺，来此修行，从早忙到黑，他忙里偷闲，打一个蝴蝶形槽推子，有甚么要紧，好玩呗! 讽刺他干甚? 他绝对没疯。他不疯，他做人真……"小兰说着说着，泪水在眼眶里打转转了。

三位福、禄、寿师兄，顿觉自愧，脸上无颜，忙齐刷刷地向小师妹小兰拱手抱拳："一时失语，一时失语，慈悲、慈悲。"他们再到小师妹泪珠从眼眶里，断线珠儿似的掉下来，抑发惊得双目圆睁，一时不知该如何慰藉，生怕她哭出声来。各自检点自身:唉，道心不够坚定，修为不圣，出言不谨，伤了师弟之心，不该，不该。千不该，万不该。

正巧，蝴蝶远远看到这一幕了，她走上来，把小兰扯到一棵树下，拉起小兰的一只手，故意撒娇似的摇头说："小兰姐，小兰姐，你莫生气罗，我也晓得，寿仁哥，不是那个病。别人爱怎么嚼，我们犯不着和他们争。"蝴蝶也是铁打的糯米慈粑心，她安慰着小兰不要哭，自己也忍不住流泪了。

小兰说："'三星'三位大师兄，已经认了错。没有说的了，师父慈惠仙姑告诉我，她对寿仁推匠的蝴蝶梦，了解个里里外外:人，一切正常;梦，情之所至。日有所思，夜有所梦嘛。心病，不必吃药的。她嘱咐我说:仙道贵生，无量度人。指出我和你,要多多关照她。"

蝴蝶听得一句一点头,但又不好如何作答,她从自己罗裙的袖口袋里,掏出小手帕,往小兰脸上的泪痕印子,轻轻地按了按。

小兰捉住她按脸的手,问她:"我问句你心里话好啵?"

蝴蝶说:"问甚么,你问吧。"

小兰本想向她:你愿不愿意嫁给刘寿仁?又觉向得太唐突,弄得小姑娘,答也不是,不答也不是。于是,她改口道:"蝴蝶,你今年多大?"

这个机灵活泼的蝴蝶,眼眨眉毛动,反向道:"兰姐,我觉得,看外表,你比我小。哎,你今年有多大呢?"

小兰说:"道不言寿。以后,你不要再向男道士、女道士的年龄了。这是内部规矩。"

蝴蝶一听,故意地哟哟哟道:"你和小红姐不穿道服,算不得女道士。"

小兰马上解释说:"老道长对我们小女子陪师父带发修行有偏爱,可以头不载道士帽子,身不穿青布道袍,脚不穿白布长袜,也不穿缀有白布条的鞋子,只要求梳高髻发式和簪子。"

蝴蝶信服道教,也佩服道士,了解他们学道练功,心地善良,知药解毒,治病救人,慈和俭朴,身健寿高。她曾想到文昌阁当个女道士,但她生性偏爱花,身上穿花衣,脚上穿绣花鞋,不喜欢穿那身黑不溜秋的道服。她常去文昌阁玩,看见刘寿仁常不穿道服忙来忙去,引发"三星"不满也不自知。所以,蝴蝶就上文昌阁时,爱与刘推匠见见面,谈谈话,逛逛小竹林。蝴蝶暗自运神,他待我好,就是"爱情"少啊,这是为甚呢?

小兰见蝴蝶忽然在想心思,就拉起她的手,去找刘寿仁。她们走进小道观后面道士的卧室,看见文昌帝君老道长和李慈惠仙姑,两人正在和寿仁推匠谈话。他们支持刘寿仁暂别文昌阁,在家做修行的道教居士,这样,既可以作田,不荒废耕地;还可孝敬父母,娶妻生子。他们说罢,就要亲自送寿仁推匠回家,小兰和胡蝶见状不约而同地说,表示要得。刘寿仁听到小兰和胡蝶主动送他回家,顿时,那嘴角露出几丝不易察觉的微笑来,脸上那阴暗的情绪,明显转好。善于捕捉心灵景致的李慈惠,提高嗓音儿说:"小兰,胡蝶,你们要去他家里,用心关照吧。"小兰和胡蝶,同时点头,心领神会。

刘寿仁回到家里,看到家里干干净净,园里花红菜绿,山里葱葱笼笼,一扫心中的不快了。但是,母亲不在家,有乡邻告之,父亲生病了,接到柴家大屋招抚他去了。眼下自己是在家的道教居士,回来该做些甚呢?他想起李慈惠仙姑,在"蝶坪"说的话:"作田人嘛,仓里有粮,心里不慌,遇到荒年爆月,粒米度三关咧。所以嘛,最要紧的是,莫荒田废地喃。"对呀,开荒作田去!他全身来了精气神儿,揭起锄头、耙头,大步流星走到"蝶坪"舞锄挥汗了。他忘记带一把砍刀来,应先把櫂木枝、丝茅草砍掉。这会儿只能边挖边扯杂枝茅草,开荒的进度很慢。然他信心满满,今天挖,明天挖,锄耙滚插,向荒田土要粮食,如果大家都来干,我的推匠手艺,再不会歇凉了。

天渐黑了,他才收工回到家。走进门,点亮铜油灯,到阶基上,抱一捆干柴枝,放到灶角弯里,准备烧火弄晚餐了。他揭开锅盖洗锅子时,看到大铁锅里,喷出一股热气腾腾的饭香菜味来,有三个菜碗,压在香喷喷的米饭上。三个菜,一碗是鱼嫩子炒辣椒,一碗是韭菜煎蛋,一碗是水煮芋头。这都是他最喜欢吃的菜,只有娘才晓得他的口味,然而娘没回来呀!再说,自己出没讨堂客,家无贤妻,这究竟是谁,这么知己知口味?体贴人呢?他边想边把菜碗热饭再盖好,想邀这个热心肠人,一起同桌吃饭。于是,他便端起桐油灯,到每间房子里去照一照,去找一找;然后,又到屋前山塘边,后山竹坡上,也举灯照了照,没有发现任何一个人影,他就很客气地呼喊道:"是哪位伯婶,是哪位仙女,帮我把饭菜搞好,却不来吃饭,叫我如何过意得去呢?来吧,莫饿肚子,一起吃吧!"他喊了几声,等了一会,仍不见有人从双合门口走进来。他心里咯噔了一下,并不害怕,倒挺温暖。这时,他才感觉到饿了,便马上从锅里端出饭菜来。他吃罢饭,洗罢澡,倒在床上,一夜睡到大天亮。

次日,刘寿仁带上中餐和茶水,腰上捆一把砍茅草的弯刀,揭上锄头耙头,又上"蝶坪"开荒。他一直汗爬水流挖至太阳下山,不待渐黑,提早疾步往家里赶。他刚一进门,果然发现两个女子,正在厨房里做事。一个穿花衣服的胡蝶,在炒菜;一个空道服的小兰,在烧火。他停住脚步,生怕"打草惊蛇"。

未必,两个妹子,都不嫌弃我?暗地里帮我煮饭洗衣做家务,我呀总会修到这么个福?哎哎,且慢,今日个小兰,为甚要穿上道服?哦,是她不愿做居家道士,摆明摆白要跟师父一辈子修行么?刘寿仁想。此刻,他心里涌出一丝儿的一缕儿的酸味来,眼巴巴,一会儿望着小兰,一会儿望着胡蝶……

他,刘寿仁,终于鼓足了勇气,大着胆儿走进厨房,扑通一声,朝小兰和胡蝶,磕头打拱。尔后,他庄重地站起来,掏出银蝴蝶夹,夹在胡蝶头上。

第13章 桃花雨
● Tao Hua Yu

一

　　好山好景。古株洲交通铺西塘桃花岭,有片桃林,那是仙庾岭柴家大屋,在十里之外,经营的风光地。桃林四周,砌有青砖围墙。春季里,桃花盛开的时节,万紫千红,引来鸟雀登枝,扑腾得满树桃花,纷纷扬扬下起桃花雨来。桃林北端,有座阁楼。阁楼顶端,挂着块"桃花雨"的黑底金字匾。阁楼砌得精致,上为阁楼,下为亭子。亭子里,有八根柱子,雕着龙,刻着凤。下端是围栏,上好看,下好坐。一架木旋梯,引伸上楼。楼上,是两间半月形而合抱成一个月亮形小木楼房子。房间虽小挺精致,木格花窗,雕着鸟雀鸣枝,彩蝶扑花。阁楼阔气,阁楼主人柴大爷却不常来,由一位姓石的砌匠住着,顺带料理看花园。本来,这个小天地,风平浪静,鸟语花香,却不料,被柴大爷的老管家刘丁伯打破了平静。刘丁伯得了个古怪病,在一夜之间,全身发起低烧,长出无数块红斑来,且又咳嗽、头晕、四肢无力、走路不稳。还饭量减少,人开始消瘦起来。柴家大屋里的人,都你望着我,我望着你,为刘丁伯叹息,不晓得这是甚么稀奇怪病?忙着去请圣医李慈惠,和她的徒弟小红仙姑来看病。

李慈惠和小红,又是捉刘丁伯的脉,又是看他的舌头,还用手背轻轻压在他的额头上,说:在发烧。接着仔细查看他身上的红斑,一块连一块,似乎是皮肤欲出血,还没流出来。任谁看着这血红印子,令人纠心害怕。小红仙姑试着问道:"师父,这位大伯得的病,我看有点像红斑狼苍。"李慈惠听了,没有点头,也没摇头,沉吟了一会,才靠近徒弟小声儿说:"要再过细查看。"说罢,她转脸郑重地问刘丁伯道:"刘大伯,你老人家,是不是到古木林子里砍过柴?"刘丁伯回答说:"没有哦。"小红仙姑也接着问道:"你老人家是不是到高山雾林挖过药呢?"刘丁伯回答说:"也没有哦。"李慈惠和小红仙姑交换了一下眼色,又不约而同一块儿问道:"刘大伯,你老人家,是不是到过山洞里,或者地窖里?"刘丁伯闭目想了想,慢声回答道:"到过的。"李慈惠见刘丁伯没精神,出气不赢,喉咙里还有卡嗒的响声,不忍心问下去了,就要家丁引路,去看地窖,她和小红跟着走去。刚刚打开地窖门,一股刺鼻的酸腐之气扑鼻而来,大家闻了,有的咳嗽,有的呕吐,唯独李慈惠则反应更加强烈,她被怪气呛出了眼泪,呛得脸色由红转白了。小红立即上前扶住她,拍打着背:"师父!师父!没事吧?!"待李慈惠回过神来时,脚步还打了个踉跄,然后站定,接着从袖口拿出小手巾,把鼻孔擦了擦,便见有浅黄的药粉子揩在巾布上。小红明白了,原来,师父用药粉在测试地窖酸腐之气,是不是瘴气?只见她脸色严峻,两眼圆睁,果断地指挥柴家的家丁们:"赶快烧红石头,喷醋,每间屋子消毒!快!要动作快!"紧接着,她又喊来柴大爷,要他指挥全家人丁,脱衣抻袖,看身上有不有红斑。全屋十九个家丁都来了,连柴大爷共二十人身上都没出现红斑。但有咳嗽的,有打喷嚏的,有长疖子的。李慈惠和小红仙姑认真检查了,对大伙说:"还好,你们都没惹(染)上病毒。"但大家仍不放心,问刘丁伯得的是甚么稀奇怪病,为甚他身上,有红斑?危险吗?一个个把自己的耳朵张开,把眼睛鼓起有鸡蛋大。李慈惠脸上没有往日的笑容,也听不到她往日的轻言细语,大家感到她说话语速加快,有斤有刃,郑重地对柴大爷说:"刘丁伯老人家,他得的是红斑稀奇怪病,与鼠疫有关。这个病,来得急,不抢救,倒得快。"她没说那个不吉利,柴大爷不想听的那个字。那是老人的禁忌。她停了停,又说:"这个病惹人(传染)的。幸亏屋里人都还没惹上,谁惹了就瘟,只能把刘丁伯抬到远一点的地方,我和小红跟着去守点救人。"柴大爷听得胡子都抖动起来,他心里正害怕的就是什么瘟病。俗话说,鸡瘟一群,人瘟一冲,那何得了啰!……柴大爷一紧张,碰得上下牙齿喀嚓响,忽又听得李慈惠紧问道:"柴大爷，你有不有离家里远的空房子哟？"他听明白了，李慈惠不是要把丁伯抬到荒山野岭去不管，这是隔离。诊瘟病，要住房子的。柴大爷终于想起来：他在十里远的交通铺西塘桃花岭，有一处桃林园。原先，干儿子石砌匠，他癞蛤蟆想吃天鹅肉，想讨自己的独生女柴秀做堂客，柴秀不依，生气了，去了慈善堂，表示终身不嫁，就再不回家来。这个离妻抛子的石砌匠，他也离家，就在桃林园里，砌了座蛮洋气的阁楼，他总是盼着柴秀，回心转意，进阁楼成家。柴大爷自然顺女儿心，也慢慢的不喜欢石砌匠了，但又不能赶他走哇，这阁楼，一砖一石一柱一楼，都是这个花心公子亲自动手砌的。哎哎！柴大爷不由叹了声气，两手打拱道："两位圣医大师，你们诊病救人要紧，我就把十里远的交通铺西塘桃花岭那处桃林园，交给你们。两位大师，就住阁楼上，我马上要家丁，运去木料，再在园子里塔几间木板房，给病号诊病住的。柴大爷说罢，按照李慈惠的要求，安排一个个家丁，七手八脚忙碌起来。柴大爷念记着刘丁伯管家操心费力的情份，他让出自己平素出远门坐的骄子来，家丁们就把刘丁伯扶进骄子里，抬起来，就脚不住点地往交通铺西塘桃林园赶去。

大家都各忙各的去了，柴家大屋立时安静下来。小红环顾了四周，就问声师父，我们上路去西塘桃花岭桃林园，还要穿防毒看病服不？还要带圣药丸子不？还要背换洗衣服包袱不？小红想得蛮周详。另外，她只要听完三问三答后，就完全晓得师父，断定的这个稀奇怪病，是属于叫甚么名的瘟病了。李慈惠没有马上作答，她领着小红，一路疾步走到文昌阁，首先把疫情报告了文昌帝君：她和小红，要立刻去桃林园诊病救人。她三言两语说罢，回到她们的房间，李慈惠打开一口箱子，取出一件白色的风衣，要小红穿上，又取出一件天蓝色的风衣，自己穿上了。不用师父解释，小红明白，这是两件诊瘟疫大病的防毒服。防毒服料质极佳，丝织板密，不浸雨，不过风，又经脏，又柔轻，是圣医李慈惠当年在皇宫诊古怪奇瘟的防毒圣服，兵变大乱逃出皇家，她始终都提着衣箱而走。放在箱子里的防毒服，就如同将军出征的战袍。她来到仙庾岭，只有在暴发瘟疫大灾时，她才穿上出诊的。这刻，李慈惠快步走到药房，背出药箱，药箱上有个标记符号：画了一只老鼠。不用猜，小红知道了，这是专治鼠疫大瘟的圣药了。紧接着，李慈惠要小红把换洗衣服拿来，和她的一起放进一个包袱里。两人谁也不说话，神情严肃，目光坚定，甩开大步，下了仙庾岭，朝着交通铺，嚓嚓嚓嚓，象赴金戈铁马你死我活的生死大战场。

二

李慈惠和小红两位仙姑，分别穿着蓝白两色风雨衣，走在仙庾岭通往交通铺西塘桃花园的路上。一路上，看到不断有人抬着棺木，上山去埋人。他们默默地抬来，默默地放进洞子。非同往日，没有祭祀，没有哭声，更没有鞭炮响。咦！为甚这里，会在同一天，有这么多人作古？两人心里不由一抖：难道，都得了刘丁伯那类红斑鼠瘟？防不胜防，来得徒，惹得广，铺天盖地的，怎能救治得赢？李慈惠和小红，她俩想到一块了，不由同时从衣袖里，拿出手帕，当口罩，系起来。两人走着，走着，又看到一男一女两个人，抬着用木板钉成的棺材，正欲上山去埋人。严格地说，这棺材称不上是木棺，而是木盒。而且这木盒子，没有盖板。这就有些蹊跷了：这不等于是去埋还完完全全断气的人么？那就没有天理，不讲良心了。这等于在活埋？绝不容许！李慈惠朝小红喊一声："快，上山救人！"于是，她就带领小红，嗖一声，疾步蹬坡，攀爬上山，直到累得气口哈天，赶上了抬棺木盒的人，令其将棺木盒放下。李慈惠伸手揭开盖在木盒里的一块布，看到仰睏在棺盒里的人，双目已闭，脸上有红斑，果不其然，这真是一个因鼠疫而瘟亡之人，可观其面色，并不寡白死灰。李慈惠和小红，同时从袖口里，掏出一根灯芯草，轻轻地放在棺内瘟亡者的鼻孔处，嗳！只见灯芯草，有微微地抖动。李慈惠抬起头来，向抬木盒子的一男一女两个人："你们是住什么地方的？"那两人同声回应道："我们两兄妹，住交通铺桃花岭桃林坡。"小红也插话问道："从桃林到这里，怕莫有八九里多，你们为甚抬这样远！那里也有山可以埋呀！"两兄妹眼圈顿时红了，说："送瘟神，就要送远些。"李慈惠说："棺木里的瘟人是谁呀？"两兄妹同时回答说："是我爹。"小红一听，心直口快，直言道："你们把爹埋这样远，孝不孝呀?! 他还活着哩！"两兄妹听到厉声直问，又看到这两个女人，穿着风雨衣，带着口罩，只露出两只黑亮的大眼睛。搞不清她们是人还是神？两兄妹便连忙双脚跪下，两手打拱，诉说起来："我爹惹瘟病，一时找不到神医，请了郎中又诊不好，温症惹人太厉害了，只好抬远些，没留神，就抬到这里来了。"李慈惠和小红听罢，都心中消了些气，口气也缓和起来。李慈惠说："你是哥哥，把你爹扶起一点；你是妹妹，到山中捧一点泉水来。"她说罢，就从背的药箱里，拿出圣药丸子，右手捻着放在左掌手心上，要那个叫妹妹的，将泉水，一滴一滴流进手掌心的药丸子上。这时，小红又从药箱里，取出一根银色的小小汤匙，轻轻地伸进师父的掌心，将药丸用水调匀起来，顿时，药丸子就变成药汤了。李慈惠要叫妹妹的将闭目未醒之爹之口，轻轻地掰开来一条缝儿，然后小红，小心地从师父手掌心，挽起一匙药汤，慢慢送进两兄妹爹的口缝里。送进口里的汤药，渐渐地浸进喉咙口里了。小红喂进了一汤匙又一汤匙，终于看到老人的嘴唇微微地蠕动了。两兄妹望着，不由惊讶地笑了，压低声音叫道："爹！你活过来了！"李慈惠和小红没有跟着去惊喜，神情仍旧那么严肃，把两只眼睛睁得亮亮的，一眨也不眨的。两兄妹看着两个诊病救人的女圣医的神色，不由又回到紧张状态来，再不敢一惊一乍说话了。他俩看到穿蓝风雨衣的李慈惠伸出手,在老人上嘴巴皮掐"人中"。又看到穿白风雨衣的小红去拿起老人的手,掐捻大拇指和食指之间的"虎口"皮。她首先掐捻了三下,老人无任何反应,她再掐捻了六下,老人身子似乎微微抖动了一下。她再接着掐捻十下,这回只见老人抽搐了一下。两兄妹看得忘我入神的,终于又忍不住呼叫了:"爹!爹!爹!你听到了吗?你得救了!你本来瘟死了,是两位圣医风蓝雨师和风白雨师,又把你救活了!"两兄妹不晓得李慈惠和小红两位神医的名字,就按穿的风雨衣而称呼了,两兄妹一迭连声的呼喊,惊得身旁树上的小鸟也扑翅飞走了。这时,李慈惠朝两兄妹摆摆手,示意要她俩安静下来,并轻声说:"你们两兄妹,到有泉水的地方,把手洗干净,各人接一捧水来,慢慢地给你爹喂水呗。"两兄妹蹭一声站起来,小跑步奔向山崖滴泉洞边,各自洗了手后,接了一捧水,一脚高一脚低,性急地走过来,蹲在木盒边,细心地将手中泉水,再一滴一滴地滴进老人的口里。良久,良久,老人终于嚅动下喉结,接着嘴唇嚅动起来。李慈惠和小红的脸上,同时绽开来两朵喜气的笑容。她俩又不约而同看到两兄妹的脸上,从眼眶里流出两行泪水,滴到老人的脸上,两兄妹又连忙想伸手去擦拭,却被两位圣医用手挡住了,说:"不要抹,眼泪水干净,不碍事的。我们要看你爹的脸色和眼睛,断定了不是回光返照,而是死里回生。你们就可以抬他老人家下山了。"两兄妹悬着心,静静地望着爹的脸块,有不有转阳的血色。等待。阴沉的天色,像两兄妹心情一样沉重,听得见有点凉冷的风,穿过山林,发出碰弯树枝的低诉声声。等待着在有煮餐饭的工夫之后,老人的双目虽没睁开,两片嘴皮却颤动着张开了,还见到他的舌尖,抵出了牙缝。李慈惠马上对两兄妹说:"快呀!你爹要喝水。"两兄妹立即弹跳起来,跑向泉水山洞,却不料性急碰到石头,两兄妹都打着跟跄,跌倒了,又双双迅急爬起来,分明看到手杆上都被山石刺破皮,红红一片,两兄妹却浑然不知,仍以飞毛腿的速度,捧来了晶亮的泉水,送进爹爹的口里。老人终于滚动着喉结,吞水了。不一会儿,他慢慢地睁开了眼睛。他仰望着这个,仰望着那个,才把目光停留在李慈惠和小红的脸上。两位圣医连忙伸手去解开脸上的手帕口罩了,嘴角挂着极其亲切的笑容,小声儿柔声地说道:"老人家,你醒过来了。说得出话吗?"老人蠕动一会嘴唇,终于开口说话了,但声音低沉微弱嘶哑,断断续续难成句子,木盒边四个人都没有听懂。这时,老人的大儿子说:"爹,爹,你看得清我吗?"老人眨巴一下眼睛,鼻翼也动弹了一下,嘴里含混不清,说:"大……猫。"儿子更正说:"爹,我是大毛,不是大猫。"儿子说罢,女儿马上就说:"爹,我是你的女儿,还认得出来么?"老人看着女儿,嘴角挂上了几丝不易觉察的笑容,流露出娘疼崽、爹疼女的甜蜜味道,且渐渐地口齿清晰起来,声音也高些儿了:"细细细……细毛。"女儿听到父亲的亲热的呼声,高兴得不得了,她忘记了他得了重症之病,也忘记了两位圣医的嘱咐,要安静。她就迫不及待地伸出双手,捧着爹的脸块,迅快地勾下头来,在爹的额头上,吻得啪的一声山响。这可把李慈惠和小红吓坏了,同时把叫细毛的女儿拉起来,李慈惠欲要说什么,却被心直口快的小红抢先说了:"哎,细毛妹子吔,你要记得俗话一句——祸从口出,病从口入。你爹鼠疫才翻阳,你吻他额头做甚,不怕惹病瘟吗?!"小红又是责怪又是爱怜地拉着细毛妹子的手抚摸,把她由激动转为感动了,眼眶里泪花闪闪。李慈惠安慰道:"没关系。以后小心点。"说罢,她要大毛转过身去,又把细毛拉到一丛榷木前,检查她的手臂和身子,没有发现出血红斑。但是李慈惠仍要两兄妹同时吃了一颗诊鼠病的圣药丸。而后,她用力把手一挥:"大毛细毛,把你爹,抬到交通铺西塘桃林园去。柴家大屋老管家刘丁伯也抬去了。一起诊救。"

圣医的话语,飞出窗子,驱除着交通铺山山岭岭的瘟风瘴气。

<h1 style="text-align:center">三</h1>

圣医李慈惠和小红在路上救死扶活得了瘟症的老人时,她俩并不知道,柴家的家丁把刘丁伯抬到交通铺桃花园时,竟莫名其妙地被"卡"住了。

那是刘丁伯被抬上来时,正欲进楼梯口门,没想到,会被住在这个阁楼里的主人挡在门口,不让刘丁伯和抬他的人进去。他说这是他的住房,也是他的家,为甚你们要住进来,我又住哪里去?你们想清白没有,这等于是赶我走哇!

阁楼的主人叫石砌匠,手里还握一把泛白光的砌刀。他把一只手擦在腰上,拉开了架势,睁圆了眼睛,口里出着粗气,把抬刘丁伯的两个家丁吓着了,不敢近前开口回话。

从轿子里出来,又躺在抬架板上的刘丁伯,正在发低烧,脸块上有两坨紫红"精肉",气色不好,两目无神,四肢无力,说话也提不起劲来。他见两个家丁不作声,自己就强打精神,用手肘撑起上半截身子,话不连句地说:"柴老爷……安……安排……我……来的……"接着咳嗽起来,咳得没法把话说完,吐出一坨带血丝的痰来。

两个家丁见状,急忙把抬扛放地板上,忙着用手去拍刘丁伯的背。两人齐手托着他的上半身,让他慢慢地躺下去。一个家丁开口了:"柴老爷嘱咐我们:首先他请了郎中来家里看病,搞不清刘丁伯老爹得的是甚么病。后来,请来神医李慈惠和小红,断定他惹了瘴气。这瘴气像鼠瘟,怕惹到全家,要我们快点抬到桃花园的阁楼上,让两个神医来隔离诊病。而柴老爷并没讲,这就是你的家……"

石砌匠一听,气不打一处来,冲口就嚷:"我,我我我,就可以惹背时瘴气吗?!"

"老,老老老爷,没有这样讲。"那个家丁说急了,也结巴起来。

另一个家丁见人抬不进屋,把自己手也抬酸了,就退一步,打着圆场说:"看啰,你把人卡在楼梯口,我们越发抬不起了,手也发酸了。哎哎,你也是个做工夫的人,总不会要我们又抬回柴家大屋去啵? 你就高抬贵手,先把刘丁伯老爹,放到屋里去,你住一间,他住一间。这个门口,有风,放不得人的。"

"不行!"石砌匠说得斩钉截铁。

两个家丁同时瞟了一下石砌匠的脸色,铁青铁青的,还咬得牙巴骨咯嘣咯嘣地响,心想,你石砌匠,又不是柴大爷的崽,也还没成为明媒正娶拜过堂的郎,怎的就不讲理,向刘老嗲发威风,乱卡门呢? 怎的就跟刘丁伯不近人情了,早些日子你还在柴家大屋砌屋粉墙,跟刘丁伯同在一口锅里端饭吃,天天朝夕见面,仅仅只是怕惹瘴气,就翻脸无情了么? 这时,一个家丁就故意对刘丁伯说:"丁伯,人家不让进屋,我们两个人也没办法,那就只好再把刘大伯抬回去,好么? "

好半天,都不说话了,只有刘丁伯老人才有反应,他忍不住咳了两声,这次虽没咳出血痰来,却虚弱得有气无力地说:"哎,哎,哎,李慈惠和小红两个神医,还走在路上。她们来了,就会告诉你……你的:让出花园和阁楼,诊红斑怪病如救……救火。老爷都见死救人,救人的,你是他干儿子,为甚见死不救……人……"

石砌匠一听,不由冷笑了一声:"哦哦!你得瘟症,把你送到鸟不痾屎的山旮旯里来了,就是见死救人了? "

丁大伯一听,石砌匠在以小人之心度君子之腹,你这人的良心,放甚么地方了?!爱财如命的柴大爷,都在大灾大难跟前舍财腾屋抗瘟救人,你还讲风凉话喃,你伤我心何忍?! 刘丁伯气得说不出话来了。

石砌匠见刘丁伯嘴巴皮发抖,想吐舌头来骂人做不到了。咳咳,你搬柴大爷来压我就不卡门了? 老天真咧,我会听吗? 虽则园子是他的,阁楼是我砌的。就是他把园子收回去,也要付砌匠工费一大坨银子哩。

刘丁伯在咳嗽连声,听得到他咳累了的呻吟声了。两个家丁在他背上轻轻拍着,让他缓过气来,并齐声向石砌匠求说道:"你就行行好,让我们进门倒杯水,给老人家喝吧。"

可石砌匠,好像两只耳朵聋了,既不让人进门,也不倒水来,还冷若冰霜地说:"进了我的门,拿了我的茶杯,这不正惹了她的瘟症么。你们也清楚,俗话讲:鸡瘟一大群,人瘟一山冲。一家家死人,就是这么来惹翻的。"

两个家丁,见卡门的人他心肠这么硬,不由无奈地摆摆头。他俩心里都同时盼着圣医李慈惠和小红快些来,快些来,救救刘丁伯老人吧。

刘丁伯老人万般无奈啊,见石砌匠,没得一点菩萨心肠,有人求救他不动心,只好对两个抬他的家丁说:"还是麻烦你们两位,再把我抬……抬走吧。"

两个家丁同时问:"是仍旧抬回柴家大屋去吧?"

刘丁伯说:"莫……莫……"

两个家丁同声又问:"那又抬到哪里去呢?"

刘大伯说:"你们,还有力气……气么?"

两个家丁先后回答:"有,有的。"

刘丁伯说:"把……把我……抬下去。"

两个家丁同声问道:"是不是抬到下边临时搭的木棚子里去?"

刘丁伯说:"那……那莫……"

两个家丁摊开两手:"何解又莫呢?"

刘丁伯说:"莫把病……惹……惹给别个啰。"

两个家丁为难了:上阁楼被卡,住不进半边房;下楼住进棚子,又怕把温病传染给别人。人活阳世间的好人,上半夜为别人想,下半夜为自己想,都是这样的活法。可你,下半夜也不为自己想,那就把为难落到我们头上了。所以,其中一个抬刘丁伯的家丁,就耐不住性子,生气了,冲着老人,高喉咙大嗓子,吼了:"行!我们抬下去,抬到桃花岭,放到枞树桠里,让鸟去啄?抬到岩石洞里,让蛇去咬?老人家,要得不?"

顿时,静默下来,只有楼下传来搭木棚子钉敲木板的声音。

许久,刘丁伯说话了:"要……要得。"他说罢,眼里流出两行热泪来。接着,他就将两目合上,表示由两个家丁去安排,或挂搁树上,或丢进洞子;老了、病了,就是圣医来救活好了,也不中用了。

两个家丁,不知是要"说到做到",还是要抬回柴家大屋去?他们抬起刘丁伯,下了楼,径直往桃花园门口走去。

刘丁伯正被家丁抬出门时,恰好遇上圣医李慈惠和小红,伴行着两兄妹抬着爹,也同时走进门来,碰了个正着。

李慈惠眼疾手快,她摊开两手,挡住两个家丁抬着刘丁伯,问道:"抬到哪里去,这里不就是柴大爷的桃花园吗?"

两个家丁说了他们上阁楼被卡的经过。

李慈惠和小红听了,挺感到意外,性急的小红说:"往回来,再上阁楼。"李慈惠把手一挥,也对两兄妹说:"把你爹,抬到新塔的木棚子里去。"

刘丁伯又被抬回来,登梯上楼了。李慈惠和小红果然看见石砌匠仍手握砌刀,卡在楼梯口。两位圣医眼光快,不约而同地齐声喊道:"喂,砌匠师父,你的脸上,有红斑。"

"有红斑？我是关公。"石砌匠神气地说。

"这是鼠瘟红斑。"李慈惠告诉他。

"那就是刚刚惹得老家家伙的。"石砌匠出口不逊,但威风减了,说话低声些儿了。

"不可能。"李慈惠耐心地忠告他:"鼠瘟上身,半月现红。"

"哦,哦,哦。"

石砌匠在自己的"哦"声中,两脚一阵阵发软,忽听啪咚一声响,他一屁股坐到楼梯口的地板上。他紧接着,用劲去撑起身来,可怎么也没劲儿起得来了。

李慈惠和小红见了,急忙上前,用劲将他扶起来,并立即喂进了一颗圣药丸子。

石砌匠吞下圣药,眼里含着泪水。那泪水,仿佛在说:黄牛角,水牛角,不能各顾各啊!

是的,大灾难来了,大伙要帮扶活!

四

交通铺桃花园里,新搭建的诊治瘟疫的隔离房,是沿着园子围墙搭了一圈木板,依墙赋形。墙体是木板,窗户是木格,房顶是木瓦,全部刷了一层淡黄的桐油,桐油香味格外浓郁扑鼻。怕莫是柴大爷的家丁,都是木匠出身,将一个简陋木棚,弄成了花园里一处新的景致,与那两层楼的阁格,相映成趣。惹得石砌匠,站在阁楼上,时不时地把脖子伸长,又勾起脑壳,怎么也看不够。他看到李慈惠和柴大爷家丁,把大管家刘丁柏抬下楼,抬进了新木板房里。又看到小红背着圣药箱和包袱,也走进了木板房里。石砌匠感到自己的胸被掏空了,发虚,站也不是,坐也不是,一时走进半月房,又一时走出半月房,踩得木板楼,咚咚发响。他忽又看到,陆陆续续有人抬来鼠瘟重症病人,放进木板房里。他略略统计了一下,不到一餐饭工夫,就抬进来三十多人。天啦,这么多得瘟症的,要抢救,两位女郎中,就算是神医圣手,也忙不赢咧。石砌匠想下去做个招抚病人的帮手,然而两只脚,像灌了沿那样沉重。为甚突然挪不动了?石砌匠立即双脚跳了几跳,咦,总算又活泛了,两脚听话了,能轻提慢踩了。此刻石砌匠的心情,俨像打翻了五味瓶,说不清是甚么滋味,真后悔自己不该对刘丁伯那样无情无义。他狠骂自己六亲不认,人古怪,心肠硬。吧吧吧,奇奇怪怪,自打石砌匠把自己臭骂一阵后,他感到自己比石头还硬的醖心,也有点点儿柔软。他情不自禁地进了另一间半月房,朝刘丁伯躺过一会儿的空床铺,先立定,行了个鞠躬礼,后又抱拳,口里一迭连声声地说:对不住,对不住,真的对不住哦!对不住你老人家,请你老人家宽宏大量,大人不计小人过。哎哎,你老人家并不晓得,我到柴家做干儿子,弄得人财两空。我若不砌阁楼,就要去流浪;我如今有了阁楼,仍旧成不了家,命里注定,我和柴秀是合不脱八字的。今朝遇到两位神医圣手,不怕惹瘟上身,大难里救人,我……我……石砌匠一边扯通着心里的乱麻,一边弯腰拿起一把棕叶扫帚,把两间半月房,打扫得干干净净。紧接着,他从床铺底下,拖出一个大包袱,打开来,拿出他曾想和柴秀成家而弹好的新棉被,铺开来,再叠成"豆腐块",放在床铺中间。然后,他从床垫下面,拿出张白色毛边纸,裁成两小张,磨好墨,用毛笔写上"圣手室"和"神药室",分别贴到两间半月房的门板上。他退后两步欣赏了一下,看字写得端正不? 看着看着,他嘴角显现出不轻易出现的笑纹来。这时,他决定下楼了,去把神医圣手请上来,告诉她们:就从今天起住在这里,他把阁楼交给她们住了,请不要嫌弃。石砌匠把一切安排妥当,他就一手搂了自己的旧被子,一手提了个水罐子,踩下楼去,走进围墙木板房。

石砌匠刚走进门,就看到了吓人的一幕;只见刘丁伯,仰躺在木板房里的临时木板床上,张开着大口,喉咙里卡了坨痰,既吐不出,又吞不下,呵啰呵啰声越来越小,脸色因被喉头堵住闭气而变得寡白起来。他看见穿蓝色风雨衣戴口罩的李慈惠,用手指朝刘丁伯口里去挖出来一点点带血丝的俨痰,但是他喉咙里卡痰太多了,人已完全不能出气和进气了,就快要被闭死断气了。就在这千钧一发之际,李慈惠立即伏下身,准备自己去吸痰。此时,说时迟,那时快,只见身穿白色风雨衣的小红,迅急把李慈惠推开,说:"师父,让我来!"她说罢,立即抢先弯下腰,朝刘丁伯口对口,吸出一口又一口,带绿色的浓痰,再吐进一个破瓦钵子里。小红向刘丁伯吸了十多口痰,终于吸干净了。她伸直腰,环顾了四周,正要找水喂进老人口里时,她身后的石砌匠,看出了找水的意思,立即从自己的瓦罐中,筛出一小碗水,递到小红手上,说:"快咕口,快咕口"。小红看也没看是谁,接过来,她没端着水去为自己漱口,却把水碗,送到刘丁伯嘴边,慢慢喂进他口里。刘丁伯喉咙不堵痰了,又喝了些水,他呼吸均匀起来,脸色也好了。李慈惠立刻打开背着的药箱,拿出一颗诊鼠疫瘟症的黑色药丸,喂进刘丁伯的口里。刘丁伯伴着石砌匠递来的水,吞下了药丸子。圣药进口只有煮一餐饭工夫,刘丁伯从死里逃生了,有粗重的呼吸声了,也用嘶哑声说话了。他身旁两个家丁正为他高兴时,这会儿石砌匠,又从瓦罐里筛了一碗水来,两手端着,恭恭敬敬地送到小红仙姑面前,郑重地说:"风白雨师!"因他只见小红眼睛不见脸块,只能依着穿着的白色风雨衣而呼名了:"风白雨师,你口对口吸了刘丁伯老人家的卡痰,他的瘟症会惹人的,你要赶紧咕口(漱口)咧。"小红初听以为石砌匠不是喊她,但她见石砌匠把水端到她嘴边来了,才知自己又多个外号叫"风白雨师"了。她不由认真看了一眼石砌匠和他脸块上的红斑,本要先朝他说声"谢谢"的,可她大忙大累时,也顾不了讲这客气了,就接过碗来,而咕水洗口了。尽管这样,正如石砌匠所料,风北雨师小红漱口后,真切感到病毒上身了,全身一会儿麻刺刺的了,胸口已烧心受堵了,她急忙呼了一声:"师父!"李慈惠正在发送三十多瘟症病人的药丸,百忙中听到徒弟小红的呼声,飞快地走来,看看小红的脸色,又性急地扒开小红的风衣领子,在她的后脛窝按摩起来,接着打开药箱,拿出药丸子,要小红吞下。而后,在无言中,又按摩了小红的肩背和手臂的穴位。小红的脸色转红了,胸口不堵了,呼吸顺畅了。石砌匠看得一惊一喜,忍不住喊道:"神医!圣手!"他的话声未落,小红以离弦之箭的动作,奔到大毛细毛爹的临时病床边,一见老人也同样被巴俨的毒痰卡堵了喉咙,发出了咕唉咕唉的响声,小红原本是个性情温和的人,可瘟灾大难到来,她性子急了,话也快了,便冲着两兄妹责怪道:"大毛细毛!你们没长眼珠和耳朵呀?怎不喊我呀?你爹快被痰闭死了!"她来不及用手指去挖,立刻弯下腰,向老人口对口吸吮起来,把一口口浓痰吸出来,吐到瓦钵子里。大毛细毛一见很惊讶,很感动,觉得自己不细心看护爹,就是大逆不孝,一个个勾着脑壳,向小红认错。可小红更生气了,叫道:"还啰嗦甚么!救人如救火!快端水,快喂药。"停了停,又叫道:"还要去看看其他病人,那些人都是你们的爹,你们的妈,你们的嫂,你们的哥!交通铺百把号人,扎紧把子来抗瘟,哪个不是你亲人?!"大毛细毛两兄妹挨了骂,人被骂醒了似的,立即招抚起隔离房所有的人了,忙得团团转,也越忙越内行,抵得半个郎中了。

五

　　交通铺古山民,送来桃花园的鼠疫危急重病号,已超过五十人了,使得五十六间围墙木板房,全部爆满。而且,还陆陆续续有人送来。
　　送来的人,有的坐轿子,有的躺抬杠,有的困睡椅,有的坐土车子(独轮车)。来的人,大都红斑发作,昏得半死;年纪老的,一律卡喉(卡痰),进气出气困难;年纪小一点的,几乎都烧心,气喘性躁,坐不住,躺不下,进门就咋咋呼,看见身穿蓝色风雨衣防毒服的李慈惠,他们不喊郎中,就喊:"穿蓝风雨衣的医师哇,快来救救我吧。"喊着喊着,他们就栅繁就简了,称为"风蓝雨师呀,快来救我呵!"他们看见穿白色风雨衣防毒服的小红,就喊:"穿白风雨衣的医师哇,请快点救救我的命吧!"他们呼着呼着,就栅繁就简了,呼为:"风白雨师呀,快救哦!"把风蓝雨师和风白雨师,忙得团团转,连吃饭喝水,都顾不上了。医师太少了,人手不够,而帮忙打杂的人,就更少了。尤其是重危病号刘丁伯,风白雨师小红为他吸了三遍堵喉痰了,却总是吸完又堵,总是吸不完,堵个不停。鼠瘟鼠瘟,毒人难得死里逃生。体表柔弱的风白雨师,吸痰吸晕倒了,醒过来,她站起来又吸。她着急无法抽出身来,去疗救更多的人。怎么办呢?看呀,呼喊风蓝雨师和风白雨师快来救命的人,越来越多,这时,风蓝雨师李慈惠听在耳里,急在心里。她盼着山冲的郎中都跑来救援。可是一打听,好几个郎中因治病惹病而身亡了。她又盼望徒弟小兰和胡才的妹妹胡蝶,赶紧从仙庚岭赶来救援呀!你们在招抚刘寿仁,也可以停一停嘛,眼下招抚他父亲刘丁伯,才更紧急咧。真是说曹操,曹操就到,当李慈惠一转身,看到一群男女老少,正从园门口走进来。她一眼就看到了小兰和胡蝶,正手牵着手,齐声喊:"师父!"紧接着又见刘寿仁,手扶着她母亲刘陈氏,也走进园门来,看见李慈惠和小红,就拱手跪地作拜:"救命恩人,请接受一拜吧。"李慈惠忙把刘丁伯的娘子刘陈氏扶起来,说:"来了大灾难,大风浪,齐心共度吧,还讲什么客气呢?"李慈惠的话,好像刘陈氏并没听到一样,她专注地目盯着丈夫刘丁伯好一会,头也没回,就按过石砌匠递来的一碗水,大口大口喝了半碗,然后,不慌不忙,从她的袖口袋里,拿出一包药粉子,抖进碗里,又将碗摇了摇,把药粉溶进了水里,她就送到刘丁伯的口边,呼喊着:"丁伯,丁伯!"刘丁伯睁开了眼睛,看看病床边,站着自己的娘子在喊他,看见自己的儿子刘寿仁,拉着他的一只手。还看到圣医李慈惠和小红,许多人,都亲亲热热地望着他,刘丁伯不由抖动着喉头,嗫嗫地说:"你们……都来啦?哎哎……我,我,我惹了鼠瘟……不是来……给我……送……送终的吧?"刘陈氏弯下腰,埋怨地说:"慈惠圣医在救你哟,大家伙都在救你咧。你就莫担心了,莫担心了。"刘丁伯喉咙里又有嘀啰嘀啰卡痰声,忽听得他咳嗽两声,就把一坨巴俨的浓痰咳到口里。刘陈氏动作快,立即用食指伸到他口里,挖了出来。浓痰出来,他哭不像哭笑不像地笑了,说话也清楚些了,听来不那么含混了,说道:"娘子,你刚才喂我的,是甚么粥啊?"刘陈氏回答说:"不是粥,是药粉子。"刘丁伯又问:"甚么药粉子?"刘陈氏再回答说:"是化痰的药粉子。"谁知,刘丁伯要打烂砂锅问到底,再又接着问道:"你为甚晓得配化痰药粉子的呢?"刘陈氏叹了一声气,提醒他道:"老倌,你晓得的,我一直在守老莱子墓啵?!学认字,读经书,那化痰药,就是在的一本经书里看到了。他谈天讲孝,他修行论道,他也谈经说药。只要看了那本书,就晓得寻药和制作了。""哦,哦哦,哦哦……"刘丁伯一迭连声地:"哦"完,忽然把眼睛睁得特大,像用了儿时吃奶的劲头一样,一字一句地叮嘱"内人"说:"娘子,那……那那,你把老莱子的……这化痰药单子,抄给大家。这个瘟症木板房里,还有许多老人家,都有瘟毒卡喉哩。毒痰,挖……挖不尽;毒痰,吸……吸不完。哎哎,痰卡死人,比毒发作还快哇!"刘陈氏一边听得一字一鼓眼珠儿,一边连声附和随应道:"那是。那是。那那那是。"刘丁伯的话刚落音,小红立即走上来,向刘陈氏请教寻药配制化痰。一直沉默不言的小兰,牵了胡蝶妹子的手,两人连忙走上来,她俩一人拉住小红的一只手，主动告诉她，小兰抢先说："红姐，红姐，我和胡蝶，已向她老人家，学会了化痰药的寻药和配伍。还有退烧、刮痧方面的土法与手法。让我和胡蝶一起告诉你吧。哟哟哟，保证不收你的师父钱。"小红似乎从百忙中也轻松了一下，也摇着她俩的手儿说："兰妹妹、蝶妹妹，你看师父和我忙得累得佝子伸不直腰，你们就不用教了，我实在没时间'听课'了。干脆，你们两个，就直接到桃林山上，去寻草药罢。还要快点制作出来，快点送到木板房里来，多救几个老人喃。你看，有五十多个重病号，就有一半以上的人俨痰卡喉。""要得！要得！"小兰和胡碟，到木板房外边，寻了个竹篮子，挽在手弯里，两人叽叽喳喳走出了桃花园，去爬桃林山采药去了。木板房里，刘陈氏和李慈惠向卡痰的病人，发化痰药粉子。她俩还未发完，就听到有人在喊小红，李慈惠转身一看，原来是石老倌和石嫂子正走进门来。石嫂走过来，拱手道："师父，你辛苦了。文昌帝君老告诉我，你在交通铺斗瘟神救山民，怕你累倒，要我来招抚你的。"石老倌也"声明"说："我给娘子带路，哪晓得她走路风快的，差点没追上她。"两个说着说着，就用袖筒给自己煽风，想收一收身上，走长路时出的汗。可没料想，这时有人，从石嫂子身侧，递上一碗水来，她正摇着煽风的袖筒，不小心把碗刮到了地上，只听哐咚一响，水流了一地，碗却没打碎，这全是木板地的功劳。可是石嫂子和送水的人，同时弯腰去捡碗时，两人目光一碰，都不由"啊"地惊讶地叫了一声。送水的石砌匠，捡了碗车转身就跑了。他分明是心中有愧，愧在抛妻离子想远走高飞追凤凰，结果两塌空：凤凰没追到，娘子进了庙。这一声惊叫，石嫂子半天没晃过神来，她哪里会想到：石砌匠做桃花梦，有家不归，还把新家造在桃花园里。今儿个为甚相见不相认？哪能这般无情嘞！她吞不下这口气，嗨一声，也性急车转身来，就要去追石砌匠吵架。恰好，在一旁的李慈惠，看出了石嫂子的心思，一个纵步上前，挡住了她的去路，拉到一边，小声儿说："哎哎，你今日怎的啦？我们是修行修道人。免得一时之气，免去百日之忧。"她停了停，看着石嫂子两只眼睛里的火星子，接着说："师父我，奉劝你几句：大灾大难当前，瘟疫让人类陷入危机。而人心咧，则是一切危机的主要根源。我们应该重温先圣先哲的教诲：心平气和。心平气和地坐下来对话；心平气和，众手救援，天就塌不下来。"石嫂子听得躁气顿消，心儿平静下来，她立刻向李慈惠请战，参入众手救援。李慈惠向小红招招手，小红疾步走过来，打着拱手："无量寿！"石嫂子也拱手回应道："无量天尊！"小红郑重地说："红斑鼠瘟，病毒攻心。圣药和按摩双管齐下。师父、你、我、小兰，我们四个人，每天要给病人带功排毒按摩；肾精畅行，气血除根！""是！"石嫂子听明白救援行动，立马就挽衣捋袖，由小红带她走向瘟疫重病号，去按摩。这边刚刚安排妥当，那边小兰和胡蝶采药神速归来，将一篮药材交给刘寿仁母亲刘陈氏，去粉碎制作，发放药粉化痰。而憨憨痴痴的刘寿仁，却搓着手板寻不到救援事做，此刻恰好有石老倌迎面走来,两人一商量,齐去围墙木板房外边,进大厨房帮厨。

一场抗瘟大仗打响了。

六

交通铺桃花园里的抗瘟大仗,仅仅打了十天,鼠疫重病号身上就可见证奇迹:持久的低烧退了,迷糊的头晕消了,堵喉的俨痰化了,腥色的红斑褪了,卧床的病人都能起床活动了。病号们正不约而同地打着拱手,向风蓝雨师李慈惠和风北雨师小红感恩作揖时,忽然有人从围墙木板房外边急跑进来,大声疾呼:"不得了呀,西塘桃花岭的大山岩洞里,有十多个死尸。有一个死尸的脚,还动了一下,不晓得还有不有救? 有救,就赶快去抬到桃花园来呀!"

大家听到呼救声,不由定睛一看,原来是石砌匠。他曾与石嫂子打碗相见时,抱愧而跑,却跑到埋死尸的山上去了。于是,几个人来了逗玩兴趣,七嘴八舌地问他:"石砌匠哎,你在桃花园见到话的,不参加救援。跑到山上去看死的,要求救援了,真是屁弹琴咧!"

"那个动脚的,还没有完全死哩!"石砌匠争辩道。

"那是你眼睛看花了。"又有个人故意顶他。

"花甚么花? 我走夜路,上山不踩蛇,下山不踩蛙。两只眼珠子,亮壳子一样。"

"那个动脚的,八成是雌的。"再另一个人故意用玩笑刺激他长期出走不回家。

"不,是雄的,不不,是男的。"石砌匠不意怪对方话里有话,依旧说得又认真,又着急。

"不要争吵了,要安静。"小红走过来说,还打着手势,用右手五指顶着左手板,向下压一压,似乎就压住了吵闹声。

李慈惠正按摩完一个病号,听到呼救声,走过来,详细地询问了石砌匠,发现大岩洞有活死尸的情况。尔后,她转身来,对小红说:"这场瘟灾,真是来走不善,善者不来! 要赶快去清点山冲每一个角落,及时抢救那些还没完全瘟死的人。"

"是!"小红答应着,又锁着细弯的双眉,运神了好一会儿,将忙得一团乱麻的思绪,急速梳理起来,且有条理地说道:"师父,你的意思我想明白了:交通铺方圆十里多,瘟症猖狂无孔不入,能抬来的都抬来了,重症也诊得好转了。那些没人抬的,走不动的,靠我们兵分几路,去寻找,去发药丸,去抢救!"

李慈惠听罢,点点头。

小红看到师父点头首肯。心里便知道两人想到一块了,更添信心了,大胆作出了安排,说:"大鼠瘟,情况紧,要兵分三路来救治。一路由师父和石嫂子守园抗瘟把阵;二路由我并请石砌匠师父带路登山查洞救人;三路由小兰和胡蝶并请大毛细毛带路走家进户抗瘟。"

李慈惠又满意地点点头。她向小红投去雅异而热切的目光:是啊,这个跟随自己寸步不离,文秀柔弱而少主见的小红,今儿个,在大灾大难面前,一扫过去的小女子样子,令人刮目相看了。终归,我年岁越来越高,我最担心日后,大灾面前无勇士,无医无药,任其瘟死人。小红呀小红,我对你修行修道,放心了。这场瘟难,万一扩散惹到仙庾岭,惹到其它地方,任谁,岂能袖手旁观?!我和石嫂子和小兰,理所当然,要挺身而上。那么小红,你就留在交通铺吧,走家进户,救死扶伤。李慈惠运着神,情不自禁地打量着大忙人小红,嘴角也挂满了丝丝缕缕的微笑。然而小红,没留意到师父此刻晴朗而又疲累的心情,只一门心思,想着要争分抢秒出发去救人。她首先去找小兰和胡蝶接受紧急任务,又紧接着喊来石砌匠,吩咐由他带路登山爬岭救人。两人来到一个大岩洞前,抬头一看,只见洞口边,挂满了茅草和树藤。走进洞口,一股凉冷的风扑面而来,再往里面一瞅,果然如石砌匠原先所言,洞里面,躺着十多个人,像死了,又像活着。若说人死了?却没将人放进棺木,也没堆石头挖泥巴埋掉。若说活着,洞里躺倒的人一动不动。小红想,十有八九,是这些人,画桃符,躲瘟神,躲到山洞里,被瘴气晕死了。哦哦,还有活着的吗?小红忙从袖口袋里,拿出灯芯草,放到这个鼻孔下,又放到那个鼻孔下,都不见灯芯有微微抖动。"哦哦,人断气了?究竟断气多久了?哎哎,命比天高,再救救他们最后一把吧。"小红在心里说。她不害怕惹毒上身。她在他们的嘴唇掐"人中",在他们手上捻压虎口(合谷),在他们胸口下用双手压弹肚子,可都不见效,没有任何死里逃生的迹象反应。小红抬起头来,仰着汗爬水流的脸块,望着石砌匠,抿动几下干渴的嘴巴皮,却说不出话来。石砌匠从腰带上取下装有水的竹筒,送到小红的手上,说:"风白雨师,你汗出多了,喝口水吧。"小红接到竹筒,揭开筒盖,只喝了一小口,又把筒盖盖住。站在一旁的石砌匠忙劝道:"风白雨师,你再喝几口吧,我是用桃花园里的桃花煮出来的消毒茶,又止渴,又消毒的。"小红听着石砌匠的关怀举动,蛮感动。这个手艺人,懂医晓药,难怪他腰上,缠了一圈竹筒子,原来盛的都是用桃花煮的消毒水。小红站起来,伸出手来:"你再拿两筒来吧。"石砌匠从腰上抽出竹筒,蹲下身去,将竹筒水送至仰躺在地上的已瘟死之人的嘴边,她边倒水边咕咕哝哝说:"请你们喝口水吧,你们走的路长啊。哎,都怪我们来晚了。也恨瘟疫来得太快了,所以我们就来晚了,真的对不住,对不住啊。"小红越说越心酸,泪流满面。她手不住停,话不止声,耐烦一个个依次地喂着水。她看见喂进去的水,全都流了出来,她忙从袖口掏出手巾,又一个个去抹干。像自己犯了错,作检讨说:"你们莫生气哦,喝吧,吞进去吧。我知道来晚了有罪啊。"小红哭了,伤心地哭了。她站起来,还示意石砌匠,同她一起跪下去,向岩洞的冤魂作了三个揖,才离开了这个大岩洞。

风白雨师小红和石砌匠,又去了其它山洞,都是同样的结果:只见尸体,有六十多人全没进棺入土,其中不见一个有可救之生命迹象,一次次令小红伤心流泪。他俩走出阴森森的山,上了一条小岭盘山道,恰遇小兰和胡蝶,肩挎圣药包袱,正从一座小木屋里出来。小兰眼尖手快,跑上去,拉住了小红的袖子,一迭连声地问道:"红姐,你们到山上看瘟病,总共救了几多人呀?"小红一听,顿时头有些大了,脸有些热了,张开口,说不出话来,不由叹了一声气,沉重地摇了摇头。尔后,她反问她:"兰妹,你们呢,救了不少人吧?"小兰的回答,像炒豆子似的,劈里啪啦,哟哟连声,向小红报告道:"总共嘛,走了十五家,有二十多个轻病号,全部发了圣药丸子。还有三个重病号,上了年纪,俨痰咔喉,出不得气。我要大毛细毛,抬着三个老人家,送到桃花园去了,请师父救诊。"小红听罢小兰的话,思谋着用最短的时间,把交通铺山山岭岭跑遍,家家户户走到,再不能出现一个冤魂死鬼了,要集中火力扫瘟神。她把自己的想法讲出来,抛砖引玉,听听小兰的意见。果真,小兰有主见,说道:"红姐,我看,你不要再去山洞救人了,那里面没有救得的。"小红说:"你怎么晓得没得救的?"小兰说:"都是死人呀,大瘟灾,岩石作棺,洞里埋。"小红说:"没埋呀,都穿着衣服,在岩洞里睡觉一样。"胡蝶插进来说:"交通铺和仙庾岭一个规矩:凡是瘟死的人,都要放到岩洞里散毒十天,瘟毒就再不惹人了。"小红追问:"还埋不埋呢?""埋呀!"胡蝶慢条斯理地说:"十天半月以后,到岩洞里铺一层厚厚的石灰,盖一层厚厚的木板,再堆上石头和沙子,最后把洞门封住。有的在洞门口,立一块碑,刻上瘟年暴月和冤魂名字。那是让后人记住:活着就有天灾、人祸、不幸。无论你是谁,要敬畏生命啊!如果没得生命了,那还是人世间吗?!"平素少言寡语的胡蝶,虽不及哥哥胡才的口才好,却说出醒脑提神之语,令小红和小兰凝神久思,脚步也慢了下来。奇怪,慢了一会儿的脚步,又越发鼓点般加快了。一路上,惊动得老鼠子,织布梭一样,四散而逃。

打鼠疫瘟仗打了月余,圣人圣医圣药,救了交通铺古山民百余条生命。李慈惠和石嫂子和石老倌和胡蝶和刘寿和柴家大屋的家丁们,都回仙庾岭了。留下来的,是风白雨师小红,她紧紧拉住小兰的手,不让她走。小兰炒豆子般,一迭连声地问道:"要我跟你做伴吗?打仗吗?要另立门庭出嫁吗?"小红听了忙伸出一根食指,轻轻地点在小兰嘴唇上,郑重地说:"我是风白雨师哦。"她答非所问,令人神秘莫测。

第14章 铭恩碑
● Ming En Bei

圣医李慈惠要回仙庾岭文昌阁了！这消息比风还传得快，只一餐饭工夫，桃花园里，就来了百多个男女老少山民们。他们脸上都没有笑，嘴巴都没有作声，安安静静的，神秘兮兮的，手弯里都挽着个小竹篮，竹篮上面都盖了条布巾，不知里面盛的是甚么东西，让人看不到，也猜不出。只见大伙的眼睛，睁得大大的，不约而同地望着围墙木板房的大门口。

大家静候了一会儿，忽然只听扑通一声，一齐把竹篮举过头顶，齐刷刷跪了下来，口里呼喊道：

"天地君师亲！圣医上位！"

"圣医上位？天地君师亲！"

一遍遍呼喊声，震荡得桃林青枝绿叶飘颤，枝头上的桃花雨纷纷扬扬落了下来。

呼喊声中，只见围墙木板房的大门口，圣医李慈惠站在门口正中央，左边伴她站立的是石嫂子，右边伴她站立的是风白雨师小红圣医。在圣医李慈惠的身后,站立着圣医小兰、刘陈氏、石老倌、刘丁伯、胡蝶、刘寿仁,正簇拥着李慈惠和风北雨师和石嫂子欲走出门来,由于被乡亲们跪地行礼,已水泄不通,无法走动一步。

李慈惠见了大家的圣意盛情,很感动,忙回敬大声道:"乡亲们咧,你们太客气了,太看得人重了。我们几个从仙庾岭来的女人,仅只为大家做了一点点事咧。请你们快起来! 快起来! "

山民一齐呐喊了:"圣医救了我们一百多条命呀,我们做牛做马也还不清咧!"

李慈惠说:"救死扶伤,共斗鼠瘟,是我们应该做的。应该做到的,就不应该跪谢呀! 请起来,请大家快起来! "

大家继续跪谢,仍旧不站起来,仍旧把小竹篮举得高高的,高过头顶。

小竹篮里盛的是什么? 是送别的礼品吗? 李慈惠不想接受,也就不去揭开篮子的布巾,看个究竟。她弯腰把大家扶将起来,小心翼翼不去碰撞那竹篮的。

盛情难却啊! 她扶起来一个人,待扶起第二个人时,站立起来的第一个人又跪下了。这要费多少时间,才能把大家都扶得站起来呢? 况且,大家跪谢得一片拍密,没留下一条人巷让圣医走出桃花园去。哎呀呀,李慈惠左右为难了。

跪谢的人群中央,在又一轮"天地师君亲圣医上位"呼喊声中,忽地站立起三个人:两个年轻人和一位老人。两个年轻人就是大毛和细毛,老人就是大毛和细毛的爹爹(父亲)。只见大毛和细毛抬着一块由红布包扎的东西,向着李慈惠站的门口走来。向前走来时,跪谢的人群自动地让开了一条人巷子。大毛细毛爹却没走过来,仍旧站在人群中央,他却大声呼喊,带点戏腔戏韵。李慈惠不甚明白,老人要进行一场"喊礼"仪式了。

大毛细毛把红布包扎的大块东西,抬到李慈惠站立的跟前,只见跪谢在前面的两个人,把竹篮的布巾揭开,拿出两架烛台,点燃两支大蜡烛,点然三根大长香,摆在红布包扎的东西前面。接着,另一个跪谢的人,从小竹篮里,端出一碗生猪肉,一碗生鸡虫,一碗伸出碗边有头有尾的鲤鱼。

大毛细毛爹他大喊:"把三鲜摆好。"他的话音一落,立刻有两个山民,从围墙木板房里,抬出来一张四方木桌子,摆在红布包扎的大块东西前面。此时,跪谢的三人站起来,把香烛和三鲜供品,摆上了桌子,大毛细毛也将抬着红布包扎的东西,搁上桌子边沿,两人仍双手扶着,不让其倒下去的意思。这时大毛细毛爹,从跪谢的人群中央走上来,双手打拱,请李慈惠圣医和风北雨师小红站在桌子的右边,又请小兰和石嫂子站在桌子的左边。然后,他从自己腰间扯出一面三角形黄色令旗,向桃花园小阁楼一挥,大声喊道:"鞭炮、锣鼓、三眼铳、牛角号! 四响齐奏,共祭仙姑! "

顿时，一挂长长的鞭炮从阁楼上垂落下来，炸响得震耳欲聋，火花四溅，烟雾飘飞开来。接着锣鼓声和唢呐声，热闹非凡，喜气飞扬。又接着，三眼铳，向上一举，连响三声嘣！嘣！嘣！再接着，弯弯的牛角号，吹出了三短一长的雷声般鸣叫："呜嘟嘟！呜嘟嘟！呜嘟嘟！呜——"号声由低至高，由沉闷走向开阔，虽不悠扬，却传至遥远。在交通铺所有的山山岭岭间缭绕。四响足足奏闹了好一阵子，李慈惠和风白雨师抬头望着阁楼上，发现那用大力气吹牛角号的，正是石砌匠，他把自己的腮帮鼓起得很高很高，像两个肉球巴在脸块上，两只眼睛也鼓得溜圆溜圆的，那精神头令人耳目一振，吸引得三位圣医注目良久，才收回视线。

四响齐奏齐鸣之后，大毛细毛爹左手将三角形黄色令旗向高空一举，右手拿起一张黄表纸写的"喊礼"文章，读文带韵，半唸半唱道："公元柒佰陆拾玖年叁月，仙庾之尾交通铺方圆十里之地发生鼠疫之瘟，三百人血染上红斑血灾，数天之内百余老幼命绝入土。天恩得讯派来三位仙姑：李慈惠、肖红（小红）、肖兰（小兰）用圣医圣药救人生命百余，不忘大恩大德，改桃花岭为仙姑岭，特立仙碑：《铭恩碑》，永世纪念。"

大毛细毛爹唸读完毕，他便走向桌边，双手虔诚地揭开那块包扎的红布，亮出一块雕刻的大石碑，碑上刻着"铭恩碑"三个大字，两边也雕刻着小字，右边为"仙姑圣医李慈惠、肖红和肖兰"的名字，左边为"公元柒佰陆拾玖年叁月立"。接下来，大毛细毛爹"喊礼"了，他先要大家揭开小竹篮上的布巾，立时，小竹篮里亮出了鱼肉蛋果等等礼品来。他便大声喊道："全体乡亲父老，举起手中的'礼篮'来，跪地拱手拜谢仙姑圣医。一叩首！二叩首！三叩首！"

乡亲们三叩首时全将自己的额头勾到了地面。这时，锣鼓声大作，牛角号声远播，三眼铳响彻山岭，盖过了鞭炮声声。

后记

　　《仙庾岭》主要描写了唐朝时期，诞生于苏州从父学医，生活于朝廷皇室因安史之乱出逃南行，活动于株洲仙庾岭修道行善的大忠大孝大德大美李慈惠真人传奇的一生之长篇小说。

　　《仙庾岭》创作过程始于1999年至2009年，期间获得大量李慈惠真人传说故事，十年的采风为写长篇作了创作准备，区政府办和区文体局作了创作《仙庾岭》长篇小说的决定和安排，且历经蔡溪、杨玉芳、周晓理、顾峰、邬凌云、王利波、崔家盛、陈三龙、程轶辉、汤文辉、谭二勇、贺春庆、蔡灵敏等领导同志的部署指导审读，一致要求创作《仙庾岭》长篇小说与仙庾岭风景点结合起来，并强调要以习近平总书记在文艺工作座谈会上重要讲话精神为指导，坚持以社会主义核心价值观为引领，创作也要锐意改革创新，为株洲的旅游事业进一步繁荣发展从宣传上造势出力。通过多次听取审读意见，作者终于胜利修改完成14个章节30多万字的长篇著作。

　　感谢湖南省作协和新华出版社的支持，感谢中共株洲市委副书记、市长阳卫国为书作序，感谢株洲市人民政府副秘书长顾峰为书作序。

曹志辉

2016 年 9 月 18 日